人民共和國文化與文學叢書

九　編

李　怡　主編

第 **7** 冊

賈平凹長篇小說論

王　春　林　著

花木蘭文化事業有限公司

國家圖書館出版品預行編目資料

賈平凹長篇小說論／王春林 著 -- 初版 -- 新北市：花木蘭文
化事業有限公司，2021〔民 110 〕
目 2+274 面；19×26 公分
（人民共和國文化與文學叢書 九編；第 7 冊）
ISBN 978-986-518-505-3（精裝）
1. 賈平凹 2. 中國小說 3. 長篇小說 4. 文學評論
820.8   110011115

特邀編委（以姓氏筆畫為序）：

吳義勤 孟繁華 張 檸
張志忠 張清華 陳思和
陳曉明 程光煒 劉福春
（臺灣）宋如珊
（日本）岩佐昌暲
（新西蘭）王一燕
（澳大利亞）鄭 怡

ISBN-978-986-518-505-3

9 789865 185053

人民共和國文化與文學叢書
九 編 第七 冊   ISBN：978-986-518-505-3

賈平凹長篇小說論

作　　者 王春林
主　　編 李 怡
企　　劃 四川大學中國詩歌研究院
總 編 輯 杜潔祥
副總編輯 楊嘉樂
編　　輯 許郁翎、張雅淋、潘玟靜　美術編輯　陳逸婷
印　　刷 普羅文化出版廣告事業
出　　版 花木蘭文化事業有限公司
發 行 人 高小娟
聯絡地址 235 新北市中和區中安街七二號十三樓
　　　　 電話：02-2923-1455／傳真：02-2923-1452
網　　址 http://www.huamulan.tw 信箱 service@huamulans.com
初　　版 2021 年 9 月
全書字數 245974 字
定　　價 九編 12 冊（精裝）台幣 30,000 元
　　　　　　　　　　　　　　　　　　　　　版權所有 • 請勿翻印

賈平凹長篇小說論

王春林　著

作者簡介

王春林，1966 年出生，山西文水人。山西大學文學院教授，博士生導師。《小說評論》主編。
中國小說學會副會長，山西省作家協會副主席，第八、九屆茅盾文學獎評委，第五、六、七屆
魯迅文學獎評委，中國小說排行榜評委，中國當代文學研究會理事。主要從事中國現當代文學
研究。曾先後在《文藝研究》《文學評論》等刊物發表學術論文四百餘萬字。出版有個人專著及
批評文集十餘部。

提　　要

　　賈平凹是中國文壇一棵碩果累累的常青樹，他能夠在相當長的時間內，保持差不多兩年一
部長篇小說的創作節奏，而且這些作品還都在一定水準之上，在業內引起過深度的反響。作為
賈平凹作品的忠實擁躉和激賞者，筆者對賈平凹的作品一直保持著密切的關注、追蹤和思考，
並由此逐漸形成了一種作品與評論之間的良性互動關係。本書收錄了筆者最近十幾年來對賈平
凹有代表性長篇小說的所有評論。其中上部為《古爐》專論。這一部分主要從時代背景、人物
形象、敘事技巧、象徵手法等維度對《古爐》進行了多方面的藝術剖析。作為一部典型的「文
革」敘事小說，無論其思想內涵，還是藝術造詣，《古爐》都堪稱為一部「偉大的中國小說」。
下部則收錄了筆者關於賈平凹其他一些代表性長篇小說的評論文章。分別是：《秦腔》：鄉村世
界的凋敝與傳統文化的輓歌；《高興》：打工農民現實生存境遇的思考與表達；《帶燈》：那些被
「囚禁」的生命存在；《老生》：探尋歷史真相的追問與反思；《極花》：鄉村書寫與藝術的反轉；
《山本》：歷史漩渦中的苦難與悲憫；《暫坐》：人生就是一個「暫坐」的過程。通過上、下部對
賈平凹八部長篇小說的分析與解讀，筆者對賈平凹的文學狀況做一個比較全面的、立體的展示。

研治文學史的方法與心態——代序

李　怡

　　我曾經以「作為方法的民國」為題討論過中國現代文學研究的「方法」問題，最近幾年，「作為方法」的討論連同這樣的竹內好－溝口雄三式的表述都流行一時，這在客觀上容易讓我們誤解：莫非又是一種學術術語的時髦？屬於「各領風騷三五年」的概念遊戲？

　　但「方法」的確重要，儘管人們對它也可能誤解重重。

　　在漢語傳統中，「方」與「法」都是指行事的辦法和技術，《康熙字典》釋義：「術也，法也。《易・繫辭》：方以類聚。《疏》：方謂法術性行。《左傳・昭二十九年》：官修其方。《注》：方，法術。」「法」字在漢語中多用來表示「法律」「刑法」等義，它的含義古今變化不大。後來由「法律」義引申出「標準」「方法」等義。這與拉丁語系 method 或 way 的來源含義大同小異——據說古希臘文中有「沿著」和「道路」的意思，表示人們活動所選擇的正確途徑或道路。在我們後來熟悉的馬克思主義哲學中，「世界觀」與「方法論」的相互關係更得到了反覆的闡述：人們關於世界是什麼、怎麼樣的根本觀點是「世界觀」，而借助這種觀點作指導去認識世界和改造世界的具體理論表述，就是所謂的「方法論」。

　　在我們的傳統認知中，關於世界之「觀」是基礎，是指導，方法之「論」則是這一基本觀念的運用和落實。因而雖然它們緊密結合，但是究竟還是以「世界觀」為依託，所以在「改造世界觀」的社會主潮中，我們對於「世界觀」的闡述和強調遠遠多於對「方法」的討論，在新中國改革開放前的國家思想主流中，「方法」常常被擱置在一邊，滿眼皆是「世界觀」應當如何端正的問題。這到新時期之初，終於有了反彈，史稱「1985 方法論熱」，

一時間，文藝方法論迭出，西方文藝社會學、心理學、語言學、原型批評、接受美學、結構主義、解構主義、新批評、現象學、存在主義、解釋學、以及借鑒的自然科學方法（系統論、控制論、信息論、模糊數學、耗散結構、熵定律、測不準原理等等），這些令人眼花繚亂的「新方法」衝破了單一的庸俗社會學的「舊方法」，開闢了新的文學研究的空間。不過，在今天看來，卻又因為沒有進一步推動「世界觀」的深入變革而常常流於批評概念的僵硬引入，以致令有的理論家頗感遺憾：「僅僅強調『方法論革命』，這主要是針對『感悟式印象式批評』和過去的『庸俗社會學』而來的，主要是針對我們把握世界的『方式』而言的。『方法論革命』沒有也不能夠關注到『批評主體自身素質』的革命。」〔註1〕

平心而論，這也怪不得 1985，在那個剛剛「解凍」的年代，所有的探索都還在悄悄進行，關於世界和人的整體認知——更深的「觀念」——尚是禁區處處，一切的新論都還在小心翼翼中展開，就包括對「反映論」的質疑都還在躲躲閃閃、欲言又止中進行，遑論其他？〔註2〕

1960 年 1 月 25 日，日本的中國研究專家竹內好發表演講《作為方法的亞洲》。數十年後，他已經不在人世，但思想的影響卻日益擴大，2011 年 7 月，溝口雄三《作為方法的中國》在三聯書店出版。〔註3〕 此前，中文譯本已經在臺灣推出，題為《做為「方法」的中國》。〔註4〕而有的中國學者（如孫歌、李冬木、汪暉、陳光興、葛兆光等）也早在 1990 年代就注意到了《方法としての中國》，並陸續加以介紹和評述。最近 10 年的中國思想文化與文學批評界，則可以說出現了一股「作為方法」的表述潮流，「作為方法的日本」、「作為方法的竹內好」、「亞洲」作為方法，以及「作為方法的 80 年代」等等都在我們學術話語中流行開來，從 1985 年至 1990 年直到 2011 年，「方法」再次引人注目，進入了學界的視野。

這裡的變化當然是顯著的。

雖然名為「方法」，但是竹內好、溝口雄三思考的起點卻是研究者的立場和研究對象的特殊性。中國何以值得成為日本學者的「方法」總結？歸

〔註1〕吳炫：《批評科學化與方法論崇拜》，《文藝理論研究》，1990 年 5 期。
〔註2〕參見夏中義：《反映論與「1985」方法論年》，《社會科學輯刊》，2015 年 3 期。
〔註3〕溝口雄三：《作為方法的中國》，孫軍悅譯，北京：三聯書店，2011 年。
〔註4〕林右崇譯，國立編譯館，1999 年。

根結底，是竹內好、溝口雄三這樣的日本學者在反思他們自己的學術立場，中國恰好可以充當這種反省的參照和借鏡。日本學人通過中國這樣一個「他者」的來參照進行自我的批判，實現從「西方」話語突圍，重新確立自己的主體性。竹內好所謂中國「迴心型」近現代化歷程，迴異於日本式的近代化「轉向型」，比較中被審判的是日本文化自己。溝口雄三批評那種「沒有中國的中國學」，其實也是通過這樣一個案例來反駁歐洲中心的觀念，尋找和包括日本在內的建立非歐洲區域的學術主體性，換句話說，無論是竹內好還是溝口雄三都試圖借助「中國」獨特性這一問題突破歐洲觀念中心的束縛，重建自身的思想主體性。如果套用我們多年來習慣的說法，那就是竹內好－溝口雄三的「方法之論」既是「方法論」，又是「世界觀」，是「世界觀」與「方法論」有機結合下的對世界與人的整體認知。

事實上，這也是「作為方法」之所以成為「思潮」的重要原因。在告別了 1980 年代浮躁的「方法熱」之後，在歷經了 1990 年代波詭雲譎的「現代─後現代」翻轉之後，中國學術也步入了一個反省自我、定義自我的時期，日本學人作為先行者的反省姿態當然格外引人注目。

如果我們承認中國當代學術需要重新釐定的立場和觀念實在很多，那麼「作為方法」的思潮就還會在一定時期內延續下去，並由「方法」的檢討深入到對一系列人與世界基本問題的探索。

在中國現當代文學的領域中，我堅持認為考察具體的國家社會形態是清理文學之根的必要，在這個意義上，「民國作為方法」或「共和國作為方法」比來自日本的「中國作為方法」更為切實和有效。同時，「民國作為方法」與「共和國作為方法」本身也不是一勞永逸的學術概念，它們都只是提醒我們一種尊重歷史事實的基本學術態度，至於在這樣一個態度的前提下我們究竟可以獲得哪些主要認知，又以何種角度進入文學史的闡述，則是一些需要具體處理、不斷回答的問題，比如具體國家體制下形成的文學機制問題，國家觀念與民族意識的互動與衝突，適應於民國與共和國語境的文學闡述方法，以及具體歷史環境中現代中國作家的文學選擇等等，嚴格說來，繼續沿用過去一些大而無當的概念已經不能令人滿意了，因為它沒有辦法抵近這些具體歷史真相，撫摸這些歷史的細節。

「民國作為方法」是對陳舊的庸俗社會學理論及時髦無根的西方批評理論的整體突破，而突破之後的我們則需要更自覺更主動地沉入歷史，進

入事實，在具體的事實解讀的基礎上發現更多的「方法」，完成連續不斷的觀念與技術的突破。如此一來，「民國作為方法」就是一個需要持續展開的未竟的工程。

對文學史「方法」的追問，能夠對自己近些年來的思考有所總結，這不是為了指導別人，而是為自我反省、自我提高。自我的總結，我首先想起的也是「方法」的問題，如上所述，方法並不只是操作的技術，它同樣是對世界的一種認知，是對我們精神世界的清理。在這一意義上，所有的關於方法的概括歸根到底又可以說是一種關於自我的追問，所以又可以稱作「自我作為方法」。

那麼，在今天的自我追問當中，什麼是繞不開的話題呢？我認為是虛無。

在心理學上，「虛無」在一種無法把捉的空洞狀態，在思想史上，「虛無」卻是豐富而複雜的存在，可能是為零，也可能是無限，可能是什麼也沒有，但也可能是人類認知的至高點。是一個複雜的概念。在今天，討論思想史意義的「虛無」可能有點奢侈，至少應該同時進入古希臘哲學與中國哲學的儒道兩家，東西方思想的比較才可能幫助我們稍微一窺前往的門徑。但是，作為心理狀態的空洞感卻可能如影隨形，揮之不去，成為我們無可迴避的現實。這裡的原因比較多樣，有個人理想與社會現實感的斷裂，有學術理念與學術環境的衝突，有人生的無奈與執著夢想的矛盾……當然，這種內與外的不和諧本來就是人生的常態，對於凡俗的人生而言，也就是一種生活的調節問題，並不值得誇大其詞，也無須糾纏不休。但對於一位以實現為志業的人來說，卻恐怕是另外一種情形。既然我們選擇了將思想作為人生的第一現實，那麼關乎思想的問題就不那麼輕而易舉就被生活的煙雲所蕩滌出去，它會執拗地拽住你，纏繞你，刺激你，逼迫你作出解釋，完成回答，更要命的是，我們自己一方面企圖「逃避痛苦」，規避選擇，另一方面，卻又情不自禁地為思想本身所吸引，不斷嘗試著挑戰虛無，圓滿自我。

這或許就是每一位真誠的思想者的宿命。

在魯迅眼中，虛無是一種無所不在的「真實」，「當我沉默著的時候，我覺得充實；我將開口，同時感到空虛」（《野草》題辭）「絕望之為虛妄，正與希望相同」（《希望》）「於浩歌狂熱之際中寒；於天上看見深淵。於一

切眼中看見無所有；於無所希望中得救。」(《墓碣文》)所以，他實際上是穿透了虛無，抵達了絕望。對於魯迅而言，已經沒有必要與虛無相糾纏，他反抗的是更深刻的黑暗——絕望。

虛無與絕望還是有所不同的。在現實的世界上，盼望有所把捉又陡然失落，或自以為理所當然實際無可奈何，這才是虛無感，但虛無感的不斷浮現卻也說明在大多數的時候，我們還浸泡在現實的各自期待當中，較之於魯迅，我們都更加牢固地被焊接在這一張制度化生存的網絡上，以它為據，以它為食，以它為夢想，儘管它無情，它強硬，它狡黠。但是，只要我們還不能如魯迅一般自由撰稿，獨自謀生，那就，就注定了必須付出一生與之糾纏，與之往返。在這個時候，反抗虛無總比順從虛無更值得我們去追求。

於是，我也願意自己的每一本文集都是自己挑戰虛無、反抗虛無的一種總結和記錄。

在我的想像之中，每一個學術命題的提出就是一次祛除虛無的嘗試，而每一次探入思想荒原的嘗試都是生命的不屈的抗爭。

回首這些年來思想歷程，我發現，自己最願意分享的幾個主題包括：現代性、國與族、地方與文獻。

「現代性」是我們無法拒絕卻又並不心甘情願的現實。

「國與族」的認同與疏離可能會糾結我們一生。

「地方」是我們最可能遺忘又最不該遺忘的土地與空間。

「文獻」在事實上絕不像它看上去那麼僵硬和呆板，發現了文獻的靈性我們才真的有可能跳出「虛無」的魔障。

如果仔細勘察，以上的主題之中或許就包含著若干反抗虛無的「方法」。

2021 年 6 月於長灘一號

目

次

上部　《古爐》論

第一章 「文革」書寫與鄉村常態世界

第一節 「文革」書寫

　　讀解《古爐》，我們首先應該注意到這是一部典型的「文革」敘事小說。我們雖然不是簡單的題材決定論者，但如果無視於題材的意義價值，很顯然也無助於我們更為深入地理解剖析賈平凹的《古爐》。我們注意到，在《古爐》的後記中，賈平凹不無感慨地寫到：「對於『文革』，已經是很久的時間沒人提及了，或許那四十多年，時間在消磨著一切，可影視沒完沒了地戲說著清代、明代、唐漢秦的故事，『文革』怎麼就無人興趣嗎？或許是不堪回首，難以把握，那裡邊有政治，涉及到評價，過去就過去吧。」實際的情況，較之於賈平凹的說法，略有出入。根據我並不完全的觀察，僅僅侷限於新世紀以來的長篇小說領域，諸如畢飛宇的《平原》、余華的《兄弟》、王安憶的《啟蒙時代》、劉醒龍的《聖天門口》、東西的《後悔錄》、阿來的《空山》、莫言的《生死疲勞》與《蛙》、蘇童的《河岸》、虹影的《好兒女花》，等等，就曾經以全部或者極大的篇幅涉及到了對於「文革」的描寫。然而，雖然以上作品均涉及到了關於「文革」的描寫，但在實際上，其中因為對「文革」的表現而特別引人注目者，其實是寥寥無幾屈指可數的。在我看來，導致這種情況的根本原因，一方面固然可能是因為作家並未把主要精力放在對於「文革」的思考與表現上，但在另一方面，更關鍵的恐怕卻是因為以上作品對於「文革」的透視與反思並沒有抵達應有的深度和力度，並未達到令人震驚的地步。當然，更進一步地追究起來，則此種情況的形成，也可能有兩個方面的原因。一是

受制於我們時代的政治意識形態禁錮，二是作家個人的藝術功力終究有限。別的且不說，單就賈平凹在當下的文化語境中，能夠打破某種無形的思想禁錮，能夠以《古爐》這部多達六十多萬字的長篇巨製對「文革」進行正面表現，能夠藝術地書寫出自己個人的但同時卻也是我們這個國家的「文革」記憶來這樣一種寫作行為本身，就意味著一種寫作勇氣的存在。更何況，與「文革」結束後迄今為止出現過的其他「文革」敘事小說相比較，賈平凹的這部《古爐》，確實可以被看作是對「文革」的透視與表現最具個人色彩最具人性深度最具思想力度的長篇小說。以往，我們總是在感慨，與西方文學在奧斯維辛之後，在二戰結束之後，對於奧斯維辛，對於二戰，所進行的足稱通透深入的藝術反思相比較，我們在經歷了「文革」這樣一場空前的民族浩劫之後，卻並沒有能夠產生具有相應思想藝術力度的文學作品。有了賈平凹《古爐》的出現，我想，我們終於可以不無自豪地說，中國確實產生了一部可以與西方文學相對等的堪稱偉大的「文革」敘事小說。

作為一部「文革」敘事小說，《古爐》首先一個值得注意的地方，就是格外真實地寫出了「文革」這樣一場民族苦難悲劇的慘烈程度。關於《古爐》的具體寫作動機，賈平凹在小說後記中說得很明白：「也就在那一次回故鄉，我產生了把我記憶寫出來的欲望」「之所以有這種欲望，一是記憶如下雨天蓄起來的窖水，四十多年了，泥沙沉底，撥去漂浮的草末樹葉，能看到水的清亮，二是我不滿意曾經在『文革』後讀到的那些關於『文革』的作品，它們都寫得過於表象，又多成了程序。還有更重要的一點，我覺得我應該有使命。」在這裡，賈平凹一方面強調書寫「文革」乃是自己義不容辭的一種責任與使命，另一方面則也鮮明地表達了自己對於其他「文革」作品的不滿。既然不滿意於其他的「文革」作品，那麼，賈平凹自己所寫出的又是怎樣的一種「文革」小說呢？對於這一點，賈平凹在後記中，也同樣有所揭示：「我的旁觀，畢竟，是故鄉的小山村的『文革』，它或許無法反映全部的『文革』，但我可以自信，我觀察到了『文革』怎樣在一個鄉間的小村子裏發生的。如果『文革』之火不是從中國社會的最底層點起，那中國社會的最底層卻怎樣使火一點就燃？」「我的觀察，來自於我自以為的很深的生活中，構成了我的記憶。這是一個人的記憶，也是一個國家的記憶吧。」正如賈平凹所言，這部小說所講述的全部故事，都發生在這個名叫「古爐」的異常貧瘠的小山村裏。這樣，一個必然會遭致的疑問就是，發生在一個如此不起眼的小山村裏的「文革」故事，

難道就可以被看作是中國的「文革」故事麼？其實，關鍵的問題在於，如果離開了如同「古爐」這樣的具體地域，我們的中國又在什麼地方呢？這就正如同曹雪芹的《紅樓夢》可以通過對於賈氏家族的表現而完成對於古代中國形象的揭示表現一樣，既然曹雪芹的《紅樓夢》已經得到普遍的認可和接受，那麼，賈平凹為什麼就不能夠通過對於「古爐」這個小山村解剖麻雀式的描寫表現而揭示中國的「文革」故事呢？小說小說，就貴在其小，貴在它可以通過對鮮活靈動的生活具象的描寫而達到揭示生活本質存在的寫作意圖。我們之所以在史學著作之外，仍然需要閱讀如同《古爐》此類「文革」敘事小說者，其根本的原因恐怕也正在於此。實際上，在這裡，一個不容忽視的問題是，賈平凹的《古爐》寫作，乃是完全地建立在自己的個人記憶基礎之上的。小說固然具有公共性的一面，但所有優秀的小說卻又都是通過個人性才能夠抵達所謂公共性的。這就正如同曹雪芹《紅樓夢》的寫作是絕對忠實於個人記憶一樣，賈平凹的寫作也是忠實於個人記憶的。既然我們不會因為曹雪芹的個人記憶而否認《紅樓夢》的公共性，那麼，也就同樣不能因為賈平凹的個人記憶而否定《古爐》的公共性。我想，賈平凹之所以刻意地強調《古爐》既是「一個人的記憶」，也是「一個國家的記憶」，根本的著眼點其實就在於此。實際上，對於作家所描寫著的古爐小山村的「文革」與中國「文革」之間的內在緊密聯繫，賈平凹自己就從詞源學的意義出發，有過極明白的說明：「在我的意思裏，古爐就是中國的內涵在裏頭。中國這個英語詞，以前在外國人眼裏叫做瓷，與其說寫這個古爐的村子，實際上想的是中國的事情，寫中國的事情，因為瓷暗示的就是中國。而且把那個山叫做中山，也都是從中國這個角度整體出發進行思考的。寫的是古爐，其實眼光想的都是整個中國的情況。」〔註1〕

讀罷《古爐》，印象最深的情節之一，恐怕首先就是賈平凹在小說後半部中關於古爐村武鬥情形的鮮活描寫。通過黃生生等來自於外部世界的人們的宣傳鼓動，「文革」自然也就逐漸地在古爐村慢慢地蔓延開來。在縣裏分別出現了「無產階級造反聯合指揮部」（簡稱「聯指」）與「無產階級造反聯合總部」（簡稱「聯總」之後，本來屬於化外之地的古爐村也就隨之形成了尖銳對立的兩派。一派是屬於「聯指」的以霸槽為首的榔頭隊，另一派則是屬於「聯總」的以天布為首的紅大刀隊。面對著日益凸顯出的權力與利益，兩大陣營

〔註1〕賈平凹語，見《古爐》封底語，人民文學出版社 2011 年 1 月版。

漸漸地進入了一種劍拔弩張的爭鬥狀態之中，以至於最後終於釀成了導致多位村民死傷的武鬥。整部《古爐》的六十多萬字分別由「冬」、「春」、「夏」、「秋」以及第二個「冬」、「春」六部分組成，其中第二個「冬」部，所集中描寫展示的，就是櫥頭隊與紅大刀之間慘烈到了極點的武鬥故事。粗略計來，這一部分的字數差不多有十五萬字，大約占到了小說總字數的四分之一。雖然在我一向的感覺中，賈平凹似乎是一位更多具有優柔品格的人，剛烈這樣的語詞殊難與他發生關聯，但是在認真地讀過《古爐》中關於武鬥的描寫部分之後，你卻會不無驚訝地發現，卻原來，一貫優柔的賈平凹其實也有著極為剛烈的一面。道理說來也非常簡單，若非性情剛烈者，是很難濃墨重彩地寫出武鬥這樣真可謂血淋淋的慘酷場面來。說實在話，我讀過的「文革」小說也不可謂不多，但能夠以其狀況的慘烈而給我留下噩夢般的印象者，可能真的只有《古爐》這一部。「馬勺仍是不鬆手，牙子咬得嘎嘎嘎響，能感覺到了那卵子像雞蛋一樣被捏破了，還是捏。跑到塄畔下的人聽到迷糊尖叫，跑上來，見迷糊像死豬一樣仰躺在那裡，馬勺還在捏著卵子不放，就拿棍在馬勺頭上打，直打得腦漿都濺出來了，才倒下去，倒下去一隻手還捏著卵子，使迷糊的身子也拉扯著翻個過。」「灶火就往前跑，眼看著到了池沿了，咚地一聲，炸藥包爆炸了。支書的老婆被爆炸的聲浪掀倒在地，一個什麼東西重重地砸在她的身上，等煙霧泥土全都消失了，縣聯指和櫥頭隊的人去察看現場，支書的老婆才爬起來，她看見就在她腳下有一條肉，足足一乍半長的一條肉，看了半天，才認得那是一根舌頭。」我想，或許有批評者會以所謂低俗的自然主義之類的言辭來指責賈平凹如此讀來令人震驚的武鬥場景描寫。但我以為，倘不如此，就很難寫出「文革」、武鬥給我們這個民族所造成的巨大苦難。實際上，在讀到《古爐》中如此慘酷如此鮮血淋漓的場景描寫時，我所驚訝佩服的，正是賈平凹面對慘烈的死亡場景時的冷靜客觀不動聲色。在某種意義上，大約只有如賈平凹這樣一種對於「文革」中武鬥場景的描寫，才真正當得起所謂如實寫來絕無偽飾的評價。

從閱讀的本能直覺來說，讀賈平凹的武鬥場景描寫，所帶給讀者的感覺似乎是在櫥頭隊與紅大刀之間肯定有著不共戴天的深仇大恨。若非如此，本來同屬於一個村莊的抬頭不見低頭見的他們，卻又有何必要非得打得頭破血流你死我活不可呢。然而，實際的情況恰恰相反，以霸槽為首的櫥頭隊與以天布為首的紅大刀隊之間，並不存在著什麼大不了的矛盾衝突。雖然說這兩

個戰鬥隊分別隸屬於縣聯指和縣聯總，但說實在話，即使是這兩派的為首者霸槽和天布，也根本就不懂什麼叫做文化大革命，不懂得他們之間為什麼會形成一種劍拔弩張的尖銳對立關係。某種意義上，《古爐》中兩派之間的激烈爭鬥，居然能夠讓我聯想起英國作家斯威夫特的《格列佛遊記》來。如果說《格列佛遊記》中的小人國中兩黨爭鬥不已的原因是吃雞蛋到底應該先打破大頭還是打破小頭，那麼，到了賈平凹的《古爐》之中，兩派之間的爭鬥甚至於連如何吃雞蛋這樣微不足道的理由都無法找到。一句話，毫無緣由地便互相糾纏混戰在一起，正是古爐村「文革」武鬥的一大根本特點所在。而這一點，正好可以用來詮釋賈平凹在小說後記中曾經強調過的：「我觀察到了『文革』怎樣在一個鄉間的小村子裏發生的。如果『文革』之火不是從中國社會的最底層點起，那中國社會的最底層卻怎樣使火一點就燃？」其實，在這段話中，賈平凹已經強有力地暗示著自己這部「文革」敘事小說的基本特徵，正是要充分地揭示出「文革」究竟是怎樣在古爐這個小山村中發生的，要告訴讀者為什麼如同古爐這樣的中國最底層鄉村怎樣就能夠使得「文革」的烈火熊熊燃燒起來。就我自己的切身體會，在這裡，賈平凹的特出之處，乃在於他非常深刻地揭示出了「文革」的發生發展與人性尤其是人性中惡的一面的內在密切聯繫。某種意義上，《古爐》既是一部真實書寫「文革」歷史的長篇小說，更是一部借助於「文革」的描寫真切地透視表現著人性的長篇小說。一方面，「文革」的發生，乃是人性中惡的因素發揮作用的結果，但反過來在另一方面，「文革」的逐漸向縱深處發展，也在很大程度上助長著人性惡的日益膨脹。能夠以這樣一種方式把古爐村其實也就是中國的慘烈「文革」面貌挖掘表現出來，事實上也正是我們充分肯定賈平凹的《古爐》，把《古爐》看作是迄今最成熟最優秀的「文革」敘事小說的根本原因所在。

比如說，「文革」在古爐村的緣起，就很顯然與霸槽此人存在著緊密的聯繫。如果不是他三番五次地外出縣城與洛鎮，那麼，如同黃生生這樣外來的紅衛兵就很難在古爐村發生影響，古爐村「文革」的發生自然也就不會是現在的這樣一種狀況。那麼，霸槽又為什麼要三番五次地離村外出並與黃生生之流打得火熱呢？根據小說中的描寫，霸槽的行為動機大約也不外這樣幾個方面，其一，霸槽的天性中就有著某種不安分的因子，可以說是古爐村中最具個性的青年農民之一。「文革」前，朱大櫃可謂是古爐村一手遮天的支書，但霸槽卻偏偏就沒有把朱大櫃放在眼裏：「霸槽說：朱大櫃算個屁！狗尿苔驚

得目瞪口呆了，朱大櫃是古爐村的支書，霸槽敢說朱大櫃算個屁？」僅此一個細節，就已經透露出了霸槽那不安分的天性。其二，霸槽雖然天性不安分，雖然很有一些能力，但在「文革」前秩序井然的古爐村，卻有著英雄無用武之地的強烈感覺。「古爐村應該有個代銷店其實是霸槽給支書建議的，結果支書讓開合辦了而不是他霸槽。……霸槽是個早就覺得他一身本事沒個發展處，怨天尤人的，要割他的資本主義尾巴，那肯定要不服的。支書就說：讓他去成精吧，只要他給生產隊交提成。但是，古爐村的木匠、泥瓦匠、篾匠們卻按時交了提成，霸槽就是不交。」其三，霸槽不僅與支書存在矛盾衝突，而且由於和杏開之間的戀愛關係，而遭到了身為隊長的杏開之父滿盆的堅決反對。這就使得霸槽與滿盆之間的矛盾，也變得空前激烈起來。由此可見，霸槽之所以要積極地投入到「文革」的行動之中，成為古爐村裏「文革」的急先鋒，其根本的原因正在於此。正因為自以為空懷一身能力的霸槽在「文革」中的古爐村長期處於備受壓抑的地步，所以，一旦發現可以利用「文革」而得到權力，而顛覆古爐村的現存秩序，霸槽自然就會全力以赴地投入其中的。這樣，通過霸槽形象的刻畫，賈平凹就格外深刻地揭示出了「文革」得以在古爐村發生的人性原因。

那麼，霸槽卻又為什麼空有一身能力但卻沒有得到支書隊長的重用呢？在這裡，一個很重要的原因，恐怕就是家族之間的恩怨爭鬥了。「灶火畢竟氣不過，去找磨子，磨子說：這事我知道了，咋弄呀，我有啥辦法，人家這是文化大革命哩。灶火說：文化大革命就是他姓夜的文化大革命啦？磨子想了想，破四舊的差不多是姓夜的，他說：哦。灶火說：你才哦呀？你當隊長，當的毬隊長，讓姓夜的就這樣欺負姓朱的？！」古爐村主要由兩大家族組成，一個是朱姓家族，另一個則是夜姓家族，朱、夜之外，其他的雜姓只是佔了很少的一部分。由於長期地一起生活在古爐村，這兩大家族之間自然就形成了許多恩恩怨怨，一旦有了如同「文革」這樣的契機，這些長期形成的恩怨自然就會猛烈地爆發出來。「文革」爆發前的古爐村，掌權的支書和隊長都是姓朱的。霸槽之所以長期受到壓抑不被重用，與他的夜姓顯然存在著緊密的聯繫。正因為如此，所以，一旦「文革」爆發，一旦古爐村分成了榔頭隊與紅大刀隊這針鋒相對的兩大陣營，古爐村所長期潛隱著的家族矛盾就會劇烈地發作起來。姓朱的，自然要參加到紅大刀隊的陣營之中，姓夜的，其歸宿當然就只能是榔頭隊。因為榔頭隊成立在先，所以，一些姓朱的就加入到了榔頭隊當

中。等到紅大刀隊一成立，因為「紅大刀隊裏都是姓朱的，榔頭隊裏姓朱的就陸續又退出來加入了紅大刀隊。」在這裡，賈平凹極其真切地揭示出了家族勢力在中國鄉村世界中的盤根錯節與影響深遠。以至於，古爐村的「文革」，表面上看起來是「聯指」和「聯總」之間的對立，實際上卻是朱、夜兩姓之間長期積累的矛盾衝突的一次總爆發。這其中，只有個別的朱姓或者夜姓的人，加入到了對方的陣營之中。突出者，便是水皮和半香。水皮本來姓朱，理應參加紅大刀隊，但因為榔頭隊成立在先，所以，他就加入了榔頭隊。因為他粗通文墨，會寫大字報，所以自然就成了霸槽特別倚重的對象。紅大刀隊一俟成立，如何爭取水皮反叛榔頭隊加盟紅大刀隊，自然就成了天布們希望看到的現實。但水皮卻終歸沒有脫離榔頭隊，原因在於霸槽讓他成為了榔頭隊的副隊長。在這裡，家族利益與個人權力之間的相互纏雜制約，可以說給讀者留下了相當深刻的印象。半香是禿子金的老婆，禿子金本來姓夜，而且是榔頭隊的核心骨幹之一，照理說，半香絕對應該是榔頭隊的一員。然而，關鍵的問題在於，這半香，又與紅大刀隊的領頭人天布，暗自私通著。所以，當禿子金自以為是地把半香的名字寫入榔頭隊名單的時候，才會遭到半香的激烈反對。在這裡，是否參加「文革」以及在「文革」中的革命立場選擇，實際上就與男女之間的情感糾葛纏繞在了一起。就這樣，隱秘人性對於古爐村「文革」所潛在發生著的巨大影響，通過水皮、半香這兩個人物形象，自然得到了一種淋漓盡致的藝術表現。從表面來看，古爐村甚至於整個中國的「文革」，確實是自上而下，確實是由於諸如黃生生之類外來紅衛兵的影響而發生的，但認真地追究起來，關鍵的原因在於，古爐村或者說中國早就為「文革」的發生準備了充分的人性與文化土壤。對於這一點，其實，賈平凹自己在小說後記中也已經說得很明白：「如城市的一些老太太常常被騙子以秘魯假鈔換取了人民幣，是老太太沒有知識又貪圖小利所致，古爐村的人們在『文革』中有他們的小仇小恨，有他們的小利小益，有他們的小幻小想，各人在水裏撲騰，卻會使水波動，而波動大了，浪頭就起，如同過浮橋，誰也沒有故意要擺，可人人都在驚慌地走，橋就擺起來，擺得厲害了肯定要翻覆。」賈平凹《古爐》中「文革」書寫的獨異深刻之處，就在於他對於這一點進行了極為充分的描寫與揭示。大凡優秀的小說作品，都少不了對於人性世界的透闢理解與真切揭示。我們之所以指認賈平凹的《古爐》乃是一部偉大的「文革」敘事小說，一個十分重要的原因，就在於它從賈平凹自己真切的個人記憶出發，

對於導致「文革」發生發展的人性原因進行了深入的挖掘與表現。

第二節　鄉村常態世界

　　然而，儘管說賈平凹的《古爐》確實在「文革」的藝術書寫上取得了突出的成就，真正地做到了在既有「文革」小說中的堪稱獨步，但是，無論是從小說的書寫規模，還是從賈平凹的寫作雄心，抑或還是從我自己的閱讀感覺來判斷，如果僅僅把《古爐》看作是一部透視表現「文革」的長篇小說，還是委屈了這部小說，委屈了賈平凹。這就正如同曹雪芹的《紅樓夢》，雖然成功地書寫了賈寶玉與林黛玉之間的愛情悲劇，生動地描寫了賈寶玉、林黛玉與薛寶釵之間堪稱複雜的感情糾葛，但我們卻並不能把《紅樓夢》簡單地看做一部愛情小說一樣。在我看來，與其把賈平凹的《古爐》看作是一部「文革」敘事小說，反倒不如把它理解為一部對於中國鄉村的常態世界有所發現與書寫的長篇小說，要更為合理準確些。應該看到，自有中國新文學發生以來，對於鄉村世界的書寫，就逐漸地成為了其中成績最為顯赫的一個部分。從魯迅先生開始，沈從文、茅盾、趙樹理、柳青、孫犁，乃至於晚近一個時期的高曉聲、汪曾祺、莫言、韓少功、張煒、陳忠實、路遙、李銳、閻連科、楊爭光等，都從各自不同的角度，為中國現當代文學史的鄉村書寫做出過相應的貢獻。值得注意的是，在這一系列從事於鄉村的小說書寫的作家當中，賈平凹的位置隨著時間的推移，似乎顯得越來越重要了。雖然說也曾經先後有過《廢都》《高興》等書寫城市的小說問世，但嚴格地說起來，真正能夠代表賈平凹這位自稱「我是農民」的作家的小說創作水準的，實際上還是他的那些鄉村小說作品。對我來說，讀《古爐》，印象格外深刻者，除了作家對於「文革」以及潛藏人性的深入描寫之外，就是他對於具有相對恒久性的鄉村常態世界的敏銳發現與藝術書寫。對於鄉村世界，我的一種基本理解是，在時間之河的流淌過程中，有一些東西肯定要隨著所謂的時代變遷而發生變化，我把這些變化更多地看作是非常態層面的變化。比如，魯迅筆下民國年間的鄉村世界，與趙樹理筆下解放區或者共和國成立之後的鄉村世界相比較，肯定會發生不小的變化，這些變化就被我看作是一種非常態層面的變化。相應地，在自己的小說創作過程中，著力於此種非常態層面描寫的，就可以說是一種非常態生活層面的書寫。然而，就在鄉村世界伴隨著時間的長河而屢有變化的

同時，也應該有一些東西是千古以來凝固不變的，某種意義上，也正是這些凝固不變的東西在決定著鄉村之為鄉村，鄉村之絕不能夠等同於城市。這樣一些橫越千古而不輕易變遷的東西，相對於非常態層面的變遷，就顯然應該被看做是一種常態的層面。在自己的小說寫作過程中，更多地把注意力停留在常態的生活層面，力圖以小說的形式穿透屢有變遷的非常態層面，直接揭示鄉村世界中常態特質的，就可以說是一種對於常態世界的發現與書寫。如此看來，賈平凹的《古爐》更加值得注意的一個方面，很顯然就在於對鄉村世界常態世界的發現與書寫。具體來說，「文革」很顯然是中國歷史上一個短暫存在過的歷史時段，賈平凹對於「文革」的描寫與表現，自然就屬於一種非常態生活的書寫。但是，如果更深入一步，穿透「文革」而抵達所謂的人性的層面之後，賈平凹的描寫自然就是一種對於常態的書寫了。但是，請注意，作家對於人性世界的透視表現，僅僅只是《古爐》常態書寫的一部分內容，相比較而言，賈平凹以更多的筆墨對於中國鄉村世界中的人情倫理以及其神巫化特徵的渲染和表現，恐怕才應該被看作是《古爐》常態書寫中更為重要也更為核心的內容。

首先來看賈平凹對於鄉村人情倫理的真切表現。這一點，最集中地體現在蠶婆這一人物形象的描寫與刻畫上。蠶婆是古爐村僅有的兩個四類分子之一：「因為古爐村原本是沒有四類分子的，可一社教，公社的張書記來檢查工作，給村支書朱大櫃說：古爐村這麼多人，怎麼能沒有階級敵人呢？於是，守燈家就成了漏劃地主……而糟糕的還在繼續著，又查出狗尿苔的爺爺被國民黨軍隊抓丁後，四九年去了臺灣，婆就成了偽軍屬。從此村裏一旦要抓階級鬥爭，自然而然，守燈和婆就是對象。」善人本來是還俗的和尚，兼及行醫濟世，因為唆使霸槽去牛圈棚挖坑而無意間觸怒了支書，所以後來也就同列為批鬥會上批鬥對象了。按照常理，既然是被批鬥的對象，如同蠶婆、善人之類的牛鬼蛇神，在那個階級鬥爭統領一切的時代被視為另類打入另冊，就是十分自然的事情。然而，需要注意的是，賈平凹在描寫蠶婆、善人他們被批鬥的同時，卻也還充分地揭示出了他們在鄉村世界中不可忽缺的重要地位。比如蠶婆，雖然沒有什麼文化，但蠶婆卻很顯然是鄉村世界中知多識廣心靈手巧的能人，除了剪得一手好窗花外，村裏邊諸如婚喪嫁娶之類的日常大事，也都少不了有蠶婆的參與。「婆已經在馬勺家呆了大半天，她懂得靈桌上應該擺什麼，比如獻祭的大餛飩饃，要蒸得虛騰騰又不能開裂口子，獻祭的麵片

不能放鹽醋蔥蒜，獻祭的麵果子是做成菊花形在油鍋裏不能炸得太焦。比如怎樣給亡人洗身子，梳頭，化妝，穿老衣，老衣是單的棉的穿七件呢還是五件，是老衣的所有扣門都扣上呢，還是只扣第三顆扣門。這些老規程能懂得的人不多，而且婆年齡大了，得傳授給年輕人，田芽就給婆做下手，婆一邊做一邊給田芽講。」「蓼藍草是來聲貨擔裏有賣的，但一連幾天來聲沒來，三嬸就出主意以蓮菜池裏的青泥來捂，而捂出來色氣不勻，兩人拿了布來找婆請主意。婆說：敬仙兒沒？三嬸說：沒。婆說：現在年輕人不知道梅葛二仙了。……頂針歡天喜地，說婆知道這麼多的！三嬸說：你蠶婆是古爐村的先人麼。頂針說：婆名字叫蠶？三嬸說：你連婆名字都不知道呀？」必須承認，認真地讀過《古爐》之後，你就會發現類似的描寫段落，在小說中可以說是比比皆是的。在古爐村幾乎所有重要事件的現場，你都不難發現總是會有蠶婆的身影在晃動。同樣的道理，雖然蠶婆在批鬥會上常常處於被批鬥的位置，不可避免地遭到了村民的歧視，但在鄉村日常生活的那些場景之中，你卻又可以強烈地感覺到村民們發自內心的那樣一種對於蠶婆的尊重心理的存在。善人的情況，也與蠶婆相類似。讀過小說之後，善人這一人物留給讀者最深刻的印象，大概就莫過於他「說病」的那些個情節、細節。別的醫生是要給人施藥治病，但善人卻是在全憑一張嘴給病人「說病」。比如，善人是這樣給彌留的六升「說病」的：「人命不久住，猶如拍手聲，妻兒及財物，皆悉不相隨，唯有善凶業，常相與隨從，如鳥行空中，影隨總不離。世人造業，本於六根，一根既動，五根交發，如捕鳥者，本為眼報，而捕時靜聽其鳴，耳根造業，以手指揮，身根造業，計度勝負，意根造業。仁慈何善者，造人天福德身，念念殺生食肉者，造地獄畜生身，獵人自朝至暮，見鳥則思射，見獸則思捕，欲求一念之非殺而不得，所以怨對連綿，展轉不息，沉淪但劫而無出期……」應該注意到，賈平凹的《古爐》通篇採用的都是帶有明顯方言氣息的口語，唯獨在善人「說病」的時候，採用的是古樸典雅的文言語詞。不獨如此，只要稍加留意，我們即不難發現，善人實際上一直在利用「說病」的機會在勸善懲惡。在某種意義上，古爐村中的善人，非常類似於西方基督教裏的傳教士，他一直在孜孜不倦地利用一切可能的機會在宣揚鄉村世界所應該堅決秉持的人倫道德理念。如同蠶婆一樣，一方面，善人是階級鬥爭時代古爐村的被批鬥對象，但在另一方面，包括支書隊長在內的古爐村人卻都無法擺脫對於善人的依賴，都曾經延請善人給自己說過病。在我看來，真正構成了鄉村世界

中那些普通村民精神支柱的，實際上正是如同蠶婆和善人這樣的人。從某種意義上說，一向被稱為十年民族浩劫的「文革」，前後存在的時間不過十年而已。雖然說，這十年對於古爐村人，對於每一個中國人而言，可以說都是空前的劫難，但是，在歷史的長河中看來，十年的時間終歸短暫。一旦十年的「文革」結束，鄉村世界很快地就又回歸到了一種生活的常態之中。這就正如同一條大河一樣，「文革」不過是大河中非常態的政治漩渦而已，一旦這些政治漩渦消失，大河迅疾就可以回歸到波瀾不興的生活常態之中。古爐村之所以能夠以一種隱忍的姿態對抗並度過「文革」歲月，與蠶婆、善人他們的存在有著密切的關係。真正在精神層面上支撐著鄉村世界正常存在運行的，其實正是如同蠶婆與善人這樣多少帶有一點鄉村先知色彩的人物形象。從根本上說，是他們的存在，為古爐村民，為中國廣大的鄉村世界提供著一種切實可靠的鄉村意識形態。很顯然，只有真正地意識到並且在自己的小說作品中寫出了這一點，方才能夠稱得上是實現了對於常態鄉村世界的一種發現與書寫。借助於對於蠶婆與善人這兩個人物形象的刻畫描寫，賈平凹的《古爐》，很顯然已經相當成功地做到了這一點。

與鄉村世界中的人情倫理表現同樣重要的，是《古爐》對於鄉村世界神巫化特徵一種強有力的藝術凸顯。只要略微有過一些鄉村生活經驗的讀者，就不難感覺到，與現代化的城市生活相比較，鄉村世界一個非常突出的特徵，恐怕就是它始終籠罩在一種強烈的神巫化的氛圍與氣息之中。然而，實際的情況卻是，就我們所接觸的小說作品而言，那些真正能夠有效地捕捉並表現出鄉村世界神巫化特徵的鄉村小說是非常少見的。但，賈平凹的《古爐》在這一方面的表現卻相當出色。比如，古爐村的豬或一日突然接二連三地都病倒了，狗尿苔家的豬也出現了異常情況：「婆熬了綠豆湯給灌了，豬趴在地喘氣，婆開始立柱子，但用作柱子的筷子怎麼也立不住。狗尿苔說：撞著什麼鬼了？婆說：你去砍些柏朵，給豬燎一燎。」在這裡，豬病了，不去請獸醫，反而是要「立柱子」，要給豬「燎一燎」。在「立柱子」和「燎一燎」的行為中，一種相悖於現代科學思維方式的原始神巫特徵就得到了強有力的顯示。再比如，「立柱說死就死了，十幾年裏古爐村死過的人從來沒有像他死的這麼截快。他一死，他媽的病卻莫名其妙地好轉了，他穿著給他媽買來的壽衣入了殮，村裏人都說他不該說要把壽衣留下他穿呀的話。」立柱的媽病了多年，本來是她早已經氣息奄奄，以至於兒女們已經為她備好了壽衣。沒承想，立

柱兄弟仨卻因為購買壽衣的錢而發生了爭吵。立柱在爭吵中，不無意氣用事地說出了要把多買的壽衣留給自己的話。結果卻是一語成讖，身強力壯的立柱截快地死了，立柱媽的病反倒是好了。這樣的情形顯然無法用科學的理性思維加以解釋，所以，古爐村人也就只能從一種原始思維的方式來加以理解了。同樣的情形，還體現在古爐村裏時而正常時而瘋癲的女人來回身上。莫名其妙地失蹤了很長一段時間之後，來回突然出現在了古爐村，回到了丈夫老順身邊。怕來回再次走失的老順自然就把來回關了起來，令人稱奇的事情就發生在這個時候：「就給狗交代著看守她，不讓她再出門。來回一連三天在屋裏。只要一走到院門口，狗就咬，她大聲喊：水大啦，老順，水大啦！」「這喊聲讓迷糊聽到，迷糊給人說老順一天到黑都在屋裏日他的女人，女人的水越來越大。可是，就在這個晚上，州河裏竟然真的發生了大水。」來回的預言，與大水的到來到底有沒有內在的關聯？來回的預言，與她自己此時此刻的精神瘋癲狀態是否存在著相應的關係？抑或是，如同來回這樣的瘋癲者，本身就已經具備著某種通神的超異功能呢？這一切雖然都無法找到理想的答案，但賈平凹通過此種描寫成功地渲染出了一種神巫化的特徵卻是毫無疑問的。當然，說到對於鄉村世界神巫化特徵的傳達，《古爐》中最典型的描寫，應該還是與太歲相關的那些情節。人都說不敢在太歲頭上動土，小說中的霸槽果然在無意之間就挖了一個太歲出來。太歲本是民間傳說中的一種神祇，在科學思維看來肯定屬於荒誕不經的一類東西。然而，在更多地保留著原始思維特徵的鄉村世界裏，如同相信神鬼的真實存在一樣，類似於太歲這樣的傳說，也都毫無疑問地具有其實在性。更進一步說，賈平凹對於太歲情節的設定，還帶有著突出的象徵意味。《古爐》中，先有太歲的被挖出，然而才有「文革」在古爐村的發生，二者之間顯然存在著某種內在的隱秘聯繫。在這個意義上，說太歲的出土，隱喻象徵著「文革」災難在古爐村的降臨，就完全是可以成立的。

在這裡，需要特別辨明的一點是，我們究竟應該怎樣看待賈平凹在《古爐》中對於神巫化現象的描寫。我知道，對於賈平凹的此類描寫，根據既往的閱讀經驗，或許又會有人援引拉美的所謂「魔幻現實主義」而把它稱之為中國式的「魔幻現實主義」。這樣的一種評價方式，在我看來，其合理性基本上是不存在的。首先有必要加以澄清的一點是，所謂「魔幻現實主義」，只是西方世界對於馬爾克斯諸如《百年孤獨》之類作品的一種理解命名。在更多

地沉浸於科學思維中的西方人看來,《百年孤獨》中的許多情節描寫,都是現實生活中不可能真實存在真實發生的,乃是作家一種藝術想像的產物,故而就帶有著十分突出的魔幻色彩。但是,西方人的這種看法卻並沒有能夠得到馬爾克斯本人的認可。在馬爾克斯本人看來,他在《百年孤獨》中所描寫著的那些在西方人看來覺得神奇魔幻的事物,在拉美人自己看來,卻都是真實無疑的。作為一位作家,他所做的事情無非不過是把這一切如實地呈現出來而已。因此,在馬爾克斯的心目中,與其說自己寫出的是魔幻現實主義小說,反倒不如把它直接看做呈現現實生活的小說要更準確些。同樣的道理,賈平凹在《古爐》中所寫出的種種發生在古爐村的那些神巫化現象,也應該做類似的理解。很顯然,這些神巫化現象,雖然從現代人科學思維的角度看來,肯定帶有相當的魔幻色彩,但在古爐村村民們的心目中,所有這些,正是長期以來構成了古爐村現實的一個非常重要的部分。離開了這些神巫化現象,古爐村的現實反而就是不完整的。所以,從這個角度看來,賈平凹之所以在《古爐》中成功地寫出了這一切,乃是因為他忠實地採用了現實主義藝術表現手法的緣故。我們與其把賈平凹的此類描寫稱作中國式的「魔幻現實主義」,反倒不如乾脆把它理解為是一種對於鄉村世界常態生活的發現與描寫更恰當合理一些。值得注意的,是賈平凹在小說後記中這樣寫道:「整整四年了,四年沉浸在記憶裏。但我明白我要完成的並不是回憶錄,也不是寫自傳的工作。它是小說。小說有小說的基本寫作規律。我依然採取了寫實的方法,建設著那個自古以來就燒瓷的村子,盡力使這個村子有聲有色,有氣味,有溫度,開目即見,觸手可摸。」我以為,賈平凹此處對於小說寫實手法的強調,也在很大程度上佐證著我們以上觀點的合理性。

第二章 日常敍事與悲憫情懷

第一節 日常敍事

「文革」是二十世紀中國歷史上一個非常重要的政治事件，既然是重要的政治事件，那麼，作家在對於「文革」進行藝術表現時，把它寫成政治小說就是十分正常的事情。以往，我們也讀到過不少「文革」敍事小說，其中絕大部分都屬於把政治作為中心事件來加以表現的「宏大敍事」類政治小說。那麼，究竟何謂「宏大敍事」呢？「在利奧塔德看來，在現代社會，構成元話語或元敍事的，主要就是『宏大敍事』。『宏大敍事』又譯『堂皇敍事』、『偉大敍事』，這是由『諸如精神辯證法、意義解釋學、理性或勞動主體解放、或財富創造的理論』等主題構成的敍事。」在王又平的理解中，不同的地域、不同的時代存在著不同的宏大敍事。現代西方曾以法、德兩國為代表分別形成了「解放型敍事」與「思辨性敍事」這樣兩種宏大敍事。而在當代中國，「在中國當代文學的正史觀念中，也形成了一套宏大敍事，它們以毋庸置疑的權威性和正統性向人們承諾：階級鬥爭、人民解放、偉大勝利、歷史必然、壯麗遠景等等都是絕對的真理，真實的歷史就是關於它們的敍述，反過來說，只有如此敍述歷史才能達到真實和真理。……中國當代文學中的歷史敍述及敍述風格雖有變化，但從總體上說都本之於宏大敍事，它們也因此而在中國當代文學史的眾多作品中居於『正史』的地位」。〔註1〕然而，需要引起我們特別注意

〔註1〕王又平《新時期文學轉型中的小說創作潮流》，華中師範大學出版社 2001 年
9 月版，第 329～330 頁。

的是，同樣是對於「文革」的藝術表現，賈平凹的《古爐》所採用的卻是與「宏大敘事」形成了鮮明對照的所謂「日常敘事」的藝術模式。

那麼，又究竟何謂「日常敘事」呢？關於二十世紀中國現代小說中的日常敘事傳統極其顯在特徵，曾有論者指出：「平民生活日常生存的常態突出，『種族、環境、時代』均退居背景。人的基本生存，飲食起居，人際交往，愛情、婚姻、家庭的日常瑣事，突現在人生屏幕之上。每個個體（不論身份『重要』不『重要』）悲歡離合的命運，精神追求與企望，人品高尚或卑瑣，都在作家博大的觀照之下，都可獲得同情的描寫。它的核心，或許可以借用錢玄同評蘇曼殊的四個字『人生真處』。它也許沒有國家大事式的氣勢，但關心國家大事的共性所遺漏的個體的小小悲歡，國家大事歷史選擇的排他性所遺漏的人生的巨大空間，日常敘事悉數納入自己的視野。這裡有更廣大的兼容的『哲學』，這裡有更廣大的『宇宙』。這些『大說』之外的『小說』，並不因其小而小，而恰恰正是因其『小』而顯示其『大』。這是人性之大，人道之大，博愛之大，救贖功能之大。這裡的『文學』已經完全擺脫其單純的工具理性，而成就文學自身的獨立的審美功能。」「日常敘事是一種更加個性化的敘事，每位日常敘事的作家基本上都是獨立的個體，……在致力表現『人生安穩』、拒絕表現『人生飛揚』的傾向上，日常敘事的作家有著同一性。拒絕強烈對照的悲劇效果，追求『有更深長的回味』，在『參差的對照』中，產生『蒼涼』的審美效果，是日常敘事一族的共同點」。〔註2〕在這裡，論者實際上是在與「宏大敘事」比較參照的意義上強調著「日常敘事」的特徵。

如果我們在更為開闊的一個層面來理解分析賈平凹的小說，就不難發現，大約從他初涉小說創作的時候開始，他的小說其實就一直遠離著所謂的「宏大敘事」。又或者，賈平凹的藝術天性本就不適合於「宏大敘事」，而是天然地親和著「日常敘事」。在這裡，雖然我們無意於對於所謂的「宏大敘事」與「日常敘事」進行簡單的是非臧否，雖然我們也承認無論是「宏大敘事」還是「日常敘事」也都產生過優秀傑出的作品，很顯然，如果《三國演義》應該被看作是「宏大敘事」作品的話，那麼，《紅樓夢》《金瓶梅》當然就應該被看作是「日常敘事」作品，但客觀地說起來，我們還得承認，相比較而言，「日常敘事」的寫作難度恐怕還是要更大一些。關於這一點，臺灣的蔣勳借助於對《紅樓夢》的談論，已經有過極清晰的解說：「第七回跟其他章回小說有很

〔註2〕鄭波光《20世紀中國小說敘事之流變》，載《廈門大學學報》2003年第4期。

大的不同，幾乎沒有大事發生，只是日常生活中的小事情。寫這種狀況其實是最難寫的。《紅樓夢》第七回有一點像二十四小時裏沒有事情發生的那個部分，就是閒話家常。一個真正好的作家，可以把日常生活裏非常平凡的事寫得非常精彩。人們對《紅樓夢》第七回談得並不多，因為它平平淡淡地就寫過去了。」「《紅樓夢》是一部長篇小說，不可能是一個高潮接著另一個高潮，而是要去描繪幾個高潮之間的家常與平淡，這是小說或者戲劇最難處理的部分。」〔註3〕《紅樓夢》本身就是一部「日常敘事」的傑作，蔣勳又是有著豐富創作經驗的作家，由蔣勳從自己的切身體會出發，以《紅樓夢》為主要憑據，強調「日常敘事」的重要性，強調「日常敘事」之難，其實是極富啟示意義的事情。

　　具體到賈平凹的《古爐》，從小說的後記中，我們即不難發現，實際上，以「日常敘事」的方式呈示表現「文革」，乃是賈平凹一種非常自覺的藝術追求。「以我狹隘的認識吧，長篇小說就是寫生活，寫生活的經驗，如果寫出讓讀者讀時不覺得它是小說了，而相信真有那麼一個村子，有一群人在那個村子裏過著封閉的庸俗的柴米油鹽和悲歡離合的日子，發生著就是那個村子發生的故事，等他們有這種認同了，而且還覺得這樣的村子和村子裏的人太樸素和簡單，太平常了，這樣也稱之為小說，那他們自己也可以寫了，這，就是我最滿意的成功。」「最容易的其實就是最難的，最樸素的其實也是最豪華的。什麼叫寫活了逼真了才能活，逼真就得寫實，寫倫理。腳蹬地才能躍起，任何現代主義的藝術都是建立在紮實的寫實功力之上的。」雖然故事發生在「文革」這樣一個特定的特別政治化的時代，但賈平凹在寫作過程中卻並沒有把自己的視點完全放置在政治事件之上，通篇撲面而來的都是古爐村裏的那些個日常瑣事。可以說，賈平凹描摹再現日常生活場景的非凡寫實功力，在《古爐》中確實得到了可謂是淋漓盡致的充分體現。這一點，我想，只要是認真讀過小說的人，就都會首肯。應該承認，賈平凹在後記中所表達的此種感受是非常到位的。我們一直在強調文學創作的原創性，在我看來，長篇小說的原創性實際上也正表現在作家以其非凡的創造能力成功地重新創造出了一個完整世界。《聖經》說，是上帝創造了我們所生存的這個現實世界。我要說，作家其實也非常類似於上帝，也在用語言形式創造著一個藝術世界。《紅樓夢》

〔註3〕 這兩段話分別見蔣勳《蔣勳說紅樓夢》第一輯第170，第二輯第222頁，上海三聯書店2010年9月、11月版。

當然極為成功地創造了一個藝術世界，自從有了《紅樓夢》，那些生活在賈府中的人們就獲得了別一種生命力，就一直與我們生活在一起。賈平凹的《古爐》也無疑達到了原創的效果，賈平凹在後記中所期待的能夠讓讀者「不覺得它是小說了，而相信真有那麼一個村子」的這樣一種藝術效果，看起來似乎低調，實際上卻是一種極高的很難企及的藝術標準。能夠把「文革」這一重大的政治歷史事件，以如此日常生活的方式包容並表現出來，所充分凸顯出的，也正是賈平凹一種超乎於尋常的藝術創造能力。

若干年前，美籍華裔作家哈金曾經仿照「偉大的美國小說」〔註4〕的定義方式，提出過一個關於「偉大的中國小說」的概念定義，我們注意到，在哈金的定義中，特別強調的一點，就是這「偉大的中國小說」必須是「一部關於中國人經驗的長篇小說」。那麼，到底怎樣才算得上是寫出了「中國人經驗」呢？或者更進一步地說，這「中國人」的「經驗」之具體內涵又是什麼呢？必須承認，關於究竟什麼是「中國人經驗」，具體談論起來肯定是一個人言言殊的抽象話題，很難形成一致的意見看法。而且，所謂「中國人經驗」，也肯定是多元化的，不可能只有一種或者幾種理解。但強調「中國人經驗」本身的複雜性，卻也並不就意味著這種「經驗」是不存在的。就我個人的藝術感覺而言，賈平凹的這部《古爐》就完全可以被理解為一部充分表現了「中國人經驗」的長篇小說。此種「中國人經驗」，又可以具體分解為兩個不同的層面。第一個層面，就是作家的「文革」敘事。正因為「文革」是二十世紀中國獨有的歷史事件，所以，賈平凹的「文革」敘事所講述的也就只能是中國人獨有的一種經驗。第二個層面，則是指我們在上一部分已經專門分析過的賈平凹對於中國鄉村世界常態生活的發現與書寫。很顯然，無論是鄉村世界中的人情倫理也罷，還是神巫化特徵也罷，都可以被看作是中國鄉土社會跨越漫長歷史歲月長期以來形成的一種獨有經驗。說實在話，中國真正地開始所謂的工業化進程也還不到一百年的時間，更多的歷史時間內構成了所謂「中國人經驗」之主體的，實際上正是賈平凹在《古爐》中所充分揭示出的鄉村常態生活經驗。需要特別注意的是，如果說賈平凹的《古爐》是一部關於「中國人經驗」的長篇小說的話，那麼，這部小說的藝術書寫方式也同樣是充分中國化的。或者也可以說，《古爐》是一部在藝術上充分體現出了中國氣勢的一部長篇小

〔註4〕哈金關於「偉大的中國小說」的概念定義，可參見本書第九章「『偉大的中國小說』？」部分的具體介紹。此處不贅。

說。在我看來，這中國氣勢主要就落腳在構成小說主體的「日常敘事」上。之所以這麼說，關鍵的原因在於，作為「中國人經驗」之主體的鄉村常態生活，只有通過那些細小瑣碎的日常生活中點點滴滴的微小細節，方才能夠得到有效的藝術展示。據我瞭解，很多人在閱讀賈平凹《秦腔》《古爐》的時候，都曾經產生過在開篇處一時無法進入的強烈閱讀體會。細究其因，我覺得其實正與作家那「生活流」式的「日常敘事」方式存在著緊密的關係。實際上，並不只是《古爐》，早在《秦腔》之中，賈平凹就已經開始採用這種具有中國氣勢的「日常敘事」方式了。「我的故鄉是棣花街，我的故事是清風街，棣花街是月，清風街是水中月，棣花街是花，清風街是鏡裏花。但水中的月鏡裏的花依然是那些生老離死，吃喝拉撒睡，這種密實的流年式的敘寫，農村人或在農村生活過的人能進入，城裏人能進入嗎？陝西人能進入，外省人能進入嗎？我不是不懂得也不是沒寫過戲劇性的情節，也不是陌生和拒絕那一種『有意味的形式』，只因我寫的是一堆雞零狗碎的潑煩日子，它只能是這一種寫法，這如同馬腿的矯健是馬為覓食跑出來的，鳥聲的悅耳是鳥為求愛唱出來的。」〔註5〕什麼樣的思想藝術主旨便需要有什麼樣的語言形式載體，既然「寫的是一堆雞零狗碎的潑煩日子」，那麼小說便只能是這樣一種寫法，便只能採用這樣的一種語言方式，所謂「言為心聲」的別一解大約也就是這樣的一個意思了。通常的意義上，「言為心聲」只應被理解為語言應該真實地傳達內心的聲音，但在此處，卻應該反過來被理解為具有什麼樣的內心想法那麼就會同樣具有什麼樣的一種語言形式，而且只有這一種語言形式才能夠將作家真正的心聲最為貼切地傳達出來。賈平凹所謂「密實的流年式的敘寫」，實際上就是我們此處所特別強調的「日常敘事」。很顯然，只有充分地借助於這樣一種具有中國氣勢的敘事形式，才能夠把作家所欲表現的「中國人經驗」成功地傳達給廣大的讀者。

第二節　悲憫情懷

閱讀《古爐》，一個不容忽視的思想藝術成就，就是賈平凹對於若干人物形象的成功塑造。據不完全統計，小說中的出場人物先後多達一百人以上。這一百多人雖然不能說都寫得很成功，但最起碼，其中諸如狗尿苔、蠶婆、

〔註5〕賈平凹《〈秦腔〉後記》，見《秦腔》，作家出版社2005年4月版。

善人、霸槽、天布、禿子金、杏開、支書朱大櫃、磨子、麻子黑、守燈、半香等十數位人物形象，卻可以說給讀者留下了深刻的印象。其中蠶婆與霸槽這兩位人物形象，我們在前面已經有所涉及論述，此處自然就不再具體展開了。然而，如果說到小說中的悲憫情懷，那麼，最不容忽視的兩位人物形象，我以為，其實就是狗尿苔和善人。

先來看狗尿苔。正如同在某種意義上可以把《紅樓夢》看作是一部成長小說一樣，我們實際上也完全可以把《古爐》看作是一部成長小說。作為成長小說，《紅樓夢》所集中表現的是賈寶玉的成長過程，而《古爐》表現的，則是狗尿苔的成長過程。在這裡，需要順便探討一下小說人物的命名特點。讀過小說之後，我已經不止一次地聽到有人說《古爐》中人物的名字有點太土了。我自己在剛剛開始閱讀的時候，也產生過這樣一種強烈的感覺。命名太土，這種感覺當然是正確的。但賈平凹為什麼要刻意地追求土的效果呢？我想，這恐怕還是與作家刻意追求呈現一種原汁原味的鄉村生活的藝術理念有關係。正如同表現貴族生活的《紅樓夢》裏的人物只能是什麼寶、金、玉、鳳、釵一樣，「文革」期間的偏遠小山村古爐的人名，大約也就只能是賈平凹所寫的這種樣子了。既然曹雪芹筆下底層人物的名字不是劉姥姥，就是焦大、板兒，那麼，賈平凹筆下的人物也就完全可以是現在的這種情況了。需要注意的是，在這諸多的卑賤人物中，狗尿苔應該是最卑賤的一個。按照小說中的介紹，狗尿苔是被蠶婆抱來的：「狗尿苔常常要想到爺爺，在批鬥婆的會上，他們說爺爺在臺灣，是國民黨軍官，但臺灣在哪兒，國民黨軍官又是什麼，他無法想像出爺爺長著的模樣。他也想到父母，父母應該是誰呢，州河上下，他去過洛鎮，也去過下河灣村和東川村，洛鎮上的人和下河灣村東川村的人差不多的，那自己的父母會是哪種人呢？」既然無父無母，爺爺又遠在臺灣，狗尿苔就只能和年邁的蠶婆相依為命了。只能與蠶婆相依為命倒也罷了，更加讓狗尿苔感到委屈的是，他不僅個子矮小永遠長不大，而且還形象特別醜陋。小說中，賈平凹借助於禿子金的話語進行過生動的描繪：「啊狗尿苔呀狗尿苔，咋說你呢？你要是個貧下中農，長得黑就黑吧，可你不是貧下中農，眼珠子卻這麼突！如果眼睛突也就算了，還肚子大腿兒細！肚子大腿兒細也行呀，偏還是個乍耳朵！乍耳朵就夠了，只要個子高也說得過去，但你毬高的，咋就不長了呢？！」形象不佳也就算了，關鍵的問題還在於，狗尿苔由於受到遠在臺灣的爺爺的牽連，被看做是四類分子的後代而在古爐村備受歧

視，以至於，幾乎古爐村所有的人都可以對他任意驅馳使用可以對他頤指氣使指手畫腳，就好像這狗尿苔天生就是古爐村民們的僕傭一般。這樣看來，雖然同樣是小說中的主人公，但賈寶玉與狗尿苔的生存處境卻可以說是有天壤之別。一個是高貴如花，一個卻是低賤如炭。但這兩位之間一個不容忽視的相似之處卻在於，他們不僅都在某種意義上承擔著小說中視點性人物的功能，而且也還都是具有鮮明自傳性的人物形象。

　　賈寶玉身上曹雪芹自身影子的存在，因為有了紅學家多年的考證研究，早已是毋庸置疑的事實。需要展開分析的，是狗尿苔形象的自傳性問題。在小說後記中，賈平凹寫到：「而我呢，我那時十三歲，初中剛剛學到數學的一元一次方程就輟學回村了。我沒有與人辯論過，因為口笨，但我也刷過大字報，刷大字報時我提糨糊桶。我在學校是屬於聯指，回鄉後我們村以賈姓為主，又是屬於聯指，我再不能亮我的觀點，直到後來父親被批鬥，從此越發不敢亂說亂動。但我畢竟年紀還小，誰也不在乎我，雖然也是受害者，卻更是旁觀者。」「狗尿苔，那個可憐可愛的孩子，雖然不完全依附於某一個原型的身上，但在寫作的時候，常有一種幻覺，是他就在我的書房，或者鑽到這兒藏到那兒，或者癡癡呆呆地坐在桌前看我，偶而還叫著我的名字。我定睛後，當然書房裏什麼人都沒有，卻糊塗了：狗尿苔會不會就是我呢？我喜歡著這個人物，他實在是太醜陋，太精怪，太委屈，他前無來處，後無落腳，如星外之客，當他被抱養在了古爐村，因人境逼仄，所以導致想像無涯，與動植物交流，構成了童話一般的世界。狗尿苔和他的童話樂園，這正是古爐村山光水色的美麗中的美麗。」〔註6〕雖然總是閃閃躲躲，但從話裏話外的意思來推斷，說狗尿苔是《古爐》中的一個自傳性形象，絕對還是能夠成立的。賈寶玉既是王夫人所生，卻又是女媧補天時一塊無才可去補蒼天的頑石。狗尿苔則無父無母，他的來歷無蹤可覓，直如來無蹤去無影的天外來客一般。因為具有自傳性，所以，描寫起來的時候，自然就會真切形象許多。狗尿苔這一人物之所以能夠給讀者留下至為深刻的印象，根本的原因或許正在於此。同時，也正如同賈寶玉既聯繫著現實生活中的紅塵世界，同時卻也聯繫著太虛幻境這樣形而上的玄妙境界一樣，狗尿苔也是一方面腳踏著古爐村的大地，聯繫著古爐村的芸芸眾生，另一方面卻也明顯地寄寓著賈平凹一種形而上的深入思考。

〔註6〕賈平凹《〈秦腔〉後記》，見《秦腔》，作家出版社2005年4月版。

　　尤其值得注意的是，如同曹雪芹在賈寶玉身上強烈地寄寓表現著一種悲憫情懷一樣，在《古爐》中，真正地寄寓表現著賈平凹悲憫情懷的人物形象，正是狗尿苔。只不過，究其淵源，賈寶玉悲憫情懷的生成，與他的天性高貴有關，而狗尿苔的悲憫情懷，除了曾經受到過蠶婆與善人的影響之外，則很顯然與其自身的出身卑賤有關。惟其出身卑賤，所以他更能設身處地地體會到生命的淒苦悲涼狀態，當然也就更能生成其悲憫情懷了。關於曹雪芹以及賈寶玉的悲憫情懷，蔣勳曾經進行過多處精彩分析。比如，在無意間發現茗煙按著小姑娘「幹那警幻所訓之事」的時候，「這一段把寶玉的個性完完全全寫出來了，這就是他對人的原諒、寬恕和擔待。他不但沒有責罵她，沒有得理不饒人，相反，他怕這個女孩子害怕，怕她受傷，怕她受了恥辱後想不開，他還要追出去再加一句。……寶玉追出來說的這一句話，不是好作家絕對寫不出來。」比如，賈寶玉對襲人講了這樣一番話「下面一段，我覺得是《紅樓夢》裏最漂亮的句子：『只求你們同看著我，守著我，等我有一日化成了飛灰，──飛灰還不好，灰還有行跡，還有知識，──等我化成一股輕煙，風一吹便散了的時候，你們也管不得我，我也顧不得你們了。那時憑我去，我也憑你們愛那裡去就去了。』」「大家有沒有覺得這是《紅樓夢》最重要的調性，作者整個的感傷都在這裡。生命最後是一個無常，所有生命的因果只是暫時的依靠，現世的愛、溫暖與眷戀，到最後都會像煙一樣散掉。寶玉的心底有一種別人無法瞭解的孤獨，他覺得生命到最後其實沒有什麼能留住，就像灰一樣，甚至比灰還要輕。」再比如，分析到賈瑞的人生悲劇的時候，「從這裡我們可以知道，作者在十二回是要我們同情賈瑞的，賈瑞雖然活得這麼難堪，但其實是一個值得同情與悲憫的角色。」「那殘缺代表什麼？代表他經過人世間的滄桑，受過人世間的磨難，所以他修道成功了，只有他才知道什麼叫寬容。太過順利的生命，其實不容易有領悟。他的意思是說當你有身體上的痛苦，才知道什麼是真正的悲憫。這都是佛、道的一些思想。」〔註7〕

　　說實在話，在中國當代作家中，真正具有悲憫情懷的，為數極少，但賈平凹卻很顯然是其中之一。在《古爐》中，賈平凹的悲憫情懷，更多地是通過狗尿苔這個人物形象而體現出來的。比如，狗尿苔和善人一起抬蜂箱上山，走到半路上為了阻止欏頭隊與紅大刀隊火並武鬥，他們就把蜂箱從山上推了

〔註7〕　分別見蔣勳《蔣勳說紅樓夢》第二輯第 226、237、53 頁，上海三聯書店 2010年 11 月版。

下來。「既然善人沒事，狗尿苔就要埋怨善人了，為什麼要把蜂箱推下去呢，要推下去你推麼，偏要叫我也一塊推。善人說：要不推下蜂箱，你讓他們打起來呀？！這不，他們都退了，蟄了你一個，救了多少人呢？」說到狗尿苔悲憫情懷的形成問題，我們在前面曾經強調過他對自身卑賤地位的充分體會，其實，除此之外，善人、蠶婆他們對於他的影響也都是非常重要的。這裡的蜂箱事件所體現出的，就是善人在向狗尿苔傳授一種「我不入地獄誰入地獄」的自我犧牲精神。只要認真地讀過小說，你就會知道，雖然狗尿苔其貌不揚，雖然他的個子似乎永遠也長不高，雖然他被看作是四類分子的後代，但是，古爐村人在遭遇種種人生的苦難與不幸的時候，出面支撐拯救者卻往往是狗尿苔。當支書被抓到洛鎮參加學習班的時候，代替支書老婆跑到鎮上看望支書的，是狗尿苔；當杏開有孕在身份娩在即的時候，和蠶婆一起關照杏開的，是狗尿苔；當灶火因為不小心弔著毛主席像而要被打成反革命的時候，悄無聲息地挽救了他的，也還是狗尿苔。尤其令人感動的是，水皮媽明明是古爐村最讓人厭惡的一個人物形象，但在水皮因喊錯口號被打成反革命之後，狗尿苔卻忽然同情了水皮媽：「狗尿苔突然覺得水皮媽有些可憐了，他要去拉水皮媽回家去……」當然，除了總是在承擔拯救者的角色之外，狗尿苔悲憫情懷的另外一個突出表徵，就是他居然能夠聽懂各種動物的話，能夠與動物進行平等交流：「從此，狗尿苔見了所有的雞，狗，豬，貓，都不再追趕和恐嚇，地上爬的蛇，螞蟻，蝸牛，蚯蚓，蛙，青蟲，空裏飛的鳥，蝶，蜻蜓，也不去踩踏和用彈弓射殺。他一閒下來就逗著它們玩，給它們說話，以至於他走到哪兒，哪兒就有許多雞和狗，地裏勞動歇息的時候，他躺在地頭，就有蝴蝶和蜻蜓飛來。」必須承認，以上這一段描寫，肯定是賈平凹《古爐》中最感動人的文字段落之一，它之所以讀來特別感人，就是因為充分地凸顯出了狗尿苔當然更主要地是賈平凹自己的一腔悲憫情懷。當然了，狗尿苔身上承載的悲憫情懷，在賈平凹的小說後記中也不難得到相應的印證：「在寫作的中期，我收購了一尊明代的銅佛，是童子佛，赤身裸體，有繁密的髮髻，有垂肩的大耳，兩條特長的胳膊，一手舉過頭頂指天，一手垂下過膝指地，意思是：天上地下唯我獨尊。這尊佛就供在書桌上，他注視著我的寫作，在我的意念裏，他也將神明賦給了我的狗尿苔，我也恍惚裏認定狗尿苔其實是一位天使。」惟其是佛是天使，所以，由狗尿苔來承載表達賈平凹自己的一腔悲憫情懷，就是十分自然的事情。正因為狗尿苔具有悲憫情懷，所以，善人在離世之前

才會有如下的預言留下：「善人說：村裏好多人還得靠你哩。狗尿苔說：好多人還得靠我？善人說：是得靠你，支書得靠你，杏開得靠你，杏開的兒子也得靠你。說得狗尿苔都糊塗了，說：我還有用呀？」實際的情況也確實如此，雖然從功利的角度來看，永遠長不大的狗尿苔似乎真的沒有什麼用，但正所謂「無用之用，是為大用」。在這裡，賈平凹借助於狗尿苔這一形象，傳達出的實際上可以說是道家的一種思想。某種意義上，孫郁對於狗尿苔形象的高度評價，可以被看作是我們觀點一種很好的佐證：「狗尿苔是一個善良可愛而長不大的醜孩，這個形象在過去很少看到。可以說是繼阿 Q、陳奐生、丙崽後又一個閃光的人物。一個可以通天地、暗鬼魂的小人物，夾纏在緊張的革命時代裏。他的童貞的視角映現著現實的悖謬，而一面也有泛神精神提供的逃逸之所。在《阿 Q 正傳》裏我們看到了魯迅的無望的喘息，《古爐》在極為慘烈中給我們帶來的是黑白的對比，鄉下人善良的根性使古爐村還保留著讓人留念的一隅。」〔註8〕

　　說到這裡，我們就需要特別說明一下善人這一形象的重要性。按照賈平凹在小說後記中的說法，善人這一形象是有原型的，這原型就是撰寫有《王鳳儀言行錄》的王鳳儀。「善人是宗教的，哲學的，他又不是宗教家和哲學家，他的學識和生存環境只能算是鄉間智者，在人性爆發了惡的年代，他注定要失敗的，但他畢竟療救了一些村人，在進行著他力所能及的恢復、修補，維持著人倫道德，企圖著社會的和諧和安穩。」前邊已經說過，這善人是以一位善於「說病」的醫者的形象出現的，頗類似於基督教中的傳教士。其實，只要細細地琢磨一下小說中善之乎者也地用文言語詞所講述的那些話，我們就不難發現，其淵源很顯然就來自於中國傳統的佛道思想。然而，在強調善人形象對於作家悲憫情懷的表達具有相當重要性的同時，我們卻也不得不遺憾地指出，賈平凹對於這一人物的設定與塑造，其實還是存在一定問題的。這問題主要體現在善人的言辭方式上。或許是為了更加有力地凸顯出這一形象的先知色彩的緣故，賈平凹特意地為他設定了一種明顯區別於鄉村世界日常口語的過於典雅深奧的文言語詞。但正所謂成也蕭何敗也蕭何，如果說，這樣的一整套言辭方式，確實使得善人這個鄉村知識分子形象區別於普通民眾的話，那麼，也正是這樣的言辭方式，使得他根本無法真正地融入到鄉村生活之中，明顯地被阻隔在了鄉村日常生活之外。關於這一點，我們只要把

〔註8〕孫郁《從「未莊」到「古爐村」》，載《讀書》2011 年第 6 期。

善人形象與蠱婆形象比較一下，就不難得到一種真切的體悟和認識。非常簡單的道理，善人雖然是作家寄寓可謂相當深遠的一位鄉村知識分子形象，但他在日常生活中要想和村民們進行正常的交流，滿嘴總是典雅深奧的文言語詞，就肯定是行不通的。這樣看來，賈平凹在善人形象塑造上的煞費苦心，其實並沒有能夠收到應有的理想效果。

行文至此，一個無法迴避的問題就是，為什麼說悲憫情懷對於文學作品就如此重要呢？要想充分地理解這一問題，我覺得，我們其實很有必要重溫王國維先生在《人間詞話》中的兩段名言：「詞至李後主而眼界始大，感慨遂深，遂變伶工之詞為士大夫之詞。周介存置諸溫、韋之下，可謂顛倒黑白也。『自是人生長恨水長東』，『流水落花春去也，天上人間』，《金荃》《浣花》能有此氣象耶？」「尼采謂：『一切文學，余愛以血書者。』後主之詞，真所謂以血書者也。宋道君皇帝《燕山亭》詞亦略似之。然道君不過自道身世之感，後主則儼有釋迦、基督擔荷人類罪惡之意，其大小固不同矣。」〔註9〕所謂由「伶工之詞」變為「士大夫之詞」，用現代的言辭來說，王國維所強調的，其實是一種可貴的知識分子意識對於詩詞創作的強有力介入。只有在這個前提之下，李後主才可能「以血」書詞，才能夠創作出如同《浪淘沙》《相見歡》這樣優秀的詞作來。而李後主的《浪淘沙》《相見歡》之所以特別傑出，一個根本的原因在於，其中「儼有釋迦、基督擔荷人類罪惡之意」也！很顯然，王國維在充分肯定李後主創作時所特別強調的「儼有釋迦、基督擔荷人類罪惡之意」，實際上也正是在強調創作主體一種發自內心的悲憫情懷的重要性。如果說，李後主的詞作可以因為悲憫情懷的具備而堪稱傑出的話，那麼，賈平凹的《古爐》自然也就可以因為悲憫情懷的具備而獲得我們的高度評價。正如《古爐》所充分描寫表現的，「文革」確實給古爐村造成了巨大的現實苦難與人性苦難。面對這重重苦難，賈平凹不僅毅然直面，而且還通過狗尿苔以及善人、蠱婆等人物形象的精彩塑造表現出了如同釋迦、基督那樣突出的一種擔荷人類罪惡之意。具備了此種殊為難得的悲憫情懷，《古爐》之思想藝術境界自然也就高遠了許多。

最近一個時期，我一直在反覆閱讀臺灣蔣勳從佛道的思想淵源出發解說《紅樓夢》的一部精彩著作《蔣勳說紅樓夢》（在文章即將結束之際，必須指

〔註9〕王國維《人間詞話》第4頁，上海世紀出版、上海古籍出版社2008年5月第一版。

出的一點是，因為我們在文中多次提到《紅樓夢》，或許會給讀者形成一種賈平凹寫出了一部當代的《紅樓夢》的錯覺。因此，有必要強調，我們之所以多次提及《紅樓夢》，只不過是在一種比較的意義上凸顯著《古爐》的重要性而已。從根本上說，《古爐》絕對應該被看做是一部頗得《紅樓夢》神韻的原創性長篇小說）。反覆閱讀此作的一個直接收穫就是，我越來越相信了這樣的一種觀點，那就是，大凡那些以佛道思想做底子的小說，基本上都應該被看作是優秀的漢語小說。只要有了佛道思想的底子，只要能夠把佛道思想巧妙地滲透表現在自己的小說作品之中，那麼，這漢語小說，自然也就會具有不俗的思想藝術品味。令人頗感遺憾的是，在一部中國現當代文學史上，能夠真正參悟領會佛道思想，並且將其貫徹到小說作品中的作家，實際上是相當少見的。但寫出了《古爐》的賈平凹，卻明顯是這少見的作家中的一位。別的且不說，單就賈平凹名字中的「平凹」二字，細細想來就是很有一些禪意的。雖然我也知道，這「平凹」乃是由「平娃」演變而來的，但為什麼演變出的居然會是這樣的兩個字呢？！既然有了佛道思想做底子，那麼，賈平凹小說的高尚品味也就可想而知了。我們之所以敢於斗膽斷言，說《古爐》是一部當下時代難得一見的「偉大的中國小說」，與這種思想底色的存在自然有著極密切的關係。

第三章　人物形象論（一）

　　根據一般的閱讀經驗，舉凡優秀的長篇小說，都少不了人物形象的成功塑造。一部長篇小說，之所以能夠在我們的腦海中留下難以磨滅的長久記憶，一個非常重要的原因就在於作家刻畫塑造了豐滿生動的人物形象。賈平凹《古爐》的成功，也與作家對於一系列具有人性深度的人物形象的刻畫塑造有關。說到長篇小說中人物形象的塑造，就必須注意到這樣一個文學現象的存在，那就是，假若說西方的長篇小說往往會集中圍繞一個或者幾個人物形象來進行創作的話，那麼，中國古代優秀的長篇小說，卻大都屬於人物群像式的創作。在這一方面的具體例證，可以說是不勝枚舉。西方從塞萬提斯的《堂吉訶德》，托爾斯泰的《戰爭與和平》《安娜·卡列尼娜》《復活》，陀思妥耶夫斯基的《卡拉馬佐夫兄弟》《罪與罰》《被侮辱與被損害的》，一直到喬伊斯的《尤利西斯》、福克納的《喧嘩與騷動》、卡夫卡的《城堡》，作家所著意塑造的人物形象都不會太多，差不多都是個位數的。與此形成鮮明對照的，則是中國古代的長篇小說。無論是《水滸傳》《三國演義》，還是《紅樓夢》，作家所欲點染刻畫的人物形象都是數量眾多。即使是那一部看似人物數量較少貌似只有師徒四人的《西遊記》，假如我們考慮到師徒之外諸多的神仙和妖怪，那麼，其人物形象的數量自然也就相當可觀了。現在的一個問題就是，中西的長篇小說之間為什麼會形成如此鮮明的差異呢？儘管此種情形形成的原因是很複雜的，但在我看來，其中一個不容忽視的原因，恐怕就是中西兩種文化的不同。

　　我們注意到，關於中西文化的差異，曾經有論者進行過精闢的論述：「在中國兩千年的封建社會歷史的進程中，儒家思想一直佔據著根深蒂固的統治

地位，對中國社會產生了極其深刻而久遠的影響。中國人向來以儒家的『中庸之道』作為行為的基本準則。待人接物、舉止言談要考慮溫、良、恭、儉、讓，以謙虛為榮，以虛心為本，反對過分地顯露自己，表現自我。因此，中國文化體現出群體性的特徵，這種群體性的文化特徵是不允許把個人價值凌駕於群體利益之上的。西方國家價值觀的形成至少可追溯到文藝復興運動。文藝復興的指導思想是人文主義，即以崇尚個人為中心，宣揚個人主義至上，竭力發展自己，表現自我。『謙虛』這一概念在西方文化中的價值是忽略不計的。生活中人們崇拜的是『強者』、『英雄』。有本事、有才能的強者應得到重用，缺乏自信的弱者只能落伍或被無情地淘汰。因此，西方文化體現出個體性特徵。」〔註1〕既然中國文化是群體性文化，那麼，中國古代的作家們在長篇小說的寫作中自然就會特別注重於人物群像的塑造。同樣的道理，西方的作家們之所以很少有人物群像類長篇小說的創作，與他們所置身於其中的個體性文化也肯定存在著內在緊密的聯繫。雖然說我們確實沒有對於中西長篇小說創作的以上不同進行簡單的優劣比較的意思，但即使僅僅從人物形象的數量上看，中國古代的作家們要想在一部篇幅相對有限的長篇小說中刻畫塑造出眾多的人物群像來，寫作難度無疑還是要大一些的。

或許與中國古代人物群像類長篇小說的寫作難度有關，當然，肯定更主要是因為受到西方長篇小說影響的緣故，到了「五四」之後逐漸成熟起來的中國現代長篇小說中，大多數的作家所採用的便是西方這種非人物群像類的寫作體式。只有少數的作品，比如巴金的《家》《春》《秋》三部曲，老舍的《四世同堂》等，還多少帶有一點中國古代人物群像類長篇小說的特點。到了當代長篇小說中，思來想去，大約也只有陳忠實的《白鹿原》庶幾近之也。自然，這裡還沒有說到賈平凹。如果說到賈平凹，那麼，他近期的《秦腔》與《古爐》，就都應該被看做是人物群像類的長篇小說。需要特別指出的一點是，儘管巴金的《家》《春》《秋》三部曲、老舍的《四世同堂》、陳忠實的《白鹿原》某種意義上都可以被看作是人物群像類長篇小說，但除了這一點之外，作家的總體藝術思維方式卻依然都是西方式的。很顯然，正是在這一點上，賈平凹與其他中國現當代作家形成了鮮明的區別。賈平凹的《秦腔》，尤其是《古爐》，不僅屬於人物群像類的長篇小說，而且從基本的藝術思維方式上看，也明顯地承繼了中國的本土小說傳統。關於賈平凹藝術思維方式的本土化問

〔註1〕劉霞、張宗奎《中西文化差異種種》，載《山東教育》2002年第Z2期。

題，我們將在小說的敘事格局一部分具體展開分析，這裡重點考察的，只是
賈平凹《古爐》中人物形象的刻畫塑造問題。

作為一部人物群像類的長篇小說，《古爐》中寫到的人物形象大約有近百
位之多，其中能夠給讀者留下難忘印象者，最少也有十幾位。一部六十多萬
字的現代長篇小說，能夠相對成功地刻畫塑造這麼多人物形象，確實相當難
能可貴。按照李星的看法，這十幾位人物形象，又可以被劃分為以下幾類：
「借用印度教『三界』（欲界、色界、無色界）的說法，我們可以稱《古爐》
中人物如蠶婆、善人、狗尿苔等人在曳尾於塗的現實世界，從苦難之爐火中
昇華出了以大慈悲、大關懷為核心的精神境界的人，可稱為『神界』；而麻子
黑、守燈、水皮等人卻是在現實苦難之爐火中，靈魂出竅，失卻人性，沉淪為
以仇怨為生存之使命的惡魔式的人，可稱為『魔界』；而如夜霸槽、朱大櫃、
杏開、天布、禿子金、磨子、戴花、半香等古爐村的大多數人，則生活在欲望
界，為直接的欲望所控制的人，他們成分構成最複雜，也最為變動不居。在
一種情況下，他們可以為善，讓自己的思想和靈魂接近於『神界』，在另一種
情況下，他們卻可以為魔。」〔註2〕接下來，我們將循序對於這幾類人物形象
中的代表性人物展開具體深入的藝術分析。但在具體分析人物形象之前，賈
平凹對於人物形象塑造的一種思想認識，我們卻應該有所瞭解。《古爐》中，
狗尿苔曾經向婆提問霸槽到底算不算一個好人。「婆說：人好人壞看咋樣個說
哩，世上啥都好認，就是人這肉疙瘩不好認。」在這裡，賈平凹很顯然是在借
蠶婆之口表達自己對於人性構成之複雜多變性的一種深刻體認。這種深刻體
認，正是賈平凹在其小說創作中能夠深入挖掘表現具有人性深度的人物形象
的一種基本保證。

第一節　狗尿苔

在《古爐》中，狗尿苔一方面總是處於被侮辱與被損害的狀態之中，因
而總是顯得柔弱無力，但在另一方面，狗尿苔卻又無疑是作品中最多地承載
著賈平凹基本寫作題旨的一個帶有突出自傳性的主要人物形象。小說中的狗
尿苔，無父無母，只是與蠶婆祖孫二人相依為命艱難度日。他們祖孫倆的生
計本就十分艱難，但在 1960 年代中期席捲全國的那場社教運動中，卻又雪上

〔註2〕李星《〈古爐〉中的「造反派」》，載《名作欣賞》2012 年第 2 期。

加霜，居然「查出狗尿苔的爺爺被國民黨軍隊抓丁後，四九年去了臺灣」，於是，「婆就成了偽軍屬。」既然蠶婆被戴上了「偽軍屬」的政治帽子，在那個血統論盛行的階級鬥爭年代，狗尿苔雖然沒有明確地被戴上政治帽子，但實際上卻在劫難逃，事實上已經被劃入了另冊之中。因之，狗尿苔在《古爐》中，首先是一個卑微者的形象。狗尿苔的卑微，最突出地體現在他的外表形象上。對於狗尿苔不堪入目的醜陋形象，賈平凹曾經借助於禿子金之口，進行過生動的描寫：「啊狗尿苔呀狗尿苔，咋說你呢？你要是個貧下中農，長得黑就黑吧，可你不是貧下中農，眼珠子卻這麼突！如果眼睛突出也就算了，還肚子大腿兒細！肚子大腿兒細也行呀，偏還是個乍耳朵！乍耳朵就夠了，只要個子高也說得過去，但你毬高的，咋就不長了呢？！」請各位想一想，個子永遠長不高，肚子大腿兒細，突眼睛乍耳朵，而且還生的特別黑，這狗尿苔的形象也的確夠瘆人的了。關鍵的問題還在於，狗尿苔不僅不是貧下中農，而且還是階級敵人的後代。我覺得，賈平凹之所以要特別地把狗尿苔設定為一個永遠也長不高的人物形象，這樣一個能夠讓我們聯想起德國作家君特‧格拉斯《鐵皮鼓》中那位侏儒奧斯卡來的人物形象，或許正是要在一種象徵的意義上藉此凸顯出政治對於人性的壓抑與扭曲：「唉，他總是興沖沖地做著什麼事，冷不丁就有人說他的出身，這就像一棵莊稼苗苗正伸胳膊伸腿地往上長哩，突然落下個冰雹就砸趴了。他想，被冰雹砸過的莊稼發瓷不長，他的個頭也就是被人打擊著沒長高的。」

其實，狗尿苔原來的名字叫做「平安」，但古爐村的人們卻從來都不叫他「平安」，而是不無輕蔑地把他喊做狗尿苔。狗尿苔是什麼呢？「狗尿苔原本是一種蘑菇，有著毒，吃不成，也只有指頭蛋那麼大，而且還是狗尿過的地方才生長。」既然被村人們輕蔑地稱之為狗尿苔，那麼，身為異類的狗尿苔之卑微也就可想而知了。一個地位如此卑微的異類形象，其在古爐村的被侮辱被損害遭際，自然就是無法避免的了。只要認真地讀過《古爐》的人，最清晰的記憶之一，大約就是狗尿苔之不斷地被支配與被歧視：「村裏人一向都是要支派狗尿苔跑小腳路的，狗尿苔也一向習慣了受人支派。」除了提溜著一根火繩持續不斷地給村人們及時送上火種之外，村人們有什麼事都可以任意地驅使狗尿苔。比如，村裏邊的一眾男人們，包括天布、禿子金他們在內，斷不了會聚眾飲酒。每每到了這個時候，少不了的就是狗尿苔。「每當村裏誰家喝酒，吆呼喝酒的人就讓狗尿苔去叫人，把要叫的人都叫來了，他就提著火

繩站在旁邊，等著誰吃煙了去點火，誰賴著不喝了就幫著指責，逼著把酒喝到嘴裏，還要說：說話，說話！把酒喝在嘴裏遲遲不咽，讓一說話酒就咽了。但是，吆喝喝酒的人從沒給狗尿苔留個座位，也沒讓他喝一盅，只是誰實在喝不動了，說：狗尿苔替我喝一下。他端起盅子就喝了，他是能喝十盅也不醉的。」到最後，誰喝醉了，狗尿苔還得負責把醉酒的人送回家裏去。然而，儘管狗尿苔已經如此地卑微，但在現實生活中所遭遇到的，卻依然是無休無止的被傷害。比如說，村裏的那頭花點子牛死掉之後，要分肉給村民們吃。在那個物質貧瘠的時代，對於從來沒有嘗過牛肉是什麼滋味的狗尿苔來說，能夠有機會吃到牛肉，可以說是莫大的口福。然而，眼睜睜地看著村人們一個個興高采烈地拿著分到手的牛肉回家去了，終於輪到自己的時候，村幹部們分給狗尿苔的，卻居然只是一些牛百葉。之所以如此，當然與狗尿苔的出身有關：「水皮說：你想讓照顧呀，你家明明是婆孫兩個，咋能分開說。狗尿苔說：我婆沒兒沒女，我沒媽沒大。水皮說：照顧四類分子呀？把狗尿苔撥到了旁邊。」讀過《古爐》之後，分牛肉這個場景描寫給我留下了極其難忘的印象。借助於這樣的場景描寫，賈平凹強有力地凸顯出了狗尿苔在古爐村被侮辱被損害的真實處境。

需要特別注意的，是狗尿苔身上一種突出的自傳性色彩。賈平凹的父親是鄉村教師，母親是農民。文化大革命中，家庭遭受毀滅性摧殘，淪為「可教子女」。按照賈平凹自己在《古爐》後記中的說法，「而我呢，我那時十三歲，初中剛剛學到數學的一元一次方程就輟學回村了。我沒有與人辯論過，因為口笨，但我也刷過大字報，刷大字報時我提糨糊桶。我在學校是屬於聯指，回鄉後我們村以賈姓為主，又是屬於聯指，我再不能亮我的觀點，直到後來父親被批鬥，從此越發不敢亂說亂動。但我畢竟年紀還小，誰也不在乎我，雖然也是受害者，卻更是旁觀者。」其實，要想確證狗尿苔形象的自傳性，我們只要對讀比較一下賈平凹《古爐》與其自傳性作品《我是農民》中的相關描寫，也就可以一目了然了。在《古爐》中，關於狗尿苔的參加生產隊勞動，賈平凹一方面極精細地描寫過個子矮小的狗尿苔怎麼樣艱難地和牛鈴一起抬石頭的場景，另一方面卻也強調狗尿苔辛苦勞動一天才只能記三分工。而在《我是農民》中，也有過這樣的一段描寫：「牛頭嶺的坡道上常常有一個孩子低頭走道。他遲早都背著一個背簍，背簍特大，背簍底直磕著小腿腕子，他永遠在低著頭。……這孩子就是我。我的工分被定為三分。那時一個勞動日

是十分，十分折合人民幣是兩角，這就是說我從早到晚可以賺得六分錢。被定為三分，我是有意見的，但隊長考我們，先讓安民同我把一大堆麥糠運到生產隊的牛棚樓上，麥糠一分為二，安民兩個小時內就運完畢；我雖然穿了件短褲，累得滿身汗水，麥芒又扎得手臉通紅，但三個小時過去了還沒有運完。」〔註3〕同樣是幹活只能掙三分工，同樣是幹活時的艱難與無能，你說，狗尿苔身上能夠沒有賈平凹自己的形象投射麼？其實，放大一點來看，在賈平凹的許多長篇小說中，都少不了會有自傳性的形象出現。《廢都》中本身就是作家的莊之蝶自不必說，《高老莊》中的高子路與《秦腔》中的夏風身上，也很顯然都有著賈平凹自己的影子存在。一部長篇小說的寫作過程中，是否把作家自己在某種程度上擺進去，應該會多多少少影響到藝術描寫的真切性。狗尿苔這個人物形象之所以能夠給讀者留下深刻印象，與其自傳性色彩的具備顯然存在著一定關係。

但無論狗尿苔身上的自傳性因素有多麼濃烈突出，我們也都得清楚，狗尿苔絕非賈平凹自己的簡單翻版，而且建立在自我真切人生經驗之上的一個虛構性人物形象。道理非常簡單，正如同我們可以在狗尿苔身上輕易地尋繹出諸多與賈平凹相似的特徵一樣，我們也能夠在他身上發現更多不同於賈平凹自己的特徵。事實上，作為小說中最主要的人物形象之一，賈平凹在狗尿苔身上有著深切的情懷寄寓。要想更到位地理解狗尿苔的形象，就不能忽視賈平凹在《古爐》後記中關於狗尿苔的這樣一段話：「狗尿苔，那個可憐可愛的孩子，雖然不完全依附於某一個原型的身上，但在寫作的時候，常有一種幻覺，是他就在我的書房，或者鑽到這兒藏到那兒，或者癡癡呆呆地坐在桌前看我，偶而還叫著我的名字。我定睛後，當然書房裏什麼人都沒有，卻糊塗了：狗尿苔會不會就是我呢？我喜歡著這個人物，他實在是太醜陋，太精怪，太委屈，他前無來處，後無落腳，如星外之客，當他被抱養在了古爐村，因人境逼仄，所以導致想像無涯，與動植物交流，構成了童話一般的世界。狗尿苔和他的童話樂園，這正是古爐村山光水色的美麗中的美麗。」必須承認，《古爐》中曾經多次加以描寫的狗尿苔與各種動植物之間可謂親密無間的關係，確實給讀者留下了很深的印象。「麥捆椿子有三個一簇的，兩個一簇的，也有單獨立栽在那裡的，狗尿苔原先以為豬狗雞貓在一搭了說話，鳥在樹上

〔註3〕《賈平凹文集——我是農民·老西安·西路上》第 22 頁，陝西人民出版社 2008 年 10 月版。

說話，樹和樹也說話，但他還不知道麥捆椿竟然也在說話。」類似這樣描寫狗尿苔與動植物對話交流的片斷，在《古爐》中還有許多。現在的問題是，狗尿苔何以能夠具備如此一種特異能力？問題的答案小說中也有所交待：「在古爐村，牛鈴老是稀罕著狗尿苔能聽得懂動物和草木的言語，但牛鈴哪裏知道婆是最能懂得動物和草木的，婆只是從來不說，也不讓他說。村裏人以為婆是手巧，看著什麼了就能逮住樣子，他們壓根沒注意到，平日婆在村裏，那些饞嘴的貓，捲著尾巴的或拖著尾巴的狗，生產隊的那些牛，開合家那隻愛乾淨的奶羊，甚至河裏的紅花魚，昂嗤魚，濕地上的蝸牛和蚯蚓，蝴蝶、蜻蜓以及瓢蟲，就上下翻飛著前後簇擁著她。」當然，你還可以繼續追問，為什麼蠶婆就能夠具備一種與動植物溝通的能力呢？其實，對於我們理解《古爐》而言，真正的問題恐怕應該是，作家賈平凹為什麼要賦予自己筆下的這些人物這樣一種奇特的能力？作家賦予人物此種能力到底意欲何為？我們注意到，對於類似的現象，王德威曾經將之歸類於「抒情風格」並給出過自己的解釋：「回到《古爐》，我認為賈平凹的書寫位置和沈從文的《長河》有呼應之處，因為就像沈從文一樣，賈平凹痛定思痛，希望憑著歷史的後見之明——文化大革命之後——重新反省家鄉所經過的蛻變；也希望借用抒情筆法，發掘非常時期中『有情』的面向，並以此作為重組生命和生活意義的契機。兩者都讓政治暴力與田園景象形成危險的對話關係。」〔註4〕王德威將暴力敘事與田園景象對立而論，自然有其相當的道理，但我在這裡卻更願意把狗尿苔與蠶婆他們所具備的特異能力理解為一種人道主義的悲憫情懷。讓筆下具有理想色彩的人物形象與花鳥蟲魚與豬狗雞貓之間形成一種和諧的對話溝通關係，某種意義上，完全可以被看作是人道主義悲憫情懷的一種東方式體現。事實上，不只是對於周圍的這些動植物，即使是包括哪些曾經嚴重地傷害過自己且自己也一度對其抱有怨恨心理的古爐村人，狗尿苔與蠶婆所採取的都是一種難能可貴的悲憫情懷。關於這一點，因為在「悲憫情懷」一部分已有相應的深度論述，此處不贅。總之有一點，正如同賈平凹在《古爐》後記中提到狗尿苔這一形象時曾經特別說到狗尿苔與一尊明代的童子佛一樣，我們也必得把他理解為基督或者佛陀一類的人物，方才算得上真正把握了賈平凹刻畫塑造這一人物形象的思想精髓所在。

〔註4〕王德威《暴力敘事與抒情風格——賈平凹的〈古爐〉及其他》，載《南方文壇》
2011年第4期。

當然，關於狗尿苔這一形象，還有一個不容忽略的問題是，賈平凹為什麼要讓他的形象如此醜陋，而且個子永遠也長不高？我覺得，作家的這種特別設計，應該與莊子思想的潛在影響有關係。在《莊子》中，曾經多處出現過形貌醜陋的畸人形象，比如《人間世》中身體扭曲的支離疏，《德充符》中相貌極其醜陋的哀駘它，《達生》中的佝僂丈人等，均是如此。這些形象，非常鮮明地體現出了莊子一種基本的人生哲學。「畸人」一詞出自《大宗師》：「畸人者，畸於人而侔於天。」很顯然，莊子此處之所謂「畸人」，乃是與世俗不同的「異人」、「奇特的人」。但他又是「侔於天」即與天「相等」，能夠「通天道」（掌握自然規律）的人。我們都知道，賈平凹是一位深受中國古代佛道思想影響的作家，對於他所刻意塑造出來的狗尿苔這一畸人形象，我們顯然應該在這個層面予以理解和把握。

第二節　蠶　婆

蠶婆這一形象，雖然我們在「鄉村常態世界」一部分已經有所涉及，但在這裡仍然有更進一步深入分析的必要。理解蠶婆，我們一定要注意到這一形象的二重性。我們注意到，《古爐》中曾經出現過派出所王所長和支書之間的一段對話：「王所長說：古爐村就這兩個四類分子？支書說：要說呀，這兩個還不是真正的四類分子，守燈他大是地主，蠶婆的丈夫是解放前當偽軍去了臺灣。王所長說：這種人還叫婆？支書說：她歲數大，村裏人一直這麼叫。王所長說：歲數大就不是階級敵人啦？支書說：對，對，以後讓村裏人叫她蠶，或者叫狗尿苔他婆。」這一段對話，就十分形象地凸顯出了蠶婆在古爐村身份的二重性。其一，古爐村只有兩個頭上帶有明確政治帽子的階級敵人，一個是「漏劃地主」守燈，另一個就是「偽軍屬」蠶婆。儘管說蠶婆從本質上說是一個良善無比的村婦，她在日常生活中的所作所為完全當得起「掃地恐傷螻蟻命」的評價，但是，在那樣一個完全被政治思維主宰著的政治化時代，她卻根本就無法逃脫命運之網對自己的籠罩與捕捉。雖然自己的丈夫成為國民黨軍人乃是被國民黨軍隊抓丁的結果，並非自己的主動行為，而且，他的最後去臺灣也仍然是被裹挾而去的被動行為，但這一切卻都無法改變她在頻繁的政治運動中作為階級敵人被批鬥的悲慘命運：「從此村裏一旦要抓階級鬥爭，自然而然，守燈和婆就是對象。」正因為被批鬥已經明顯地日常化了，所

以，只要一聽到緊急的敲門聲，狗尿苔就會本能地以為婆又要挨批鬥了：「門這麼緊急敲，狗尿苔忽地坐起來，小聲說：婆，要給你開會呀？！婆也從門檻上回來，說：你不要出聲，我去開門。」以至於，不僅蠶婆自己屬於古爐村的另類，而且還連累著狗尿苔也被劃入了另冊之中。前面所述狗尿苔在古爐村地位之卑微無比，實際上正是受到蠶婆不幸命運拖累影響的結果。

但在另一個方面，我們卻應該注意到，蠶婆卻又是古爐村維持日常生活不可忽缺的鄉村能人形象。能夠心靈手巧地剪得一手好窗花，自然是蠶婆能力的一種突出標誌，但更為重要的卻是，鄉村世界中無論是婚喪嫁娶還是驅邪治病等一干重要的事務，都少不了有蠶婆的參與和介入。比如守燈中了漆毒之後，「守燈尋著了婆，婆是能給人擺治病的，比如誰頭疼腦熱了就推額顱，用針挑眉心，誰肩疼了舉不起手，就拔火罐，這些都不起作用了，就在清水碗裏立筷子，驅鬼祛邪。守燈的臉腫成這樣，婆說，這得用柏朵子燎。就在院門口喊狗尿苔，要狗尿苔去墳地裏砍些柏朵來。」比如馬勺他媽去世之後，「婆已經在馬勺家呆了大半天，她懂得靈桌上應該擺什麼，比如獻祭的大餛飩饃，要蒸得虛騰騰又不能開裂口子，獻祭的麵片不能放鹽醋蔥蒜，獻祭的麵果子是做成菊花形在油鍋裏不能炸得太焦。比如怎樣給亡人洗身子，梳頭，化妝，穿老衣，老衣是單的棉的穿七件呢還是五件，是老衣的所有扣門都扣上呢，還是只扣第三顆扣門。這些老規程能懂得的人不多，而且婆年齡大了，得傳授給年輕人，田芽就給婆做下手，婆一邊做一邊給田芽講。」尤其值得注意的是，小說中曾經借他人之口這樣談論過蠶婆在古爐村的重要性。「頂針歡天喜地，說婆知道這麼多的！三嬸說：你蠶婆是古爐村的先人麼。頂針說：婆名字叫蠶？三嬸說：你連婆名字都不知道呀？頂針說：平日都是婆呀婆呀地叫，誰叫過名字？我親爺的名字我也不知道哩。……你說都講究繼香火哩，隔兩代都不知道先人的名字，那還給誰繼香火？！婆說：扯遠了。三嬸說：扯遠了。以後有啥不清白的就來問你蠶婆。婆說：忽悠我哩。」因為中國有著可謂是源遠流長的祖先崇拜傳統，因此，這裡強調蠶婆是古爐村的「先人」，實際上包含有兩種意味。一種是強調蠶婆的年齡比較大，屬於古爐村的長者。但更重要的恐怕卻是第二種，那就是強調如同蠶婆這樣一種可謂鄉村事物百事通的人物其實是中國鄉村傳統倫理道德精神的化身。在當時那個特定的政治化年代，三嬸要求頂針她們多問問蠶婆，其實明顯隱含有維護鄉村傳統精神的意味在其中。道理非常簡單，在《古爐》中，除了政治運動來臨時無法逃

避被批鬥的命運之外，其他時候的蠶婆都是鄉村世界基本秩序的堅持與守護者。

假如我們把《古爐》看作是成長小說，那麼狗尿苔無疑就是處於不斷成長過程中的一個主要人物形象。按照一般的敘事程序，既然是成長小說，那麼，主人公在成長的過程中就肯定少不了要接受人生導師或者說幫手的幫助和指導。在小說中，實際上承擔此種功能的，就是蠶婆和善人這兩個同屬於「神界」的人物形象。先來看蠶婆。因為晚上做了噩夢，狗尿苔自己哭醒過來，「婆睜大了眼睛看著他，他只說婆要打罵他了，正後悔著，婆摟住了他，說：恨你爺幹啥？你爺也不想讓你受苦，誰也不願意活著受苦，但人活著咋能沒苦，各人有各人的苦，苦來了咱就要忍哩。聽婆的話，出門在外，別人打你右臉，你把左臉給他，別人打你左臉，你把右臉給他，左右臉讓他打了，他就不打了。」蠶婆沒有文化，也肯定不會知道什麼托爾斯泰，但在這裡，蠶婆的話卻與托爾斯泰的話如出一轍。沒有文化更沒有西方宗教背景的蠶婆，當然不會知道什麼叫做「不以暴力抗惡」。但賈平凹自己對此卻是十分明白的。在這裡，賈平凹把托爾斯泰的話語賦予蠶婆，顯然是要給深深陷入生命苦境中的蠶婆和狗尿苔他們繼續生存下去一個必要的精神通道。

或許正是在這樣一種精神的主導支配之下，經常被批鬥的蠶婆才能夠成為有勇氣的擔當者，才以極大的勇氣在他人陷入困境的時候慨然施以援手的。在殘酷的武鬥過程中，身為紅大刀一派首領之一的磨子被麻子黑捅破肚皮身受重傷，儘管蠶婆他們以前也曾經受過磨子的欺辱，但在此時此刻，以德報怨地幫助磨子解脫困境的，卻依然是蠶婆和狗尿苔。「狗尿苔也聽說磨子被麻子黑捅了，但他以為磨子和天布灶火跑出古爐村了，沒想到竟還在古爐，就藏在自己的地窖裏！狗尿苔說：榔頭隊還到處搜他哩。婆說：這話一個字兒都不敢對外人提說，你要說了，磨子就會被搜去活不成，我也就拿棍子把你打死！婆說這話，還真拿了她的拐杖在地上搗了搗。狗尿苔當然知道事情的輕重，他給婆保證著，又給婆出主意，說善人在山神廟周圍種過許多葫蘆南瓜，會不會那兒還有沒切成片兒的南瓜。」實際上，也正是在蠶婆和狗尿苔祖孫二人的幫助之下，磨子他們才從榔頭隊控制的古爐村順利脫逃的。自己本身是階級敵人，本身就處於極度的困境之中。在這種情況之下，蠶婆仍然能夠以極大的勇氣冒著天大的危險毅然出手援救磨子，不是菩薩心腸還能是什麼呢？很顯然，也正是在蠶婆這種精神境界天長日久的感召薰染之下，天

性善良的狗尿苔才最終形成了自己那樣一種難能可貴的悲憫情懷。

不容忽視的一點是，在賈平凹的《古爐》後記中，專門談到過的人物形象只有三位，而這三位卻居然都屬於我們所認定的理想性「神界」形象。關於蠶婆這一形象，賈平凹說：「最有興趣去結識那些民間藝人，比如刻皮影的，捏花饃的，搞木雕泥塑的，做血社火芯子的，無師而繪畫的，鉸花花的。鉸花花就是剪紙。我見過了這些人，這些人並不是傳說中的不得了，但他們無一例外都是有神性的人，要麼天人合一，要麼意志堅強，定力超常。當我在書中寫到狗尿苔的婆，原本我是要寫我母親的靈秀和善良，寫到一半，得知陝北又發現一個能鉸花花的老太太周蘋英，她目不識丁，剪出的作品卻有一種聖的境界。因為路遠，我還未去尋訪，竟意外得到了一本她的剪紙圖冊，其中還有郭慶豐的一篇介評她的文章，文章寫得真好，幫助我從周蘋英的剪紙中看懂了許多靈魂的圖像。於是，狗尿苔婆的身上同時也就有了周蘋英的影子。」應該注意到，在這段話中，賈平凹曾經專門提及的「神性」與「聖」以及「靈魂的圖像」這些語詞。所有的這些語詞，都充分地表明著蠶婆這一形象在《古爐》中的重要性。

第三節　善　人

同樣扮演著狗尿苔幫手形象的，是身為鄉村知識分子形象，或者按照賈平凹自己的說法屬於「鄉間智者」形象的善人郭伯軒。說到善人，馬上就讓我聯想到了《紅樓夢》中的所謂「空空大士」「渺渺真人」。應該注意到，《紅樓夢》是由形而上和形而下兩個世界組成的。所謂形而下的世界，就是指曹雪芹對於賈府日常生活的如實描寫展示。曹雪芹的寫實功力非常了得，他這一方面的藝術描寫達到了極端逼真的地步，以至於一個明顯的藝術錯覺就是，彷彿他已經把生活原封不動地照搬到了自己的小說作品中。所謂形而上的世界，就是指包括太虛幻境、還淚神話以及「空空大士」「渺渺真人」等神話性因素在內的一個超越於現實時空之外的虛構藝術空間。其中所切實隱含著的，就是曹雪芹對於人生所進行的一種普遍性的哲理思考。善人的形象之所以能夠讓我們聯想到「空空大士」「渺渺真人」，首先說明這一形象在《古爐》中有著類似於後者的傳達作者形而上思考的作用。但需要注意的是，善人這一形象在傳達賈平凹一種形而上之思的同時，卻也是一位可觸可感可以對之進行

深度分析的一個具象化人物。關於善人，我們首先應該注意到，這也是一位有著真實生活原型的人物形象。這一點，賈平凹在《古爐》後記中也已經說的很明確：「在書中，有那麼一個善人，他在喋喋不休地說病，古爐村裏的病人太多了，他需要來說，他說著與村人不一樣的話，這些話或許不像個鄉下人說的，但我還是讓他說。這個善人是有原型的，先是我們村裏的一個老者，後來我在一個寺廟裏看到了桌子上擺放了許多佛教方面的書，這些書是信男信女們編印的，非正式出版，可以免費，誰喜歡誰可以拿走。我就拿走了一本《王鳳儀言行錄》。王鳳儀是清同治人，書中介紹了他一生給人說病的事蹟。我讀了數遍，覺得非常好。就讓他和村中的老者合二為一做了善人。善人是宗教的，哲學的，他又不是宗教家和哲學家，他的學識和生存環境只能算是鄉間智者，在人性爆發了惡的年代，他注定要失敗的，但他畢竟療救了一些村人，在進行著他力所能及的回覆、修補，維持著人倫道德，企圖著社會的和諧和安穩。」

關於善人的來歷，小說是這樣介紹的：「善人本來不應該是古爐村人，先是在洛鎮的廣仁寺裏當和尚，社教中強制僧人還俗，公社就把他分散落戶到古爐村，住在窯神廟裏。他不供佛誦經了，卻能行醫。」正因為是還俗的僧人，所以，儘管善人嚴格說起來並不能算作古爐村的階級敵人，但在以階級來區分一切事物的時代，善人卻也是被劃入另冊，常常要在政治運動中受到衝擊的。「郭伯軒到古爐村後住在窯神廟，寬敞的地方讓他住了，他應該感謝古爐村的貧下中農，應該積極地勞動改造，脫筋換骨，可是，郭伯軒又把窯神廟變成一個寺院了。」支書的這一段話儘管有著為自己購買公房自辯的意思，卻也同時說明了善人郭伯軒經常被擺出來「祭旗」的真實處境。因此，善人這一形象，實際上也存在著身份的二重性問題。如果把狗尿苔、蠶婆與善人這三位「神界」類人物形象聯繫在一起，我們或者能夠從其中發現賈平凹對於人生的一種潛隱理解和判斷。很顯然，在賈平凹看來，正因為這三位人物形象都屬於被劃入了另冊的卑微者，如此一種處境促使他們更能夠從自身生存苦境的體察中進一步推己及人，最大程度地救助扶持處境同樣不幸的人眾。這裡面，一個非常關鍵的問題，恐怕就在於賈平凹自己當年在非常時期也曾經有過與這三位差不多的遭遇處境。此種遭遇處境折射在小說文本中，自然就是三位「神界」類形象的生成與出場了。假若從精神分析學的角度深究起來，此處顯然是潛隱有賈平凹某種真切心結所在的。

　　作為古爐村道德精神的「立法者」，善人在小說中最值得注意的一個功能就是說病。這病，其實有著雙重的意味。一方面是生理層面上的肉體疾患，但更重要的一面，卻是精神層面上的心理疾患。在這裡，一個不容忽視的問題，恐怕就是在非正常政治運動的誘發之下，古爐村民們人性中惡的因素普遍地爆發了出來。惡的人性因素越是激烈地發酵爆發，就越是需要有善人這樣的「立法者」來守護並傳揚可謂是源遠流長的鄉村人倫道德精神。我們先來看過善人說病到底說了一些什麼內容。善人一出場，最早的一個說病對象是護院。護院肚子裏長了一個病塊，善人來給他說病：「我常研究，怨人是苦海，越怨人心裏越難過，以致不是生病就是招禍，不是苦海是什麼？管人是地獄，管一分別人恨一分，管十分別人恨十分，不是地獄是什麼？君子無德怨自修，小人有過怨他人，嘴裏不怨心裏怨，越怨心裏越難過。怨氣有毒，存在心裏，等於自己服毒藥。好人不怨人，怨人是惡人。……」再來看善人是如何給霸槽說病的：「人落在苦海裏，要是沒有會游泳的去救，自己很難出來，因此我救人不僅救命還要救性。救人的命是一時的，還在因果裏，救人的性是永遠的，一救萬古，永斷循環。人性被救，如出苦海，如登彼岸，永不再墜落了」「世人學道不成，病在好高惡下。哪知高處有險低處安然，就像掘井，不往高處去掘，越低才越有水。人做事也得這樣，要在下邊兜底補漏，別人不要的，你撿著，別人不做的，你去做，別人厭惡的，你別嫌，像水就下，把一切東西全都托起來。不求人知，不恃己長，不言己功，眾人敬服你，那才是道。」究其實際，善人這裡所講的，其實是做人的一些基本道理。在這個意義上，與其說善人是在說病，莫如說他是在很有效地進行著一種心理的疏導工作。在護院這樣的病人面前，善人所出演的角色非常類似於現代意義上的一種心理諮詢師。細細地分析善人說病的內容，就不難發現既有儒家文化的東西，也有道家文化的體現，當然，因為善人曾經出家做過和尚的緣故，佛家文化的東西顯然更要多一些。可以說是儒道釋兼備於一爐。因為儒道釋是中國傳統文化的集中體現，所以，善人說病的主要內容就可以被看作是對於中國傳統文化的一種大力倡揚。當然了，需要強調的一點是，善人並非直接地宣揚儒道釋的文化理念，而是盡可能地用一種適合於鄉村生活的日常化話語來進行這種宣示的。但在實際上，因為文化理念本身的難以化約性，所以，很多時候善人或者說賈平凹如此一種努力的效果並不夠明顯。這樣，難免也就會出現賈平凹在《古爐》後記中所說的「這些話或許不像個鄉下人說的」

情況。

在《古爐》中，作為善人精神直接傳承者的，是狗尿苔。閱讀小說，不難發現，善人作為生活在古爐村的一位長者，在日常生活中給予狗尿苔必要關懷的同時，也特別注重於道德精神層面對於狗尿苔的教化和影響。在這一方面，最突出的一個事件，就是善人帶著狗尿苔對於一場武鬥的巧妙制止。眼看著樨頭隊和紅大刀的一場火並在即，善人一看，別無他法，最好的阻止辦法，恐怕也只有利用自己和狗尿苔正在抬著上山的蜂箱了。「狗尿苔睜開眼，從草叢裏往下邊的路上看，樨頭隊和紅大刀各自往前挪步，中間的路越來越短，越來越短，路邊的草就搖起來，沒有風草卻在搖，那是雙方身上的氣衝撞得在搖，狗尿苔害怕得又閉上了眼睛。但善人站起來了，又揪著狗尿苔的後領往起拉，說：把箱子推下去，推箱子！箱子怎麼能推下去呢，推下去箱子肯定就散板了，那蜂就全飛了，不養蜂啦？不治病啦？狗尿苔被拉起來了，他站著不動，渾身僵硬。善人就自己把箱子往下推，但箱子前有一個石錐，箱子滾了幾個跟斗又卡在了那裡，善人再去推，沒推動。善人說：快，他們要打起來了！狗尿苔這才跑過來，雙手抬起箱子角往起掀，箱子就掀下去了……」一場你死我活的惡鬥被阻止了，狗尿苔和善人卻為此而付出了不小的代價。假若不是僥倖地被卡在了三棵樹的樹杈上，狗尿苔的生命存在恐怕都會出現問題。但更需要我們予以關注的，卻是事發後善人不失時機對於狗尿苔的一番開悟教導：「既然善人沒事，狗尿苔就要埋怨善人了，為什麼要把蜂箱推下去呢，要推下去你推麼，偏要叫我也一塊推。善人說：要不推下蜂箱，你讓他們打起來呀？！這不，他們都退了，螫了你一個，救了多少人呢？如果……。狗尿苔說：你咋和支書一樣樣的，又訓我哄我呀？善人說：我和支書不一樣，我是講道的。狗尿苔說：道是個啥，能吃能喝，在哪兒？善人說：今日就是道麼。狗尿苔說：今日是啥道？善人說：道是天道，人人都有，並沒有離開人，因為人是天生的，什麼時候求，什麼時候應，什麼時候用，什麼時候有，天並沒有把人忘了。狗尿苔說：樨頭隊和紅大刀也不會把咱忘的？哼，不知道他們咋恨咱哩！善人說：恨咱啥呀？恨咱沒讓他們出人命？！」很顯然，正是在善人類似於此言行的影響之下，狗尿苔才最後養成了那樣一種特別難能可貴的人道主義悲憫情懷。實際上，也正因為如此，所以狗尿苔才成了善人道德精神的真正傳承者。我們注意到，就在善人棄世之前，曾經專門對狗尿苔說過一席話：「善人卻對狗尿苔說：你要快長哩，狗尿苔，你婆

要靠你哩。狗尿苔說：我能孝順我婆的。善人說：村裏好多人還得靠你哩。狗尿苔說：好多人還得靠我？善人說：是得靠你，支書得靠你，杏開得靠你，杏開的兒子也得靠你。說得狗尿苔都糊塗了，說：我還有用呀？……善人微笑了一下，把手舉起來，說：啊，我會把心留給你們的。」一個人，怎麼可以把自己的心單獨留下呢？這裡顯然只能做一種象徵性的解讀，善人要留下來的應該是一顆善心，應該是一種鄉村世界中的傳統人倫道德精神。而善人遺願最理想的繼承者也只能是出身特別卑微低賤的狗尿苔。同樣的道理，狗尿苔既然連個子都長不高，又怎麼可能成為一眾古爐村人未來的依託和希望所在呢？在這裡，善人所強調的，實際上，還是狗尿苔身上一種傳統人倫道德精神的具備，是其一種普度眾生的博大悲憫情懷的具備。

第四章　人物形象論(二)

第一節　夜霸槽

　　接下來我們要加以討論的，就是屬於「欲望界」的那些「半神半魔」的人性善惡交雜的人物形象了。首先進入我們分析視野的，就是最早在古爐村搞起「文化大革命」運動來的夜霸槽。在小說中，夜霸槽一出場亮相，賈平凹只是通過幾個細節的描寫，就把這個人物形象的幾個特點凸顯了出來。一個是長相：「霸槽是古爐村最俊朗的男人，高個子，寬肩膀，乾淨的臉上眼明齒白……」如果說狗尿苔是古爐村形象最醜陋的人，那麼，這夜霸槽的情況就恰恰和他相反。同樣值得注意的是，這兩位不僅形象差異極大，而且基本性情更有著鮮明的對照。霸槽出場之後的一個動作，就是不無殘忍地撕蜘蛛腿：「霸槽似乎很失望，伸手把牆角的一個蜘蛛網扯破了，那個網上坐著一隻蜘蛛，蜘蛛背上的圖案像個鬼臉，剛才狗尿苔還在琢磨，從來沒見過這種蜘蛛呀，霸槽就把蜘蛛的一條長腿拔下來，又把另一條腿拔下來，蜘蛛在發出嘶嘶的響聲。狗尿苔便不忍心看了，他身子往上跳了一下。」無緣無故莫名其妙地，夜霸槽就把一隻無辜的蜘蛛給這樣肢解殘害了。這樣的細節，所透露出的，正是夜霸槽內心世界中一種潛藏著的無毒不丈夫式的殘忍與兇狠。前邊已經說過，狗尿苔作為一個別具一種悲憫情懷的「神界」人物，具備一種特異的能夠與各種動植物進行對話溝通的能力。狗尿苔之所以可以具備此種能力，其前提肯定是他對於動植物一種發自內心的熱愛與守護。若非如此，那些動植物恐怕也都不會把狗尿苔當做自己的真心朋友。一個悲天憫人，一

個異常兇狠，夜霸槽殘忍對待蜘蛛的行為，首先與狗尿苔的行為形成了突出的反差和對比。現在的問題是，夜霸槽的此種行為確實是無緣無故的麼？答案自然是否定的。看似毫無理由，但如果我們把夜霸槽的行為與此前夜霸槽的一句話聯繫起來，一切就都釋然了。在詢問過狗尿苔確實沒有再聞到過特別氣味之後，夜霸槽說：「沒有，古爐村快把人憋死啦，怎麼就沒了氣味？」其失望之狀，可謂形神畢現也！夜霸槽為什麼失望？關鍵就在於「古爐村快把人憋死啦」。一句「古爐村快把人憋死啦」，活靈活現地道出了夜霸槽的精神心結所在。在古爐村，夜霸槽可謂是最不安分的一個靈魂。置身於秩序井然的古爐村，想要有所作為的夜霸槽真切地感受到了一種「英雄無用武之地」的寂寞與無奈。因此，在霸槽的內心深處，一直就渴望著古爐村能夠發生天翻地覆的變化。按照小說中的描寫，狗尿苔能夠聞到某種特別的氣味。只要他聞到這種特別氣味，古爐村就會有大事情發生。夜霸槽之所以反覆詢問狗尿苔最近是不是聞到過那種氣味，顯然是期盼著古爐村能夠有大事發生，希望古爐村的社會秩序能夠有所鬆動改變。或者也可以說，在夜霸槽的反覆詢問背後，潛藏著一種「唯恐天下不亂」的隱秘心理。正因為狗尿苔回答說最近沒有聞到過特別的氣味，所以夜霸槽才倍感失望，以至於心中無端湧出一種惡氣。這種惡氣無處宣洩，倒楣的就只能是那隻無辜的蜘蛛了。那隻蜘蛛的不幸遭際，只應該被看做是夜霸槽心中的鬱悶惡氣轉移遷怒的結果。此外還有一個特點，就是夜霸槽對於狗尿苔的關心。就在這次對話的過程中，夜霸槽把自己瞭解的狗尿苔身世情況告訴了狗尿苔：「聽說蠶婆去鎮上趕集，趕集回來就抱回了你，是別人在鎮上把你送給了蠶婆的還是蠶婆在回來的路上撿到的，我不知道。」正是這段話使得狗尿苔信任並喜歡上了夜霸槽：「就是霸槽說了這一段話，狗尿苔更加喜歡了霸槽，霸槽還關心他，因為村子裏的人從來沒給他說過這種話，連婆也說他是從河裏用笊籬撈的，是石頭縫裏蹦出來的，只有霸槽說出他是婆抱來的。」我從哪裏來？對於一個人來說，自己的身世來歷，絕對是一個根本問題。但狗尿苔的不尋常處，卻正在於他一直都弄不清自己的真正來歷。惟其如此，夜霸槽能夠如此推心置腹地告訴狗尿苔這些情況，儘管夜霸槽的說法正確與否，始終都沒有在小說文本中得到證實，但對於一直就蒙在鼓裏的狗尿苔來說，卻已經的確是感激涕零了。對於長期處於被冷落狀態的狗尿苔來說，霸槽的這種關懷可謂是彌足珍貴的。所以，從這個時候開始，狗尿苔就總是愛去找霸槽，就成了霸槽一個忠實的

小跟班。你看，在這裡充分體現出的，就是賈平凹突出的藝術表現能力。僅僅只是通過夜霸槽出場亮相時的短短幾百字，一方面呈現出了夜霸槽不同凡響的俊朗形貌，另一方面凸顯出了夜霸槽性格中的不安分，儘管兇狠但卻又不乏善性殘存的幾個特點。說實在話，在中國當代作家中，如同賈平凹這樣只是通過寥寥數百字就可以把一個人物形象的基本特點形神畢現地呈現在廣大讀者面前，還真是相當罕見的。

在故事發生的 1960 年代中期，古爐村有文化的人並不多見，但夜霸槽卻是其中之一。狗尿苔之所以帶著火繩到處跑，成為古爐村的一個火種，正是因為受到夜霸槽啟發的緣故：「霸槽給他講，出門帶火有啥丟人的，你個國民黨軍官的殘渣餘孽，是個蒼蠅還嫌廁所裏不衛生？何況這只是讓你出門帶火。你知道嗎？最早最早的時候，火對人很要緊，原始部落，你不曉得啥是原始部落，就是開始有人的那陣起，原始部落裏是派最重要的人才去守火的。」在這裡，夜霸槽一方面給狗尿苔傳授著狗尿苔所不知道的知識，另一方面，更重要的是，賈平凹借夜霸槽對於「火」在原始部落中重要性的強調，實際上是在暗示狗尿苔作為一個「神界」人物，作為善人與蠶婆道德精神的傳承者，在《古爐》中的重要性。「火種」是重要的，由誰來守持「火種」也同樣是重要的。之所以是狗尿苔，而不是其他人拎著一根火繩在古爐村轉來轉去，為村裏邊所有的人都隨時奉上「火種」，賈平凹如此一種藝術設定的幽微深意顯然在此。同樣需要引起我們高度關注的，恐怕是夜霸槽對於狗尿苔說出的另一段話：「霸槽又說貓頭鷹是天上的神，青蛙是地上的神。狗尿苔說：那是為什麼呢？霸槽說：你知道女媧嗎？狗尿苔說：不知道。霸槽說：你肯定不知道，也不知道啥是神話，神話裏說天上有了窟窿了天上漏水……狗尿苔說：啊下雨是天有了窟窿？霸槽說：女媧是用石頭補天哩，女媧就是青蛙託生的。……霸槽卻說：我可能也是青蛙變的。狗尿苔又不信了，說：你怎麼能是青蛙變的，青蛙嘴大肚大，灶火才是青蛙變的。」這時，恰好灶火走了過來，也加入到了對話之中。「狗尿苔說：灶火叔，霸槽哥說青蛙是神，他就是青蛙變的。灶火說：他說他是朱大櫃你就以為他是朱大櫃啦？！霸槽說：朱大櫃算個屁！狗尿苔驚得目瞪口呆了，朱大櫃是古爐村的支書，霸槽敢說朱大櫃算個屁？灶火說：好麼霸槽，咱村裏馬勺是見誰都服，你是見誰都不服！霸槽說：那又咋啦？……霸槽說：你以為我往後就是個釘鞋的？」這一段對話，對於我們理解夜霸槽這一人物，同樣發揮著重要作用。講述女媧神話，在證

明夜霸槽擁有文化知識的同時，如同詢問狗尿苔是否聞到特別氣味一樣，此處霸槽強調自己是「青蛙變的」，並以曾經補天的女媧自比，所充分凸顯出的，依然是霸槽性格中極不安分的一面。而且，因為有了灶火的加入，霸槽更是以一種直截了當的方式把自己內心中潛藏著的想在古爐村有一番大的作為的想法表現了出來。當霸槽說「朱大櫃算個屁」，反問說「你以為我往後就是個釘鞋的」的時候，霸槽那樣一種試圖取村支書朱大櫃而代之的勃勃野心，實際上也就昭然若揭了。

　　霸槽不僅有相當豐富的知識，而且也有著足夠的野心或者說雄心壯志。如前所言，無論是詢問狗尿苔是否聞到了特別的氣味，還是自比為補天的女媧，或者公開對於支書朱大櫃表示不屑，所有這些，都已經在相當程度上證實著霸槽野心的存在。「古爐村敢讓我拿事，啊古爐村還能窮成這樣？信不？」「霸槽是個早就覺得他一身本事沒個發展處，怨天尤人的，要割他的資本主義尾巴，那肯定是要不服的。」以上，無論是霸槽的自述，還是隊長滿盆對於霸槽的談論，都在有力地強化著霸槽的這一特點。對於霸槽的這一特點，賈平凹在小說中曾經很巧妙地借助於杏開和善人的眼光進行過肯定性談論。首先是一直喜歡著霸槽的杏開：「她知道霸槽是伏臥得太久了遇到機遇就要高飛，可能跟著黃生生高飛嗎，砸了山門砸了石獅子砸了那麼多家的屋脊能不惹眾怒嗎？轟就轟吧，轟走了也活該！」「唉，霸槽是一口鐘，鍾是在空中才能鳴響的，而不是埋在土裏，這誰能理解呢？」假若說杏開的看法還多少會受到情感因素的影響，那麼，可謂是見多識廣的善人的看法就應該是相當冷靜客觀的：「你是古爐村裏的騏驥，你是州河岸上的鷹鵰，來找我有事嗎？」能夠被善人看作是「騏驥」「鷹鵰」，能夠得到善人的充分肯定，足見霸槽的心志之高和能力之強。這樣的人物，假如有了合適的機會，將會大有一番作為的。對於這一點，李星曾經有過深刻的洞見：「權力是一匹瘋狂的馬，當它瘋狂起來時，騎手也不得不隨之而舞。所以啟蒙主義思想家伏爾泰說：相比於牛頓等偉大的科學家，那些大名鼎鼎的政治家和征服者，不過是些『大名鼎鼎的壞蛋罷了』。與朱大櫃具有同樣造反者、征服者基因的夜霸槽就是這樣的『壞蛋』，他被依法處決了，這不僅是他個人的悲劇，也是歷史及『文革』所造成的生命悲劇。斯威夫特說：『一個人選擇好適當的時機，跨過深淵，成為英雄，便被稱為國家的拯救者；另一個人雖取得同樣事業，但是選擇了不幸的時機，他就被指責為瘋狂。』霸槽、天布等許許多多的『文革』中的『造

反派』、『群眾領袖』就是這樣選錯了時機的不幸者。」〔註1〕

實際的情形確也如此，我們之所以在面對現實或者歷史時常常會發出生不逢時之歎，根本原因就在這裡。同樣是意志和能力超強的人，因為所處具體時代境遇和歷史條件的不同，他們的人生結局就會形成天壤之別。我們平時所一直強調的「成王敗寇」，說的其實也是這個道理。對於霸槽來說，自己雖然久有凌雲之志，但狗尿苔卻一直聞不到那種特別的氣息，古爐村的秩序也凝固沉靜得就像一灘死水，歷史機遇的不具備，就使得霸槽雖然倍感不滿，但也只能屈居人下了。然而，霸槽儘管無法實現自己的宏大志向，未能夠取朱大櫃而代之，但是，他那顆生來就不肯安分的靈魂卻總是要不斷地折騰出一些事情來的。比如說他的蓋小木屋釘鞋補胎：「霸槽從那時起才開始釘鞋補胎，又專門在公路上蓋了個小木屋。隊長認為這是資本主義的尾巴，應該割的，可村裏的木匠、泥瓦匠也常到外村去幹活，還有土根仍在編了蘆席，迷糊編了草鞋，七天一次趕下河灣的集市，霸槽是個早就覺得他一身本事沒個發展處，怨天尤人的，要割他的資本主義尾巴，那肯定是要不服的。支書就說：讓他去成精吧，只要他給生產隊交提成。但是，古爐村的木匠、泥瓦匠、篾匠們卻按時交了提成，霸槽就是不交。」再比如他的私設糧食交易市場：「狗尿苔沒有想到霸槽會告訴他一個秘密，如果用米換包穀，在小木屋裏就能換，只是一斤米能換一斤半包穀，而且還可以買賣，賣一斤米三角五，買一斤包穀二角二。原來小木屋早已在做糧食的生意，買的賣的交易成功了，並不要求抽場所份子，來騎自行車的拉架子車的必須補一次胎，背著簍捎著布袋步行來的就修一下鞋。」必須注意到，這些事情發生的時間是在1960年代的中期。那是一個極端政治化的時代，也是一個特別敵視所謂「資本主義」的時代。在那樣的一種時代氛圍中，無論是霸槽的私蓋小木屋釘鞋補胎，還是他偷偷地私設糧食交易市場，都屬於冒天下之大不韙的極端行為。只要稍有閃失，霸槽就將為此而付出慘重的代價。然而，儘管對於面臨的危險心知肚明，但霸槽卻偏偏就有此種冒天下之大不韙的勇氣。如此一種情形，就充分說明霸槽此人確實具有一種尋常人等不可能具備的成就大事的不凡氣質和能力。假若霸槽的這種行為推後十年發生，那麼，他所出演的不就是類似於安徽小崗村農民那樣的一種引領歷史潮流的時代先知角色嗎？！

然而，時代是無法假設選擇的。霸槽所具體遭逢的，偏偏是1960年代中

〔註1〕李星《〈古爐〉中的「造反派」》，載《名作欣賞》2012年第2期。

期「文革」風雨即將撲面而來的時代。對於生活在古爐村的霸槽來說,「文革」可以說是歷史給他提供的唯一一個可以充分地實現個人意志能力,真正出人頭地的機會。假若放棄了這個機會,不去放手一搏,那麼,霸槽很可能就這麼委屈窩囊地度過自己的平淡一生。在這裡,一個關鍵的問題在於,作為一個置身於歷史長河生活長河中的底層人物,霸槽並不可能從具體的歷史中跳身而出,不可能超越歷史預知認識到「文革」的邪惡本質。因此,從更加闊大縱深的一種歷史視野來看,霸槽其實只能盲目地義無反顧地一縱身跳進歷史的深淵之中。雖然霸槽最後作為「文革」中的造反派頭子被處決了,但在某種意義上說,以個體形象出場的霸槽並無所謂過錯可談,假若一定要追究霸槽悲劇的切實負責者,那大約就只能是歷史本身了。如果霸槽具體所處的是別一段歷史時空,那麼,他很可能就不再是悲劇性的失敗者,而是會成為人們頂禮膜拜的歷史英雄。現在需要我們追問思考的一個問題是,1960年代中期的古爐村,為什麼就沒有給霸槽這樣的勃勃野心者留下實現自我才能意志的空間呢?只要我們稍加細緻觀察,即不難發現,在「文革」造反「發跡」之前,霸槽在古爐村實際上一直處於失意的狀態之中。比如,「古爐村應該有個代銷店其實是霸槽給支書建議的,結果支書讓開合辦了而不是他霸槽。」再比如,「霸槽就特別興奮,說:打麼,打麼,打起來了我就能當將軍!但是,他和天布爭奪連長的職務,沒有爭過,天布和洛鎮公社的武裝幹事關係好,天布就當上了連長。」為什麼會是如此?天然具有強力意志和能力的霸槽為什麼總是在古爐村沒有用武之地呢?細細想來,原因有二。其一,霸槽姓夜,而支書姓朱。在古爐村,有朱、夜兩個大姓,其餘只是零零散散的一些雜姓:「古爐村在很遠很遠的年代裏就燒瓷貨了,不瞭解情況的人只曉得洛鎮有朱家窯,可古爐村燒窯的年份比洛鎮早,論起來,洛鎮的姓朱戶還是古爐村夜姓人家的外甥哩。據說姓夜的祖先先來到古爐村燒窯,然後把從山西來的姓朱的外甥接納了,傳授燒窯手藝。但夜姓人家人丁不旺,朱家人卻越來越多,以致發展到了有兩支去了洛鎮,而古爐村的夜姓百十年來人口繼續稀少⋯⋯」家族在中國的傳統社會結構中本來佔有重要的地位,此種情況儘管說在二十世紀以來中國現代化的過程中,因為受到來自於西方的現代性的衝擊,已經有著明顯的削弱,但是在中國廣大的鄉村世界,尤其是在較為偏遠的地區,比如古爐村這樣的鄉村裏,家族觀念依然在發揮著相當重要的作用。細讀《古爐》,即不難發現,在「文革」爆發前的古爐村,儘管朱、夜兩大家族之間的

關係還算和諧，還能夠你來我往和平共處，但朱姓家族的強勢與夜姓家族的弱勢受壓，卻是無法被否認的客觀事實。不要說別的，單就古爐村幹部的組成，就可以看得很明顯。支書朱大櫃，隊長滿盆，繼任隊長磨子、民兵連長天布，會計馬勺，村裏邊主要的幹部全部都出自朱姓人家。正所謂「王侯將相寧有種乎」，難道說夜姓人家果然就出不了優秀的人才麼？究其原因，很顯然是受到當權的朱姓一力壓制的結果。霸槽既然姓夜，那麼，儘管也的確胸有大志且能力超強，但要想在古爐村出人頭地，還是不可能的事情。

其二，更重要的，恐怕是出於支書朱大櫃的本能戒備心理。古語云，臥榻之旁豈容他人鼾睡，作為古爐村一言九鼎的村支書，朱大櫃其實時刻都防備著大權旁落的危險。那麼，放眼古爐村，誰最有可能取自己而代之呢？數來數去，大約也只有霸槽一人腦袋後面長著反骨，存在著這種可能。在這裡，關鍵的一點，是朱大櫃敏銳地感覺到了霸槽身上一種與自己相類似基因的存在。「就連支書朱大櫃，背地裏雖然稱他為『逛蕩鬼』，其妻甚至像防賊一樣防著，但不僅竭力迴避與他公開衝撞，容忍他在小木屋搞『資本主義尾巴』，相反，從霸槽的種種『造反』行為中，他看到了自己年輕時鬥地主、搞土改時的影子。小說一再強調霸槽與年輕時的支書性格、行為的相似性，不僅要強調這種不滿於現實的『造反』基因的人性內涵和深遠的社會歷史背景，而且，並不因為它發生在後來被槍決的霸槽身上，就否定他的合理性和現實意義。」〔註2〕關於朱大櫃對於霸槽的防備，只要看一下在滿盆病倒之後推選新隊長的過程，我們就可以一目了然的。假若純粹從能力的層面來考慮，霸槽絕對應該是隊長的第一人選，但因為他姓夜，更因為朱大櫃始終對霸槽有一種防備心理的緣故，所以，繼任者只能是朱姓的磨子，而不可能是能力超強的霸槽。應該注意小說中的這樣一段敘事話語：「天布說：沒見啥異常，倒是霸槽不好好出工，整天在公路上招呼串聯的學生，噢，他還戴了頂軍帽，那軍帽是串聯的學生戴的，他戴上不知道要成啥精呀。支書說：我擔心的就是他……」一句「我擔心的就是他」，所透露出的正是朱大櫃長期以來一直防備著霸槽的潛意識心理。

正因為在古爐村備受壓制，苦無出頭之日，所以，霸槽只能不斷地以向外出走的方式來設法尋找自己的現實出路。向外出走的結果，就是霸槽和狗尿苔在洛鎮第一次看到了「文革」的具體場景，就是與古爐村之外的造反派

〔註2〕李星《〈古爐〉中的「造反派」》，載《名作欣賞》2012年第2期。

黃生生的結識。正是與黃生生的結識，讓霸槽知道了外邊已經天下大亂，已經搞起了所謂的「文化大革命」。說實在話，到底什麼是「文化大革命」？「文化大革命」到底是要幹什麼？恐怕都不是儘管有些文化但實際上只不過粗通文墨的霸槽能夠真正搞明白的。關於這一點，有小說中的敘事話語為證：「霸槽說：不是運動會，你看見那橫幅上的字了嗎？狗尿苔說：我不識字。霸槽說：那寫的是文化大革命萬歲。這文化我知道，革命我也知道，但文化和革命加在一起是怎麼回事？還在納悶，隊伍呼啦啦就像水漫過來……」但是，有一點霸槽卻看得很明白，那就是，他目力所及範圍內的領導幹部在這一運動中全部受到衝擊全部靠邊站了。既然其他領導幹部都靠邊站了，那麼，古爐村的朱大櫃為什麼就不能靠邊站呢？霸槽意識到，「文革」一開始，古爐村天翻地覆徹底改變舊秩序的一天終於到來了，自己登上歷史舞臺的機會也就此到來。「狗尿苔覺得奇怪，說：村裏正醞釀著選隊長呀，你走？這一走，不是和上次評救濟糧一樣，自己拆自己臺嗎？霸槽說：本來我也謀算的，現在主意變了，只要他支書還是支書，我當那個隊長有啥當頭？古爐村這個潭就那麼淺的水，我就是龍又能興多大風起多大的浪？狗尿苔說：你是古爐村人，連古爐村隊長都當不上，你還能到哪兒成事去？霸槽說：你拿個碟子到河裏舀些水來。狗尿苔說：舀水拿個碟子？拿個盆子麼，沒盆子也給碗麼。霸槽說：知道了吧，碗裝水比碟子強，可碟子是裝菜，裝炒菜的！現在形勢這麼好的，恐怕是我夜霸槽的機會來了，我還看得上當隊長？」霸槽有了此種想法，古爐村的「文革」也就此而拉開了序幕。應該注意到，如同全中國的「文革」一樣，是以一種破壞性極強的「破四舊」的方式而開始的。霸槽帶著一夥人砸了村口的石獅子，砸了山門上刻著的人人馬馬，還挨家挨戶收繳舊東西。四處亂砸東西，當然是霸槽人性中一種惡的體現，但一個應該引起我們思考的問題是，霸槽為什麼要亂砸東西呢？這種破壞方式是霸槽他們自己的創造嗎？答案自然是否定的。霸槽他們所襲用的，不過是全中國「文革」時期一種普遍的起始方式。因此，與其說「破四舊」體現了霸槽人性中的惡，反倒不如說這種惡，其實更多是一種歷史本身的惡。在很多時候，歷史本身就是以這樣一種惡的形式演進著。霸槽的睿智之處在於，他在古爐村「文革」初起時極巧妙地利用了村裏長期累積下來的家族矛盾。雖然小說中並沒有明確地描寫這一點，但通過灶火、磨子他們的對話卻不難得到有力的證實：「灶火畢竟氣不過，去找磨子，磨子說：這事我知道了，咋弄呀，我有啥辦法，人家這

是文化大革命哩。灶火說：文化大革命就是他姓夜的文化大革命啦？磨子想了想，破四舊的差不多是姓夜的，他說：哦。灶火說：你才哦呀？你當隊長，當的毬隊長，讓姓夜的就這樣欺負姓朱的？！……灶火一看，就蔫了許多，說：你再不幹，古爐村就沒咱姓朱的世事了，要被姓夜的滅絕了。」這裡，表面上看，是灶火和磨子這兩位姓朱的在發洩對於霸槽他們姓夜的不滿，但在實際上賈平凹卻非常巧妙地藉此交代了霸槽是如何利用家族矛盾來發動古爐村「文革」的。

必須注意到，古爐村「文革」的推進過程中，還真的在許多方面都體現出了霸槽超乎於一般人之上的突出才智。比如，在如何使用水皮的問題上，霸槽的表現就可圈可點。一方面，水皮姓朱，另一方面水皮不僅是最早加入霸槽椰頭隊的骨幹隊員，而且還是古爐村少有的文化人之一。等到紅大刀成立之後，當禿子金他們懷疑同樣姓朱的水皮對於椰頭隊會有貳心的時候，霸槽的表現就是出人意料的：「霸槽說：我能給你說這話，說明我對你的態度。疑人不用，用人不疑，你水皮怎麼啦，姓朱就一定是保皇派啦？水皮說：就是，杏開也還不是姓朱，她還不是和你……霸槽說：和我咋？水皮說：這我不說。霸槽說：不准說她！水皮倒愣了，說：是你不……啦，還是她不……啦？霸槽說：水皮，我給你說一句話，你記住，如今有這機遇了，咱要弄就弄一場大事，弄大事要有大志向，至於女人，任何女人都是咱的馬！……霸槽說：你跟著我好好幹，我也考慮了，椰頭隊既然是個組織，不能老是霸槽呀水皮呀的叫，咱是個隊，就要叫隊長，那麼，我當隊長，你就來當副隊長，咱商量著編三個分隊，定出分隊長的名單。」面對著是否應該繼續信任朱姓的水皮這個問題，霸槽所採取的態度有二，第一叫做「疑人不用，用人不疑」，徹底地打消了禿子金他們對於水皮可能會有貳心的懷疑。第二叫做委以重任，不僅繼續放心地使用水皮，而且還把這個古爐村的文化人任命為自己的副手。俗話說，士為知己者死，霸槽所採取的這種處理問題的方式，讓水皮內心裏產生的，恐怕正是一種終於得遇知己的感覺。既然是難得的知己，那麼，水皮能不對霸槽感恩戴德進而肝腦塗地麼？從這一細節中可見，霸槽對於那種政治家收攏人心的高明手段，端的是應用自如得心應手。其實，也不只是這一點，在《古爐》中，無論是砸瓷窯、揪鬥朱大櫃這樣的走資派，還是搶糧食、搬救兵，這樣一些故事情節中，也都可以看出霸槽那超乎於尋常人等的智慧和能力。必須強調的一點是，我們的分析並非要一味地為霸槽辯護。我

們也承認其人性中許多惡的因素在古爐村的這場基層「文革」中有著相當充分的表現，但從小說寫作的角度來說，能夠如同賈平凹這樣通過霸槽形象的刻畫塑造異常真切地寫出「文革」之所以會發生的人性邏輯與人性基礎，的確是難能可貴的一件事情。

關於夜霸槽這一人物形象，本來還有他與杏開之間的感情關係需要進行分析，因為本部分還要專門分析杏開的形象塑造，這裡就不再展開了。總之，應該確認的一點是，單就人物形象的刻畫塑造而言，夜霸槽這一形象，應該被看作是賈平凹在《古爐》中創造出的最豐滿生動且人性內涵最為豐富的一個人物形象。其善惡交融，其生命活力，其悲劇結局，都令人可思可歎。某種意義上，夜霸槽完全可以被看做《古爐》中一支美艷的「惡之花」。曹雪芹《紅樓夢》中儘管成功地刻畫塑造了不少人物形象，但從人性之複雜豐富程度而言，最具藝術審美價值最不容忽視的一個人物形象，絕對應該非王熙鳳莫屬。如果要在《古爐》中尋找一位類似於王熙鳳的人物形象，那就肯定只能是夜霸槽。不僅僅是《古爐》，即使把霸槽放置於「文革」結束之後出現的「文革」小說這樣一種大視野中，我們也應該承認賈平凹筆下的夜霸槽是一位具有相當原創意味的「造反派」形象。關於「文革」小說中的「反派」人物形象，學者許子東曾經進行過深入細緻的考察：「在『災難故事』中，鮮明的反派角色是『迫害者』，是災難來臨的主要動力（如秦副局長、李國香、王秋赦等）。簡而言之，『反派』是一些外貌可憎道德敗壞又與主人公有仇的有權勢的造反派。在『歷史反省』模式中，因為減去了臉譜與權勢兩項條件，『反派』主要是『背叛者』，是一些與主人公搗亂的道德敗壞的造反派（風派）。他們在災難來臨時起不了什麼重要作用，充其量只是一些用來為主人公作道德形象陪襯的『小人』而已。而在『荒誕敘述』中，『反派』形象在五項條件中可以減去三項：第一，沒有臉譜；第二，不一定是造反派；最主要的是第三，也不一定道德敗壞。餘下兩項條件是『與主人公作對』及『有權勢』。換言之，『災難故事』中的『反派』是做壞事的『壞人』，歷史反省模式中的『反派』是做不成多大壞事的『小人』，而荒誕敘述中的『反派』角色雖做『壞事』，卻不一定是『壞人』。如林東平、金鬥、清水後生、賈大真、羅大媽等人物，小說明明描寫他們害人，造成主人公災難，他們卻又總有一定的理由，讀者很難痛恨他們。究其原因，是做壞事者在敗壞某項道德標準時，總還堅持著另一項道德原則。

考慮道德的不同層面，便很難塑造絕對的『壞人』。」〔註3〕僅僅從許子東的以上分析來看，夜霸槽的形象特徵與「荒誕敘述」小說中的「反派」形象，存在著諸多相同之處。但必須明確的有這麼兩點。其一，許子東所考查的這些荒誕類小說，其寫作宗旨大多侷限於以荒誕的藝術形式呈現「文革」的荒誕現實，並不以人物形象的深度塑造為主要追求。其二，許子東在進行以上分析時所採用的是一種類似於普洛普的結構主義敘事學方法，這種方法更多地注重於人物的功能分析，並不以人物形象塑造的成功與否為做出評價的取捨標準。因此，夜霸槽儘管與許子東所言荒誕敘述中的「反派」形象特徵相似，但通過我們對於夜霸槽所進行的深入分析，即不難確證，如果從人物形象塑造的美學角度來說，夜霸槽的原創性審美價值顯然是無法被否認的。

〔註3〕許子東《重讀「文革」》，第184～185頁，人民文學出版社2011年11月版。

第五章　人物形象論(三)

第一節　朱大櫃

　　儘管一定程度上與夜霸槽之間存在著內在性格的相似性，但嚴格地說起來，古爐村的支書朱大櫃依然是一個擁有獨立審美價值的人物形象。假若說在志向遠大、敢作敢為、能力超群這些方面，朱大櫃與夜霸槽存在著明顯的相似之處，那麼，他們兩個人之間的差別也是非常明顯的。在這一方面，夜霸槽的急功冒進、毛手毛腳與朱大櫃的老謀深算、沉穩大氣形成了非常明顯的區別。儘管沒有任何血緣關係，但在某種意義上，朱大櫃與夜霸槽二者之間，卻非常類似於「父」與「子」的關係。熟悉中國現代文學史的讀者都知道，在中國現代文學中，存在著一個可以被稱之為「父」「子」衝突的基本原型。無論是巴金的「激流三部曲」，還是曹禺的《雷雨》《北京人》，抑或路翎的《財主的兒女們》，其中激烈異常的「父」「子」衝突都給讀者留下了極其難忘的印象。我們之所以能夠由朱大櫃和夜霸槽聯想到「父」「子」衝突，一方面是因為他們兩人存在著內在一致的人性基因，另一方面則是他們之間也同樣存在著尖銳激烈的矛盾衝突。朱大櫃之所以能夠成為古爐村的村支書，顯然與他在土改時的激進表現是分不開的。儘管說土改已經是遙遠的過去，但從村人們片言隻語的回憶談論中，我們還是能夠感覺到朱大櫃當年的基本狀況。比如，「咱支書土改那年批鬥守燈他大，守燈他媽來求情，支書不是把她睡了還繼續批鬥守燈他大嗎？睡是睡，批是批，那是兩碼事。」一面睡守燈他媽，一面繼續批鬥守燈他大，朱大櫃的蠻橫霸道在這一細節中體現得非常

突出。再比如，「但這些雕像當年支書領著人就毀了。擺子說：事情怪得很，誰要當村幹部，都砸窯神廟，當年支書砸，現在霸槽又砸。」窯神廟是什麼？古爐村以燒窯而著稱得名，既如此，在過去的宗法譜系中，窯神廟在古爐村應該佔據非常重要的地位。我們完全可以想像得見，窯神廟曾經在古爐村人的生活中扮演過怎樣的角色。假若說「物」和「人」可以等量齊觀的話，那麼，窯神廟在古爐村的地位，某種程度上就相當於孔子在中國傳統文化中的地位。這樣，砸窯神廟，就相當於「五四」時期的打倒孔家店。正因為窯神廟的地位如此特別如此重要，所以，每當社會政治運動來臨的時候，作為傳統象徵的窯神廟就在劫難逃了。在這個意義上，朱大櫃土改時與夜霸槽「文革」時的砸窯神廟行為，自然也就有異曲同工之妙了。事實上，正是因為當年土改時非常積極，敢於冒天下之大不韙，所以，朱大櫃才坐上了書記的寶座。單就行為的過激而言，作為「父」的朱大櫃和作為「子」的夜霸槽，確實存在著相同的人性基因，都屬於敢於反抗並顛覆秩序的「造反」一族。然而，也正是因為朱大櫃與夜霸槽身上有著相同的人性基因，所以，他們之間要爆發激烈的衝突就是必然的事情。正如同「子」最後總是要以反抗的方式試圖取代「父」一樣，不甘久居於人下的夜霸槽最根本的心願就是取代朱大櫃成為古爐村的新一代統治者。到了這個時候，擁有相同人性基因的「父」與「子」就成了你死我活的競爭對手。「父」一代的朱大櫃成為了防守方，對於他來說，如何採取有效的手段防止其他人的挑戰，保全自己的既有地位和既得利益，當然就成為了最重要的一個人生選項。而對於「子」一代的夜霸槽來說，如何抓住一切可能的機會，挑戰朱大櫃的權威地位，以期最後徹底地取而代之，就是他最根本的一種人生選擇。一個防守，一個進攻，再加上人生閱歷的不同，朱大櫃與夜霸槽之間的區別就因此而形成。

　　說到朱大櫃的形象塑造，我們首先得注意到小說中一個非常突出的披衣細節。且看朱大櫃的出場：「支書還是披著衣服，雙手在後背上袖著。他一年四季都是披著衣服，天熱了披一件對襟夾襖，天冷了披一件狗毛領大衣，夾襖和狗毛領大衣裏遲早是一件或兩件粗布衫，但要繫著布腰帶。這種打扮在州河上下的村子裏是支部書記們專有的打扮，而古爐村的支書不同的是還拿著個長杆旱煙袋……」何止是州河上下呢？在我的記憶中，小時候我說見到的村支書就總是披著衣服的。某種意義上，很可能那個時代全中國鄉村裏的支書都是這種裝束風格。我自己就曾經在小說作品中多次看到過這樣的村支

書形象。賈平凹是以盡可能逼真地再現現實生活為基本藝術追求的作家，既
然那個年代中國的村支書普遍都習慣於披衣，那麼，賈平凹當然不可能為了
刻意求新而不忠實於生活本身。然而，從某種意義上說，也正因為許多作家
都描寫過披衣的支書形象，所以，怎麼樣抓住這種看似雷同化的生活細節寫
出人物獨具的個性來，就成為了考驗作家藝術表現能力高低的一個重要方面。
賈平凹的高明之處就在於，他在小說中曾經多次寫到過朱大櫃的披衣細節，
通過朱大櫃前前後後披衣細節的變化巧妙地折射出了他的命運變遷與心態演
變。

　　「支書又往前走了，那件大衣還是沉，老往下溜，他時不時聳肩，大紅
公雞也是頭往前伸著，兩個翅膀往後拖著地，也像披了一件大衣。」這時候
還處於「文革」前夕，朱大櫃的權力地位尚且非常穩固，他並沒有感覺到任
何現實的威脅存在。惟其如此，所以，此時的朱大櫃一副神定氣閒的樣子，
他披衣的動作和狀態都顯得那樣沉穩和莊重。

　　「支書說：那你還尋天布啥事？！便大聲對圍觀的說：啥事都沒有，有
啥事哩？！古爐村真是撞邪了，鬧騰著不嫌丟人嗎，還嫌不亂嗎？各回各家
去，以後也不要聚眾酗酒啦，自己有酒自己喝去，酒把你們變成烏眼雞啦！
說完，他自就回去了，披著的褂子溜下來了三次。」這時候古爐村的「文革」
帷幕已經拉開了，夜霸槽已經開始帶著一幫人以「破四舊」的方式在村子裏
打砸搶了。儘管夜霸槽的「文革」一時受挫，一個人暫時離開了古爐村，但社
會政治經驗豐富的朱大櫃卻非常清楚，這一切都僅僅才是一個開始，他清醒
地認識到，自己在古爐村的統治地位已經面臨著最大的衝擊。從表面上看，
賈平凹在這裡具體描寫的是天布和半香之間的姦情敗露之後，天布與半香的
丈夫禿子金大打出手，釀成事端，支書如何憑藉自己的權威出面設法平息事
端。在事端終於被擺平之後，朱大櫃「披著的褂子溜下來了三次」。表面看來，
朱大櫃的溜衣服，只是與天布和半香的姦情有關。但實際上，他的這種披衣
動作，所透露出的卻是面對著夜霸槽來勢洶洶的逼宮態勢，自己內心中一種
難以掩飾的慌亂。

　　「支書一直在那裡站著，不知什麼時候，他沒有再披褂子，褂子就掉在
了地上，他不敢到人群裏去，他又不敢走開，直到多半的人都在張德章面前
喊了口號，唾了唾沫，他輕輕叫著霸槽。霸槽完全可以看見他，也完全可以
聽到他叫，但霸槽就是沒回頭看他。」張德章是洛鎮公社的書記，此時已被

打倒在地，被夜霸槽他們押送到古爐村揪鬥。狐死兔悲，物傷其類，眼看著張德章被夜霸槽揪鬥，朱大櫃內心深知這也將是自己無法逃脫必須面對的命運。儘管暫時還能夠站在一旁觀察事態的發展演進，但朱大櫃此時此刻巨大的內心恐懼可想而知。這一切，都集中表現在他的披衣動作上。如果說在前一次，朱大櫃的衣服只是沒有披好，從肩上溜下來過三次，那麼，到了這一次，面對著已成燎原之火的「文革」大勢，面對著夜霸槽的咄咄逼人鋒芒畢露，朱大櫃的衣服乾脆就披不住了，乾脆就「掉在了地上」。

「支書轉身走到門口了，回頭又問毛主席的語錄本能不能也給他一本？霸槽說可以呀，給了他一本。支書去的時候因為汗多，把披著的褂子掛在了門環上，走時竟然忘了取，還是霸槽說：你把褂子披上。支書哦哦地來取褂子，迷糊坐在院裏的錘布石上搓腳指頭縫裏的泥，迷糊只看了他一眼，什麼話都沒有說。」這一次，夜霸槽他們發現村裏售賣瓷貨的帳目有問題，因此決定要認真細緻地重新審查帳目。自土改以來就已經在古爐村當政當年可謂一手遮天的朱大櫃，其瓷貨帳目肯定存在問題。既然存在問題，那麼，面對著霸槽的查帳，朱大櫃當然就底虛得很。正因為心裏沒底，所以面對著霸槽，朱大櫃乾脆連衣服都忘了取。此外，需要注意的，還有賈平凹順帶一筆，對於迷糊的特別描寫。作為一個普通村民，迷糊平時在古爐村「土皇帝」朱大櫃面前保持的一直是畢恭畢敬甚至縮手縮腳的樣子。但到了這一次，這迷糊不僅不再畢恭畢敬，反而只是「看了他一眼」，只是一味專注地「搓腳指頭縫裏的泥」。通過這樣的細節，迷糊對於身處逆境中的支書的不屑，自然也就得到了充分的表現。看似不過一個隨意插入的閒筆，但賈平凹卻通過迷糊對於朱大櫃的前恭後倨，不無真切地寫出了古爐村的世態炎涼與人情冷暖。

「巷子裏，支書家的那隻公雞蹬蹬蹬地跑過來，支書嗯了一聲往前走，公雞也撐著走，頭揚著，脖子伸著，脖子上的毛稀稀拉拉全參著，兩個翅膀就撲拉在地上，狗尿苔討厭這公雞，支書已經不披褂子了，雞還撲拉啥翅膀？！」「迷糊說：那袖筒呢，咋沒戴袖筒？支書說：在褂子上戴著的。把褂子從胳膊上取下來，抖著讓看。迷糊說：那咋不穿褂子呢？支書說：天熱麼，穿不住麼。」雖然還是支書，但朱大櫃這個時候已經確確實實地靠邊站了。無論是經常與狗尿苔為伍，還是明白了要遭受迷糊此等人物的無端監督訓斥，這些情形都說明著朱大櫃處境的日益不堪。一句「支書已經不披褂子了」，所凸顯出的正是此種狀況。在這裡，我們應該注意的，是賈平凹關於那一隻支

書家的公雞的描寫。其實，這隻公雞，早在書記第一次出場的時候就已經同時出現了。第一次出現的公雞，表現就很有生氣：「大紅公雞也是頭往前伸著，兩個翅膀往後拖著地，也像披了一件大衣。」到這次出現的時候，公雞依然表現得很有生氣，以至於狗尿苔都不由得感歎道：「支書已經不披褂子了，雞還撲拉啥翅膀。」儘管動植物可以和狗尿苔對話，但公雞卻是不懂世事，不會明白什麼叫做「文化大革命」的，更不會知道自己的主人此時此刻早已經是「落架的鳳凰不如雞」。細細想來，其實很有一些「商女不知亡國恨，隔江猶唱後庭花」的味道。這個段落中，公雞的莫名興奮與朱大櫃的神情沮喪，形成了非常鮮明的對照。賈平凹越是渲染公雞的興奮，朱大櫃的不幸遭際就越是充滿了悲劇的意味。

說到 1960 年代中期古爐村基本的社會結構構成，大約可以從政與族兩個方面展開相對深入的分析。從政治的一方面來說，在標誌著朱大櫃正式登上古爐村政治舞臺的土改運動發生之前，儘管所謂現代性在中國的發生已經有差不多半個世紀的時間，但由於城鄉之間存在著巨大的差異，因此現代性對於中國廣大鄉村世界的影響甚微。尤其是如同古爐村這樣的西部鄉村，現代性留下的痕跡可能就更是微乎其微了。儘管賈平凹在小說中只是偶一提及，但我們卻完全可以想像得到，土改運動發生之前的古爐村，絕對應該是建立在傳統家族制度之上的所謂宗法制社會狀態。某種意義上，現代性對於中國鄉村世界最根本最具力度的一次強行介入，就是共產黨從土改起始在鄉村建立基層政權。請注意，在這裡，我們是把現代政治也當做現代性的一個有機組成部分來加以理解運用的。既然土改的發生意味著中國鄉村世界進入一個新的社會政治時代，那麼，在土改中異軍崛起成為村支書的朱大櫃，自然順理成章地成為了古爐村的政治掌門人。從那個時候開始，朱大櫃一直擔任古爐村的村支書，成為了執古爐村的政治組織之牛耳者。需要關注的一個問題是，在土改之前，處於宗法制狀態中的古爐村，其政治又是處於怎樣的一種組織狀態呢？那個時候，中國的政權建制一般只是設到縣一級，廣大的鄉村世界實行的是一種建立於宗法制前提之下的鄉村自治制度。在此種社會制度之下，鄉紳階層與宗族族長以及長者顯然扮演著非常重要的角色。某種意義上，這些人的社會角色，也就相當於後來作為村支書的朱大櫃。這樣，自然而然就又扯出了族的問題。如果單純從族的角度來看，如同蠶婆、善人、朱大櫃、夜霸槽等這些人物，無疑就屬於在古爐村舉足輕重的人物。其中，蠶

婆、善人屬於見多識廣人生經驗特別豐富的長者,而朱大櫃、夜霸槽,則多少類似於宗族裏面的族長角色。朱大櫃當然毫無疑問是朱氏家族中一言九鼎的重要人物。從政黨組織的角度來看,他是村支書,從朱氏家族的角度來看,他又是事實上的族長。需要展開一說的,是夜氏家族。儘管小說中寫到過不少夜姓人物,但無論是從心志,還是從道德水準,抑或是從做事能力等幾方面來加以衡量,除了年輕的夜霸槽之外,夜氏家族真還難以找到一位合適的族長人選。扳著指頭數來數去,我們也只能萬般無奈地把夜霸槽看作是夜氏家族的隱性族長。經過以上的分析,我們最後即不難確認,如果從政和族兩個方面來看,朱大櫃就既是村支書,是當政者,又是朱氏家族的族長,是家族內部真正一言九鼎的人物。

實際上,在古爐村的日常生活中,朱大櫃往往身兼二任,他所出演的往往既是村支書又是家族族長這樣的雙重角色。我們且來看村裏邊評救濟糧的時候,朱大櫃的一段講話:「支書說,我估計都知道了,要麼人來得這麼齊呀!大家就猜想支書一定像往年一樣要說救濟糧是共產黨給我們的救命糧,⋯⋯但是,支書今日就沒說這些話,他卻說丟鑰匙的事。他說古爐村世世代代的風氣很好,除了幾次大的年饉,從來都是夜不閉戶,路不拾遺,進山打柴或去幫人割漆,或者去北稍溝煤窯上拉煤,誰的一隻草鞋爛了,就將另一隻還沒爛的草鞋放在路邊,為的是過往的人誰的草鞋也爛了還可以換上另一隻。秋季裏收回來的包穀家家就放在簷下的簸箕上,雞圈沒上過鎖,豬圈也不安門,鍬呀鋤呀鐮呀耙呀用過了就摞在門口或者乾脆扔在地頭。」「支書就再拍桌子,說:不要笑了,不要亂出聲說話!他繼續他的講話,說古爐村從來是人心向善,世風純樸,可是,最近接二連三地丟鑰匙⋯⋯」細細地品味這番講話內容,我們就可以發現,其中,固然有村支書角色意識的體現,但更多地凸顯出的,恐怕卻是朱大櫃作為朱氏家族隱形族長的角色意識。所謂的「世世代代」,所謂的「從來」,絕不僅僅是從共產黨執政開始的,其思維觸角,顯然已經延伸到了很久之前歷史深處。所謂「風氣很好」,所謂「人心向善,世風純樸」,則是在強調古爐村曾經有過很好的人倫道德傳統。在這個時候,你甚至會覺得朱大櫃講話的味道與善人的口吻非常相似。之所以如此,是因為我們從朱大櫃的這段話語中明顯地感覺到了傳統文化力量的一種傳承和表現。

關鍵在於,朱大櫃不僅如此說,而且也還落實表現到了具體的行動中。

無論是作為政黨組織的村支書，還是作為朱氏家族的隱性族長，朱大櫃的勇於擔當都令人動容。這一點，最突出地表現在他在「文革」中依然積極組織村裏邊的農業生產上。「磨子讓支書去管村裏的農活，說：我也是賤，說不理村裏的事了，可農活都擱在了那裡眼裏看不下去啊，我現在又沒辦法只抓農活，那就把你給我的權再還給你吧。支書說：你這磨子，我是走資派，你讓走資派又走老路呀？磨子說：你管不管是你的事，反正我給你說過了。說完，磨子就走了。磨子偏在村裏放話，他讓支書抓村裏農活了。話放出來，好多人都應聲是該抓抓農活了，可兩派都在革命，革命又處於激烈時期，能來抓農活的也只有支書了，就有人不斷地來找支書……」「從此，支書就開始安排起了農活。對於支書安排農活，最積極擁護的就算老順和來回，來回對別人瘋瘋癲癲的，一到支書面前就正常了，支書每天早上一開門，來回就在門外站著，問了今日都幹啥，然後她就不讓支書去張羅，自己瞧著一個破鐵皮臉盆吆喝，那隻狗一直跟著她，該漚肥的去漚肥，該灌田的去灌田。」革命再怎麼轟轟烈烈，也無法取代農業生產。不管怎麼說，古爐村的日常生活還得延續下去。日常生活最為重要的內容，就是衣食住行。離開了衣食住行的物質支撐，革命也很難進行下去。更進一步地說，即使沒有了革命，生活也依然要繼續，古爐村的農業生產還得有人來抓。支書自己是靠邊站的戴罪之身，本就泥菩薩過河自身難保。但是，眼看著榔頭隊和紅大刀都忙著去鬧革命，古爐村的農業生產陷入癱瘓狀態，如果朱大櫃再不挺身而出，那麼，古爐村的日常生活恐怕真就難以為繼了。朱大櫃的此種行為，所充分凸顯出的就是他作為村支書和朱氏家族隱性族長的雙重責任感。

前面說過，夜霸槽與朱大櫃他們都屬於正邪兩賦善惡交雜的一類人物形象，一半是海水一半是火焰。這一點，同樣很突出地表現在朱大櫃身上。以上我們更多地分析了朱大櫃人性中善的一面，接下來簡單分析一下其惡的表現。歸結起來，朱大櫃的人性之惡，約略體現在這樣三個方面。其一是為了保住自己的支書寶座，竭盡全力地設法打壓一切可能構成挑戰的力量。朱大櫃與夜霸槽之間的尖銳衝突，最鮮明不過地說明了這一點。其二是飛揚跋扈欺男霸女。雖然賈平凹只是偶一涉略，但朱大櫃在古爐村當政十多年，欺男霸女的行徑實在難免。最典型的一例就是我們前面曾經提及過的，土改時，在睡了守燈他媽的同時，繼續批鬥守燈他大。其三是貪污受賄。關於這一點，儘管賈平凹的表現很是隱晦，不僅只提供了一兩處細節，而且還充滿了暗示

性，但只要細加體察捉摸，我們卻還是能夠明白的。比如「老伴說：等一等。急忙把晾在院子裏的簸箕端到上房收拾了，簸箕裏是別人送來的點心，送得多，又捨不得吃，放在簸箕裏晾著。」再比如「狗尿苔是偷偷替支書的老婆給支書送東西的。天麻麻亮，狗尿苔就離開了古爐村，他帶著一罐燉好的雞肉，一包煙末，還有幾件換洗衣裳……」或者「老婆就不哭了，把飯罐打開，飯罐裏是米湯裏煮了餃子，盛了一碗給支書吃。支書就端了碗，餃子裏包著蘿蔔絲兒，他不是一口吃一個，而是把餃子咬一半，等那一半嚼著咽下了，再咬另一半。」「支書從此就呆在了柴草棚，老婆一天三頓來送飯，飯裏老有雞肉。」這裡，表面上似乎是在敘述支書家的飲食狀況，其實是在暗示讀者思考一個問題，為什麼支書家的吃食不是雞肉，就是餃子、點心。只要我們把支書家的吃食與狗尿苔祖孫倆稍加比較，一切就非常清楚了。小說一開頭，就寫到過這樣一個細節，狗尿苔不小心打爛了家裏的油瓶，緊接著，「婆頭上還別著梳子跑進來，順手拿門後的笤帚打他。打了一笤帚，看見地上一攤油，忙用勺子往碟子裏拾，拾不淨，拿手指頭蘸，蘸上一點了便刮在碟沿上，直到刮得不能再刮了，油指頭又在狗尿苔的嘴上一抹。」必須充分肯定賈平凹的細節表現能力。在讀過《秦腔》《古爐》之後，曾經有人把賈平凹的這種藝術表現方式稱之為細節現實主義。細細想來，此言確實不虛。賈平凹只是通過蠶婆在地下細細刮油這一細節的描摹，就把狗尿苔祖孫倆生存的極度貧困狀態纖毫畢現地表現出來了。1960年代中期的中國，是一個物質極度貧瘠的時代，地處偏遠的古爐村就更是如此。狗尿苔祖孫倆的生存狀態，實際上正是諸多古爐村民們普遍的一種生存狀態。只要我們把狗尿苔他們的生存狀態和朱大櫃家的飲食狀況略加比較，二者之間的非常之大應該是令人咋舌的。為什麼會出現如此之大的差異呢？答案很顯然只能在朱大櫃所擁有的村支書特權上尋找。假若不存在貪污受賄的狀況，朱大櫃一家的日常生活水平何以能高出古爐村普通村民一大截呢？！當然了，在強調朱大櫃貪污受賄的同時，我們也還得注意到這樣的或許同樣重要的細節。那就是「簸箕裏是別人送來的點心，送得多，又捨不得吃，放在簸箕裏晾著。」一句「捨不得吃」，卻又透露出了支書一家作為農人骨子裏的一種勤儉本質。就這樣，一方面固然是在貪污受賄，但在另一方面卻又不失勤儉本性，通過精彩細節的選擇運用，賈平凹極其成功地寫出了一種真實的人性複雜狀態。

第二節 杏 開

　　從性別的角度來看，賈平凹的這部《古爐》可以說是一個以男性為主體的長篇小說。小說中給讀者留下深刻印象者，大多都是男性形象。具體到女性形象，除了年事已高性別特徵早已淡化的蠶婆外，作家在小說中用筆最多，傾注最多心血的一個女性形象，就是杏開。從容貌上說，古爐村算得上漂亮的女性大概有兩位，一位是既非朱姓也非夜姓的雜姓人長寬的女人戴花，另一位就是隊長滿盆的女兒杏開。我們且來看杏開。雖然賈平凹並沒有專門地對杏開的漂亮容貌進行肖像描寫，但卻通過兩個細節進行過巧妙的側面渲染。先是借半香之口：「半香說：你說啥？霸槽說：我不要你的爛鞋底。半香說：那你只要杏開的？霸槽一拉狗尿苔就走，半香還在說：杏開不就是年輕麼，我年輕時皮膚比她細，是白裏透紅，煮熟的雞蛋剝了皮兒在胭脂盒裏滾了一下的那種顏色。霸槽，霸槽，你沒事來屋裏坐坐。」半香是禿子金的老婆，是古爐村一位欲望旺盛的風騷婆娘。她對於古爐村的第一美男夜霸槽有著強烈的興趣，曾經幾次三番主動勾引霸槽。正因為如此，所以，對於霸槽的喜歡杏開，半香表現出了明顯的嫉妒心理。這種嫉妒心理，在以上所引一段敘事話語中可以說表現得十分露骨。但實際上，也正是從半香誇獎自己的這段話語中，我們可以約略窺到杏開的容貌出眾。看似在表現半香的嫉妒心理，事實上卻是在側面展示描寫杏開的美貌，賈平凹的這種藝術表現方法確有其獨到之處。尤其值得注意的，是「煮熟的雞蛋剝了皮兒在胭脂盒裏滾了一下的那種顏色」這一句話。真是難為賈平凹了，他居然能夠想得出如此日常而又如此生動形象的語言來描寫一個貌美女性的皮膚的「白裏透紅」狀況。一個作家是否具有突出的語言表現能力，正是在這點點滴滴的細微之處體現出來的。再來看狗尿苔和夜霸槽之間的一段對話：「狗尿苔說：你以為你是誰呀？霸槽說：我是夜霸槽！狗尿苔說：哼！霸槽說：你哼啥？狗尿苔說：杏開那麼漂亮的……霸槽說：世上就她漂亮？狗尿苔說：可她大是隊長。霸槽說：我要的就是隊長的女兒！」狗尿苔和杏開都姓朱，從宗族輩分上說，狗尿苔與杏開的父親滿盆是一輩人，杏開應該喊狗尿苔本家叔叔才對。無論從怎樣的角度來看，在面對杏開的時候，狗尿苔都沒有必要故意誇張其辭。因此，狗尿苔對於杏開的描述顯然比較客觀，有著相當的可信度。至於杏開到底漂亮到了何種程度，賈平凹自始至終都沒有展開過正面描寫。我覺得，這樣一種藝術處理方式，在很大程度上顯示出了作家的藝術自信。不去直截了當地

描寫人物的容貌，而且巧妙地採用側面描寫的方式，給讀者留下充分的藝術想像空間，正可以被看作是賈平凹在杏開肖像描寫上的一大成功之處。

在具體展開對於杏開這個女性形象的分析之前，我們應該注意到發生在狗尿苔和蠶婆之間的一段對話：「狗尿苔說：婆，你說他這人好不好？婆說：人好人壞看咋樣個說哩，世上啥都好認，就是人這肉疙瘩不好認。霸槽對待杏開，好開了他給杏開吃饃，吃飽了還要給嘴裏塞，不好了，狗臉子親家，說翻臉就翻臉，這是誰又給他說了滿盆打杏開的事了呀，惹得一村子人都不安寧。」這段話所透露出的基本信息是，在夜霸槽與杏開的愛情關係中，佔據主導性地位的，始終是霸槽。這一點，在狗尿苔所觀察到的諸多場景中，都能夠得到有力的證實。「但杏開怎麼不還手呢，怎麼不走開呢，就那樣讓霸槽打嗎？狗尿苔平日對杏開說話，杏開總是嗆他或鄙視他，而霸槽這樣對待她，她卻不還手也不走開，狗尿苔就覺得世事不公平也難以理解了。那就打吧，果然霸槽又扇了一個耳光，杏開依然仰著頭不吭不動，霸槽再次揚起的手停在了半空，空氣裏傳動著緊促的粗壯的呼吸聲。」「狗尿苔突然覺得受到了愚弄。他以為有了小木屋那次鬧翻，杏開再也不會招理霸槽了，卻原來他們又相好了。杏開杏開，人家霸槽真的就愛你嗎？沒志氣的！」「狗尿苔不扳霸槽的胳膊了，老老實實坐在了車廂裏，他想不明白杏開為什麼還去找霸槽，霸槽說了那句話為什麼她又罵霸槽？是不是自己年紀小吃不透他們這種事嗎？」狗尿苔既是《古爐》中一個重要的人物形象，同時也是小說中的視角性人物，小說中的諸多故事與場景，賈平凹都是借助於狗尿苔的眼光看出來的。必須承認，這樣一種設計確有其精妙之處。小說中的許多人和事，因此而變得不再那麼簡單清晰，就如同我們在隔著毛玻璃看人一樣，會有一種朦朧異樣的陌生感產生。而文學，如果按照俄國形式主義的理解，從根本上追求的正是這樣一種藝術效果。同樣是夜霸槽和杏開之間的情愛糾葛，通過狗尿苔這個懵懵懂懂的孩子看出來，藝術效果確實大不相同。從人之常情常理揆度，兩個人之間，如果你對我的態度很糟糕，那麼，我肯定也不可能以德報怨，對你態度很好。明明看著夜霸槽和杏開已經鬧得不可開交，明明看著夜霸槽以那麼粗暴的方式對待杏開，狗尿苔就是怎麼也弄不明白，杏開為什麼還要再來找霸槽，還要繼續和霸槽糾纏不清呢。杏開為什麼就這麼沒有志氣？這麼賤呢？狗尿苔根本就意識不到，霸槽與杏開之間，並非一般的人際關係，而是特別的戀愛關係。實際上，賈平凹藉此而巧妙寫出的，正是戀人

之間一種剪不斷理還亂的情感過程。而且，更加值得關注的是，從這些敘事話語中，你還可以明顯地感覺到霸槽和杏開之間的某種不平等關係。

這樣，你就會發現杏開對於霸槽和自己的父親滿盆之間兩種明顯不同的情感態度，二者形成了鮮明有趣的一種對照關係。正如同狗尿苔已經觀察到的，對於霸槽，儘管對方很多時候都表現出對於杏開的不夠尊重，但杏開卻基本上採取的是一種百依百順的屈從姿態。與此形成突出對比的，是杏開對於父親滿盆的堅決反抗。杏開的母親早逝，只有她和父親兩個人相依為命，兩個人的關係應該說是格外親近的。然而，一旦涉及到霸槽，杏開卻表現出了一種相當堅定的反抗性。「滿盆問拿這錢幹啥呀，杏開說她要借給霸槽繳給生產隊。滿盆一聽就火了，把錢奪下，扇了杏開一個耳光。滿盆已經耳聞過村裏人的風言風語，見杏開竟然偷家裏錢替霸槽交款，渾身都氣麻了，便罵霸槽是什麼貨，少教麼。浪子麼。當農民不像個農民，土狗又紮個狼狗的勢，你跟他是混啥哩，你不嫌丟人，我還有個臉哩。杏開說：我丟啥人了，霸槽是地主富農是反革命壞分子？跟他說話就丟人啦？！……滿盆把杏開往屋裏拉，拉不動，又扇了幾個耳光，杏開嚎啕大哭。」果然，圍繞著杏開被打這一事件，霸槽和滿盆大打出手，發生了非常尖銳的衝突。滿盆生病乃至於最後的一命嗚呼，其實都跟這次衝突存在著緊密的聯繫。兩相對照，我們不難發現杏開對於霸槽的愛，真的已經達到了癡迷的程度，以至於面對著霸槽，杏開完全喪失了自身的主體性。或許會有朋友從女性主義批評的立場，指責賈平凹的此種描寫背後一種男性霸權立場的存在。不能說這樣的批評就沒有一定的道理，一個不容迴避的問題就是，既然杏開在自己的生身父親面前都可以表現得如此剛烈，那她為什麼就不能夠在霸槽面前也同樣剛烈呢？為什麼在霸槽那裡就總是要放低身姿委曲求全呢？這裡面，除了杏開發自內心的對於霸槽的喜歡之外，一個重要的原因，我覺得，應該與那個時代古爐村這樣西部鄉村的文化觀念有關。那個時代的古爐村，在男女的情感關係問題上，根本就不可能形成帶有突出女性主體性的女性獨立觀念，現實的情感模式只能是如同杏開這樣的依附性樣式。作為一個嚴格意義上的寫實作家，賈平凹只能夠如實地把這一切表現出來。這樣看來，杏開面對霸槽的一腔柔情和面對滿盆的剛烈抗爭，其實並不矛盾，二者的共同存在，恰恰十分有力地凸顯出了杏開人性的複雜豐富。

賈平凹是善於體察女性心理、刻畫塑造女性形象的一位作家，回顧賈平

凹這些年的小說創作，就不難發現，在他的筆下類似於杏開此類的女性形象，差不多已經構成了一個形象系列。如同《高老莊》中的菊娃，《秦腔》中的白雪，可以說都屬於此類形象。這兩位，再加上杏開，你就不難發現她們之間的一些共同特點。這些女性的性格特徵雖然都不乏有剛烈的一面，但從總體趨向來看，她們卻應該說都是善良柔弱的傳統型女性形象。儘管從道德的層面上看，她們可以說都沒有什麼問題，但令人遺憾的是，她們最後都無法避免被男性遺棄的結果。菊娃是高子路的前妻。高子路後來和西夏結了婚。白雪是夏風的妻子，但夏風最後卻離棄了白雪，另擇新歡。杏開雖然並沒有和霸槽成婚，但她的肚子裏卻已經懷有霸槽的孩子，而且到小說的結尾處，這孩子也已經降臨到了人世。儘管說霸槽最後被處決了，但我們卻完全能夠想像得到，假若霸槽不被處死，那麼，最後他恐怕也會遺棄杏開，選擇那個馬部長，或者另外的其他女性。在這裡，需要我們進一步思考的問題是，為什麼賈平凹總是一再地重複敘述這些「癡心女子負心漢」的故事？他的筆下為什麼總是會出現類似於杏開這樣的女性形象？關於這一點，或許需要我們從精神分析學的角度，到作家某種潛在的無意識中去尋找合理的答案。我們都知道，賈平凹自己曾經經歷過一場婚變。在現代社會，情感婚姻的變化，不僅屬於並不罕見的尋常之事，而且也是個人的隱私，不知內情的旁觀者其實是不應該置一詞的。此處我們想指出的一點只是，儘管婚變是賈平凹自己理性選擇的結果，但是在情感的潛意識深處，或許會有一種辜負了前妻的愧疚心理存在。這樣一種潛意識折射在他的小說作品中，就是菊娃、白雪與杏開此類女性形象的多次被書寫與被塑造。

以上，我們分別對賈平凹《古爐》中塑造特別成功的夜霸槽、狗尿苔、蠶婆、善人、朱大櫃以及杏開等人物形象，進行了足夠深入的藝術分析。必須指出的是，儘管按照李星的看法，《古爐》中的人物形象可以被切割為「神界」、「魔界」與「半神半魔」三種類型，但實際上，我們以上所具體分析的六位人物形象，卻只是分別屬於「神界」與「半神半魔」兩種類型。被李星歸入於「魔界」的麻子黑、守燈，並沒有進入我們的分析視野之中。之所以如此，並不是說這些人物的塑造有問題，而是因為相比較而言，人物的人性含量較之於前者要少一些。實際上，賈平凹對於麻子黑和守燈心理陰暗狠毒的描寫，也的確給讀者留下了很深的印象。比如說麻子黑，僅僅因為和磨子競爭隊長一職，就不惜下毒手謀殺磨子，結果陰差陽錯地謀害了磨子的叔叔歡喜。再

比如守燈，作為地主的兒子，守燈在歷次政治運動中都少不了要被批鬥，如果說蠶婆、善人的被批鬥只是構成了對他們道德人格的淬煉與磨礪，那麼，到了心胸狹窄的守燈這裡，長期的被批鬥卻構成了其心理人格的嚴重扭曲。惟其心理人格被嚴重扭曲，所以他才會在「文革」中趁亂與麻子黑沆瀣一氣，對社會進行瘋狂的自毀型報復。其實，也不只是麻子黑和守燈，其他一些我們沒有具體進行分析的人物形象，比如天布、半香、禿子金、戴花、磨子等，也都有各自的可圈可點之處，只不過由於篇幅的關係，我們就不再具體展開了。總之有一點，作為一部人物群像類的長篇小說，《古爐》這部長篇小說在人物形象刻畫塑造方面的成就還是非常突出，不容忽視的。《古爐》之所以能夠成為中國新世紀長篇小說中一部標誌性的作品，顯然與這一點存在著極其緊密的內在聯繫。

第六章　敘事藝術(一)

　　小說是一種敘事的藝術，這是早在金聖歎時代就已經明確了的基本觀念。在金聖歎那些評點《水滸傳》的文字中，關於敘事藝術的探討就已經佔據了不少的篇幅。然而，到了後來的新時期文學中，把小說真正地當做一種敘事藝術來理解對待，恐怕卻是 1990 年代前後的事情。此前的新時期文學儘管已經有了長達十年之久的發展歷史，但只要你認真地檢索一下，就會不無驚訝地發現，早在金聖歎時代就已經確立的小說敘事觀念，在 1980 年代的小說批評話語譜系裏基本上是一個空白。敘事之成為小說界之顯學，引起作家批評家的高度注意，應該是 1990 年代前後的事情。其顯著性標誌有二。一是在 1980 年代末期，中國的小說界突然出現了一個後來被命名為「先鋒文學」的小說創作潮流。包括馬原、余華、格非、蘇童、孫甘露等在內的一批作家，一般被看作是先鋒文學的代表性作家。由於受到西方現代主義文學觀念影響的緣故，這批作家特別強調小說「怎麼寫」的重要性。所謂的「怎麼寫」，說透了也就是小說應該如何敘事的問題。從此後中國小說界的發展情形來看，必須承認，這一批先鋒作家，尤其是其中的馬原，對於此後二十多年間的小說敘事，確實產生了不容忽視的根本性影響。其二則同樣是在 1980 年代末期，曾經在西方產生過極大影響的所謂結構主義敘事學理論，被中國的學者第一次介紹到了國內。在這一方面，一個標誌性的事件，就是由張寅德編選的一部《敘述學研究》於 1989 年由中國社會科學出版社的出版。儘管說金聖歎他們早就探討過中國古代小說的敘事藝術，但由於中國現當代文學的發展現實與中國古典文論之間實際上的嚴重隔膜，因此，這種探討並沒有能夠在中國現當代文學的發展過程中留下明顯痕跡。更多地與西方現代文化以及現代文

學存在著親和關係的中國現當代文學，很多情況下，只有在接受了西方相關理論的影響啟示之後，方才可能意識到某一方面問題的重要性。關於小說是一種敘事藝術的理念，情形同樣如此。在我的記憶中，中國學界把小說敘事真正提上議事日程，確實是 1990 年代前後伴隨著結構主義敘事學理論被介紹進中國來之後的事情。就這樣，一個在創作領域，一個在文學理論領域，二者互相呼應，共同推進影響著小說敘事藝術觀念在當下時代中國文學界的普及。以至於，在當下時代，研究小說者假如不關注小說的敘事層面，反倒好像顯得很沒有學問似的。

　　之所以一開篇就先來探討一番當下時代小說敘事問題的來龍去脈，是因為包括賈平凹在內的所有中國作家，都是在以上兩方面因素的影響之下，敘事意識才真正明確起來的。儘管說小說的存在本身就意味著敘事從來就不曾中止過，但細緻地觀察一下新時期小說的發展進程，你就會明顯地感覺到，先鋒文學出現之前與之後的中國小說敘事形態確實有著很大的不同。究其原因，顯然與作家們敘事意識的自覺存在著緊密的聯繫。具體到賈平凹，他的小說創作，也有著一個敘事藝術不斷自我更新發展的問題。簡略地回顧賈平凹的小說創作歷程，就不難發現，出道之初的賈平凹曾經深受孫犁藝術風格的影響，諸如《滿月》《小月前本》一類的作品，一派清新淡雅，頗具田園意趣。此後一段時間，賈平凹有先後推出過《雞窩窪人家》《臘月·正月》以及《浮躁》等一批作品，到了這批作品中，賈平凹遂始走出早期那種唯美田園的風格，社會關懷的意識明顯增加，只不過其思想意趣未能擺脫當時主流意識形態的控制影響。單就小說的敘事層面而言，此時的賈平凹則開始向著在中國現當代文學史上一貫佔據主流地位的所謂現實主義有所傾斜了。或許也正因此，到現在，我們依然能夠聽到那些堅持此種藝術理念的人們對於賈平凹這一批作品不絕於耳的喝彩聲。我始終覺得，對於賈平凹的小說創作而言，1990 年代前後的轉型，是至為關鍵的一件事情。現在看起來，導致賈平凹轉型的原因，或許可以從社會與自我兩個方面尋得答案。在社會，當然是那一場眾所周知的大風波，在個人，則顯然是一場比較嚴重的肝病。關於賈平凹的肝病，我們只要認真地閱讀一下賈平凹當時那篇著名的散文《人病》，就可以有真切的體會。賈平凹轉型的標誌性作品，是他的一組系列短篇小說《太白山記》。這組系列短篇小說中不僅開始出現神秘因素，而且初步顯示出了賈平凹小說在敘事層面上與中國本土小說傳統之間的內在聯繫。接下來登場的，

就是那部當時曾經引起過軒然大波至今在文壇仍然毀譽參半的長篇小說《廢都》了。從小說發表的當時，一直到現在，我都堅持認為《廢都》是一部不可或缺的重要文本。此作之重要價值，一方面體現在賈平凹以「春江水暖鴨先知」式的敏感，率先在中國文壇意識到了知識分子的精神世界在市場經濟時代必然的失落與淪陷，另一方面則是從敘事層面來看，上承《太白山記》之餘緒，進一步強化凸顯出了賈平凹對於中國本土小說傳統的繼承和發揚。那種言語聲氣，那種口味腔調，活脫脫就是從《紅樓夢》《金瓶梅》傳承轉化而來的。關於這一點，批評家李靜說的很明白：「在小說裏，賈平凹完全沉默。我是說從《廢都》開始的賈平凹。他幾乎亦步亦趨地傳承了明清世情小說的敘事技法，藉以不厭其煩地描摹世道人情。」〔註1〕然而，儘管說《廢都》已經確立了賈平凹的小說敘事與中國傳統之間的傳承關係，但是，更多地匍匐於傳統的陰影之下，卻也說明作家實際上還沒有真正在敘事層面尋找到自己獨有的風格。某種意義上說，大約只有到了新世紀，到賈平凹先後寫出長篇小說《秦腔》《古爐》的時候，他的那樣一種對於中國本土小說傳統進行了某種轉化性創造的個人化敘事風格方始宣告完成。

我們注意到，對於賈平凹《秦腔》《古爐》所堅持的敘事方式，學界的看法並不一致。其中，邵燕君的觀點就很有代表性：「應該說，《秦腔》和《古爐》之所以難讀，與賈平凹自覺的形式實驗有著本質關係。在這種不以主題聚焦透視而以散點鋪陳細節的寫作中，賈平凹剔除了一切讀者熟悉的敘述模式──不僅是西方現實主義小說的經典模式（如塑造典型環境中的典型人物、情節鋪墊和高潮營造等），也包括一切通俗文學模式和章回體等中國古典小說模式，而後者正是『革命歷史小說』為了吸引讀者而刻意嫁接的，也是『中國氣派』的實踐努力之一。所以，賈平凹今日的寫作路數，與其說是古典的，不如說是現代的；與其說是傳統的，不如說是實驗的。它故意和讀者的閱讀慣性擰著來，所有讓敘述流暢起來的慣常通道全被堵死了，快感模式被取消了，深度模式被打散了，但以此為代價而突出出來的日常細節又不過真是一些雞零狗碎的潑煩日子，沒有什麼太值得把玩之處，更不像現代主義小說細節那樣具有深奧豐富的象徵寓意。於是，讀者的閱讀期待，無論是傳統的還是現代的都落空了。這是一棵沒法爬的樹，樹幹和樹枝都被抽空了，只剩下厚厚

〔註1〕 李靜《未曾離家的懷鄉人──一個文學愛好者對賈平凹的不規則看法》，見《捕風記》第 61、67～69 頁，浙江大學出版社 2011 年 6 月版。

堆積的樹葉，它們片片不同又大同小異，要一片一片地翻完確實需要職業精神。」〔註2〕說賈平凹剔除了西方現實主義小說的經典模式，這個說法當然可以成立。說賈平凹拒絕了通俗文學的敘述模式，也還很有一些道理。然而，如果僅憑外在表層章回體的運用與否便斷定賈平凹的敘事方式與中國古典小說截然不同，這樣一種結論的得出，在我看來，還真是有著簡單化的嫌疑。按照我個人的一種體會，認為賈平凹《秦腔》《古爐》的敘事方式與中國本土小說傳統無關，其實是一種有問題的判斷。一種正確的判斷方式，恐怕應該是賈平凹一方面積極傳承中國本土小說傳統，另一方面卻也沒有拒絕對於西方現代主義藝術經驗的借鑒吸收。把以上兩方面的藝術經驗有效地整合在一起，進而完成對於中國本土小說傳統的一種轉化性創造，這樣的一種看法，才是一種符合實際的藝術評斷。

　　同樣令人懷疑的，還有邵燕君關於「賈平凹今日的寫作路數，與其說是古典的，不如說是現代的；與其說是傳統的，不如說是實驗的」一種判斷。在這裡，一個客觀存在的問題，恐怕就是論者簡單化地把古典與現代、傳統與實驗二元對立起來。按照俄國形式主義對於文學的一種基本理解，文學書寫是否能夠提供一種陌生化的感覺，乃是判斷文學創作具備原創性與否一個非常重要的標準。在這個意義上說來，古典的也可能具備現代意義，傳統的也可能具有實驗的價值。這一方面，一個突出的例證，就是趙樹理。在中國現代文學史上，趙樹理的異軍崛起，是上世紀四十年代的事情。雖然從基本的創作特徵來說，趙樹理只能被看作是古典的、傳統的，但是，如果把他放置在中國現代文學的創作譜系中，相當於此前彌漫於文學創作領域的歐化傾向而言，趙樹理此種古典、傳統意味十足的小說創作，先鋒實驗的性質就表現得非常突出，具備了鮮明的現代意義。實際上，也正是在這個意義上，有一種創作現象需要引起我們的高度關注。這就是，儘管說作為一種文學思潮的先鋒文學已經成為昨日黃花，但是，先鋒文學一向所推崇的敘事實驗精神卻並沒有隨之而煙消雲散。頗具弔詭意味的是，這種具有先鋒意味的敘事實驗精神，反倒突出地體現了了一批並非是先鋒作家的身上。在諸如王蒙、賈平凹、韓少功、史鐵生、王安憶、鐵凝、張煒、閻連科、李銳等一批作家身上，我們都突出地感覺到了這樣一種難能可貴的敘事實驗精神的存在。當然，需

〔註2〕邵燕君《精英寫作的悖論和特權——讀賈平凹長篇新作〈古爐〉》，載《文學報》2011年6月2日「新批評」。

要指出的是，我們不能過於偏狹地理解所謂的敘事實驗，不要一提敘事實驗就和西方的現代主義聯繫在一起。正如同我們前邊已經提到過的趙樹理一樣，有些時候，小說的敘事實驗其實也真的可以與古典、傳統發生緊密聯繫。別的且不論，單就賈平凹的小說創作來說，他在《秦腔》《古爐》中的那樣一種明顯突破常規的敘事藝術，既是對於中國本土小說傳統的一種致敬行為，同時也更可以被理解為一種具有強烈先鋒意味的敘事實驗。有一點，邵燕君的感覺還是很到位的，那就是，某種意義上，賈平凹的寫作路數確實是在「故意和讀者的閱讀慣性擰著來」。這裡的一個關鍵問題在於，作家的敘事藝術到底該順應於讀者的閱讀慣性，還是該對於讀者的閱讀慣性構成強有力的挑戰。儘管我們也認同作家的敘事實驗不能夠過激到使讀者根本就無法卒讀的「天書」地步的說法，但從總體上看，作家的敘事，尤其是帶有鮮明實驗性的小說敘事，還是應該對於讀者的閱讀慣性形成一定的挑戰力度。從這一點出發，對於賈平凹在《秦腔》《古爐》中的敘事努力，我們所採取的自然就應該是一種肯定的基本姿態。

先讓我們從賈平凹的《秦腔》說起。在一篇關於《秦腔》的研究文章中，我曾經把賈平凹的敘事方式稱之為「生活流」式的敘事：「閱讀《秦腔》的一個突出感受便是我們如真地面對了帶有瘋傻氣息的瘋子引生，聽他將清風街的人與事不無煩瑣累贅地一一娓娓道來。這一點，在以下所摘引的這些敘事話語中便不難得到有力的證明。『清風街的故事從來沒有茄子一行豇豆一行，它老是黏糊到一起的。你收過核桃樹上的核桃嗎，用長竹竿打核桃，明明已經打淨了，可換個地方一看，樹梢上怎麼還有一顆？再去打了，再換個地方，又有一顆。核桃永遠打不淨的』『我這說到哪兒啦？我這腦子常常走神。丁霸槽說：「引生，引生，你發什麼呆？」我說：「夏天義……」丁霸槽說：「叫二叔！」我說：「二叔的那件雪花呢短大衣好像只穿過一次？」丁霸槽說：「剛才咱說染坊哩，咋就拉扯到二叔的雪花呢短大衣上呢？」我說：「咋就不能拉扯？！」』拉扯得順順的麼，每一次閒聊還不都是從狗連蛋說到了誰家的媳婦生娃，一宗事一宗事不知不覺過渡得天衣無縫！」竊以為，在以上所摘引的兩段敘事話語中的確潛藏著一個對於理解《秦腔》而言十分重要的敘事詩學命題，對於這一點我們不能不察。所謂『拉扯得順順的』，所謂『一宗事一宗事不知不覺過渡得天衣無縫』所說明的正是事與事之間不僅不存在明確的主次之分，而且作家在一個故事與另一個故事的銜接處理上轉換得極其流暢自

如而不留斧鑿之痕。這樣一種打了一顆核桃再打另一顆核桃的『打核桃』式的敘事方法正是貫穿於《秦腔》始終的一種基本敘事方式。同時，也正是依憑了這樣一種『打核桃』式的敘事方法，《秦腔》才真正地實現了總體情節敘事的『去中心化』。如果說 20 世紀曾經產生過一種有極大影響的『意識流』的小說敘事方式，那麼賈平凹《秦腔》中的這樣一種敘事方式則殊幾可以被命名為一種『生活流』式的敘事方法。」〔註3〕在這裡，一個關鍵的問題，就是如何理解看待鄉村生活的問題。只要是對於鄉村生活有所瞭解的人，就都會知道，第一，鄉村的日常生活一般情況下談不上有什麼大事，第二，由於鄉土的特性，發生在鄉村世界中的事情，互相之間都存在著這樣或者那樣的牽扯聯繫，恰如引生所說：「它老是黏糊到一起的」。既然互有牽扯聯繫，既然總是黏糊在一起，那麼，如同賈平凹這樣採取最貼近於生活的「生活流」式的敘事方式，也就有其自己的道理了。當然，必須說明的一點是，儘管我們在此處特別強調鄉村生活本身的互相黏連性，但這卻並不意味著所有的作家在進行小說寫作的時候都得按照這種黏連的方式展開自己的敘事。正所謂條條大路通羅馬，在一個藝術民主化、多元化的時代，不同的作家完全可以通過自己設定的敘事方式抵達鄉村生活的真實景觀。這一點，早已為眾多作家成功的藝術實踐所證明。單就一部中國現當代文學史而言，諸如魯迅、沈從文、汪曾祺、趙樹理、孫犁、莫言、張煒、陳忠實、鐵凝、閻連科等一大批作家，都以自己各各不同的敘事方式，有效地進行著自己的鄉村書寫。相比較而言，賈平凹的難能可貴之處在於，當他意識到鄉村世界生活本身具有黏連性之後，就一直努力地試圖以《秦腔》中那樣一種「生活流」的方式去還原生活的原生態樣貌。正因為此前並沒有中國作家嘗試過這樣一種敘事方式，所以，賈平凹這樣一種可謂是極度逼真的書寫方式，也就表現出了強烈的實驗性色彩。

然而，需要引起注意的是，儘管依然可以被看作是一種「生活流」敘事，但嚴格地說起來，賈平凹的《古爐》並沒有完全複製《秦腔》的那樣一種敘事方式。之所以會出現這種狀況，並非是現階段的賈平凹已經揚棄了自己的「生活流」敘事方式，而是因為《秦腔》和《古爐》具體表現對象存在著明顯的不同。雖然說從大的方面說《秦腔》與《古爐》關注表現的都是賈平凹非常熟悉

〔註3〕 王春林《鄉村世界的凋敝與傳統文化的輓歌——評賈平凹長篇小說〈秦腔〉》，載《海南師範大學學報》2006 年第 3 期。

的鄉村生活，但某種意義上，《秦腔》是一部「無事」的小說，《古爐》則屬於「有事」的小說。所有的小說裏都會有事，怎麼會存在「有事」與「無事」的小說呢？那麼，究竟何謂「有事」？何謂「無事」呢？所謂「有事」，就是小說中存在著一個大的中心事件。所謂「無事」，就是你打破腦袋也在小說中找不出一個大事件來。依照這樣的標準來衡量，《秦腔》就是「無事」的小說，《古爐》當屬「有事」的小說。《秦腔》是一部觀照表現當下時代鄉村生活的長篇小說，細讀文本，除了故事的發生地清風街村民們日常生活中諸如夏天義、夏天智之死，諸如白雪的婚禮等婚喪嫁娶生老病死的故事之外，你根本就無法找到某一個通貫全篇的中心事件來。面對著如此一種一方面沒有中心，另一方面處處皆是中心，因而只能以散漫一片稱之的鄉村生活，賈平凹能夠以同樣看似散漫一片的「去中心化」的「生活流」敘事方式，有效地切入到鄉村世界的深處，這種努力確實應該得到充分的肯定。然而，《古爐》的具體情形卻明顯不同了。儘管還是那個鄉村世界，還是散漫無際的黏連性鄉村生活，但《古爐》卻是一部明確地以古爐村的「文革」為主要表現對象的長篇小說。與《秦腔》相比，「文革」自然而然就成為了《古爐》中的中心事件。實際上，賈平凹的《古爐》敘事一直是圍繞著「文革」這一中心事件進行的。因此，雖然從表象上看，似乎《古爐》是沿著《秦腔》的敘事路數延展下來的，但只要認真地辨析一下，二者之間的區別其實格外明顯。在這個意義上，那些習慣於籠統地把《秦腔》和《古爐》連綴疊加在一起加以談論的做法，恐怕就顯得有些不太恰當了。儘管說《秦腔》與《古爐》的敘事方式肯定存在著相當的內在聯繫，但我以為，只有看到它們之間的區別才能夠更好地理解這兩個小說文本。

第七章　敘事藝術（二）

　　《秦腔》與《古爐》的區別，首先表現在敘事結構的不一樣上。如果說《秦腔》是一部散漫無際的「去中心化」的不存在明確線性敘事結構的純粹由塊狀敘事組構而成的作品，那麼，《古爐》就是一部由塊狀敘事逐漸向線性的條狀敘事轉換的作品。那麼，究竟何為塊狀敘事？何為條狀敘事呢？所謂「塊狀敘事」，就是指在一部小說作品中，由於缺乏中心事件可以圍繞著展開，所以作家便只能採取一種「散點透視」的方式，如同《秦腔》中的視點人物引生所說以「打核桃」的方式進行敘事。儘管說只能通過文字逐字逐字地敘述，但都給讀者的感覺卻是，其中不存在一條清晰的指向性線索，以至於你感覺自己所讀到的，只是一團一塊的敘事板塊。那麼多的敘事板塊貌似沒有秩序地擁擠集中在一起，就構成了一部混沌大氣的長篇小說。賈平凹的《秦腔》，就可以說是塊狀敘事最具代表性的一部作品。對於這一點，李靜在其研究文章中的分析極其令人信服。李靜非常耐心細緻地對《秦腔》的意義線索進行了條分縷析的梳理，一共歸結出這樣幾條意義線索：a.關於權力等級秩序的集體無意識，b.土地的衰敗與道德的崩解，c.秦腔沒落，傳統逝去，d.農民的卑微與重負，e.人心的貪婪，f.愛之無能。然後，李靜分析道：「賈平凹一直致力於給文本注入多義性，在《秦腔》中更是如此。塑造人物和敘述事件時，他會同時將幾條意義線索埋在一人、一事之內。比如寫夏天義時，a、b 並舉；寫夏天智，則 a、b、c、d 齊奏；寫白雪，b、c、f 交織；寫引生，則 a、b、d、f 合鳴……小說的形象世界，因此而血肉飽滿，其內涵主旨，亦更加含混難

辨。」〔註1〕儘管使用的術語不同，但李靜這裡所說的「意義線索」，顯然也就是我所使用的「敘事板塊」。正因為賈平凹在敘事的推進過程中，總是把幾個敘事板塊纏揉在一起，所以才形成了一種幾乎類似於「照相寫實主義」式的逼真藝術效果，並且使得讀者的接受成為一件具有挑戰性的事情。那麼，何為條狀敘事呢？就是說在一部小說作品中，擁有一個超乎於其他一切事件之上的「中心事件」，由於存在著這樣一個「中心事件」，所以作家的敘事行為就都會自覺地指向這個方向，這樣，自然而然就會形成一條相對清晰的敘事線索。《古爐》的中心事件是「文革」，雖然貌似很隨意，但實際上賈平凹所有的敘事最終都還是指向了這一中心事件。

　　《古爐》是按照自然時間的順序展開敘事的，整部小說一共六大部分，分別是「冬部」、「春部」、「夏部」、「秋部」、「冬部」、「春部」。需要說明的是，第一個「冬部」，是 1965 年的冬天，到了第二個「春部」，則已經是 1967 年的春天了。這就是說，小說的故事時間前後持續大約也不過只有一年半的時間。簡單回顧一下賈平凹的長篇小說，就不難發現，儘管說也會出現時間處理上的大跨度敘事，比如《病相報告》，但相比較而言，作家的藝術表現更加精彩奪目的，似乎卻是類似於《古爐》這樣的小跨度敘事。與《古爐》相類似的是《秦腔》，《秦腔》的敘事時間，前後大約也只有一年左右。《秦腔》與《古爐》毫無疑問是賈平凹截止面前最優秀的兩個小說文本，在這兩部長篇小說中，作家都把敘事時間控制得非常緊湊。這樣必然導致的一種敘事結果，就是文本的高密度。所謂「密實」，所謂「密不透風」，說明的都是這種狀況。賈平凹自己，則不無形象地把這種敘事狀態稱之為「密實的流年式的敘寫」。我總有一種強烈的感覺，賈平凹對於敘事時間的這種處理方式，非常類似於那些能夠很好地完成高難度動作的體操運動員。在一個相對狹小的故事空間內，賈平凹卻能夠如同那些體操運動員一樣自如地騰挪跳躍，縱橫捭闔地把複雜豐富的人生信息高度濃縮控制在了短暫的時間維度內。說實在話，在當下中國文壇，能夠如同賈平凹一樣具備如此一種藝術能力的作家，還真是並不多見。敘事時間的處理之外，更加值得注意的，恐怕還是《古爐》的敘事結構由塊狀敘事漸次轉換為條狀敘事的問題。具體到小說文本，那就是前兩部「冬部」、「春部」屬於塊狀敘事，剩下的四個部分，則明顯屬於條狀敘事。

〔註1〕李靜《未曾離家的懷鄉人──一個文學愛好者對賈平凹的不規則看法》，見《捕風記》第 61、67～69 頁，浙江大學出版社 2011 年 6 月版。

　　在這裡我們不妨略微細緻地先來梳理一下《古爐》前面第一部分的塊狀
敘事。梳理之前，先來引述作家趙長天的一種直觀閱讀感受：「讀了幾十頁後，
我開始感覺到閱讀的難度。這不是一個短篇幅的散文，是一部長篇小說，眾
多的人物爭先恐後湧了進來。第一節，短短 7 頁，就出現了 15 個人物，有狗
尿苔、婆（即後來說的蠶婆）、來聲、田芽、長寬、禿子金、灶火、跟後、護
院的老婆、行運、半香、牛鈴、守燈、水皮、善人。第二節，從第 7 頁到第
13 頁，又出現了 15 個人物，有得稱、歡喜、麻子黑、土根、面魚兒、開石、
鎖子、支書（後知道叫朱大櫃）、霸槽、天布的媳婦、戴花、開合、馬勺、牛
路、杏開。僅僅不到 13 頁的篇幅，出來了 30 個有名有姓的人物。……這些
人，假如他們慢慢進入，讓我先認識三五個，再認識三五個，或許我會漸漸
和他們成為朋友。可當三十個陌生人一下子站在面前，我不知道他們的身份，
不知道他們之間的關係，再加上故事進展的節奏緩慢，便阻擋著我進入作家
筆下的那個世界。……最後，我選擇了放棄。」〔註2〕儘管說趙長天的知難而
退，並不就說明著賈平凹《古爐》敘事藝術的不成功，但是，他的這種閱讀直
感，卻也從一種特別的角度證明著塊狀敘事的藝術效果。

　　我們且來歷數《古爐》的第一部分「冬部」都講述了鄉村世界中怎樣一
些瑣碎的故事。就略微大一些的事件來說，第一節一開始就是狗尿苔不小心
打破了家裏瓷器油瓶，然後，因為蹭樹的事兒，狗尿苔與禿子金之間發生了
衝突。第二節先是狗尿苔遇上支書，然後，就是他和夜霸槽之間的對話，兩
人由此建立了密切的關係，同時表現半香對於霸槽持有強烈興趣。第三節先
寫霸槽為了杏開與過路司機發生衝突，借機表明兩人之間的情感關係，然後，
交代古爐村兩大姓的來歷以及古爐村的歷史，接著描寫支書賣瓷貨的場景。
第四節先寫老順從河裏撈起了自己後來的老婆來回，然後是麻子黑與狗尿苔
之間的衝突。第五節先寫霸槽怎麼樣在公路邊建起小木屋釘鞋補胎，然後，
寫霸槽與滿盆之間因為交提成問題發生衝突，接著寫蠶婆把自家的豬送給了
鐵栓家，最後是善人的出場說病。第六節先寫狗尿苔和牛鈴之間的密切關係，
然後寫開石與繼父面魚兒之間的矛盾關係。第七節首先描寫蠶婆祖孫倆與古
爐村動植物之間的親近關係，然後寫杏開洗衣服，接著是守燈犯了漆毒，蠶
婆設法療治，因水皮向支書告狀，守燈故意把漆毒傳染給水皮。第八節先寫
霸槽剪了老順家的狗毛，然後是狗尿苔做夢，重點展示描寫馬勺他媽的喪禮

〔註2〕趙長天《我所感的閱讀的難度》，載《文匯報》2011 年 4 月 16 日。

狀況。第九節首先寫狗尿苔怎樣勸說老順家的狗，然後寫善人給護院媳婦說病，光棍迷糊出場，最後寫古爐村許多人的怪病。第十節先寫夜霸槽在小木屋偷著開辦糧食交易市場，然後是霸槽與護院之間大打出手，接著寫霸槽與杏開的情感關係，馬勺媽下葬，最後是霸槽與水皮怎樣打賭吃豆腐。十一節首先寫天布怎樣當上民兵連長，然後是天布與半香之間的曖昧關係，最後的筆墨再次落到了霸槽和杏開的情感關係上。十二節首先敘寫蠶婆在古爐村的特殊地位，然後，善人說病，守燈報復天布，村人聚眾酗酒，霸槽與支書交鋒，接著就是波及全村的丟鑰匙事件，由丟鑰匙再扯出救濟糧的分配，最後是來回癲癇病的突然發作。十三節先是水皮寫標語，再寫善人給來回說病，之後是蠶婆以立筷子的方式替來回治病，接著寫村人的前世和各種動物之間的轉世關係，半香勾引霸槽，最後是麻子黑欺負狗尿苔。十四節前半部分重點描寫村裏開會討論如何分配救濟糧，後半部分主要寫霸槽、牛鈴他們如何打野狗。十五節首先寫戴花和來聲之間的隱秘情感關係，然後是因為要替霸槽交提成費，杏開與父親滿盆發生尖銳矛盾，接著就是霸槽與滿盆之間的直接衝突，最後又回到霸槽和杏開的情感關係上。十六節首先寫長寬、天布家養豬，然後重點描寫開石的媳婦難產，結果孩子並沒有能夠保住，最後以村人們的一場酗酒為第一部分作結。

　　必須看到這種概括與復述的困難。為什麼會是這樣呢？一個關鍵性的問題在於，作為一種「文革」前史，賈平凹力圖最原生態地把古爐村的日常生活狀態端出到讀者面前。是的，就是端出，盡可能不加任何主觀干預地活生生地端出。至為困難的事情在於，無論如何，作家的敘事語言都是線性排列的，作家只能以線性排列的方式展開自己的小說敘事。但現實生活卻是立體多面的，賈平凹的根本企圖就是要不加任何修飾地把這種立體多面的生活原生態以紙面的形式再現出來。嚴格說起來，賈平凹的企圖恐怕是無法實現的。但不可能實現本身，卻並不就意味著賈平凹不可以進行這樣一種甚至帶有悲壯意義的藝術努力。這就多少有點類似於那個推石上山的西西弗斯一樣，推石上山本身，就是此種行為的價值和意義所在。我們之所以強調賈平凹的小說敘事具有鮮明的實驗性特徵，其根本原因也正在於此。在這個意義上，作家趙長天的疑問就可以得到很好的解釋。按照趙長天的說法，他很顯然已經習慣了那種人物不僅依序漸次出場，而且同時對這些出場人物的來龍去脈都有清楚交代的常規小說敘事方式。因此，當他一下子面對賈平凹這樣一種相

當極端的敘事方式，一下子置身於 30 位陌生的古爐村民之中的時候，就一下子手足無措起來了。問題是對於賈平凹或者說對於《古爐》中的視角性人物狗尿苔來說，他對於古爐村太熟悉了，對於這 30 位鄰居已經熟悉到了熟視無睹的地步。什麼來聲、田芽、護院，不都剛剛還見過面麼？有什麼好陌生的。其實，只要再有點耐心讀下去，就會慢慢地融入到古爐村的生活氛圍之中，那些古爐村民們的面目自然也就清晰起來了。因此，同樣是面對敘事實驗性極強的《古爐》，我的閱讀感覺卻與趙長天明顯不同。賈平凹這種力圖還原鄉村世界原生態狀貌的敘事努力，給我的感覺是，他把鄉村的日常生活全部弄成了團塊狀，那些鄉村的生活場景和生活細節，就這樣如同黃河解凍時期的冰塊一般，以團塊的方式一團一塊地奔湧到了我的眼前。讀者經過自己的努力把這些團塊拼貼在一起，也就是一幅完整逼真的鄉村生活景致了。

要想很好地理解賈平凹的塊狀敘事，作家在小說後記中的一段話無論如何都是不容忽視的：「回想起來，我的寫作得益最大的是美術理論，在二十年前，西方那些現代主義各流派的美術理論讓我大開眼界。而中國的書，我除了興趣戲曲美學外，熱衷在國畫裏尋找我小說的技法。西方現代派美術的思維和觀念，中國傳統美術的哲學和技術，如果結合了，如麵能揉得到，那是讓人興奮而樂此不疲的。比如，怎樣大面積地團塊渲染，看似塞滿，其實有層次脈絡，渲染中既有西方的色彩，又隱著中國的線條，既有淋淋真氣使得溫暖，又顯一派蒼茫沉厚。比如，看似寫實，其實寫意，看似沒秩序，沒工整，胡攤亂堆，整體上卻清明透澈。比如，怎樣『破筆散鋒』。比如，怎樣使世情環境苦澀與悲涼，怎樣使人物鬱勃黝黯，孤寂無奈。」細細地品讀這段話，賈平凹為什麼要執意於塊狀敘事藝術努力的根本初衷，我們就應該一目了然了。

實際上，賈平凹這種塊狀敘事的努力還是相當成功的。只要細細地讀完前兩個部分，就不難體會到，賈平凹一方面真實地呈現出了 1960 年代中期西部鄉村的生活原生態，另一方面更為重要的是，卻也為後來古爐村「文革」的發生進行了充分的藝術鋪墊。儘管說《古爐》的前兩部分給人以混沌一片的感覺，似乎鄉村中的各種人和事不分鉅細般地湧現在了讀者面前，但是，如果仔細辨析，你還是不難觸摸到賈平凹的根本用意所在。歸結一下，在前面兩個部分，賈平凹以塊狀敘事的方式主要交代了如下幾方面的內容。首先，介紹了古爐村的來龍去脈，尤其是朱夜兩姓的歷史淵源尤其是矛盾糾葛。其

次，小說最主要的人物形象（除了那個後來的馬部長之外）包括狗尿苔、夜霸槽、蠶婆、善人、朱大櫃、杏開、天布、麻子黑、半香、禿子金、戴花等悉數登場。第三，描寫了朱大櫃在古爐村一手遮天的特權狀況。第四，描寫了夜霸槽空有一身能耐卻在古爐村不得施展的狀況。第五，狗尿苔、蠶婆以及善人處境的卑微與內心的良善悲憫得到了初步的展示。以上幾方面尤其是關於朱大櫃、夜霸槽以及朱夜兩姓之間恩怨糾葛的描寫，就為後來古爐村「文革」的發生提供了基本的人性基礎。而關於狗尿苔、蠶婆以及善人的描寫，則已經在明顯地為小說中的「文革」罪惡提供一種救贖的可能。而且，也正是在小說的第二部分，一些蛛絲馬蹟都已經明顯地透露出了「文革」的疾風暴雨即將兇猛來臨的預兆。先是支書和霸槽的一段對話：「支書說：我是說他的出身。霸槽說：要破壞也不是他能搞得破壞的。支書也就同意了，但支書卻給霸槽說：霸槽，你去鎮上次數多，近日鎮上沒啥事吧？霸槽說：有啥事？支書說：張書記託人捎了口信……卻不說了，嘴裏喃喃著：噢，沒事就好，沒事就好。弄得霸槽莫名其妙了半天。」張書記到底帶來了什麼口信？朱大櫃為什麼欲言又止？這一切其實都暗示著作為村支書的朱大櫃已經率先知道了「文革」開始的消息。然後，就是霸槽與狗尿苔一起在鎮上親眼目睹了「文革」的熱鬧情景：「手扶拖拉機又轉到一條街上，街西頭就過來了好大一群人，都是學生模樣，舉著紅旗，打著標語，高呼著口號。」學生們這是在幹什麼呢？狗尿苔不認識字，霸槽後來倒是看明白了：「霸槽說：不是運動會，你看見那橫幅上的字了嗎？狗尿苔說：我不識字。霸槽說：那寫的是文化大革命萬歲。」這是《古爐》中第一次提及文化大革命。緊接著，就是對於外地串聯學生的描寫了：「公路上，開始有了步行的學生，這些學生三個一夥，五個一隊，都背著背包，背包上插個小旗子，說是串聯，要去延安呀，去井岡山呀，去湖南毛主席的故鄉韶山呀。都去的是革命聖地。……他們在講著城裏早就文化大革命了，文化大革命就是破舊立新，就是掃除一切牛鬼蛇神，就是把不符合無產階級的東西劑除掉。」更為重要的，是紅衛兵黃生生的出場。霸槽與黃生生真可謂是不打不成交，因為搶奪黃生生一頂軍帽的緣故，他們倆反而成了好朋友。「霸槽說：不打不成交的，現在我們是朋友了。就拉了狗尿苔進了小屋，那人說：你沒想到吧，是你告訴我這裡是古爐村，我說我記住了，我會再來的。這不就來了！那人伸出手來，狗尿苔才發現是六個指頭。那人說：我叫黃生生。狗尿苔說：哦，六指指。黃生生沒惱，卻說：六個指頭

更能指點江山啊！兩人的手握在一起，黃生生的手像鉗子一樣握得狗尿苔疼。」請注意最後的一句暗示性描寫「黃生生的手像鉗子一樣握得狗尿苔疼」，很顯然，這句看上去寫實的話語所隱約揭示出的，就是這個居然長了六個指頭的黃生生將會給未來的古爐村帶來巨大的災難。到這個時候，一種「山雨欲來風滿樓」的狀況也就十分明顯了。

　　果然，從小說的第三部分「夏部」開始，「文革」就在古爐這樣一個偏僻的西部鄉村正式拉開了帷幕。如果從賈平凹的敘事藝術來說，也正是從這一部分開始，由缺少聚焦點的塊狀敘事轉換成了聚焦點非常突出的條狀敘事。儘管說到了此後的部分賈平凹依然在努力地凸顯著鄉村世界日常生活的真實，但因為有了「文革」這一中心事件，實際上作家的筆墨還是向著中心事件發生了明顯的傾斜。有了這種傾斜的發生，小說所帶給讀者的閱讀感覺就與前面兩部分有所不同。對於這一點，年輕的批評家黃平曾經進行過形象的描述：「更值得注意的是，《古爐》在『反故事』的同時，又有鮮明的『故事性』，這一點幾乎所有研究者都略過了。小說二百頁之後，在第 201 頁，《夏》部開場，黃生生來到古爐村之後，小說明顯變得好讀。就像好萊塢電影乃至於通俗小說常見的，兩派鬥法，文攻武衛，有高潮，有結尾，有尾聲，荒誕滑稽，煞是熱鬧好看。筆者是借暑期徹底讀完《古爐》——當時恰巧在妻子故鄉商州度假，隔壁住的一位朋友居然就叫『霸槽』——熬過前二百頁之後，讀到最後手不釋卷，一口氣讀完。一方面或許是第一次在商州讀商州，體驗尤為不同；更重要的是，小說二百頁之後，我們所熟悉的『故事』出現了：關乎『文革』的意識形態敘述模式，隱隱浮現在『雞零狗碎』的生活背後，日子不再『潑煩』，變得緊張甚或殘酷。」〔註3〕

　　黃平的閱讀感覺應該說是非常真確的。除了對於他把後四個部分的《古爐》乾脆就比作通俗小說不大贊同之外，其他的我都深表認同。我們發現，到了「夏部」開場之後，《古爐》的敘事不知不覺中發生了明顯的變化。一方面，作家的筆墨更加集中，另一方面，敘事的節奏也明顯加快，小說本身的藝術張力愈發增強。細究自「夏部」開始的《古爐》此後的四個部分，就不難體察到，在剩下的大約三分之二篇幅中，賈平凹其實是按照兩條時有交叉的結構線索展開小說敘事的。這兩條結構線索，一條是以夜霸槽為首的榔頭隊

〔註3〕黃平《破碎如瓷：〈古爐〉與「文革」，或文學與歷史》，載《東吳學術》2012年第 1 期。

與以天布、磨子他們為首的紅大刀隊之間的爭鬥衝突，另一條則是狗尿苔、蠶婆以及善人他們這一些「神界」人物在「文革」苦境中的救贖行為。關於狗尿苔他們的這條線索，因為我們在「人物形象論」部分已有相應的深入分析，故此處從略，重點放在對椰頭隊與紅大刀之間的衝突這條線索的梳理上。先是夜霸槽他們一夥人在黃生生的鼓動下，以破四舊的方式在古爐村亂砸亂打。此舉的發生，標誌著「文革」在古爐村的正式開始。面對著霸槽一夥的越軌行為，古爐村民一片啞然：「霸槽他們在古爐村裏破四舊，竟然沒有誰出來反對。道理似乎明擺著：如果霸槽是偷偷摸摸幹，那就是他個人行為，在破壞，但霸槽明火執仗地砸燒東西，沒有來頭他能這樣嗎？既然有來頭，依照以往的經驗，這是另一個運動又來了，凡是運動一來，你就要眼兒亮著，順著走，否則就得倒楣了，這如同大風來了所有的草木都得匍匐，冬天了你能不穿棉衣嗎？」古爐村人對於霸槽行為的噤聲反應，充分說明自打土改起始，經過將近二十年一連串政治運動的歷練之後，古爐村曾經的那樣一種宗法傳統已經受到了相當嚴重的摧殘。惟其受到了嚴重的摧殘，因此，面對著霸槽一夥明目張膽的破壞行為，才無人敢出來稍加制止。當然，這裡面其實也還存在著一種明哲保身的國民性問題。儘管說霸槽他們的造反行為也曾經一度受阻，他和黃生生曾經一度被迫離開過古爐村，但他們卻很快地就捲土重來了。重返古爐村的霸槽已經學會了怎麼樣拉大旗作虎皮，知道了組織的力量，不再散兵遊勇。因為縣裏邊有聯指，所以霸槽就成立了古爐村的聯指：「霸槽是古爐村聯指的發起人，而水皮也就成了參加古爐村聯指的第一人。」「霸槽先是滿意著古爐村聯指的名稱，後又要起更新鮮更響亮的名字，因為公路上常有串聯的人打著紅鐵拳，金箍棒，刺刀見紅一類造反兵團名稱的旗子，他為起不到一個好的名字苦思冥想。……砸天布家照壁上的磚雕最後是用撅頭和鐵錘砸的，木椰頭並沒派上用場，但去了那麼多人，每人扛著一個木椰頭，霸槽就在那時靈思一動，便將古爐村聯指改名為古爐村紅色椰頭戰鬥隊。」霸槽的椰頭隊確實影響極大，以至於到了「夏部」結束的時候，「村人知道古爐村再不是以前的古爐村了，更多的人就來加入椰頭隊。」

然而，正所謂一個巴掌拍不響，僅僅有霸槽椰頭隊的折騰還並不足以在古爐村掀起更大的波瀾。我想，大家一定不能無視古爐村朱夜兩姓的長期糾葛，得注意到霸槽姓夜這個事實的存在。因為，到了緊接著的「秋部」中，古爐村潛在的家族矛盾就開始介入到「文革」之中了。既然夜霸槽成立了椰頭

隊，既然參加櫟頭隊的大多是姓夜的，姓朱的當然也就要有所行動了。「天布
就說：姓朱的都是正經人麼，扳指頭數數，櫟頭隊的骨幹分子都是些啥
人？……不是我說哩，都是些沒成色的貨！」於是，朱姓人家的專門造反組
織也就呼之欲出了：「屋子裏，天布、磨子和灶火已經給他們的組織起了名字，
叫紅大刀。……再說，櫟頭再厲害那還是木頭，大刀就是鐵，鐵是金，金克
木，大刀砍櫟頭。再是組織的人員，他們決定要以姓朱為主，都是堂堂正正
的人，以區別櫟頭隊歪瓜裂棗。」這樣，小小的古爐村就出現了兩個造反派
組織：「古爐村有了兩派，兩派都說是革命的，造反的，是毛主席的紅衛兵，
又都在較勁，相互攻擊，像兩個手腕子在扳。」既然古爐村出現了兩個造反
派組織，那麼，在展示古爐村日常生活景象的同時，傾注更多的筆力描寫櫟
頭隊與紅大刀的「鬥法」過程，自然就成為「秋部」的主要內容。先是櫟頭
隊，「把支書送進了洛鎮學習班，霸槽和水皮、禿子金買回來了幾十尊毛主席
的石膏塑像，櫟頭隊的成員差不多家裏都可以供上一尊。櫟頭隊當然要慶祝，
就每人抱一尊，敲鑼打鼓在村道上遊行。」這下紅大刀可就急了：「灶火說：
咱每次都晚人家一步，你們當頭兒的得想個法子呀，要這樣下去，長人家志
氣，滅咱們威風，怎麼發動群眾，爭取群眾？」於是，紅大刀的天布他們就去
鎮上找公社的武幹出主意。「武幹就建議一定要把握住四個字：針鋒相對。櫟
頭隊幹什麼，紅大刀就幹什麼，道高一尺，魔高一丈，只有處處壓住了櫟頭
隊，紅大刀才能爭取更多群眾，立於不敗之地，才有可能加重進入革命委員
會名額的砝碼。」請注意武幹最後所一力強調的所謂進入革命委員會的問題。
這個問題的提出，有力地揭示出所謂的「文革」表面上看起來大家都叫喊著
要革命，要「鬥私批修」，但實質上卻依然是不同派別之間的權力爭鬥。說到
底，還是一個「私」字在作祟呢！正是在這種權力欲強有力的推動之下，櫟
頭隊與紅大刀之間的「鬥法」日益加劇。雙方都爭搶著鬥支書，查瓷貨的帳
目。尤其具有鄉村鬧劇意味的是，對立雙方圍繞水皮、禿子金以及磨子幾位
的「鬥法」。一次開批鬥會，水皮領著大夥喊口號，喊急了，一不小心喊成了
「擁護劉少奇，打倒毛主席」。因此而被看做現行反革命，一場批斗牛鬼蛇神
的會議馬上轉向，變成了批鬥水皮的會議。又一次，櫟頭隊的禿子金在他家
的豬圈裏抱著豬說了幾句「萬壽無疆」。在那個特殊年代，只有毛主席才可以
「萬壽無疆」，於是，這就成為了禿子金惡毒攻擊毛主席的罪證。眼看著禿子
金就要重蹈水皮的覆轍，幸好又有人發現紅大刀的磨子在廁所裏一邊捉著雞

巴解手一邊說「毛主席萬歲」。如果說禿子金的行為是惡攻的話，那麼，磨子的行為也同樣屬於惡攻。雙方就此罷手擺平，才使得禿子金與磨子避免了如同水皮一樣的不幸遭際。必須注意到，賈平凹在這裏非常巧妙地把「文革」與鄉村世界中的日常生活場景編織揉合在了一起。關鍵的問題在於，在這一次又一次的衝突爭鬥過程中，榔頭隊與紅大刀之間的對立越來越劍拔弩張了：「榔頭隊和紅大刀越來越緊張，幾次就為口舌差點要動手。再出工時只要這一派在地這頭幹活，那一派必然就到地的另一頭幹活，甚至去泉裏擔水，這派的人看見那派的人在泉裏，就遠遠站著不動，直等到那派的人擔水走了，這派人才去泉裏，恨不得把泉分成兩半，各擔各的。」一個村裏生活了多年的村民，相互之間的關係惡化到此種地步，距離大規模的武鬥也就不遠了。而武鬥，正是小說緊接著的「冬部」所要描寫表現的主要內容。

　　某種意義上說，小說的第五部分「冬部」可以被看作是《古爐》的高潮。榔頭隊與紅大刀之間的關係日漸惡化，儘管說在這期間，善人與狗尿苔他們曾經以「我不入地獄，誰入地獄」的自我犧牲精神，放出蜜蜂，成功地化解過兩個造反組織之間一場眼看著就要流血衝突，但他們的努力終歸還是治標不治本。就在這場未遂的衝突之後，曾經一度佔有優勢的榔頭隊被困在了山上無法下山，把守住了上山路口的紅大刀一時佔據了上風。「天布就在路口給看守人下了命令：凡是從窯場回來的人，當場能加入紅大刀的就讓進村，不加入的就不讓進村，而霸槽，禿子金，迷糊，跟後，開石等榔頭隊的骨幹，一露頭就打。」然而，紅大刀所擁有的優勢卻是很短暫的，很快的，榔頭隊就從鄰村下河灣村搬來了同樣屬於聯指的金箍棒造反隊作為自己的救兵。金箍棒一介入，古爐村「文革」中最殘酷最慘烈的武鬥就此正式拉開帷幕。「紅大刀人和金箍棒以及鎮上聯指人開始拉鋸，一會兒紅大刀人衝出了村道，金箍棒和鎮聯指人就退到石獅子那兒，一會兒金箍棒和鎮聯指人又衝過來，紅大刀人稀裏嘩啦再撤回來。雪越下越大，雪已經不是麥粒子了，成了雪片，再起了風，雪片子就旋著在村道裏捲，然後像是擰成了無數條的鞭子，在兩邊的院門上，屋牆上使勁抽打。」這裏需要引起我們注意的，是賈平凹那特別傳神的關於雪花的描寫。作家筆下的景物描寫往往不會僅僅是單純的景物描寫，其中的象徵意味不容忽略。此處關於雪片子「擰成了無數條的鞭子，在兩邊的院門上，屋牆上使勁抽打」的描寫，作家顯然是要藉此而說明古爐村殘酷的武鬥行為已經到了天怒人怨的地步。應該注意到，在這個部分，賈平凹乾

脆就是在以一種自然主義的方式如實地展示著古爐村簡直令人慘不忍睹的武鬥狀況。比如這樣一段：「披了被子剛出廟門，迷糊揮著那根沒了榔頭疙瘩的木棍已經從坡路上跑了下來，明堂去拿那木板刻成的刀，三把木刀架著還支在火堆後邊，一時拿不及，就從地上抄起個鐵鍬，大聲說，你不要過來，過來我就拍你！迷糊說：你拍呀，拍呀！木棍就打了過來。那木棍用力太猛，半空裏將雪打成了一股，噴在明堂臉上，明堂眼一眨，覺得木棍過來，忽一閃，迷糊撲了個空，差點跌倒，明堂拿鍬就拍，拍在了迷糊的屁股上。狗日的迷糊有挨頭，竟然還不倒，再要拍，迷糊已轉過身，雙手舉了木棍擋住了鐵鍬，咣地一聲，兩人手都麻了，咬著手撐著。」對於小說創作有所瞭解體會的朋友都知道，形象傳神的場面描寫本就是對於作家藝術表現能力的極大考驗，尤其是類似於《古爐》中的這種打鬥場面，表現難度更大。即以引述的這一段來說，人物打鬥動作的前後連貫性，動詞的恰當選擇和運用，打鬥時人物心態的把捉與描摹，打鬥氛圍的精心營造，都活靈活現地給我們留下了深刻的印象。在「冬部」這一部分，賈平凹能夠持續不斷地把古爐村兩大派之間的殊死武鬥場面呈示在讀者面前，確屬難能可貴。

然而，與精彩絕倫的場面描寫相比較，更應該引起我們深入思考的卻是，武鬥的場面描寫背後作家對於特定情境下人性之惡的有力揭示。首先必須承認，這場武鬥確實多多少少與古爐村人既往的積怨有關。比如「跟後一進灶火家見沒人，把上房櫃蓋上先人牌位拿下來摔了，又把掛在牆上的一個裝著相片的玻璃框子摘下來用腳踏，玻璃框裏有灶火評為勞動模範被縣委書記給戴花的照片。他見不得灶火被戴花的樣子，當年原本是他要當模範的，但灶火的媳婦卻告發他和老誠為自留地畔欺負過老誠，結果模範成了灶火，那不僅僅是當了模范縣長要給戴花，還有獎勵的三十斤糧哩。」於是，跟後便要如此這般殘忍地報復：「灶火的媳婦張著嘴，還是說不出話，跟後說：你不說了，那我看你還有舌頭沒？！就用手扯灶火媳婦的嘴，扯得嘴角都流血了，灶火的媳婦猛地叫出了聲。」如果說麻子黑捅傷磨子某種意義上說還情有可原，因為他們之間其實是你死我活的殺叔之仇。麻子黑因為毒殺了磨子的叔叔歡喜而被捕，可以說早已經是死路一條。武鬥中，磨子之所以四處尋找麻子黑，正是要報殺叔之仇，但沒想到的是，自己反而被心狠手辣的麻子黑捅了一刀。那麼，跟後呢？僅僅因為一次模範的評選，僅僅因為灶火媳婦曾經壞過自己的好事，於是，「就用手扯灶火媳婦的嘴，扯得嘴角都流血了」。人

性之惡，在跟後的舉動中得到了淋漓盡致的凸顯。然而，更令人無法接受的，是參與武鬥的大多數朱姓、夜姓的人們，其實平時並無什麼恩怨糾葛，一旦進入「武鬥」之特定的「場」，就彷彿著了魔似的，被一種類似於物理學意義上的「場」效應給左右了，一種簡直就是無緣無故的人性惡由此而被有力地揭示出來。「本是同根生，相煎何太急」。在一個村莊裏祖祖輩輩生活了多少年的鄉鄰，某種意義上也完全說「本是同根生」，儘管日常生活中肯定難免會有磕磕碰碰，但是，如果因此就「相煎何太急」，因此就在武鬥中乾脆就你死我活起來，所暴露出的，自然也就只能是人性深處所潛隱著的原始之惡了。

　　一場慘烈的武鬥下來，紅大刀潰不成軍，「古爐村成了槲頭隊的古爐村」。我們且來看由水皮整理的相關記載：「水皮又是槲頭隊的文書，活躍了，重新記錄古爐村文化大革命大事記。他清點著這一次武鬥，是紅大刀被完全摧毀，頭兒天布和灶火外逃，傷了十三人。槲頭隊傷了十五人。金箍棒和鎮聯指死了一人，傷了十六人。另外，來回瘋了。還有的是什麼組織都沒參加的群眾，被石頭瓦塊誤傷的，或因別的原因受傷的，一共七人。這其中包括善人，……當然還有朱大櫃，……至於損壞了多少房子、家具、麥草、樹木，死了傷了多少牛、豬、狗、貓、雞，那都是小事，懶得去計算。」這還只是表面上看得到的死傷，更為關鍵的是，在這個過程中，人心、人性所受到的那種無形的傷害。惟其如此，賈平凹才會特別地插入這樣一種意味深長的環境以及狼群描寫：「這個夜裏，風差不多是駐了，沒有了像鞭子的抽打聲，也沒有嗖嗖的哨音聲，而雪繼續在下，悄然無聲，積落得有四五指厚了。古爐村從來沒有過這樣的安靜，狗不出去，豬在圈裏，所有人都關了院門在家。而狼群確實又一次經過，那是一支十四隻狼的狼群，它們是三個家族的成員，其中最大的那個家族的老狼生了一秋天的瘡，死在了屹岬嶺的山洞，所有的狼去追悼，在山洞裏號叫了一通，然後默默地出來，經過古爐村往北嶺去。狼群根本不知道古爐村在白天裏發生了一場武鬥，路過後窪地沒有看到有人呼喊，連狗也沒有叫，就覺得奇怪。但是，這一支狼群沒有進村，它們太悲傷了，沒胃口進村去搶食，也沒興致去看著村人如何地驚慌，只是把腳印故意深深地留在雪地上，表示著它們的來過。」風駐了，雪花悄然無聲。老子說：「天地不仁，以萬物為芻狗」，但是，到了賈平凹的筆端，卻彷彿天地自然都知道了一場大浩劫的發生，都在以這種沉默無語的方式來哀悼人類生命的無端死傷呢。當然，更加值得注意的，恐怕還是賈平凹關於狼群的描寫。都說狼是最兇殘最

狼毒的一種動物，但狼卻也很有些「狼」情味的。狼都沒有自相殘殺，狼都知道物傷其類，狼都知道自己的同類生命終結之後要去哀悼一番。在這裡，狼的有情有義情味十足，與人的兇殘狠毒寡情無義自相殘殺，形成了極其鮮明的對照。有了這種對照，賈平凹對於古爐村武鬥那樣一種否定批判立場與悲憫情懷自然也就凸顯無疑了。

古爐村一場殘酷的武鬥就這樣結束了，最後的結果是解放軍介入，到小說的最後一部分「春部」，策劃並積極參加武鬥幾個造反派頭頭，包括夜霸槽、天布、麻子黑以及守燈都被處以極刑。歷史的悲劇，最終只能落腳體現為生命個體的悲劇。通過以上的一番梳理，就不難發現，到了小說的後三分之二部分，當賈平凹的小說敘事由前面的塊狀敘事轉換為後面的條狀敘事之後，筆力一下子就集中起來了。就此而言，黃平關於《古爐》「在『反故事』的同時，又有鮮明的『故事性』」這樣一種論斷，還真是能夠站得住腳的。貌似沒有故事，貌似一地碎片，實際上卻處處都是故事。一個作家的小說敘事能夠把「故事性」與「反故事」這樣兩種針鋒相對的東西整合在一起，能夠抵達這樣一種帶有悖論或者弔詭色彩的藝術境地，確實應該得到我們的充分肯定。

就這樣，先後經過了「冬」、「春」、「夏」、「秋」、「冬」、「春」六個部分，賈平凹終於如願完成了他的古爐「文革」敘事。如此一種安排，顯然暗合著四季循環的節律。那麼，賈平凹為什麼要採取這樣的一種四季循環模式呢？直接的原因，當然在於賈平凹所講述的是鄉村世界的故事。由於農時變化的緣故，四季循環與鄉村農人們的生活實在有著太過重要的聯繫。但在直接的原因之外，更重要的恐怕還是與中國的傳統文化觀念有關。這一點，最突出地體現在中西方不同的紀年方式上。西方的紀年方式也就是我們通行的公元紀年方式，受到基督教的影響，以耶穌誕生的那一年作為公元元年，不斷累計疊加，一直延續至今，延續至我們寫作的 2012 年。而古老的中國，在接受公元紀年方式之前，一直採用天干地支的紀年方式。按照此種紀年方式，六十年一個輪迴週期，如此循環往復不已。由此可見，西方的紀年方式，差不多是一條無限向前延伸的直線，以至於你很難想像，這樣的一種時間直線會有終止的一天。而中國傳統的紀年方式，則彷彿永遠在不停地循環轉圈，就這麼兜了一圈又一圈。很顯然，中國傳統的此種紀年方式，在很大程度上影響著中國人基本的人生觀與世界觀。以一種循環或者輪迴的方式思考看待人生，構成了中國文化的基本特徵之一。中國的四大名著，無論「紅樓」「水滸」，

還是「三國」「西遊」，只要認真地辨析一下，就都不難在作家的觀念深層感覺到這種循環認識的切實存在。賈平凹之所以在《古爐》中採用四季循環的結構模式，其深層原因顯然在此。

在行將結束我們關於《古爐》敘事結構的分析之前，有一個問題需要提出來進行特別討論。這就是黃平發現的小說中的事件發生與歷史上真實事件的發生時間不一致的問題。請看小說封底折頁上的介紹：「故事發生在陝西一個名為『古爐』的村子裏，這裡貧窮閉塞卻山水清明，村人們保有著傳統的燒瓷技術和濃鬱的民風古韻，彷彿幾百年來從未被擾亂過。但動盪卻從 1965 年冬天開始了，古爐村裏的幾乎所有人，在各種因素的催化下，各懷不同的心腹事，集體投入到了一場聲勢浩大的運動之中。直到 1967 年春，這個山水清明的寧靜村落，演變成一個充滿猜忌、對抗、大打出手的人文精神的廢墟。」據此，《古爐》所講述的故事包括武鬥在內，應該都發生在 1965 年冬天到 1967 年春天這一年半的時間之內。但真實的歷史狀況卻並非如此。「回到現實中的『文革』，『五‧一六通知』標誌著文化大革命的發動；第一個紅衛兵組織於 1966 年 5 月 29 日成立；《紅旗》社論《無產階級文化大革命萬歲！》發表於 1966 年 6 月 8 日；毛主席第一次接見紅衛兵是在 1966 年 8 月 18 日。以上是『文革』的基本史實，洛鎮、古爐村的『春天』，絕無可能提前發生這一切；更不必說這類閉塞的村鎮，在革命傳播上難免後知後覺。」﹝註4﹞黃平的分析推斷，當然是有道理的。這樣，也就出現了一個小說敘事時間與真實歷史時間不一致或者說錯位的問題。如此一種情形的出現，是賈平凹一種無意間的筆誤？還是作家出於某種藝術意圖的故意為之？對此我們一無所知。即使從賈平凹處得到解釋，其可信度恐怕也值得懷疑。現在，一個不容迴避的問題是，我們到底應該怎樣理解看待這種錯位現象。關鍵的問題在於，小說從本質上看是一種虛構的藝術，而且，賈平凹的《古爐》也並不是一部紀實性的小說。小說之允許虛構，就意味著小說創作不必完全拘泥於歷史的真實。這裡，並不是說以表現歷史為根本追求的小說就可以不顧及歷史真實，而是說，為了達到更加本質化地透視表現歷史真實的目的，作家完全可以從自己的創作意圖出發，對歷史材料做適當的調整和移位。在這一方面，最恰當不過的例證，恐怕就是一向被認為在表現歷史真實時「七實三虛」的《三國演義》。

﹝註4﹞黃平《破碎如瓷：〈古爐〉與「文革」，或文學與歷史》，載《東吳學術》2012 年第 1 期。

所謂「七實三虛」，是章學誠對於《三國演義》的一種評價，更有甚者，乾脆還有人認為《三國演義》其實是「三實七虛」。實際上，無論是「七實三虛」，還是「三實七虛」，一個關鍵的問題在於，作為一部歷史長篇小說，《三國演義》確實存在著很多與史實不相符之處。如果說這些歷史硬傷的存在都沒有妨害影響《三國演義》文學史地位的話，那麼，賈平凹《古爐》把「文革」中毛主席接見紅衛兵的時間較之於歷史的真實時間有所提前，自然也就可以理解了。這裡，一個重要問題，就是歷史與文學的關係問題，作為一部文學作品，究竟應該對於歷史亦步亦趨，還是應該對於歷史有所超越，應該以自我的藝術表現為主，對於歷史有所僭越有所冒犯，確實不只是賈平凹，而且也是我們這些文學研究者不容迴避必須認真思考回答的一個重要問題。

第八章　象徵手法及其他

　　某種意義上說，無論是古代的還是現代的文學創作，都離不開象徵的存在。極端一點說，離開了象徵，可能也就不存在什麼文學了。僅就小說作品而言，我們發現，越是優秀的文本，就越是擁有一種本體世界之外的象徵世界。那麼，對於這樣一種普遍被運用的象徵，到底該做怎樣的一種理解呢？「根據該術語在不同學科中的用法，又譯為『符號』、（宗教的）『信條』等。雷納・韋勒克說：『它不斷地出現在迥然不同的學科中，因此，用法也迥然不同。它是一個邏輯學術語、數學術語，也是一個語義學、符號學和認識論的術語，它還長期使用在神學世界裏、使用在禮拜儀式中，使用在美術中，使用在詩歌裏。在上述所有的領域中，它們共同的取義部分也許就是「某一事物代表、表示別的事物」，但希臘語的動詞的意思是「拼湊、比較」，因而就產生了在符號及其所代表的事物之間進行類比的原意。』用於文學批評中，『這一術語較為恰當的含義應該是，甲事物暗示了乙事物，但甲事物本身作為一種表現手段，也要求給予充分的注意。』除了一部分公共象徵或傳統象徵而外，一般來說，象徵具有暗示性、多義性、不確定性等特徵，這也是浪漫主義和象徵主義詩人尤其看重象徵的原因之一」「羅蘭・巴特還從符號學的角度發揮道，在象徵一詞廣為流傳的時期，『象徵具有一種神話的魅力，即所謂「豐富性」的魅力：象徵是豐富的，為此人們不能把它歸結為一種「簡單的符號」；形式經常由於強有力的和變動的內容而被超出其中的限度；因為，實際上對於象徵意識來說，象徵更多地是一種參與的（情感）工具，而不是一種傳遞的（編碼）形式』。『象徵意識內含有一種深度的想像，它把世界看作某種表層的形式與某種形形色色的、大量的、強有力的深層蘊含之間的關係，而形

象則籠罩著一種十分旺盛的生機：形式與內容的關係不斷地被時間（歷史）重新提到議事日程上來，表層結構中充斥著深層結構，而人們卻永遠無法把握結構本身。』（《符號的想像》）〔註1〕韋勒克與羅蘭·巴特均屬現代西方批評界的代表性人物，他們關於文學象徵的界定分析，有著相當合理性。之所以引述他們對於文學象徵的論述，乃是因為我們很大程度上正是在他們所論述的意義層面上使用象徵這一術語的。

　　一說到象徵手法在小說中的運用，我首先想起的就是曹雪芹那部空前絕後的《紅樓夢》。儘管說從概念的意義上說，曹雪芹根本就不知道象徵為何物，但這卻並不妨礙他在《紅樓夢》的創作中熟練地運用象徵藝術手法。某種意義上，《紅樓夢》藝術上的偉大，主要體現在兩個層面。一個層面是「日常敘事」，也就是曹雪芹對於以賈府為中心的一個現實生活世界真實細膩的悉心描摹。通常，我們會把這樣的一種描寫稱之為對於一個形而下世界的真切展示。關於這一點，我們曾經在「日常敘事」一部分展開過詳盡的討論，此處不贅。另一個層面，則是小說中關於現實生活之外的那個超現實世界的描寫，比如，關於女媧補天所遺漏下的那塊自怨自歎「無才可去補蒼天」的頑石的描寫，關於那塊頑石貪戀人世繁華幻化成人最後變身為賈寶玉的描寫，關於靈河岸邊那棵「絳珠仙草」與「神瑛侍者」同樣幻化成林黛玉與賈寶玉以及二者之間澆水和還淚故事的描寫，關於太虛幻境與警幻仙姑的描寫，還有那總是縹緲而來縹緲而去的一僧一道，所有的這些，都屬於曹雪芹對於一個超現實世界的描寫與展示。假若說「日常敘事」是對於一個形而下世界的真切展示，那麼，這一部分關於超現實世界的描寫就可以被看做是曹雪芹對於人生、世界所進行的一種格外深刻透闢的形而上思考。我們注意到，關於《紅樓夢》中超現實世界的描寫，王蒙曾經有過精闢的分析：「我覺得《紅樓夢》一個有意思的現象是它涉及了宇宙和生命的發生學，即宇宙和生命到底是怎麼發生的？它講到了大荒山、青埂峰、無稽崖，講到了太虛幻境，講到了石頭的故事，講到了神瑛侍者和絳珠仙草。用現在的一個時髦的說法就是它充滿了一種對人生的『終極關懷』。所謂從何處來、到何處去的問題。過去我們囿於現實主義的要求，有一種說法就是承認寫實的描寫如何之好……而它的遺憾之處是有一些神神鬼鬼和荒誕不羈的東西。但請想一下如果《紅樓夢》沒有太

〔註1〕王先霈、王又平主編《文學理論批評術語匯釋》，第 289～290 頁，第 362 頁，高等教育出版社 2006 年 5 月版。

虛幻境、沒有一僧一道、沒有大荒山青埂峰無稽崖，還能有它今天的效果嗎？」
〔註2〕在這裡，雖然說王蒙並沒有使用形而上的說法，但他事實上卻已經精闢
地指出了曹雪芹的形而上描寫與思考對於《紅樓夢》這部曠世傑作的重要性。
很顯然，只有把曹雪芹關於現實生活的形而下描寫與他一種超現實的形而上
思考有機地結合起來，才真正地構成了一個完整的藝術世界。按照我的理解，
我們此處所分析的曹雪芹《紅樓夢》中的形而上描寫，用現代的文學批評術
語來表達，實際上也就相當於上面所提及的文學象徵。這樣看來，曹雪芹確
實對於象徵手法有著純熟地運用。

　　在我看來，賈平凹的《古爐》同樣是一部對於象徵手法有著成功運用的
長篇小說。這一點，在小說一開始，就已經表現得非常突出了。為了幫助我
們更好地理解《古爐》開頭的象徵寓意，這裡先來簡單討論一下曹雪芹《紅
樓夢》的開頭方式。按照臺灣蔣勳的看法，《紅樓夢》實際上有兩個開頭，一
個開頭就是那個「無才可去補蒼天」的關於頑石的神話故事，另一個則是第
五回、第六回有關太虛幻境的故事。前者自然毫無疑義，而後者，蔣勳有專
門的說法：「讀過《紅樓夢》的人都知道，此書最關鍵的章節是第五回和第六
回。第五回其實是這部近百萬字的小說的真正開頭。在小說開始時，賈寶玉
做了一個夢，夢到一個叫做太虛幻境的地方，在那裡他看到一個大櫃子，櫃
子有很多抽屜。他一一打開抽屜，在每一個抽屜裏都會看到一張畫，旁邊寫
有幾句詩。那些詩，是他一生中碰到的女性的命運。」「《紅樓夢》這部小說結
構特殊的地方，在於它把故事結局放到前面來寫。」「小說大結局全部在第五
回，如果你想知道《紅樓夢》中每一個人的命運，你就要不斷回到第五回來
看。」〔註3〕如果用現代的文學批評術語來說，《紅樓夢》的兩個開頭都充滿
著象徵色彩，或者說鮮明地表現出了一種預敘的功能。關於預敘，里蒙·凱
南說得很明白：「倒敘是指在文本中講述了後發生的事件之後敘述一個故事事
件；可以說，敘述又返回到故事中某一個過去的點上。與此相反，預敘是指
在提及先發生的事件之前敘述一個故事事件；可以說，敘述提前進入了故事
的未來。如果 a、b、c 三個事件在文本中是以 b、c、a 的時序出現，那麼，事
件 a 就是倒敘的；如果在文本中是以 c、a、b 的時序出現，那麼事件 c 便是預

〔註2〕王蒙《〈紅樓夢〉的研究方法》，見《王蒙文存》第 18 卷第 311 頁，人民文學
　　　　出版社 2003 年 9 月版。
〔註3〕蔣勳《蔣勳說紅樓夢》，第一輯第 112～113 頁，上海三聯書店 2010 年 9 月版。

敘的。」〔註4〕依照里蒙・凱南的界定，曹雪芹《紅樓夢》開頭對於預敘手法的運用就是確定無疑的。一句話，以象徵的方式在小說一開頭就把故事的結局暗示給讀者，恐怕正是《紅樓夢》開頭的精妙所在。

　　然後，我們再來看賈平凹《古爐》的開頭部分：「狗尿苔怎麼也不明白，他只是爬上櫃蓋要去牆上聞氣味，木橛子上的油瓶竟然就掉了。」「這可是青花瓷，一件老貨呀！婆說她嫁到古爐村的時候，家裏裝豆油的就一直是這瓶子，這瓶子的成色是山上的窯場一百年都再燒不出來了。狗尿苔是放穩了方幾的，在方几上又放著個小板凳，才剛剛爬上櫃蓋，牆上的木橛唞嚓就斷了，眼看著瓶子掉下去，成了一堆瓷片。」人都說賈平凹的一大藝術特質是特別擅長於小說的細節描寫，《古爐》一開頭就突出體現了這一特點。一開頭，就是狗尿苔不小心把家裏邊一件裝豆油的陳年青花瓷瓶弄到地上給打碎了。從表面上看，賈平凹的如此一種小說開頭絕對是寫實的。但如果聯繫整部小說，悉心體會，我們就不難發現，其實，在充分寫實的同時，這也是一個充滿著象徵意味的，甚至多少帶有一點全息性的小說開頭。如果說《紅樓夢》的開頭是純然意義上的一種超現實象徵描寫，那麼，《古爐》的開頭就是兼容象徵與寫實的一種描寫。我們所謂賈平凹對於小說傳統一種轉化中的創造，正突出地體現在這一點上。具體來說，所謂象徵，所謂全息性，就是說《古爐》的這個開頭不僅隱含著小說主體故事的基本走向，而且也還包含有小說的最終結局。雖然只是字數不多的兩個段落，但其中所蘊含的信息量卻實在不小。首先是，狗尿苔作為小說中最主要的人物之一率先登場。然後，不僅告訴讀者小說的故事發生在古爐村，而且更進一步地交代古爐村的特點就是有著相當悠久的燒瓷歷史，以至於狗尿苔家的一件油瓶，居然也是一百年都再燒不出來的青花瓷。要想很好地理解《古爐》開頭的象徵寓意，我們就必須得聯繫小說封底賈平凹自己的一段話：「在我的意思裏，古爐就是中國的內涵在裏頭。中國這個英語詞，以前在外國人眼裏叫做瓷，與其說寫這個古爐的村子，實際上想的是中國的事情，寫中國的事情，因為瓷暗示的就是中國。而且把那個山叫做中山，也都是從中國這個角度進行思考的。寫的是古爐，其實眼光想的都是中國的情況。」〔註5〕到這裡，我們也就徹底明白，賈平凹為什麼

〔註4〕王先霈、王又平主編《文學理論批評術語匯釋》，第289～290頁，第362頁，高等教育出版社2006年5月版。
〔註5〕賈平凹語，見《古爐》封底語，人民文學出版社2011年1月版。

一定要把古爐村設定為一個擁有悠久燒瓷歷史的村莊了。既然《古爐》中的瓷可以被看做是中國的一種象徵,那麼,賈平凹一開始就讓狗尿苔不小心把古老的青花瓷弄碎,自然也就有著深刻的象徵寓意了。在這個意義上,我們就應該聯想到小說中所描寫的「文革」開始後造反派大砸窯場的情景。某種意義上說,一部《古爐》,所描寫展示的,不就是小至古爐村大至國家民族在所謂史無前例的「文革」浩劫中被「打碎」的過程麼?我們之所以認為小說的開頭,具有全息性的功能,根本原因就在於它把小說所有的故事情節全部濃縮在了狗尿苔打破青花瓷這樣一個看似微不足道的細節之中。然而,僅僅說賈平凹筆下這個以燒瓷而著稱的古爐村在象徵隱喻中國,肯定還是遠遠不夠的。更為關鍵的一個問題在於,賈平凹借助於古爐村所要象徵隱喻的究竟是什麼?是什麼在「文革」中最後被迫無奈地被打碎以至於如同那個青花瓷油瓶一樣一地碎片?

具體說來,賈平凹《古爐》開頭青花瓷被摔爛之後的一地碎片,所象徵隱喻的或許正是在鄉村世界曾經有過悠久歷史傳延的宗法制文化傳統。宗法制一個非常重要的問題,就是特別看重人與人之間的血緣關係。關於中國宗法制長期存在的奧秘,曾經有學者進行過深入的描述研究:「群體組織首先是以血緣群體為主,因為這是最自然的群體,不需要刻意組織,它是自然而然地集合成為群體的。先是以母氏血緣為主,進入文明社會以來就是以父系血緣為主了。以父系血緣為主的家族,既是生產所依賴的,也是一種長幼有序的生活群體。它給人們組織更大的群體(氏族、部落直至國家)以啟示。於是,這種家族制度便為統治者所取法,成為中國古代國家的組織原則,形成了中國數千年來家國同構的傳統。」「文明史前,人們按照血緣組織與惡劣的自然環境作鬥爭還好理解,為什麼國家政權建立之後,統治者仍然保留甚至提倡宗法制度呢?這與古代中國統治者的專制欲望和經濟發展有關。自先秦以後,中國是組織類型的社會,然而,它沒有一竿子插到底。也就是說,這個社會沒有從朝廷一直組織到個人,朝廷派官只派到縣一級,縣以下基本上是民間社會。因為組織社會的成本是很高的,也就是說要花許多錢,當時的經濟發展的程度負擔不了過高的成本。保留宗法制度,就是保留了民間自發的組織,而這種自發的組織又是與專制國家同構的,與專制國家不存在根本的衝突。而且占主流地位的意識形態——儒家思想,恰恰是宗法制度在意識形

態層面的反映。」〔註6〕正因為宗法制在中國鄉村世界曾經存在傳延多年，所以自然也就形成為一種超穩定的社會文化結構。儘管說發生於十九世紀末二十世紀初的現代性轉型從根本上改變了中國社會的基本面貌，使傳統中國變成為一個現代意義上的民族國家，但是，或許是因為城鄉差異的緣故，如此一種強勁有力的現代性思潮卻一直未能對於鄉村世界的宗法制生存秩序造成根本性的撼動與改變。這一點，在《古爐》中同樣有著鮮明的體現。儘管說自從土改開始，朱大櫃就成了古爐村一言九鼎的村支書，但在他成功的鄉村統治背後，家族力量的存在與支撐卻是無法被忽略的一種重要因素。道理非常簡單，設若沒有了朱姓家族勢力在古爐村的強勢存在，單憑朱大櫃的一人之力，面對著夜霸槽這樣的挑釁者，要想鞏固自己的地位，恐怕還是不大可能的。

需要看到的是，當下時代的中國鄉村世界，帶有強烈民間自治意味的宗法制社會傳統實際上早已經蕩然無存了。一個不容迴避的問題是，如此一種已經進入超穩定狀態的社會文化結構，在成功地抵制對抗所謂的現代性數十年之後，為什麼到現在居然蕩然無存了呢？究竟是什麼樣的原因導致了這一切的發生？從根本上說，真正摧毀了鄉村世界中宗法制社會文化傳統的，恐怕正是以共產黨為主導的自從土改之後一波未止更強勁的一波又至的政治運動。當然了，在一種寬泛的意義上，這些政治運動也可以被看做是現代性的一個有機組成部分，可以被稱之為革命現代性。但是，普遍意義上的現代性與革命現代性畢竟有著很大的區別，其中一個重要方面，就是革命現代性的暴力性質。正因為如此，所以我們在這裡才更願意把二者剝離開來，直截了當地把革命現代性稱之為政治運動。從這個角度來看，一部《古爐》展現在我們面前的，實際上也正是「文革」這樣一種極端的政治運動如何蠶食摧毀鄉村世界宗法制社會的過程。這一點，在蠶婆、善人、朱大櫃等幾個主要人物身上都留下了明顯的痕跡。我們必須注意到蠶婆、善人在古爐村地位的尷尬性。從民間宗法制社會的角度來說，蠶婆與善人無疑都屬於德高望重的長者，是鄉村世界道德精神的立法者與維護者。儘管說他們在鄉村裏的尊崇地位，經過土改以來歷次政治運動的衝擊之後，已經有了明顯的削弱，但是，正所謂瘦死的駱駝比馬大，在古爐村人們的心目中，他們有時候依然能夠得

〔註6〕王學泰《游民文化與中國社會》（上），第 29～30 頁，同心出版社 2007 年 7 月版。

到一定的尊重。無論是善人的不斷給村人說病佈道，還是蠶婆在村裏日常事務處理過程中的不可或缺，被人們稱之為「婆」，都充分地說明了這一點。但在另一方面，從政治運動的角度來說，由於蠶婆是「偽軍屬」，善人是被迫還俗的僧人，因此他們必然地要被劃入另冊，要作為「階級敵人」受到批鬥和衝擊。很顯然，正是在類似的政治運動一次又一次的衝擊過程中，蠶婆與善人過去被尊崇的地位逐漸瓦解。他們地位的被瓦解，實際上也就意味著宗法制社會文化傳統必然的煙消雲散。《古爐》中的朱大櫃，其身份帶有雙重意味。一方面，他是古爐的村支書，是歷次政治運動的推動和執行者，另一方面，他又是朱氏家族的利益代表者，儘管沒有族長的明確身份，但事實上卻可以承擔履行著族長的職責。雖然說在小說文本中，雙重身份既有合一的時候，但也有發生尖銳衝突的時候，但最終的結果卻是政治身份對於宗族身份的淹沒和取代。如此一種結果，所說明的，依然是宗法制社會文化傳統無可奈何的被摧毀。對於鄉村世界宗法制文化傳統的被摧毀，孫郁曾經進行過精闢的分析：「若說《古爐》與《阿Q正傳》有什麼可互證的篇幅，那就是都寫到了鄉下人荒涼心靈下的造反。這造反都是現代的，自上而下的選擇。百姓不過被動地捲入其間。賈平凹筆下的霸槽與魯迅作品的阿Q，震動了鄉村的現實。當年魯迅寫阿Q，不過展示奴才的卑怯，而賈平凹在古爐村顯現的『文革』，則比阿Q的摧毀力大矣，真真是寇盜的洗劫。鄉間文化因之蒙羞，往昔殘存的一點靈光也一點點消失了。這裡有對鄉下古風流失的痛心疾首，看似熱鬧的地方卻有淚光的閃現。中國鄉土本來有一種心理制衡的文明形態，元代以後，戰亂中盡毀於火海，到了民國，那只是微光一現了。《阿Q正傳》裏的土谷祠、尼姑庵與《古爐》裏的窯神廟、窯場，乃鄉土的精神濕地，可是在變動的時代已不復溫潤之調。到了六十年代末，只剩下了蠻荒之所。中國的悲哀在於，流行文化中主奴的因素增多，鄉野的野性的文明向不得發達，精神之維日趨荒涼了。但那一點點慰藉百姓的古風也在『文革』裏毀於內訌，其狀慘不忍睹。中國已經沒有真正意義的民間，確乎不是聳人聽聞。從魯迅到賈平凹，已深味其間的苦態。」〔註7〕很顯然，孫郁這裡所談論的「古風」、「民間」云云，正與我們所強調的宗法制社會文化傳統其義相同。因此，說到《古爐》開頭處狗尿苔摔破那件青花瓷的具體象徵寓意，恐怕就只會是孫郁所一再申說的「古風」與「民間」，只可能是我們所強調的宗法制社會文化傳統。

〔註7〕孫郁《從「未莊」到「古爐村」》，載《讀書》2011年6期。

　　一個無法迴避的重要問題是，對於賈平凹《古爐》中如此一種對於古老的宗法制大唱文化輓歌的精神價值立場，我們到底該做出怎樣一種合理評價的問題。在這方面，一種有代表性的看法來自於黃平。「退回到民國之前，崇尚道德的善人，依奉鄉規的蠱婆，懵懵懂懂的不識字的村民，小國寡民，安貧樂道，恪守陰陽五行，禮俗人心。這是否也是『烏托邦』？」「比較而言，《秦腔》召喚出的自我閹割了的引生，《古爐》召喚出的十二歲的孩子狗尿苔，他們身上都有一個悖論般的特徵：早熟，又無法發育。這恰是賈平凹念茲在茲的傳統道德在現代社會的倒影，賈平凹小說中的『孩子』——狗尿苔之外，更典型的是《高老莊》裏的石頭——既幼稚，又蒼老。」〔註8〕不難看出，黃平對於賈平凹包括《高老莊》《秦腔》《古爐》在內的一系列長篇小說中表現出的認同肯定傳統道德價值的精神取向，從根本上說，是頗為懷疑的。其實，不只是黃平一位，據我所知，對於賈平凹的此種精神價值立場持懷疑態度的，也還有其他一些批評家。在他們看來，一種現代啟蒙精神的匱乏，恐怕是賈平凹的致命傷所在。首先應該承認，這些批評者的目光是敏銳的，某種意義上說，思想精神層面上的「去啟蒙化」，確實是賈平凹後來一批小說作品的共同特點。就當下中國社會客觀存在的思想混亂狀況而言，強調現代啟蒙精神的傳播，當然是一件現實針對性極強的事情，我不僅理解，而且也完全贊同。但這樣的一種現代啟蒙精神，是否應該成為衡量評價小說創作的一個必要標準，恐怕卻是需要有所討論的。我覺得，在一個多元寬容的現代社會中，能夠在自己的文學創作中有效地滲入並充分張揚現代啟蒙精神，比如像張承志、張煒、史鐵生他們一樣，固然難能可貴，但是，如同賈平凹這樣一種在站在文化保守主義立場上，對於宗法制文化傳統，對於中國的傳統道德持有肯定姿態的文學創作，似乎也並不應該予以簡單的否定。正是從這一點出發，我才特別認同孫郁對於《古爐》所作出的一種價值定位：「應該說，這是作者對於鄉土文明喪失的一種詩意的拯救。魯迅當年靠自己的吶喊獨自歌詠，以生命的燦爛之軀對著荒涼，他自己就是一片綠洲。賈平凹不是鬥士，他的綠洲是在自己與他者的對話裏共同完成的。魯迅在抉心自食裏完成自我，賈平凹只有回到故土的神怪世界才伸展出自由。《古爐》還原了鄉下革命的荒誕性，

〔註8〕黃平《破碎如瓷：〈古爐〉與「文革」，或文學與歷史》，載《東吳學術》2012年第 1 期。

但念念不忘的是對失去靈魂的善意的尋找。近百年間，中國最缺失的是心性之學的訓練，那些自塑己心的道德操守統統喪失了。馬一浮當年就深感心性失落的可怖，強調內省的溫情的訓練。但流行的思潮後來與游民的破壞匯為潮流，中國的鄉村不復有田園與牧歌了。革命是百年間的一個主題，其勢滾滾而來，不可阻擋，那自然有歷史的必然。但革命後的鄉村卻不及先前有人性的溫存，則無論如何是件可哀的事。後來的『文革』流於殘酷的人性摧毀，是魯迅也未曾料到的。《古爐》的傑出之處，乃寫出了鄉村的式微，革命如何滌蕩了人性的綠地。在一個荒蕪之所，賈平凹靠自己生命的溫度，暖化了記憶的寒夜。」〔註9〕現代啟蒙精神的表現與傳播誠然重要，難道說如同狗尿苔、蠶婆以及善人如此一脈對於傳統道德價值的守護，這樣一種鄉村世界的自我救贖就不重要麼？答案應該是否定的。

需要注意的是，不僅《古爐》的開頭充滿著象徵寓意，小說的結尾方式同樣也有著強烈的象徵意味。具體來說，小說結尾處有兩個細節格外耐人尋味。一個是霸槽、天布他們被處決後，村民們爭搶著要用蒸饃蘸著腦漿吃（應該注意到，這是一件在現實生活中實實在在發生過的事情。在賈平凹的《我是農民》中，曾經寫道：「但我看見引生像兔子一樣衝了出去，幾乎是和收屍人齊頭並跑，他的手裏拿著一個蒸饃，邊跑邊把蒸饃掰開來。旁邊一個棣花人告訴我，引生得了一個土偏方，說是蒸饃夾人的腦漿吃了可以治瘋病的……」〔註10〕）。另一個，則是杏開生下了霸槽的兒子，帶著孩子來到刑場為霸槽送行：「杏開懷裏的孩子哇哇地哭，像貓叫春一樣悲苦和淒涼，怎麼哄也哄不住。」先來看後一個細節。霸槽與杏開並沒有結婚，所以，這個孩子只能被看作是他們的一個私生子。霸槽死了，但他的根脈卻通過一種血緣生育的方式而奇妙地延續了下來。某種意義上，霸槽與杏開之間的這場情緣可以被看作是一種孽緣，如是，這個孩子也就是一個孽子。那麼，這會是一個什麼樣的孩子呢？按照善人充滿寓意的遺言，這個孩子未來的成長過程中，將會在很大的程度上依賴於狗尿苔：「狗尿苔說：很多人還得靠我？善人說：是得靠你，支書得靠你，杏開得靠你，杏開的兒子也得靠你。」既然如此，狗尿苔就多多少少有點霸槽兒子養父的意思了。一個是生父，是古爐村「文革」

〔註9〕孫郁《從「未莊」到「古爐村」》，載《讀書》2011年6期。
〔註10〕賈平凹《賈平凹文集——我是農民·老西安·西路上》第48頁，陝西人民出版社2008年10月版。

的始作俑者，是一顆極不安分的騷動不已的靈魂。另一個是養父，善良可愛，擁有一種常人所不具備的普度眾生的悲憫情懷與菩薩心腸。未來成年之後的孩子到底會更像誰一些呢？會成為霸槽抑或還是狗尿苔的精神傳承者呢？所有的這一切，都是未知數。賈平凹以這樣一種開放性的方式來為《古爐》結尾，很顯然比那種意義明確的結尾方式要更加意味深長，給讀者留下了充分的思考空間。我們在敘事藝術的部分曾經提到小說「冬」、「春」、「夏」、「秋」、「冬」、「春」的一種結構方式帶有明顯的循環宿命的意味，那麼，未來古爐村的生活可以有效地打破這種循環模式麼？明確的答案當然不會有，我們只能寄希望霸槽的這個兒子能夠成為狗尿苔的精神傳承者。前一個細節，一下子就可以讓我們聯想起魯迅小說《藥》裏面「人血饅頭」的意象來，只不過提供人血（腦漿）的對象已經發生了根本的變化。《藥》裏面的夏瑜是一個一心致力於啟蒙事業的革命者，而到了《古爐》當中，卻成了霸槽、天布、麻子黑、守燈這樣的「文革」造反派。正是面對著如此一種微妙的轉換，讓我們頓時感覺到了闡釋的困難。從表層意義來看，這些民眾之所以爭搶著去蘸腦漿來吃，顯然是要用所謂食補的方式來治病。但在一種深層隱喻的意義上，這些民眾爭搶著要蘸霸槽他們的腦漿，是試圖成為他們的承繼者麼？是要承襲他們人性中某種惡的成分麼？假若這樣的分析能夠成立，那麼，賈平凹的精神姿態自然也就帶有了如同魯迅一樣的批判和啟蒙意圖。難道說，賈平凹在《古爐》中一方面在強調傳統道德精神的重要性，另一方面卻也在宣揚一種現代啟蒙精神麼？不容忽視的問題還在於，這樣兩個層面的精神立場難道就不能夠同時兼容並存麼？顯然，所有的這些都應該引起讀者相應的深入思考。

除了小說的開頭與結尾之外，《古爐》中象徵手法的運用實際上還表現在其他很多地方。比如，狗尿苔總是能夠聞到一種奇怪的氣味。小說的開頭處，狗尿苔之所以非得要踩著方幾和凳子爬到櫃蓋上去，就是為了要聞牆上的氣味。「已經是好些日子了，狗尿苔總是聞到一種氣味。這是從來沒有聞到過的氣味，怪怪的，突然地飄來，有些像樟腦的，桃子腐敗了的，鞋的，醋的，還有些像六六六藥粉的，呃，就這麼混合著，說不清的味。這些氣味是從哪兒來的，他到處尋找，但一直尋不著。」細讀文本即不難發現，小說中曾經多次提及狗尿苔聞到特別氣味這樣一種細節。某種意義上，這個細節甚至還推動著故事情節的演進。那麼，狗尿苔聞到的到底是一種什麼樣的氣味呢？稍加留心，就不難發現，每當狗尿苔聞到這種特別氣味的時候，古爐村就會有某

種災難降臨或者發生：「因為狗尿苔每每聞到了那種氣味，村裏就有些大大小小的事發生，這或許是碰巧了，也或許事過之後的牽強附會，而碰巧上幾次了，又能牽強附會上。」對於狗尿苔的聞氣味這一特異細節，或者乾脆可以這樣理解，古爐村因為「文革」而成為了「文革村」，「文革」不僅摧毀著鄉村世界的宗法制文化傳統，而且還造成了不少生命的消亡。在這個意義上，我們或許徑直可以把狗尿苔聞到的氣味看作是一種毀滅或者死亡的氣息。

再比如，霸槽從牛圈棚裏挖出來的那個太歲。本來，霸槽聽了善人的話，想要在牛圈棚裏挖出一塊石碑來，沒成想最後挖出來的卻是一個肉疙瘩：「霸槽又是一撅頭挖下去，挖出來一個盆子大一塊軟乎乎的東西，說：肉？！狗尿苔說：地裏能挖出肉？霸槽把那東西扔出坑了，果然是一塊肉。……霸槽低頭看了，是活的，是個動物，可動物都有鼻子眼睛嘴的，這動物沒鼻子眼睛嘴，囫圇圇一個軟肉疙瘩。」這怪物到底是個啥東西呢？一個過路的老漢揭開了謎底：「老漢說：你還考我哩？太歲麼！太歲？霸槽的耳朵一下子豎起來，是聽說過太歲，以為是個傳說，原來還真有太歲，這就是太歲？！」在中國民間，太歲被認為是一種主凶的物事，正因為如此。所以才會有俗語所謂「不敢在太歲頭上動土」的說法。霸槽從地下挖出太歲，恰好是在「文革」前夕。因此，對於小說中太歲的象徵寓意，我們或許可以從兩個方面來加以理解。首先一個寓意，就是因為在太歲頭上動了土，所以就給古爐村帶來了現實的災難，那就是「文革」在古爐村的發生。其次一個寓意，就落腳到了挖出太歲的霸槽身上。民間話語體系中，往往會把一些兇惡的人物視為太歲。一方面，霸槽挖出了太歲，另一方面，霸槽又是古爐村「文革」的始作俑者。把以上兩個方面聯繫在一起，霸槽之被看做太歲式的惡人，也就自在情理之中了。

當然，說到象徵手法，不容忽略的肯定還有古爐村村人的病。某種意義上，正因為有了村人的病，也才有了善人的說病行為。這病，首先是實體的病：「古爐村裏許多人都得著怪病。禿子金的頭髮是一夜起來全禿了的，而且生出許多小紅瘡，……馬勺娘一輩子心口疼，而馬勺又是哮喘，見不得著涼，……來運的娘腰疼得直不起，手腳並用在地上爬了多年。六升的爹六十歲多一點就夾不住尿了，……跟後的爹是害鼓症死的，……黃芽她叔黃得像黃表紙貼了似的，……幾乎上年紀的人都胃上有毛病，就連支書，也是在全村社員會上講話，常常頭要一側，吐出一肚子酸水。」尤其值得注意的，是

「文革」開始之後，那些造反派傳染疥瘡的描寫：「很快，榔頭隊的人知道紅大刀的人身上癢，紅大刀的人也知道了榔頭隊的人身上癢，迷糊說：這是革命病吧？開石說：紅大刀算什麼革命，保皇派！霸槽心裏納悶：這癢是他從七里岔帶回來的，染給榔頭隊的骨幹們是自然的，紅大刀怎麼也染上了？」確實，這病，最早是由霸槽先開始的，很快就蔓延到了整個榔頭隊與紅大刀。原來以為是一種濕疹，後來才搞明白是疥瘡頑症。迷糊關於「這是革命病」的說法，實際上很有道理，因為古爐村包括狗尿苔、蠶婆、善人以及朱大櫃等在內的其他一些不屬於造反派的人們，都沒有患這種奇怪的病。非常明顯，賈平凹之所以要在《古爐》中反覆描寫以上這些疾病的情況，肯定有著自己特定的象徵寓意。對於這一點，有論者在引入了蘇珊‧桑塔格的疾病隱喻觀點的前提下進行過相應的剖析：「作者之所以如此設置和定位古爐村，顯然是想設定一個疾病隱喻系統，以疾病來隱喻『文革』時期的中國全面陷入病態的瘋狂。有意味的是，早在 1978 年，美國學者蘇珊‧桑塔格就在《作為疾病的隱喻》中注意到中國『文革』的『四人幫』已在中國政治話語裏被隱喻為『中國的癌瘤』。時過境遷，賈平凹當然不會再延續那種把民族災難都歸咎於『四人幫』的老觀點，在他的文本世界裏，不是某一個人有病，而是整個古爐村的人都病了，他們得著種種有名或無名的病，疾病充斥了整個村莊，也貫穿著古爐村的『文革』進程。其中有些疾病顯然被作者有意賦予了特殊的象徵意蘊，如狗尿苔的鼻疾，他的鼻子經常能嗅到一種近乎死亡的氣味，如果說狗尿苔的病是災難即將到來的預言，那麼他的祖母蠶婆的病就意味著試圖超脫於塵世爭鬥的苦海。夜霸槽的痔瘡則象徵著『文革』是一場民族內火上升所導致的身體系統紊亂症。當然，小說中最大的一場流行疾病是疥瘡，整個古爐村參與派系鬥爭的人幾乎無一幸免，這場疥瘡的流行類似一場瘟疫，古爐村好鬥的男男女女身上奇癢無比，疥瘡在他們的身體私處和面部蔓延，有的還因此而斃命。夜霸槽把疥瘡暗中傳染給了上級女性造反派頭領馬部長的情節，更隱喻著『文革』是一場民族—國家的政治傳染病。病態的人、病態的村莊、病態的中國，這就是《古爐》的民族—國家疾病隱喻系統。」〔註11〕

象徵手法得心應手的運用，當然是賈平凹《古爐》藝術上的一大特色所在。但在象徵手法的運用之外，小說一些特別富有藝術感的側面描寫，卻也給讀者留下了難忘的印象。比如，狗尿苔本來想偷偷地拔掉氣門芯，好讓這

〔註11〕李遇春《作為歷史修辭的「文革」敘事》，載《小說評論》2011 年第 3 期。

些人在霸槽那裡掏錢打氣,「但前崖顱還一直注意著他,他也沒敢拔氣門芯,便說:霸槽哥,你背背縣志。」「往常公路上有人到了木屋前,霸槽會熱情介紹古爐村的情況的,說遠在清朝這裡可是山自麓至巔,皆為窯爐,村人燃火煉器,彌野皆明,每使春夜,遠遠眺之,熒熒然一鼇山也。」既然這部長篇小說的名字叫做「古爐」,那麼,對於以燒瓷而著稱的古爐村歷史的介紹,就是必然的事情。然而,同樣是介紹,方式卻各有不同。與那種硬生生的直接介紹相比較,賈平凹這種在表現人物形象個性特質的同時順帶進行的介紹方式,明顯就要自然許多,要藝術得多。再比如,「迷糊在屋裏四下裏瞅,三間上房,東西兩頭隔了小屋,東邊是婆孫倆睡的炕,炕佔了一半地方,炕頭是木架子,架子上放著個白木頭箱子,箱子裏放著爛被破褥。炕前有個火盆架,冬天裏生火取暖,夏天裏火盆取了,中間的洞蓋著板又是小矮桌子。牆角是個尿桶,尿還沒有倒。從東邊小屋出來,上房中間安著織布機子,牆角是三個甕,放著爛棉花套子和穀糠。甕上邊的牆上一排木橛,掛著鋤,杈,簸箕,篩子,圓籠,榼柳和篩麵的細籮,二細籮,粗籮。靠北牆一個板櫃,裝著糧食和衣物,櫃蓋上中間一個插屏,插屏玻璃上刻著梅蘭竹菊,裏面的紙上寫著先考先妣字樣的牌位。插屏上去,貼的是毛主席的畫像,畫像的一角脫了糨糊,用針箸扎著。」狗尿苔與蠶婆,是《古爐》中兩個特別重要的人物形象,祖孫二人多年來一直相依為命苦苦熬煎。小說一開頭率先登場的兩個人物,就是狗尿苔和蠶婆。然而,這祖孫倆的生存狀態究竟如何呢?賈平凹並沒有急著予以交代,而是極有敘事耐心地一直等到小說的第216頁,等到故事情節發展演進至大約三分之一篇幅的時候,才借「文革」初起時跑到狗尿苔家裏抄家的迷糊的眼睛細細看出。不以直接的方式描寫祖孫倆的生存環境,而是借助於迷糊的眼睛而巧妙看出,同時,也通過生存環境的描寫折射表現祖孫倆艱難的生存狀態,如此一種充滿藝術感的表現方式,凸顯出的正是賈平凹突出的藝術智慧。更何況作家如此一種細緻的生存環境描寫,從文學社會學的角度,也能夠給後來的研究者提供著實可靠的研究資料。正如同我們可以通過曹雪芹《紅樓夢》的描寫,瞭解貴族世家當年那樣一種鐘鳴鼎食的生存境況一樣,許多年之後,研究者要想理解1960年代中期中國西北部貧瘠鄉村普通百姓的生存樣態,賈平凹在《古爐》中如此細膩的一種藝術描寫,顯然就是不容忽視的。

此外,賈平凹表現人物之間對話的藝術能力著實了得。這一點,只要統

計一下標點符號的使用，即可一目了然。某種意義上，可以說《古爐》中使用最多的標點符號之一就是冒號。表面上看起來是沒有進行段落區分的大的敘事段落，如果你真的深入進去，就會發現，這些個段落差不多全部都是由人物之間的對話構成的。以對話的形式來推動故事情節的發展演進，可以說是《古爐》的一種藝術特質所在。更有一點不容忽略的是，賈平凹在很大程度上承繼了中國本土小說傳統不進行靜態的心理描寫，把人物的心理活動巧妙地融入到了對話的過程之中。比如這樣一段：「來的卻是來聲。院門一開，來聲見是長寬，一時愣住，說：啊長寬！就在右口袋掏紙煙，掏出一個髒兮兮的手帕，裝進去，又在右口袋裏掏，掏出一把零票子錢。長寬說：掏啥呀？來聲說：啊給你掏紙煙。長寬說：你知道我不吃煙。來聲說：哦，沒出工？長寬說：生產隊今日沒出工。」長寬沒有想到進來的是來聲，來聲更沒有想到開院門的會是長寬。來聲本以為長寬上地出工了，所以才來找戴花幽會。沒想到長寬居然沒有去出工，於是，就一時手忙腳亂起來，一時不知道該怎樣應對這個場面了。以至於，明明知道長寬不吃煙，但卻左掏右掏地要掏紙煙給長寬吃。尤其令人叫絕的是，賈平凹兩次描寫來聲掏右口袋的動作，原來以為賈平凹弄錯了，後來細細揣摩，才發現作家就是要這麼寫的。只有這麼寫，才能夠更加充分地把來聲那樣一種心慌意亂手足無措的狀態表現出來。再比如，長寬要和來聲一起去見支書，「來聲支吾著不願意去，戴花就從貨筐裏拿了錐子，說：要麼吃了飯去？長寬說：吃啥飯？這大的事咱知道了能不及時給支書說？！兩人就出了門，戴花倚在門框上說：不吃也好，饃不吃在籠子裏放著哩！」來聲之所以不想去支書家，是因為他很不容易見一次戴花的面，想和戴花親熱。但礙於長寬的存在，這一切都無法實現。於是，只能被迫無奈地和長寬一起去見支書。最難得的是，戴花那句一語雙關的話。所謂「饃不吃在籠子裏放著哩」，從表面上看起來確實是再日常不過的一種話語，但放置到當時那樣特定的情境之中，它卻變成了對於心情失落沮喪的來聲最好的一種心理安慰。細讀《古爐》，就不難發現，類似的敘事段落在小說中簡直可以說比比皆是。賈平凹這部長篇小說的藝術成功，很顯然與此存在著內在的緊密聯繫。

第九章 「偉大的中國小說」？

　　說實在話，在我對於賈平凹長篇小說《古爐》的閱讀過程中，自始至終都伴隨著一種強烈的提心弔膽的感覺。之所以會提心弔膽，是因為我對於賈平凹的長篇小說創作抱有很高的期待值。雖然說，一個作家在其漫長的長篇小說創作歷程中，要想長時間地保持一個高的思想藝術水準，是一件特別艱難的事情。雖然說，此前的賈平凹也已經為我們奉獻出了一系列優秀長篇小說，尤其是其中的《秦腔》與《廢都》兩部，更是已經抵達了中國當代小說所能夠企及的思想藝術高峰。但是，或許是出於對於賈平凹超人藝術天賦過於信賴的緣故，最起碼在我自己，卻仍然有一種強烈的不滿足的感覺，我仍然期待著賈平凹能夠百尺竿頭更進一步，能夠再次挑戰自我，能夠創作出較之於《秦腔》《廢都》更為優秀傑出的長篇小說來。正因為對於賈平凹抱有如此強烈的期待心理，所以，閱讀過程中有一顆心始終懸在半空中，就是自然而然的事情了。實際上，也只有在讀完《古爐》的最後一個字，輕輕地合攏書頁之後，我的那顆始終懸在半空中的心才終於落了地，我的審美直覺告訴自己，賈平凹一部較之於《秦腔》《廢都》更為傑出的長篇小說，終於就這樣誕生了，就這樣成為了一種無法被否認的現實存在。

　　然而，筆者也注意到，賈平凹的《古爐》問世之後，在文學批評界引起了甚為強烈的反響，其中，雖然肯定性的看法佔了大多數，但也出現過非常激烈的否定的聲音。在這一方面，一篇有代表性的文章，就是郭洪雷的《給賈平凹先生的「大禮包」》[註1]。這篇文章在認真細讀文本的基礎上，指出

〔註1〕郭洪雷《給賈平凹先生的「大禮包」》，載《文學報》2011 年 12 月 29 日「新批評」專欄。

了《古爐》存在著以下幾個方面的錯訛之處。第一個方面是「人物叢雜，關係混亂」，然後，作者舉了六個具體的例證。其中之一是「……狗尿苔沒說出的理由還有：霸槽是貧下中農，人又長得體面。王善人曾經說過，你見了有些人，莫名其妙地，覺得親切，……（第 12 頁）」，接著，作者分析道：「小說中只有一個善人，叫郭伯軒。從作品《後記》可知，善人的原型之一是王鳳儀，小說只有一次提到此人，（第 234 頁）那時已是 66 年夏。小說開始時，狗尿苔對善人那套不感興趣，也聽不懂，根本不可能知道有這位『王善人』，顯然是作者自己弄混了，上文『王善人』應為『善人』之誤。」第二個方面是「時空錯亂」，作者列舉了三個具體例證。其中之一是「這次調解曾得到洛鎮公社張書記的表揚，張書記還帶領著別的地方的村幹部來古爐村學習經驗。在張書記他們來之前，支書讓石匠在村南口鑿了個石獅子，石獅子很威風，嘴裏還含著一個圓球。（第 32 頁）」，然後，作者分析道：「人民公社出現於 1958 年，如此才能稱『洛鎮公社張書記』，此事顯然發生在 1958 年以後。然而，在後邊的敘述中，支書聲稱石獅子是他土改時立下的，（第 221 頁）婆也告訴狗尿苔，土改那年支書讓人鑿了石獅子放在了村口。（第 249 頁）而在全國範圍內，土改早在 1953 年已經完成，前後差了五年。」第三個方面是「敘述屢屢『穿幫』」，作者列舉了五個例證。其中之一是「我（善人）告訴她，對天說你的不是，說你怎麼不體貼丈夫，這古爐村裏，就數護院一年四季沒穿過乾淨衣裳，那挽起褲子，膝蓋上那麼厚一層垢甲。她說她讓護院洗哩，護院說那裡是富垢甲，一洗就不富了。我說，那現在你家富了？別人家有鹽吃哩，你家一個月吃淡飯了。（第 51 頁）」，接著，作者進行了分析：「這段文字是善人在給護院媳婦說病。然而作者忘了，就在此前不久，善人給護院說過病時小說卻寫道：『護院在村裏算是家境好的，他家的院牆不是廢匣缽砌的，清一色的磚，連灶房上的煙囱也不是裂了縫的陶瓷，是青磚。』（第 30 頁）沒想事隔幾日，護院家窮得連鹽都吃不起了。」然後，郭洪雷專門強調：「如果以上疏漏尚可原諒，《古爐》中還有一些錯亂和『穿幫』則是不可原諒的。下面兩例，給人的感覺作者是在刻意『穿幫』──在文本中埋設『地雷』，試探和考驗讀者、批評者的神經是否敏銳，是否有足夠的耐心。」其中之一是「……狗尿苔把雞抱在了懷裏，說：夜鳳，夜鳳，你咋了嗎？杏開說：你把雞叫啥，雞還有姓？狗尿苔說：我姓夜，它也黑，我就叫它夜鳳凰。杏開說：喲，還是鳳凰？燒窯的鳳凰！（第 479 頁）」，緊接著，作者就分析道：「看到這裡，讀

者肯定就懵過去了——連主人公姓氏都能『穿幫』呀？前文寫過，村裏兩大姓，姓朱的和姓夜的，狗尿苔姓朱。（第 21 頁）這樣的『穿幫』真可謂『不分青紅皂白』！」

　　首先應該承認，郭洪雷是一個難得的態度認真的讀者，他在文章中所指出的以上問題，確確實實存在於賈平凹的《古爐》之中。然而，對於郭先生由此而得出的結論：「《古爐》存在的問題不止這些，細節失真，毫無節制的仿擬和自我重複之類，筆者在這裡不想多談，倒是《古爐》面世後的諸多評論令人頗為感慨。現今批評界的現實是：像賈平凹這樣的『大腕』一有作品出手，評者便蜂擁而上，『尋美』者眾，『求疵』者寡；一時之間高言大詞滿天飛，讓人打心眼兒裏起膩」，我卻是難以苟同的。一方面，我感到奇怪的是，既然郭先生在前面可以逐條逐條地舉例說明《古爐》存在的問題，那他為什麼要虎頭蛇尾？為什麼到了這裡只是籠統地以一句「細節失真，毫無節制的仿擬和自我重複之類，筆者在這裡不想多談」就打發了呢？賈平凹在小說中到底是怎樣「細節失真」，怎樣「毫無節制的仿擬」，怎樣「自我重複」，郭先生為什麼就不能如同前面一樣也來進行一番深入的實證分析呢？實際上，明眼人都知道，郭先生前面所提及的那些問題，當然是問題，我們無意於在此為賈平凹辯護，但從根本上說，這些問題卻可以被看作是細枝末節的小問題，歸根到底，是賈平凹在創作中時有疏忽，而出版社的編輯又沒有認真細緻地校對出來的問題。某種意義上說，這些問題在郭先生指出來之後，小說再版時作家一一修訂過也就是了。如果僅僅揪住這些細枝末節的問題，就要從根本上否定賈平凹的《古爐》，就認為長達 67 萬字的《古爐》就是千瘡百孔的，這樣的結論顯然站不住腳。再有就是，如同賈平凹這樣的「大腕」，作品出版之後，批評者就蜂擁而上，「『尋美』者眾，『求疵』者寡」。關鍵的問題在於，實際的情況是不是如此呢？難道說真的是賈平凹的作品，只要一出，大家就會蜂擁而上，就會大加溢美之詞麼？據我的觀察，真實的情形並非如此。迄今為止，賈平凹已經創作出版了多部長篇小說，僅進入新世紀以來，他也已經創作出版了五部長篇小說。在他眾多的長篇小說中，真正獲得過批評界普遍高度評價的，恐怕也只有《秦腔》與《古爐》兩部。按照郭先生的邏輯，只要是「大腕」賈平凹的作品，批評界就會一擁而上大加贊詞，那為什麼他其他的長篇小說就沒有獲得過批評界的高度評價呢？由此可見，關鍵的問題，恐怕還是在於小說本身的思想藝術質量究竟如何。事實上，《秦腔》與《古爐》

之所以能夠獲得很多批評家的認同肯定，與作品自身的藝術品質存在著非常緊密的內在聯繫。

郭洪雷在文章中說他曾經三次讀過《古爐》。這樣也就出現了一個問題，既然郭先生已經認定《古爐》是很糟糕的作品，那我真的很難想像郭先生的三次閱讀是怎樣進行的。難道他真的是硬著頭皮帶著反感如同經受精神苦刑一般地讀了三次麼？說實在話，我自己讀《古爐》，也是前前後後認真地讀過三次的。不過，我之所以反覆閱讀，是因為我打心眼裏喜歡這部小說。正如同我在前面已經強調過的，在認真反覆地閱讀《古爐》之後，我認為，這是賈平凹較之於此前的《秦腔》《廢都》更為傑出的一部長篇小說。由賈平凹的《古爐》，我居然不由自主地聯想到了五六年前中國小說界曾經出現過的一場關於「偉大的中國小說」的文學論爭。

那場不無激烈的文學論爭，緣起於美籍華裔作家哈金提出的關於「偉大的中國小說」的概念。哈金是一位頗有影響的美籍華裔作家，他仿照「偉大的美國小說」的概念，提出了「偉大的中國小說」的藝術命題。哈金認為：「目前中國文化中缺少的是『偉大的中國小說』的概念。沒有宏大的意識，就不會有宏大的作品。這就是為什麼在現當代中國文學中長篇小說一直是個薄弱環節。在此我試圖給『偉大的中國小說』下個定義，希望大家開始爭辯、討論這個問題。『偉大的中國小說』應該是這樣的：一部關於中國人經驗的長篇小說，其中對人物和生活的描述如此深刻、豐富、真確並富有同情心，使得每一個有感情、有文化的中國人都能在故事中找到認同感。」〔註2〕正如哈金所預期的，他的這個概念的提出不僅引起了文壇的廣泛注意，而且還引發了不同觀點的碰撞與交鋒。先是遭到了來自於批評家吳亮與作家韓東的強烈質疑。在吳亮看來，所謂「偉大小說」只是一個「含混的大詞」，「你沒法讓它清晰」。他認為「將某一類偉大的小說誇大成一切小說的敬拜物，將它推上祭壇，不過是文學懦夫的障眼法。」吳亮特別反感於哈金這一定義中強烈的道德意味，他認為文學（當然包括小說）只應被視為一種根本與道德無關的天才的產物：「決定一部小說是否偉大或足夠偉大的，是小說所展示的『幻想力量』，而不是『道德力量』」。〔註3〕因此，吳亮便特別強調應該將所謂「寬容」、「仁慈」、「愛」、「憐憫」這些屬於道德範疇的語詞在文學（小說）的詞典中堅決地予以刪除。

〔註2〕哈金《偉大的中國小說》，載《天涯》2005年第2期。
〔註3〕吳亮《偉大小說與文學懦夫》，載《文學報》2005年9月1日第3版。

〔註4〕韓東的質疑是從如何理解「偉大」開始的：「如何定義『偉大』？用作品。作品定義『偉大』，而非『偉大』的定義規範作品，這是真正的小說理想主義，而在『偉大』的定義下的寫作則顯得過於實際和投機了」。依照這樣的理解，韓東認為哈金定義的根本問題在於倒果為因：「『偉大的文學』只可能是某種精神活動和力量的副產品，它不可能侷限於文學，也不可能在文學內部產生。哈金念念不忘的『文學教材』《聖經》即不是以文學為目的的。另外，像卡夫卡、陀思妥耶夫斯基的目標顯然也不可能是『偉大的文學』，但它們的確又成就了偉大的文學。還是那句話，他們定義了『偉大』（用作品），但不被『偉大』的定義所定義。呼喚『偉大』這中間存在著嚴重的倒果為因問題。」因而，在韓東看來，只有那些破除了包括文學的「偉大」夢想在內的虛榮心之後的、「向內和向深處的沉入」、「無視於文學無視於文學史」、「將寫作與一個人的存在、思考以及敏感緊緊綁在一起」、「應有文學之外的更迫切的精神焦點和緊張」的作家，方才可能寫出真正「偉大」的文學作品來。〔註5〕

那麼，這樣的質疑能否成立呢？在我看來，韓東其實還是承認「偉大小說」存在的，他所質疑的只不過是抵達這樣一種「偉大小說」的路徑問題。韓東認為，真正的「偉大」是在不經意的過程中才可能產生的，那些懷抱「偉大」夢想的人實際上是很難抵達這樣一種「偉大」境界的。那麼，究竟依循什麼樣的途徑才可以有效地抵達「偉大小說」的境界呢？那些懷抱「偉大」夢想的寫作者真的就無法真正地「偉大」起來嗎？諸如此類的問題其實是既無法證實也無法證偽的。從都承認存在著一種可以被稱之為「偉大小說」的藝術事物這一點來看，哈金與韓東之間實際上並不存在根本性差異。值得注意的乃是吳亮的論調。從吳亮此文的基本主旨來看，他很顯然是一個小說的技術論者，他把「偉大小說」理解為根本與道德無涉的天才的造物。很難想像，如果真的如吳亮所言將他所謂的這一切「道德」因素都完全剝離掉之後，剩下的所謂「偉大小說」究竟是一種怎樣的怪物。所以，在這一點上，我更認同吳亮的反對者牛學智的觀點。牛學智說：「所以，吳亮一再強調的甚至不無嘲諷地要把『道德』，以至於『仁慈』、『愛』、『憐憫』以『寬容』的名義刪除，拆除『文學等級』的柵欄，才可能迎來偉大的中國小說的生態的說法，我認為剩下的這個『偉大』，其實是一堆崇尚技術拼盤的糟糕的甚至於可怕的小說怪物，因為在他的闡述

〔註4〕吳亮《偉大小說與文學儒夫》，載《文學報》2005年9月1日第3版。
〔註5〕韓東《偉大在「偉大」之外》，載《文學報》2005年9月1日第3版。

中，『偉大』小說，是拒絕向善、向美、向真，尤其痛恨道德、倫理的，不言而喻，在『幻想的力量』下誕生的偉大小說，其基本要件不外乎冷漠、殘酷、暴力，或者封閉、自私、絕對內部的、絕對隱秘的，一句話，就是想到什麼就是什麼，想做什麼就寫什麼的藏污納垢的混合物。」〔註6〕實際上，筆者也很清醒，我知道在某種意義上說，哈金所謂「偉大的中國小說」當然帶有許多不具確定性的虛妄色彩，比如究竟怎樣才算「中國人的經驗」？究竟怎樣才算抵達了「深刻、豐富、真確」的藝術境地？等等，均顯得含混莫名，確也在某種意義上存在著「偽概念」的嫌疑。然而，正如牛學智所指出的，「偉大的中國小說」雖不見得是確定的實指，但也絕不是一個無邊的虛指。所謂「偉大」，實際上意指著小說的一種藝術境界：「視野的廣闊、價值的普適性、審美的多義性等等，這其中自然包括道德的維度。」〔註7〕這一點，有我們日常普遍的閱讀體驗做著支撐。如果說，巴爾扎克的《高老頭》與福樓拜的《包法利夫人》可以被稱之為「偉大的法國小說」，托爾斯泰與陀斯妥耶夫斯基的一些作品是「偉大的俄國小說」的話，那麼曹雪芹的《紅樓夢》又何嘗不可以被看作是「偉大的中國小說」呢？從這個意義上說，哈金所提出的「偉大的中國小說」的命題雖有諸多空泛粗疏之處，但作為一種理論的構想，尤其是作為一位寫作者對一種小說的偉大境界的期待，也還是的確能夠成立的。

之所以要由《古爐》而聯想到哈金關於「偉大的中國小說」的概念，是因為就我個人的審美直覺而言，我覺得，賈平凹的這部《古爐》，實際上就可以被看作是當下時代一部極為罕見的「偉大的中國小說」。雖然我清楚地知道，我的此種看法肯定會招致一些人的堅決反對，甚至會被這些人視為無知的虛妄之言，但我卻還是要遵從於自己的審美感覺，還是要冒天下之大不韙地做出自己一種真實的判斷來。在我看來，文革結束之後，經過三十多年的積累沉澱，中國當代文學確實已經到了應該會有大作品產生的時候了。在某些時候，真正的問題或許並不在於缺乏經典的生成，而是缺乏指認經典存在的勇氣。不無巧合意味的是，就在我動手寫作此文的時候，正好讀到了青年批評家黃平關於賈平凹《秦腔》的一篇批評文章。在這篇充滿批判銳氣的

〔註6〕牛學智《「偉大」和「偉大的中國小說」的背面》，載《文學報》2005 年 9 月
　　　 15 日第 3 版。
〔註7〕牛學智《「偉大」和「偉大的中國小說」的背面》，載《文學報》2005 年 9 月
　　　 15 日第 3 版。

文章中，通過對於小說文本中諸多分裂狀態的精彩分析，黃平得出了這樣的一種結論：「儘管《秦腔》的『立碑』近乎抵達了當下『鄉土敘事』的極致，但是以一個理想的標準來衡量，《秦腔》離『偉大的作品』還有無法彌合的距離。畢竟，『今天的文學問題，不在於賈平凹所說的理念寫作已造成災難，而是中國作家最缺乏的是自己的理念。』在這個意義上，《秦腔》是一部偉大的未完成之作，或者說歷史的『中間物』——這是中國從未經歷過的劇烈變革的時代，這是一個需要巨人也正在期待巨人的時代。」〔註8〕結合《秦腔》文本來看，黃平的判斷還是具有相當道理的。這就是說，從鄉土敘事的角度來說，《秦腔》確實存在著敘述者引生與夏風之間的分裂問題。對於這種分裂狀況，黃平進行過深入剖析：「在這個意義上，《秦腔》不是一部自洽的作品，而是一部『分裂』之作。其核心體現，還是落實到『引生』這個特殊的人物，尤其是他象徵性地『自我閹割』。陳曉明曾精彩地指出了『閹割』與『敘述』的象徵性關係，指出賈平凹在故事剛剛開場就設計了敘述人的自殘，這是有意驅逐以往關乎『鄉村』的種種外在的敘述。眾所周知，在賈平凹的作品中，往往有一類人物承擔『意義』的功能，即從《滿月兒》的『陸老師』、《浮躁》的『考察人』以來的知識分子。儘管《廢都》《白夜》中的知識分子形象開始下移，但還是能夠看出敘述人對這類人物情感上的認同。《土門》算是一個變化，儘管范景全指出了『神禾源』作為『救贖』的可能，但是他的同事老冉的形象卻相當不堪。《高老莊》中依然有知識分子的『聲音』，但是在複調敘述的框架下，僅僅是眾聲喧嘩的一種『聲音』；《懷念狼》的高子明渴望找到拯救『現代人』的出路，但是最後自己幾乎變成『精神病』，只能在家人憐憫的目光中不斷聲嘶力竭地『吶喊』。某種程度上，考察人—莊之蝶—夜郎—吳景全—高子路—高子明，知識分子的『功能』不斷弱化，他們無法給出文本的意義。發展到《秦腔》，賈平凹嘗試徹底剔除外在於鄉土世界的『聲音』：『《高老莊》《土門》是出走的人又回來，所以才有那麼多來自他們世界之外的話語和思考。現在我把這些全剔除了。』」〔註9〕惟其如此，黃平才會作出這樣的論斷：「小說結尾，如同『分成兩半的子爵』，『引生』對『夏風』的召喚，是無法敘

〔註8〕黃平《無字的墓碑：鄉土敘事的「形式」與「歷史」》，載《南方文壇》2011 年
　　　第 1 期。
〔註9〕黃平《無字的墓碑：鄉土敘事的「形式」與「歷史」》，載《南方文壇》2011 年
　　　第 1 期。

述（『閹割』）的鄉土世界對偉大的鄉土敘事的召喚。只有『引生』與『夏風』
彌合的那一刻，鄉土敘事將再次被激活。」〔註10〕

在我的理解中，此處黃平所談論著的「引生」與「夏風」，具有著突出的
象徵意義。假若說「引生」在某種意義上可以被理解為一種鄉土精神的象徵
的話，那麼「夏風」無疑也就可以被看作是知識分子啟蒙精神的一種象徵。
在這個意義上，所謂「引生」與「夏風」的彌合，也就可以被看做是黃平在呼
喚著一種新的融合鄉土與知識分子精神的敘事理念。很顯然，在他看來，賈
平凹只有真正地擁有了如此一種敘事理念，方才有可能徹底實現對於自我的
超越。如果我們承認《秦腔》確實是一部「偉大的未完成之作」，那麼，《古
爐》就絕對稱得上是一部「偉大的中國小說」。然而，我們之所以強調《古爐》
是一部「偉大的中國小說」，卻並不是因為如同黃平所說的，「引生」與「夏
風」實現了真正的彌合。在我看來，在《古爐》中，賈平凹當然有效地克服了
《秦腔》中「引生」與「夏風」的分裂狀態，但這卻並不意味著必然地實現了
二者之間的彌合，並不意味著賈平凹再次引入了知識分子的啟蒙精神。事實
上，賈平凹的《古爐》之所以能夠超越《秦腔》，一個非常關鍵的原因就在於
賈平凹更主要地憑藉著狗尿苔這一人物形象而引入了悲憫情懷這樣一種新的
可以統攝小說全篇的敘事理念。關於這一點，我們在前面的「悲憫情懷」一
部分已經進行過深入的分析，這裡就不再展開了。總之，如果說《秦腔》最根
本的一個藝術缺陷正在於尋找不到一種恰切的思想理念統攝全篇的話，那麼，
《古爐》的難能可貴之處，就在於賈平凹終於尋找到了悲憫情懷這樣一種新
的敘事理念。很顯然，如果缺乏如此一種敘事理念的統攝與燭照，賈平凹筆
端的古爐村就不會呈現出現在我們所看到的這樣一種生存景觀。正因為賈平
凹在小說的寫作過程中有效地克服了《秦腔》中的敘事分裂狀態，所以，《古
爐》才應該被看作是一部具有強烈經典意味的「偉大的中國小說」。

本書中的一部分曾經以《一部偉大的中國小說》〔註11〕為題發表在《小
說評論》2011年的3、4期上。文章發表後，曾經引起過一些爭議。其中，最

〔註10〕黃平《無字的墓碑：鄉土敘事的「形式」與「歷史」》，載《南方文壇》2011
年第1期。

〔註11〕王春林《「一部偉大的中國小說」》，載《小說評論》2011年第3、4期。需要
特別說明的一點是，此文原名《日常敘事中的悲憫情懷》，發表時編輯部改為
現名。

有代表性的一篇文章，就是陳歆耕的《什麼是「偉大的中國小說」》。〔註12〕
在這篇文章中，陳歆耕認為：「《古爐》偉大在何處呢？評論者在他的長篇大
論中，做了許多具體闡述，如『「文革」敘事』、『鄉村常態世界的發現與書寫』、
『日常敘事』、『悲憫情懷』等等，但讀遍全文並沒有充分的理由讓我信服這
是一部『偉大的中國小說』。但也有一些讀過作品的人，認為其流水帳式的瑣
碎的敘事風格，讓人毫無閱讀快感。一地雞毛，卻不是一隻鮮活的雞；一堆
秦磚漢瓦，卻不是一座結構精美的宮殿；憑什麼讓人對『那些雞零狗碎的潑
煩日子』會產生閱讀興趣？其直達人心、讓大多數人產生『認同感』的藝術
力量在哪裏？誠如評論者所稱道的，一部『以佛道思想做底子』的小說，能
為現代人提供什麼新的精神養料？」「經典小說要經過時間檢驗，要經得起重
讀。並且人們總是樂意、抑制不住要去重讀的願望……我想，一部『偉大的
中國小說』起碼也應具備上述兩個要素。把一部出版沒幾天的小說，就判定
其為罕見的『偉大的中國小說』，是要冒極大風險的，誰敢預測它在讀者中的
『保鮮期』會有多久？如果你的判斷和作品的生命力之間的落差太大，讀者
起碼要對評論者的專業素質和藝術感受力產生懷疑。作者在文中說：『在某些
時候，真正的問題或許並不在於經典的生成，而是缺乏指認經典存在的勇氣。』
建立在『武斷』的基礎上『勇氣』還是少一點好，『經典的生成』並不依賴於
少數評論者的『指認』，而是需要大多數讀者的閱讀『認同』。」

對於陳歆耕的批評意見，我的理解答覆如下。其一，當我指認賈平凹的
《古爐》為「一部偉大的中國小說」的時候，確如陳歆耕所言，是給出了較為
充分的具體闡述的。現在的問題是，陳歆耕既然不認同我的結論，他為什麼
不結合小說文本進行逐條的反駁呢？只是籠統地引述「一些讀過作品的人」
的看法，試圖以此來替代充分的說理分析，很顯然是缺乏說服力的。我希望
看到的是，陳歆耕能夠結合文本，就自己的觀點展開更進一步的闡述。至於
一部「以佛道思想做底子」的小說，究竟能不能為現代人提供精神養料，我
想，也未必就不能吧。道理其實也很簡單，曹雪芹《紅樓夢》就應該說是一部
「以佛道思想為底子」的作品，我們現代人仍然在不斷地閱讀這部經典，不
也一直在從其中汲取精神養料麼？其二，我也特別認同陳歆耕在文章中所引
述的庫切與卡爾維諾關於經典的定義。一部經典作品的確認，肯定需要經過
時間的過濾與淘洗。但問題在於，是不是因為經典的確認需要時間的檢驗，

〔註12〕陳歆耕《什麼是「偉大的中國小說」》，載《中華讀書報》2011年9月29日。

我們作為作家的同時代人就不能夠對作品的思想藝術價值做出判斷了呢？難道我們只可以躺在那裡靜等時間的自然淘洗麼？關鍵還有一點，所謂的時間淘洗，從根本上說，依然少不了歷代批評家的分析與判斷。假若缺少了歷代批評家的積極的分析與判斷，時間自身其實並不能自動完成所謂經典作品的篩選過濾工作。我清楚地知道，賈平凹的《古爐》是不是經典作品？能不能被看作是一部「偉大的中國小說」？並不是哪一個人說了就算數的。但這，卻並不就意味著我們就沒有做出相應藝術判斷的權力。都說文學批評很難，都說否定性的文學批評很難，其實，一種肯定性的文學批評又何嘗容易呢？文學批評的本意到底是什麼？我想，在眾多的文學作品中，能夠沙裏淘金，能夠把其中極少數優秀的作品發掘出來，並且通過合理的思想藝術分析將其思想藝術價值充分彰顯，恐怕正是文學批評一種非常重要的職責所在。根據我自己多年從事文學批評工作的體會，要想做出合理的肯定性評價，實際上可能比那種否定性的評價還要困難許多，需要批評者有更大的勇氣。很顯然，我對於賈平凹《古爐》的充分肯定，不僅建立在我充分細讀文本的基礎上，而且也是建立在我自己的審美藝術經驗之上的。我並不是藝術真理的把握者，我的判斷或許會出現失誤，但這卻並不就意味著我不可以做出自己藝術評斷。在這裡，我最後想表達的一點就是，正如同賈平凹《古爐》的思想藝術價值需要經過時間的檢驗一樣，我對於《古爐》的基本判斷，也等待著來自於時間長河的殘酷檢驗。

下部 《古爐》之外

第一章 《秦腔》：鄉村世界的凋敝與傳統文化的輓歌

一

　　首先應該承認，在閱讀賈平凹《秦腔》（作家出版社 2005 年 4 月版）的過程中，我的確曾經產生過如同批評家李建軍一樣的閱讀感受。在李建軍看來，賈平凹是一位熱衷於在自己的小說創作中毫無節制地描寫戀污癖和性景戀事像的作家。「賈平凹至少在《廢都》《土門》《懷念狼》《病相報告》、中篇小說《阿吉》及短篇小說《獵人》中無節制地描寫過大量的戀污癖和性景戀事像」。〔註1〕在羅列了小說文本中的諸多相關段落之後，李建軍認為《秦腔》在這一點上的表現較之於前作只可謂有過之而無不及。「文學上的戀污癖，是指一種無節制地渲染和玩味性地描寫人噁心的物象和場景的癖好和傾向；而性景戀，按照靄理斯的界定，即『喜歡窺探性的情景，而獲取性的興奮』。」〔註2〕在對文學上的戀污癖與性景戀進行了如上界定之後，李建軍不無憂慮地指出：「然而，戀污癖與性景戀卻是賈平凹的小說作品中的常見病象，一個作家以如此頑固的態度和濃厚的興趣表現如此怪異的趣味，實在是一個令人驚訝的精神現象，一個值得認真研究的嚴重問

〔註1〕 李建軍《〈秦腔〉：一部粗俗的失敗之作》，載《中國青年報》2005 年 5 月 18 日 B2 版。

〔註2〕 李建軍《〈秦腔〉：一部粗俗的失敗之作》，載《中國青年報》2005 年 5 月 18 日 B2 版。

題。」〔註3〕應該承認,李建軍的感覺是敏銳的,其判斷也是基本合理的。在閱讀賈平凹的《秦腔》以及他的其他一些小說作品時,我也同樣注意到了李建軍所揭示的病象的醒目存在。就我個人的基本理解而言,頻繁出現於賈平凹諸多小說文本中的如此引人注目的戀污癖與性景戀描寫,所說明的正是作家賈平凹自身的一種越來越外顯化了的病態審美心理的存在。在我看來,類似的藝術描寫其實並無必然存在的理由,即以《秦腔》為例,刪卻這些藝術描寫實際上並不能構成對於《秦腔》藝術成就的損害。雖然,賈平凹自己很可能會以表現生活的完整性之類的理由來為自己的寫作行為辯護。

從賈平凹的寫作歷程來看,在其《廢都》之後的許多小說作品中,對於戀污癖與性景戀的一再重複的描寫確實是一種無法否認的客觀事實。這樣一種小說病象的顯豁存在,所說明的確是賈平凹內心世界中潛藏著的一種頑固而突出的病態審美趣味。然而,強調賈平凹的病態審美心理的客觀存在卻並不意味著對於賈平凹小說創作的批判與否定。正如同每一個體都是不同程度上的變態者一樣,其實哪一個作家又能標榜自己沒有絲毫的病態心理存在呢?只不過更多的作家把它很好地掩蓋起來,而賈平凹卻極顯豁地將其坦露於世人面前而已。更何況,如果僅僅侷限於藝術領域而言,所謂病態的天才藝術家其實是不勝枚舉的,而且經常地,正是這些病態的天才藝術家才會有驚世駭俗的藝術創造。對於賈平凹,我更願意將其作為這樣的一位病態然而卻天才的藝術家來加以理解。也正是在這樣的意義上,我雖然認同於李建軍所指出的《秦腔》中確實存在著頗為醒目顯豁的對於戀污癖與性景戀事像的並無必要的藝術描寫,但同時卻又實在無法同意李建軍僅僅從這一點出發而對於《秦腔》所作出的全面否定。李建軍是我非常敬重的一位文學批評家,對於他那樣一種銳利的批評鋒芒,那樣一種非凡的批評勇氣,我也往往會有一種雖不能至但卻心嚮往之的真誠肯定。然而,在究竟應該如何看待評價賈平凹《秦腔》這一問題上,我卻又實在無法接受李建軍將其指稱為「一部粗俗的失敗之作」的最終結論。李建軍說:「由於擁有了這些基本的感覺形式,擁有了判斷文明生活的基本理念和價值尺度,我們才懷疑,僅僅靠一部描寫戀污癖和性景戀事像的書,一個作家是否能夠為自己的故鄉『樹(豎)起一

〔註3〕李建軍《〈秦腔〉:一部粗俗的失敗之作》,載《中國青年報》2005 年 5 月 18 日 B2 版。

塊碑子』，——即使能夠豎立起來，那它又會是一塊什麼樣的『碑子』呢？」〔註4〕在我看來，李建軍在此處所作出的一種非常明顯的以局部代整體的判斷有失偏頗。《秦腔》中固然存在著描寫戀污癖和性景戀事像的情形，但此種情形在這樣一部長達近五十萬言的長篇小說中所佔的比例其實是很小的。由此而斷言《秦腔》是「一部描寫戀污癖和性景戀事像的書」至少在我看來是一種難以成立的偏激結論。正如同我們潑髒水不應該將孩子一同倒掉一樣，我們同樣不應該因為《秦腔》中確實部分地存在著對戀污癖與性景戀事像的描寫而對《秦腔》作出一種簡單化的否定性評價。

恰恰相反，在我看來，《秦腔》不僅不應該被指稱為「描寫戀污癖和性景戀事像」的「一部粗俗的失敗之作，」而且更應該得到一種高度的評價。我是賈平凹長篇小說的忠實閱讀者，自《商州》以來，包括《浮躁》《廢都》《土門》《白夜》《高老莊》《病相報告》《懷念狼》，一直到《秦腔》，這近十部長篇我都認真地閱讀過，有的甚至還讀過不止一遍。從我個人的閱讀體驗出發，我以為其中能夠真正代表賈平凹迄今為止所達到的最高藝術水準者，實際上只是《廢都》與《秦腔》。雖然我們也承認賈平凹的其他長篇尤其是《浮躁》《高老莊》也都企及了相當高的藝術水準，但實在地說，將來很有希望在文學史上被重新提及的恐怕卻只能是《廢都》與《秦腔》。雖然《廢都》十年前的問世曾經在文壇掀起一場軒然大波，雖然在當時文壇上更多的是對於《廢都》的詆毀與否定的聲音，但是在時過境遷十年之後的今天，在我們又經歷了中國社會十年的變遷更迭之後，我們才有可能真正地認識到《廢都》的價值與意義所在。如果說，在1990年代之初，仍然被裹挾在1980年代濃烈的理想主義氛圍中的人們，還無法理解並認同賈平凹在《廢都》中通過莊之蝶這樣一個人物形象所表現出的知識分子精神的頹敗與虛無的話，那麼當人們真實地經歷了十年來中國社會的滄桑變遷，當人們經驗了十年來中國社會總體上的道德崩潰與精神淪喪，當人們親眼目睹了十年來中國知識分子於物的擠壓之下幾乎令人慘不忍睹的精神慘烈變形的真實境況之後，我們才可以真正地理解並認同賈平凹那帶有明顯的文化與精神先知意味的《廢都》的寫作價值。「春江水暖鴨先知」，作家雖然不可能具有未卜先知的超常功能，但優秀的作家卻往往具有一種常人未必會有的高度敏感。而正是憑著這樣一種高

〔註4〕李建軍《〈秦腔〉：一部粗俗的失敗之作》，載《中國青年報》2005年5月18日 B2版。

度的敏感，賈平凹才可以在 1990 年代初就寫出了現在看來確實帶有突出的預言色彩的這樣一部以知識分子精神為主要言說對象的《廢都》來。從這個意義上來看，雖然當年的賈平凹曾經因《廢都》一書而承受過巨大的現實與精神壓力，然而在看到十年之後能夠有越來越多的人理解並認同《廢都》深刻的思想藝術價值的時候，我想，賈平凹大約是能夠釋然地會心一笑的。

　　眾所周知，賈平凹有著長期的鄉村生活經驗，而這也就使得對鄉村世界的關注與表現成為了賈平凹小說寫作最突出的一個特徵。在這個意義上，則完全可以說《廢都》是賈平凹小說寫作中的一個異數，可以被視為賈平凹小說寫作歷程中唯一的一部表現中國當代知識分子精神畸變的傑出作品。《廢都》之外的其他長篇則基本上都可以被劃歸於以鄉村世界為主要關注對象的鄉土小說之中，雖然這些長篇之間的藝術成就並不平衡。我們之所以認定《秦腔》的思想藝術成就要明顯地高出於賈平凹其他的長篇小說，乃是因為雖然在其他鄉土長篇小說中賈平凹也力圖將現時代真實的鄉村景觀呈現於讀者面前，但是由於作家的視野被某種意識形態的或者文化意義上的因素遮蔽影響的緣故，作家的這樣一種寫作意圖實際上卻又往往無法得到較為完美的實現。比如在寫作《浮躁》時，雖然有作家對於農村改革一定程度上的理性思考存在，但從總體上看，作家還是更多地對改革持有一種肯定性的政治姿態，而這樣一種帶有突出意識形態色彩的姿態當然會影響到作家對於鄉村世界更為深入透徹的洞察與表現。再比如《高老莊》的寫作，雖然小說也的確在某種程度上還原了鄉村世界的原生態，但是帶有鮮明啟蒙色彩的視角性人物高子路的貫穿始終，在表達了某種鮮明的批判立場的同時也不可避免地妨害著作家對於鄉村世界一種完整與混沌性的藝術傳達。從某種意義上說，作家只有在剝離了一切先驗的無論是意識形態的亦或還是文化意義上的遮蔽之後方才有可能對鄉村世界的真實（請注意，此種真實並非僅僅是一種外部圖景的畢肖，而更指一種內在於人物精神世界之中的人性的真實）作一種深入透徹的藝術表現，而《秦腔》則正是這樣一部相當罕見的表現當下中國鄉村世界刻骨真實的優秀作品。在閱讀《秦腔》的過程中，常常會有一種被作家所表現的慘烈鄉村生存圖景猛然擊中的疼痛感產生。我覺得，《秦腔》是一部有大絕望大沉痛大悲憫潛存於其中的優秀作品。賈平凹在小說中對於當下時代中國鄉村世界的凋敝圖景，對於傳統文化在鄉村世界日趨衰微情形的堪稱入木三分的真切展示，正可被視作《秦腔》最深刻的思想藝術主旨所在。我們知道

的一個事實是，自有新文學以來，藝術表現最充分成就也最高的兩個社會階層便是「知識分子」和「農民」，而賈平凹則恰好憑藉《廢都》與《秦腔》這兩部小說在這兩個方面均取得了相當突出的成就。在我看來，《廢都》與《秦腔》之所以能夠成為賈平凹迄今為止最成功的兩部長篇小說，最根本的原因之一便是作家寫作時有著一種情感體驗極其刻骨銘心的自我投入。《廢都》中的莊之蝶絕對不可簡單地等同於賈平凹自己，但其中極明顯地投射著賈平凹諸多切己的親身體驗卻也是一種不爭的客觀事實。我們雖然不能說賈平凹的其他鄉土長篇小說中便沒有自我體驗的投入，但只有在《秦腔》這樣一部以作家生活了十九年之久的故鄉為直接描寫對象的，作家欲憑此而「為故鄉樹起一塊碑子」的長篇小說中，賈平凹才會有一種更加切己也更加刻骨的親身體驗的全部投入。在這個意義上，我們也就完全可以說，《廢都》與《秦腔》其實均是作家飽蘸著自己的血淚寫出的真情之作。曹雪芹有句云：「滿紙荒唐言，一把辛酸淚。都云作者癡，誰解其中味？」寫作《廢都》與《秦腔》時賈平凹的精神心理狀態殊幾近之也。

二

其實，早在《秦腔》的後記中，對於自己的這部長篇小說所可能遭致的誤解，賈平凹就已經有過相當準確的預言：「如果慢慢去讀，能理解我的迷惘和辛酸，可很多人習慣了翻著讀，是否說『沒意思』就撂到塵埃裏去了呢？更可怕的，是那些先入為主的人，他要是一聽說我又寫了一本書，還不去讀就要罵豬生不下獅子，狗嘴裏吐不出象牙。」小說發表後部分人的反應與表現確也大致如此。然而，雖然預感到了小說發表後可能的遭致，但賈平凹還是以一種甚為決絕的態度推出了《秦腔》，其中所凸顯出的正是作家一種極強烈的藝術自信。那麼，《秦腔》藝術上的成功之處究竟表現在哪些方面呢？我認為我們首先應該關注的是小說的語言。小說是語言的藝術。雖然小說僅有語言是絕對不夠的，但一部真正優秀的小說卻首先必須有一種充滿藝術質感與藝術張力的既充分個性化而又充分及物的小說語言，這的確是一種不爭的事實存在。語言之於小說的重要性，對於已有近三十年小說寫作經驗的賈平凹來說，自然是十分清楚的。更何況，在中國文學界，賈平凹又一慣是以自己充滿靈慧之氣的語言特色而廣為稱道的。雖然賈平凹的小說語言在不同階段也發生著不同的變化，但就此前作家的語言實踐而言，斷言賈平凹是當下

中國文學界語言功力最為深厚的作家之一，恐怕還是能夠得到大多數文學同道認可的。因此，對於賈平凹而言，順乎自己前此的語言方式完成《秦腔》的寫作似乎便是一件十分順理成章的事情。然而，本應順理成章的事情卻又偏偏發生了變化。就筆者對於《秦腔》的閱讀而言，的確出現了一時無法接受賈平凹言語方式的變化，一時難以循由語言的渠道順暢進入小說文本的情形，尤其是在閱讀剛剛開始的時候。隨之而生的自然是一個極大的疑問：賈平凹為什麼要以這樣的一種語言方式來建構《秦腔》的小說世界？這樣的疑問當然隨著對於小說文本逐漸深入的閱讀理解而得以消除了。

事實上，正如賈平凹所言，《秦腔》的確是一部需要耐心地慢慢去讀的小說。只有以這樣一種平靜耐心的姿態去面對《秦腔》，我們才可能真正地理解那彌漫於小說字裏行間的賈平凹所謂「我的迷惘和辛酸」。其實，如我這樣的閱讀體驗並非是獨有的，據我所知，不僅僅是一般的普通讀者，即使是如我這般專以閱讀小說為業的其他一些批評家同道，也都曾經產生過如我一樣的閱讀感受。應該說，這是一種閱讀賈平凹此前的其他小說作品時所絕無僅有的閱讀情形。賈平凹本來完全有能力寫出順應大眾閱讀心理的小說作品來，但他為什麼一定要以這樣的一種語言面目來呈現於讀者之前呢？我認為，這與作家在小說中所欲傳達出的思想藝術主旨存在著直接的關係。我們注意到，還是在《秦腔》的後記中，賈平凹曾經講過這樣一番話：「我的故鄉是棣花街，我的故事是清風街，棣花街是月，清風街是水中月，棣花街是花，清風街是鏡裏花。但水中的月鏡裏的花依然是那些生老離死，吃喝拉撒睡，這種密實的流年式的敘寫，農村人或在農村生活過的人能進入，城裏人能進入嗎？陝西人能進入，外省人能進入嗎？我不是不懂得也不是沒寫過戲劇性的情節，也不是陌生和拒絕那一種『有意味的形式』，只因我寫的是一堆雞零狗碎的潑煩日子，它只能是這一種寫法，這如同馬腿的矯健是馬為覓食跑出來的，鳥聲的悅耳是鳥為求愛唱出來的。」什麼樣的思想藝術主旨便需要有什麼樣的語言形式載體，既然「寫的是一堆雞零狗碎的潑煩日子」，那麼小說便只能是這樣一種寫法，便只能採用這樣的一種語言方式，所謂「言為心聲」的別一解大約也就是這樣的一個意思了。通常的意義上，「言為心聲」只應被理解為語言應該真實地傳達內心的聲音，但在此處，卻應該反過來被理解為具有什麼樣的內心想法那麼就會同樣具有什麼樣的一種語言形式，而且只有這一種語言形式才能夠將真正的心聲最為貼切地傳達出來。那麼，賈平凹為了傳達

自己孤心苦詣的「迷惘和辛酸」，為了真正地寫出自己心目中的故鄉來，所採用的究竟是一種怎樣的語言方式呢？在我看來，這是一種具有極鮮明地域化特色的語言方式，是一種在很大程度上逼近還原了作家所表現的鄉村世界中農民日常口語的語言方式。賈平凹本來具有極高明的語言提純能力，但他在《秦腔》中卻執意地要以這樣一種同樣可以「雞零狗碎」稱之的極端生活口語化的甚至可以被看作相當囉嗦累贅的語言方式來完成自己的寫作過程，其中肯定潛藏有一種作家深思熟慮之後的藝術追求。

應該說，這樣的一種語言選擇對於賈平凹而言是一種極富冒險意味的藝術行為。因為這是一種與當下時代普遍流行的時尚化寫作的語言策略存在著極遙遠距離的極為個性化的語言書寫方式，賈平凹此種語言方式的寫作所以便很可能觸犯眾怒，很可能為大眾讀者所堅決拋棄。在這個意義上，我們理應對於賈平凹為了自己的藝術追求而甘願冒天下之大不韙的行為方式表示充分的敬意。事實上，賈平凹的這樣一種語言方式的選擇設定是極為成功的。這成功主要體現在以下兩個方面。其一，正是因為選擇了這樣的一種語言方式，所以賈平凹才成功地寫出了那樣一堆如他自己所言的「雞零狗碎的潑煩日子」才成功地表現出了鄉村世界的凋敝與傳統文化的衰微這樣一種極為深刻的思想藝術主旨。其二，從《秦腔》正式出版之後的發行效應來看，到目前為止的發行量已達到了 18 萬冊這樣一個相當驚人的數字。〔註5〕如此巨大的發行量就充分說明了這部小說在廣大讀者受眾中的受歡迎程度。一部採用如此非時尚化語言方式的純文學作品在很短的時間內能有如此之大的發行量，令我們在驚訝之餘不能不面對這樣的一個嚴肅問題。那就是我們總是能夠不時地聽到有純文學作家在抱怨讀者閱讀審美水平的低下，以至於他們作品的發行量總是那樣地低迷不振，但《秦腔》的成功卻提醒我們，其實並不是讀者大眾的閱讀審美水平有多麼低下，關鍵還是看我們能不能真正地給他們奉獻出足夠精美的藝術精品來。只要我們的作家能夠寫出足夠好的優秀作品來，那麼廣大的讀者大眾還是能夠慧眼識佳作的。

然而，需要特別注意的一點是，雖然我們一力地強調《秦腔》語言的口語化與地域特色的具備，但這卻並不意味小說的語言就是粗鄙化的，就是缺乏一種充分的藝術品味的。實際的情形正好與此相反，賈平凹《秦腔》中的語言藝術已經達到了一種堪以爐火純青稱之的高超藝術境界。關於這一點，

〔註5〕小可《當代鄉土小說的創新之作》，載《文藝報》2005年5月17日第1版。

只要我們隨意地從小說文本中摘錄幾段或寫景或狀物或寫人的文字即可得到充分的證明。「柳條原本是直直地垂著，一時間就擺來擺去，亂得像潑婦甩頭髮，雨也亂了方向，坐樹下的夏天智滿頭滿臉地淋濕了。」（275 頁）「秦腔的聲音像水一樣漫了屋子和院子，那一蓬牡丹枝葉精神，五朵月季花又紅又豔，兩朵是擠在了一起，又兩朵相向彎著身子，只剩下的一朵面對了牆。那只有著帽疙瘩的母雞，原本在雞窩裏臥著，這陣輕腳輕手地出來，在院子裏搖晃。」（335 頁）「枝柯像無數隻手在空中抓。枝柯抓不住空中的雲，也抓不住風，風把雲像拽布一樣拽走了。「（379 頁）」老太太頭髮像霜一樣白，鼻子上都爬滿了皺紋，雙手在白雪的臉上摸。摸著摸著，看見了白雪拿著的簫，臉上的皺紋很快一層一層收起來，越收臉越小，小到成一顆大的核桃，一股子灰濁的眼淚就從皺紋裏艱難地流下來。」（378 頁）片斷 1 和片斷 3 旨在寫景，以「潑婦甩頭髮」來形容說明狂風中柳條的神態，以「無數隻手在空中抓」來形容說明樹枝空疏，以「拽布一樣拽走」寫風把天上的雲吹散，片斷 2 重在狀物，以「水」「漫」來形容秦腔的聲音，以「輕腳輕手」「搖晃」來寫母雞出窩後的神態，片斷 4 則是寫人，通過老太太臉上皺紋的收縮變化，以至最後收縮「成一顆大的核桃」來寫老太太哭泣的過程，均極形象生動而簡潔傳神，顯示出了一種極高的藝術審美境界。在某種意義上，我們大約可以說這樣的文字非賈平凹而不能寫得出。然而，一個客觀存在的事實卻是，如以上所摘引的片斷在《秦腔》中隨處可見。這樣看來，小說語言的爐火純青與出神入化也就是一個不需要再加以論證的藝術命題了。

三

與這樣的一種語言書寫方式相對應，我們還應該充分注意到《秦腔》總體情節敘事特色方面的不同凡響與個性獨具。如果說《秦腔》的語言的確保持著與時尚化語言策略之間一種足夠遠的距離，那麼同樣也可以說這部小說在總體的情節敘事方面不僅與流行的時尚化寫作保持著足夠清醒的距離，而且對於新文學史上現當代鄉土小說的寫作也形成了一定程度上的藝術超越。時下極為流行的時尚化寫作一個十分突出的特徵便是對於一種充滿巧合意味的完滿式戲劇性情節的構建，所承載表現的也往往是能夠迎合大眾讀者閱讀心理的情慾化傳奇或者是對於某些官場黑幕的揭露與展示。應該說，對於這樣一種媚俗化傾向極為明顯的寫作趣味，不只是賈平凹，當下相當一批純文

學作家也都能夠對此保持一種足夠的清醒。與其他大多數的純文學作家相比較，賈平凹《秦腔》最具挑戰性的一點是做到了故事情節與小說人物的「去中心化」。從當下中國小說總體的創作傾向來看，雖然亦有各種形式的實驗探索行為存在，但基本上卻還都堅持著一種中心情節與中心人物的寫作模式。這也就是說，在一部相對成熟的小說作品中，其小說的故事演進總是圍繞一種核心情節與一個核心人物而運轉的。而所謂故事情節與小說人物的「去中心化」，便是指一部具體的小說文本中，作家既放逐了中心情節，也放逐了中心人物。這樣出現於讀者面前的，就是一部既缺乏中心情節也不存在核心人物的小說文本。應該承認，類似這樣一種情節與人物均「去中心化」的情形，曾經在中短篇小說中有過一定的嘗試實驗，但在篇幅巨大的長篇寫作中，這樣的情形卻差不多是絕無僅有的。因為，採用這樣一種情節敘事模式的長篇小說作家很顯然存在著很大程度上要被讀者拒絕接受的風險。然而賈平凹的《秦腔》卻正是這樣一部採用了「去中心化」的總體情節敘事模式的長篇小說。

　　具體來說，《秦腔》中事無鉅細地講述了那麼多發生於清風街上的故事，但我們卻很難斷言其中的哪一個故事是小說的中心情節，小說中同樣出現了眾多的人物，但我們卻也很難確定哪一個人物就是作品中的中心人物。閱讀《秦腔》的一個突出感受便是我們如真地面對了帶有瘋傻氣息的瘋子引生，聽他將清風街的人與事不無煩瑣累贅地一一娓娓道來。這一點，在以下所摘引的這些敘事話語中便不難得到有力的證明。「清風街的故事從來沒有茄子一行豇豆一行，它老是黏糊到一起的。你收過核桃樹上的核桃嗎，用長竹竿打核桃，明明已經打淨了，可換個地方一看，樹梢上怎麼還有一顆？再去打了，再換個地方，又有一顆。核桃永遠打不淨的」（99頁）「我這說到哪兒啦？我這腦子常常走神。丁霸槽說：『引生，引生，你發什麼呆？』我說：『夏天義……』丁霸槽說：『叫二叔！』我說：『二叔的那件雪花呢短大衣好像只穿過一次？』丁霸槽說：『剛才咱說染坊哩，咋就拉扯到二叔的雪花呢短大衣上呢？』我說：『咋就不能拉扯？！』拉扯得順順的麼，每一次閒聊還不都是從狗連蛋說到了誰家的媳婦生娃，一宗事一宗事不知不覺過渡得天衣無縫！」（26頁）竊以為，在以上所摘引的兩段敘事話語中的確潛藏著一個對於理解《秦腔》而言十分重要的敘事詩學命題，對於這一點我們不能不察。所謂「拉扯得順順的」，所謂「一宗事一宗事不知不覺過渡得天衣無縫」所說明的正是事與事之間不

僅不存在明確的主次之分，而且作家在一個故事與另一個故事的銜接處理上轉換得極其流暢自如而不留斧鑿之痕。這樣一種打了一顆核桃再打另一顆核桃的「打核桃」式的敘事方法正是貫穿於《秦腔》始終的一種基本敘事方式。同時，也正是依憑了這樣一種「打核桃」式的敘事方法，《秦腔》才真正地實現了總體情節敘事的「去中心化」。如果說 20 世紀曾經產生過一種有極大影響的「意識流」的小說敘事方式，那麼賈平凹《秦腔》中的這樣一種敘事方式則殊幾可以被命名為一種「生活流」式的敘事方法。只要是活動於清風街的人，出現於清風街上的事，均可以以一種極平等的方式被交織入這樣一張「生活流」的敘事網絡之中。在這個意義上，如果一定要為《秦腔》確定中心情節與中心人物的話，那麼便可以說這「清風街」本身便是小說的中心人物，而這一年（《秦腔》的故事發生時間起自夏風與白雪結婚，而終結時白雪與夏風的孩子剛剛出生不久，持續時間應為一年左右）左右時間裏發生於清風街上的所有故事一起構成了小說的中心情節。

　　說到《秦腔》情節與人物的「去中心化」所體現出的原創性價值，我們便完全有必要將其與自有新文學以來的中國現當代鄉土小說作一粗略的比較。在我看來，在已有近百年歷史的中國現當代鄉土小說的發展演進過程中，曾經形成過三種極有影響的小說敘事模式，一為「啟蒙敘事」，一為「階級敘事」，一為「家族敘事」。所謂「啟蒙敘事」，是指作家以一種極為鮮明的思想啟蒙立場來看待鄉村世界。這種敘事方式最有代表性的作家便是現代鄉土小說的奠基者魯迅先生，他的這種敘事方法曾影響了整整一代五四鄉土作家，並對後來者如高曉聲這樣的作家產生了很大的影響，賈平凹在某種程度上也曾經受到過「啟蒙敘事」的影響。所謂「階級敘事」是指作家以一種馬克思主義的階級鬥爭的立場看取鄉村世界的生活，鄉村世界中不同階級之間的矛盾衝突成為小說最根本的中心內容。這種敘事方式的肇端當追溯於 1930 年代以茅盾為代表的一批左翼作家的鄉土小說寫作，其發展的鼎盛時期為「十七年」乃至「文革」期間，如柳青《創業史》、周立波《山鄉巨變》乃至於浩然的《豔陽天》與《金光大道》均屬於這樣一種敘事方式的積極實踐者，甚至一直到新時期文學之初的一部分小說作品中，也都多少還殘留著這樣一種「階級敘事」的痕跡。所謂「家族敘事」，是指作家在敘述鄉村世界的故事時將著眼點更多地放置在了盤根錯節的家族之間的矛盾衝突上，家族之間的爭鬥碰撞與交融整合成為作家最為關注的核心內容。這種敘事方式主要興盛於「文革」

結束之後的新時期小說中，諸如張煒的《古船》、陳忠實的《白鹿原》、劉震雲的《故鄉天下黃花》、莫言的《紅高粱家族》乃至於賈平凹自己的《浮躁》等小說，都突出地採用了「家族敘事」這樣一種敘事方式。將《秦腔》與以上三種鄉土小說的敘事方式相比較，其與「啟蒙敘事」「階級敘事」之間存在著極明顯的差異是一目了然的。在另一個方面，雖然《秦腔》中曾經提及夏白兩大家族，但作者的根本著眼點卻並不在這兩大家族身上，或者說這兩大家族均是作為清風街故事的一個有機部分而被加以敘述的。從這個意義上看，繼續將其歸之於「家族敘事」的傳統也便缺乏了充足的理由。在我看來，為了更準確地釐清界定《秦腔》在現當代鄉土小說發展史上一種突出的原創性價值，不妨將其稱之為一部採用了「村落敘事」模式的鄉土長篇小說才更為適宜。而也正是依憑了對於這樣一種「村落敘事」模式的創造性運用，賈平凹的《秦腔》才在很大程度上實現了對於新文學史上現當代鄉土小說寫作的藝術超越。

四

同樣值得注意的是賈平凹《秦腔》中敘事視點的設定，也就是傻子敘事的問題。近五十萬言的《秦腔》中所有清風街上的人與事均是通過張引生這樣一個帶有瘋癲色彩的人物形象講述展示在讀者面前的。然而，同樣應該注意的是，賈平凹雖然採用了傻子敘事的方式，但引生也僅只是一個視點人物而已。依照一種通常的敘事原則，既然小說中明確地出現了第一人稱「我」，那麼小說文本便應嚴格地講述展示「我」所見所聞的故事，不可以將「我」所未見未聞的故事納入敘事範圍之中。然而，賈平凹的《秦腔》中雖然出現了「我」，但實際上卻並未嚴格地遵循第一人稱的敘事常規，其講述展示的人與事常常地逾越於「我」所能見聞的範圍之外。但這並不意味著賈平凹對於敘事學常識的有意冒犯，而是作家所設定的這樣一個帶有明顯靈異色彩的半瘋半傻的傻子引生賦予了賈平凹一種得以逾越規範界限的敘事特權。我們注意到，小說中經常地會出現這樣一些敘事話語，比如：「我知道我的靈魂出竅了，我就一個我坐著鬥『狼吃娃』，另一個我則攃著鼓聲跑去，竟然是跑到了果園，坐在新生家的三層樓頂了。夏天義、上善和新生看不見我，我卻能看見他們，他們才是一群瘋子，……我瞧見了鼓在響的時候，鼓變成了一頭牛，而夏天義在喊著，他的腔子上少了一根肋骨。天上有飛機在過，飛機像一隻棒槌。

果園邊拴著的一隻羊在刨蹄子，羊肚子裏還有著一隻羊。」（110頁）再比如「現在我告訴你，這蜘蛛是我。……但我人在文化站心卻用在兩委會上。我看見牆上有個蜘蛛在爬動，我就想，蜘蛛蜘蛛你能替我到會場上聽聽他們提沒提還我爹補助費的事，蜘蛛沒有動彈。我又說：『蜘蛛你聽著了沒有，聽著了你往上爬！』蜘蛛真的就往上爬了，爬到屋樑上不見了。」（302頁）正因為張引生既可以隨意地化身為蜘蛛或蒼蠅，也可以隨意地靈魂出竅，所以賈平凹便可以不再嚴格地遵守第一人稱的敘事常規。因此，嚴格地說，張引生並不是《秦腔》中的敘述者，而只是一個意義十分重要的視點式人物而已。那麼，現在的問題就是，賈平凹為什麼要在《秦腔》中設定這樣一位處於半瘋半傻狀態的傻子作為視點人物呢？

首先應該承認，以傻子為敘述者或者視點人物，並非賈平凹的首創，在《秦腔》之前，中外小說中均已出現過一些類似的傻子形象，比如福克納《喧嘩與騷動》中的班吉，辛格《傻瓜吉姆佩爾》中的吉姆佩爾，比如阿來《塵埃落定》中的土司二少爺，莫言《檀香刑》中的趙小甲，等等。針對於這樣一種客觀狀況，或有批評者會對賈平凹此舉作「重複」他人之譏。但我以為，這樣的觀點是難以成立的，問題的關鍵並不在於賈平凹也如同別的作家一樣採用了傻子敘事的方式，而在於作家對於這一敘事方式的運用是否能夠最恰當地傳達出作家於小說中所欲表現出的思想藝術主旨來。在這個意義上說，賈平凹《秦腔》中對於傻子敘事的運用是極為成功的。從敘事學的角度來看，敘述視角的設定對於小說文本的成功與否有著極重要的意義。敘述視角「是一部作品，或一個文本看世界的特殊眼光和角度」，也是「一個敘事謀略的樞紐，它錯綜複雜地聯結著誰在看，看到何人何事何物，看者和被看者的態度如何，要給讀者何種召喚視野。」〔註6〕因此，成功的視角革新，便「可能引起敘事文體的革新。」〔註7〕這樣的一種理論前提下，有論者對於傻子敘事的意義進行了相對深入的梳理與分析：「傻子的非理性、悖於社會規範的乖張舉動以及無所顧忌的超脫恰好使作家找到了一種絕好的面具，借助於這一合法化的面具，作家進行著更為深刻的主旨言說」「新時期以來，當代很多作家選擇了傻子或白癡充當敘述者，選擇傻子作為視角，其原因在於傻子在認知上表現為拒絕一切理性和道德判斷，拒絕對事物的理性透視，也即巴赫金所說傻子具

〔註6〕楊義《中國敘事學》，人民出版社1997年版，第191頁，第195頁。
〔註7〕楊義《中國敘事學》，人民出版社1997年版，第191頁，第195頁。

有『不理解』的特性」「傻子視角由於『不理解』的特點，在呈現世界時它好比一面鏡子，能客觀反射事物的原貌和人物的外在行為，借助於傻子視角，作家實現的是對世界的客觀冷峻的呈示，而作家情感和批判立場是隱匿在客觀化的敘事之中的。〔註8〕我以為，對於賈平凹《秦腔》中的傻子敘事，我們只有在這樣的意義上去加以理解才可能更加契合作家的本意。

我們注意到，賈平凹在《秦腔》後記中曾經寫下過這樣一段話：「我的寫作充滿了矛盾和痛苦，我不知道該讚歌現實還是詛咒現實，是為棣花街的父老鄉親慶幸還是為他們悲哀。那些亡人，包括我的父親，當了一輩子村幹部的伯父，以及我的三位嬸娘，那些未亡人，包括現在又是村幹部的堂兄和在鄉派出所當警察的族侄，他們總是搶鏡頭一樣在我眼前湧現，死鬼活鬼一起向我訴說，訴說時又是那麼爭爭吵吵。我就放下筆盯著漢罐長出來的煙線，煙線在我長長的籲氣中突然地散亂，我就感覺到滿屋子中幽靈飄浮。」應該承認，對《秦腔》的閱讀直感與賈平凹的自述是相當吻合的。賈平凹在《秦腔》中所表現的乃是當下時代中國的鄉村現實，而當下中國的鄉村則正處於現代化強烈的衝擊之下，曾經在改革開放初期呈現出蓬勃活力的中國鄉村正在日益走向衰頹與凋敝。面對這樣一種慘酷的鄉村現實，賈平凹的確感覺到了言說的困難，感覺到了自己的確無從對於故鄉，對於中國的鄉村作出一種明晰清楚的理性化判斷，確實不知道該讚歌現實還是詛咒現實，是為棣花街的父老鄉親慶幸還是為他們悲哀了。如果說賈平凹在《浮躁》中，在《雞窩窪人家》《臘月正月》中的確曾經強有力地對於改革開放初期中國鄉村的蓬勃生機作出過竭力的肯定式表達，如果說一直到《高老莊》中，賈平凹都還在借助於高子路這一形象而頑強地表達著自己對於中國鄉村世界的一種啟蒙信心的話，那麼到了《秦腔》之中，賈平凹則的確既無力肯定也無能啟蒙了。說到啟蒙，我們便應該注意到小說中夏風這一人物形象的存在。應該說，這是一個多少帶有一些賈平凹自身痕跡的鄉村世界走出來的知識分子形象。熟悉賈平凹小說的讀者應該知道，這不僅是一個經常出現於賈平凹小說中的人物形象，而且他往往會對賈平凹此前小說中的鄉村世界施以一種頗為有力的啟蒙干預，《高老莊》中高子路的形象便是如此。然而，到了《秦腔》之中，夏風雖然也不時地由大都市返回到清風街，返回到自己曾經生活過的鄉村世界，但是他實在已經沒有能力對這鄉村世界施加什麼強有力的影響。在我看來，

〔註8〕沈杏培、姜榆《符號的藝術和藝術的符號》，載《藝術廣角》2005 年第 2 期。

由高子路到夏風的這樣一種變化，正說明了賈平凹本人對於鄉村啟蒙的極度失望，因此夏風便更多地只能以一個現代文明象徵的功能性人物形象而出現於《秦腔》之中了。按照鄉土小說的表現慣例，當然也按照賈平凹此前鄉村小說的寫作慣例，理應成為小說敘述者或者視點人物的本來應該是夏風而不是張引生這個半瘋半傻的傻子。在我看來，小說敘述視點由夏風向引生的轉移，所說明的其實正是作家賈平凹對於中國鄉村現實基本認識的一種根本變化。從根本上說，面對當下中國鄉村世界衰頹凋敝的客觀現實，賈平凹確實已經無從作出理性的清晰判斷了，對他而言，剩下唯一可以做的事情便是對這衰頹凋敝的鄉村現實作一種客觀的呈示與展現，而傻子敘事則正好能極有力地承擔並實現作家的這樣一種藝術意圖。對於傻子敘事的敘事效果，論者曾有過這樣的分析：「傻子作為一個不合社會規範的形象，他本身也構成了對現實的否定力量。傻子作為社會獨特的『這一個』，他的力量『在於他不受社會等級秩序的限制，他既作為局內人也作為局外人談論事情，傻子居於社會秩序中卻不使自己對之負有義務，他甚至能無所顧忌地圍繞社會秩序談論令人不快的真理』。」〔註9〕我認為，對於賈平凹《秦腔》中的傻子敘事，我們也殊幾可以作這樣的一種理解和認識。

除了可以對當下的中國鄉村世界進行客觀的呈示與展現之外，我們還應該注意到《秦腔》中傻子敘事所具有的一種突出的靈異功能。按照小說中的描寫，引生不僅可以化身為蜘蛛、蒼蠅，可以靈魂出竅，而且還可以看到人身上的生命光焰，可以對未來事件的發展演進作出某種預言，可以看出人與物的前生與來世，比如引生曾經看出來運的前身是一位唱秦腔的演員，所以它便是一條連吠聲都合著秦腔韻律的會唱秦腔的狗。對於傻子敘事所具有的這樣一種靈異功能，我以為，我們不能以一種科學主義的態度加以輕易否定。正如同「女媧補天」「太虛幻境」之類的故事傳插構成了《紅樓夢》中的形上世界一樣，我覺得《秦腔》中的靈異敘事也構成了《秦腔》中的形上世界，它的出現為小說文本提供了某種突出且必要的哲學背景，對於《秦腔》最終的藝術成功發揮著相當重要的作用。

五

然而，無論是具有地域化色彩的口語運用，還是總體情節敘事的「去中

〔註9〕沈杏培、姜楡《符號的藝術和藝術的符號》，載《藝術廣角》2005年第2期。

心化」，亦或傻子敘事方式的選擇設定，作家這所有藝術努力的最終目的還是
為了成功地表現自己對於當下時代中國鄉村現實的一種理解和看法，也即為
了充分地表現傳達鄉村世界的凋敝與傳統文化的輓歌這樣一種基本的思想藝
術主旨。且讓我們先來看鄉村世界的衰頹與凋敝。眾所周知，中國的改革開
放是從農村開始的，由於極大地解放了農村的生產力，所以 1980 年代的中國
鄉村的確曾經表現出過空前的蓬勃活力，這一點也正如賈平凹在小說後記中
所說：「故鄉的消息總是讓我振奮，……那些年是鄉親們最快活的歲月。」然
而，好景不長，由於國家政策的變化，更由於以市場化城市化為標誌的現代
化的強烈衝擊，在進入 1990 年代之後，中國鄉村世界就不可避免地進入了它
的凋敝時期，賈平凹筆下的清風街就是這樣一個典型的標本，首先，由於中
國城市化進程的加速發展，吸引了鄉村中大量的勞動力，大量的農民流入城
市。雖然這些農民抱著對未來美好的憧憬和希冀進入城市，但是進入城市之
後他們的命運遭際實際上相當悲慘，大多數農民只能做苦工出賣低廉的勞動
力，而且最後的結果又難免是非死即傷，小說中寫到的白雪的侄兒白路即是
這方面一個突出的代表。要麼便是青春女性的出賣肉體，小說中的翠翠與韓
家女兒即是這樣的形象。然而，即使進城後的遭際如此悲慘，但農村凋敝的
現實卻依然無法抵擋農民大量流入城市的這樣一種巨流，以至於在夏天智去
世之後居然很難湊齊為他抬棺的男性農民，以至於君亭不能不發出這樣的浩
歎：「還真是的，不計算不覺得，一計算這村裏沒勢力了麼！把他的，咱當村
幹部哩，就領了些老弱病殘麼！」（539 頁）俗話說，穀賤傷農，農民的被迫
離開土地直接地源於兩方面的原因，其一是糧食價格的極為低廉，其二則是
各種高額稅費的強行徵繳。這兩方面原因結合的結果便是土地的大片荒蕪，
便是農民的被迫出走。提及高額稅費的徵繳，就必須注意到小說中對於清風
街一場聲勢浩大的農民自發抗稅風潮的逼真描寫。從小說文本描寫的情況來
看，並不是農民不願意繳納稅費，雖然也存在個別奸詐農民（比如三踅）的
惡意抗稅行為，但從總體上來看，大多數的農民還是因為手中無錢而不得不
被迫抗稅的。雖然這次抗稅風潮被及時地平息下去了，但它卻在很大程度上
暴露了在當下的中國鄉村世界中農民與管理者之間的矛盾已經達到了怎麼樣
一種尖銳激烈的程度，對於這一點，明眼人不可不察。

　　農民的大量流入城市所帶來的一個直接後果便是大片土地的荒蕪，這一
點在清風街同樣有直接的表現。正是在這樣的背景之下，才有夏天義租種離

鄉者土地行為的發生，而君亭與夏天義、秦安關於到底應該先建農貿市場還是應該先在七里溝淤地的爭執才有了一種深刻的現實意義。從傳統的觀念看來，土地為農民之本，作為一個農民無論如何也不應該拋棄土地，夏天義與秦安便是這樣一種理念的堅決捍衛者。然而，如果著眼於鄉村的現實情況，如果充分地考慮到土地的經營不僅無法改變農民的生存困境，反而還有可能使農民的生存困境進一步加劇的這樣一種客觀狀況，那麼君亭發展農貿市場的思路其實還是很有一些現實依據的。從小說文本的實際情況來看，雖然賈平凹無意於對君亭與夏天義、秦安的爭執作出某種非此即彼的是非判斷，雖然作家的本意是要對當下中國鄉村客觀的生存狀況作一種盡可能真實的呈示，但從《秦腔》客觀上所達到的藝術效果來看，小說中關於夏天義與土地之間那樣一種血肉關係的展示，小說中對於夏天義這個人物形象的描寫刻畫，應該說還是小說中最能擊痛並打動人心的地方。小說中的夏天義曾經在建國後相當長的一個時期內擔任清風街的領導工作，在這長期的工作過程中，他與土地之間形成了一種相當深厚的感情。正因為對土地充滿了深厚的感情，所以當 312 國道改造要侵佔清風街後原的土地的時候，身為村幹部的夏天義才會組織村民去擋修國道，並為此而背了個處分。正因為對土地充滿了感情，所以夏天義擔任村幹部時最大的一個願望便是能夠在七里溝淤地成功，因為在他看來：「土農民，土農民，沒土算什麼農民？」（95 頁）雖然「出師未捷身先死，長使英雄淚滿襟」，雖然因為在七里溝淤地未能成功而被迫下臺，但下臺之後的夏天義卻依然情繫土地，依然希望能夠靠個人的努力繼續七里溝淤地的事業。小說中不無荒誕意味但更具悲壯色彩的一個情節便是年事已高的夏天義帶著一個啞巴孫子，帶著一個傻子引生在七里溝進行淤地勞動的動人描寫。在夏天義充滿悲壯色彩的淤地過程中，我們可以明顯感覺到一種知其不可為而為之的愚公精神的存在。很顯然，夏天義的淤地事業肯定只能以失敗的結局而告終，但這一人物對於土地的那樣一種深情眷戀，他身上所體現出來的那樣一種悲壯的抗爭精神，卻給讀者留下了極為深刻的印象。應該說，小說對於夏天義死亡過程的設計也是極富藝術意味的，因為夏天義一生致力於對土地的堅決保護，致力於七里溝淤地事業的完成，所以作者便讓夏天義在七里溝的淤地過程中遭遇山體滑坡而死：「這一天，七里溝的東崖大面積地滑坡，它事先沒有跡象，……它突然地一瞬間滑脫了，天搖地動地下來，把草棚埋沒了，把夏天智的墳埋沒了，把正罵著鳥夫妻的夏天義埋沒了」（556

頁）給視土如命的人一個天然土葬的結果，將這一結果與夏天義臨死前不久喜歡上吃土的行為聯繫起來，與小說中關於夏天義是土地爺再世的暗示聯繫起來，我們就簡直可以說夏天義是一個土地的精靈了。這樣一個極富象徵意味的老農民的去世在很大程度上更有力地說明著當下中國鄉村世界的衰頹與凋敝狀況。

在小說的後記中，賈平凹曾經表達過對當下中國鄉村狀況的極度憂慮：「這裡（棣花街）沒有礦藏，沒有工業，有限的土地在極度地發揮了它的潛力後，糧食產量不再提高，而化肥、農藥、種子以及各種各樣的稅費迅速上漲，農村又成了一切社會壓力的洩洪池。體制對治理發生了鬆馳，舊的東西稀裡嘩啦地沒了，像潑去的水，新的東西遲遲沒再來，來了也抓不住，四面八方的風方向不定地吹，農民是一群雞，羽毛翻皺，腳步趔趄，無所適從，他們無法再守住土地，他們一步一步從土地上出走，雖然他們是土命，把樹和草拔起來又抖淨了根鬚上的土栽在哪兒都是難活。」於是，賈平凹不由得感歎道：「我站在街巷的石滾子碾盤前，想，難道棣花街上我的親人、熟人就這麼很快地要消失嗎？這條老街很快就要消失嗎？土地也從此要消失嗎？真的是在城市化，而農村能真正地消失嗎？如果消失不了，那又該怎麼辦呢？」很顯然，賈平凹的這一系列問題正是從中國鄉村世界的衰頹與凋敝的狀況中而生發出來的。賈平凹無法回答這樣的問題，我們也同樣無法回答這樣的問題。無法回答問題的賈平凹所能做到的只能是對於當下中國鄉村世界凋敝現狀的客觀呈示，而我們則必須直面這樣的現狀並對這樣的現狀繼續進行深入的思考。

六

雖然從總體的情節敘事來看，《秦腔》的確是一部明顯的「去中心化」了的長篇小說，但在其中我們還是能夠梳理出兩條基本的故事主線來。一條是與夏天義有關的關於土地，關於鄉村世界凋敝現狀的描寫。而另一條則是與夏天智有關的關於秦腔，關於傳統文化不可避免地失落衰敗的描寫，而在某種意義上，我們也完全可以說，鄉村世界的凋敝過程同時也正是秦腔，正是農村中傳統文化日漸衰敗的過程，二者是互為因果地同步進行的。而小說的標題則很顯然正來自於這樣一條故事主線的充分展開。應該說，賈平凹在小說中對於秦腔這一故事線索所投注的精力是絲毫不亞於關於土地的那一故事

線索的。

具體來說，《秦腔》中關於秦腔衰落這條線索的描寫是圍繞夏天智和白雪這兩個人物而充分展開的。白雪是縣秦腔劇團的演員，由白雪這一人物也就自然而然地涉及到了秦腔劇團一波三折但最後卻仍不免失敗解體的悲劇命運。由於市場化與時尚化的猛烈衝擊，秦腔劇團的命運在短短的一年時間內便發生了天翻地覆的變化。在白雪結婚時，縣秦腔劇團還頗威風地到清風街演出，劇團中的名角王老師也還可以擺擺譜。然而，等到夏中星被任命為劇團團長的時候，劇團居然就準備一分為二成為兩個演出隊了。雖然夏中星行使團長的權威，將劇團再次合二為一併雄心勃勃地要到全縣各鄉鎮巡迴演出以重振秦腔雄風，但這在某種意義上也已經是秦腔的迴光返照了：巡迴演出中最糟糕的一次居然只剩下了一個觀眾，而這個觀眾事實上卻是回劇場來找丟了的錢的。因此，雖然夏中星個人依託劇團為跳板最後當上了縣長，但等到他卸任劇團團長的時候，這劇團也就只能面臨著自行解散的命運了。到最後，自行解散後的劇團演員便只能各自組成若干個樂班去走穴賣藝了，與夏風離婚後的白雪便以此為生計。然而，即使是這樣的走穴也並不就是一個穩定的受農民歡迎的舉措，在清風街的一次演出中他們就明顯地受到了唱流行歌曲的陳星的強烈衝擊。與秦腔劇團的最終解體相聯繫的則是白雪與王老師這兩個秦腔演員的不幸遭遇。王老師唱了一輩子秦腔，但就是想出一盤帶有紀念意義的唱腔盒帶而不得。白雪本來有機會調到省城去工作，但卻因為對秦腔事業的熱愛而留在了劇團。然而秦腔的衰頹之勢卻並非靠個人的努力便可以改變的，熱愛秦腔的白雪最終還是落了個被並不喜歡秦腔的丈夫夏風遺棄的不幸結局。提及白雪與夏風這一對夫妻，我們應該注意到，如果說白雪是傳統文化的象徵的話，那麼夏風便可被看作是現代文明的一種象徵。這樣，他們倆人的結合與分手便隱喻象徵著傳統文化與現代文明從根本上的互不相容互相排斥，在這個意義上，他們結合之後白雪所生的那個沒有肛門的怪胎也就具有了鮮明的寓言意味。這一怪胎的出現在很大的程度上隱喻象徵著傳統文化與現代文明最終的難以交融。

白雪之外，小說中另一個與秦腔有著更深的淵源關係的人物是夏天智。夏天智曾經擔任過學校的校長，可以說是一位當下中國鄉村世界中的知識分子形象。夏天智酷愛秦腔，只要有時間，不是在馬勺上畫秦腔臉譜，便是在大喇叭中播放秦腔唱腔。可以說，夏天智的整個生命都是與秦腔纏繞在一起

的，或者說，秦腔便可以被視作夏天智全部的生命意義所在。與白雪相比較，夏天智對秦腔的癡迷與投入程度使得只有他才可以被稱作是秦腔的精靈。然而，儘管夏天智對秦腔如此依戀和癡迷，儘管他也可以利用父親的權威命令夏風設法出版自己的秦腔臉譜集，但是，他卻既無法徹底地阻止白雪與夏風婚姻的失敗，也無法實現幫助王老師出一盤唱腔盒帶的願望，更無法從根本上力挽狂瀾地阻止秦腔最終的失落與衰敗命運，最後只能無可奈何花落去地目睹這一切無法改變的事實的逐漸發生。然而，從一種象徵的意義上來看，賈平凹在小說中所傾力描寫的秦腔更應該被理解為傳統文化的象徵。這樣看來，與其說夏天智是秦腔所孕育的一個文化精靈，倒不如說他是在中國鄉村世界綿延日久的傳統文化的化身。如果把夏天智理解為鄉村世界中傳統文化的化身，那麼小說中諸多藝術描寫的意義也就隨之而一目了然了。比如，清風街上無論誰家發生了糾紛，只要夏天智一到，這樣的糾紛馬上就可以被解決，甚至在夏氏家族內部，夏天智在這一方面也擁有著超越乃兄夏天義夏天禮的權威力量。從這樣的角度來看，夏天智其實更應該被理解為是一種傳統道德精神的象徵性人物。細讀《秦腔》文本，我們便不難發現在清風街的日常生活中，夏天智的為人行事中總是恪守體現著扶危濟困的傳統道義，總是洋溢閃爍著一種迷人的人性光輝。不管是他對秦安的關心匡扶，還是他對若干貧困孩子的資助，都一再強化著夏天智作為一種傳統道德精神載體所獨具的人格魅力。結合賈平凹的《秦腔》後記來看，夏天智身上無疑閃動著自己父親的影子，而夏天義身上則不時地晃動著那位當了一輩子村幹部的伯父的影子，正因為作者在這兩位人物身上傾注了滿腔感情，所以他對這兩個人物的塑造刻畫才會格外地豐滿動人，才會給讀者留下無法磨滅的印象。然而，與夏天智對於傳統道德精神的堅持與恪守形成鮮明對照的卻是清風街在市場經濟衝擊下日漸的道德敗壞。首先是在夏家的下一代人，尤其在夏天義的五個兒子之間，經常會因為贍養老人等家務事而大吵乃至大打出手，雖有夏天智的強力彈壓而也最終無濟於事，其中尤以慶玉的表現為甚。其次是一些市場經濟條件下的腐敗現象開始出現於清風街並漸呈蔓延之勢，其中最突出的一個標誌便是丁霸槽酒樓上妓女賣淫現象的出現。第三則是曾經在夏家延續多年的過春節時那種格外充滿人情味的各家輪流吃飯的傳統的最終消失。當四嬸說出：「我看來，明年這三十飯就吃不到一塊了，人是越來心越不回全了」的時候（511頁），這樣一種傳統的必然終結也就是不可挽回的了。在這個意

義上，如果說夏天智對於秦腔的失落衰敗尚且無能為力的話，那麼對於這樣一種美好的傳統文化、傳統道德精神最終的必然消失終結就更加回天無力了。從這樣一個角度看來，夏天智的死亡其實也就在強烈地預示標誌著一個時代的結束。

七

　　無可奈何花落去，似曾相識燕不歸。從中國社會一種必然的發展趨勢來看，中國鄉村世界的凋敝與寄寓於這鄉村世界之上的傳統文化、傳統道德精神的失落，的確是一種無法改變的事實存在。雖然賈平凹對於自己生活了十九年之久的故鄉充滿了依戀之情，對於在故鄉傳延達數百年之久的秦腔充滿了熱愛之情，對於故鄉那塊土地上所生長的體現著傳統文化與傳統道德精神的父老鄉親充滿了敬仰之情，但一種忠實於現實的責任感還是促使他飽蘸著自己的血淚寫出了《秦腔》，並在《秦腔》中格外真實且充滿真情地為故鄉、為土地、為傳統文化與傳統道德精神唱出了一曲哀婉深沉的輓歌。或許在讀過《秦腔》之後，確也會有人給小說扣上種種不合時宜的政治帽子，對於這一點，賈平凹在小說後記中已說得很明白：「但我是作家，作家是受苦和抨擊的先知，作家職業的性質決定了他與現實社會可能要發生的摩擦，卻絕沒企圖和罪惡。」實際的情形也確實如此，從對於當下中國鄉村現狀那樣一種驚人的洞察與穿透而言，賈平凹的《秦腔》的確堪稱一部極富思想與藝術勇氣的決絕之作。還是在小說後記中，賈平凹說：「樹一塊碑子，並不是在修一座祠堂，中國從來沒有像今天這樣渴望強大，人們從來沒有像今天需要活得儒雅，我以清風街的故事為碑了，行將過去的棣花街，故鄉啊，從此失去記憶。」的確應該承認，賈平凹以《秦腔》為故鄉樹一塊碑子的願望成功實現了。如果說對賈平凹而言是「故鄉啊，從此失去記憶」的話，那麼對廣大讀者而言，則正是憑藉著《秦腔》這樣一部厚重沉實的長篇力作，才得以重建了我們對於棣花街，對於清風街，對於當下中國鄉村世界的記憶。

第二章　《高興》：打工農民現實生存境遇的思考與表達

　　某種意義上說，賈平凹的《高興》與孫惠芬的《吉寬的馬車》在 2007 年中國文壇的聯袂出現，帶有一種格外深長的意味。這說明，在當下文學界，有相當一部分作家開始擯棄或者疏離了以往那種以農村生活為切入點，單純書寫生活在農村大背景下廣大農民生存命運與生命意識的關注角度和敘述模式，而是將關注的視野從鄉村移離到城市，從背負著一定傳統因襲的以土地為本位的「地道」農民轉移到了被「城市化」浪潮所裹挾和驅遣到城市中的「農民工」身上來，嚴格說來，這些被城市人喚作「農民工」的群體已經不是傳統意義上的農民，雖然他們或多或少仍然具有農民的某些特徵和意識，但他們是否在骨子裏還承認自己的農民身份呢？恐怕誰也不能得出準確的結論。因此，對中國鄉村與中國農民置身於現代化思潮衝擊之下的現實生存境況予以強烈的人文關懷。在一種悲憫性情懷的主導之下，在描寫中國農民現實生存境遇的同時，相對深入地思考現代化大背景下中國鄉村之命運，便成為兩部作品為我們所展現的基本主題。換句話說，之所以將這兩部小說放置在一起進行談論，乃是因為這兩位作家所關注表現的都是當下中國最重要的社會現象之一──農民進城打工的問題。

　　說到農民進城打工的問題，便總是能夠讓我聯想起農民在當代中國命運的幾經沉浮來。剛剛獲得土地的興奮還沒有能夠保持多久，很快地就出現了聲勢浩大的農業合作化運動，雖然滿心地不理解，雖然內心中不無本能的牴觸情緒，但如同梁三老漢這樣的樸實農民還是帶有幾分無奈地匯入了農業合

作化運動的巨流之中。然後便是一再反覆出現的政治運動，直到長達十年之久的「文革」浩劫，面對如此之頻繁不斷的政治運動，中國農民當然更加無所作為，於是也就只能如同許茂一樣地沉默忍耐了。好不容易，經過了多年等待，中國農民終於等到了改革開放土地重新返歸於自身的揚眉吐氣的這一天。到了這個時候，馮麼爸挺直了自己的腰杆，陳奐生不僅甩掉了「漏斗戶主」的帽子，而且還有了「進城」乃至於「出國」的不凡經歷。然而，誰知好景不長，揚眉吐氣的舒心日子還沒有過了幾天，一種被稱之為市場經濟的巨獸就撲面而來，進入1990年代之後的中國鄉村不可避免地走上了一條衰落凋敝的道路。這種衰落凋敝的狀況，在賈平凹的《秦腔》中得到了最為充分有力的藝術展示，夏天義與夏天智的人生結局中所隱喻表現著的正是中國鄉村最根本的隱痛之所在。於是，多少年來一直把土地看作命根子一樣寶貴的中國農民也就只好背井離鄉地出門進城去討生活了。而打工農民，這樣一個新的詞彙，也就伴隨著一種社會現象的出現，而日漸成為當下現實生活中使用頻率相當高的普通語彙了。你看，不過短短半個多世紀的時間，中國鄉村的存在形態與中國農民的命運就已經發生了這樣幾次差堪可以天翻地覆稱之的變化，真的令人頓生天地造化弄人之歎。更何況，在這幾次命運沉浮的變化過程中，中國的農民差不多只是命運變化的被動承受者，他們從來也沒有過主宰自我命運的時候。從這樣的意義上看來，當代中國農民命運中的悲劇感就愈發的深沉濃烈了。然而，如果只是從文學的意義上看，具有如此強烈的悲劇感的題材其實具有著極其鮮明突出的詩學表現價值，它一直在召喚著那些真正具有表現能力的作家來對自己作出一種富有美學價值的藝術表現。客觀的情形也確是如此，以中國鄉村和中國農民為主要書寫對象的優秀作品，在當下的中國文壇不僅有著數量上的明顯增加，而且也似乎的確正在產生著帶有突出經典意味的傑作。在我看來，賈平凹的《秦腔》就正是這樣的一部作品。實際上，對於半個多世紀以來豐富複雜異常的中國鄉村社會而言，僅僅有一部或若干部類似於《秦腔》這樣的作品還是遠遠不夠的，我們需要有更多有膽識有魄力的作家對於當代的中國鄉村生活進行深度的藝術反思與表現。而賈平凹的《高興》與孫惠芬的《吉寬的馬車》，則正是2007年度出現的兩部富於個性特色的，對於當下正處於歷史巨變過程中的中國鄉村社會，農民生活進行著藝術性描述與沉思的重要作品。

　　賈平凹與孫惠芬，一為成名已久的沉穩男性作家，一為初出茅廬的新銳

女性作家。他們兩位把自己的藝術視野共同地投注到了背井離鄉進城打工的農民身上，其人生、性別以及藝術經驗的差異必然會在他們的作品中留下明顯的痕跡。因此，在比較的意義上談論《高興》與《吉寬的馬車》，應該是一件饒有趣味的事情。

一、一座小塔，一朵月季‧滿樹銀花

如果相信作家自我表述的真誠性，那麼也就可以說，賈平凹《高興》的創作實際上經歷了一個相當曲折的過程。在後記中，賈平凹寫道：「我重新寫作。原來的書稿名字是《城市生活》，現在改成了《高興》。原來是沿襲著《秦腔》的那種寫法，寫一個城市和一群人，現在只寫劉高興和他的二三個同伴。原來的結構如《秦腔》那樣，是陝北一面山坡上一個挨一個層層疊疊的窯洞，或是一個山窪裏成千上萬的野菊鋪成的花陣，現在是只蓋一座小塔只栽一朵月季，讓磚頭按順序壘上去讓花瓣層層綻開。」我是《秦腔》的激賞者，那麼，在《秦腔》的藝術形式取得了巨大的成功之後，賈平凹《高興》的改弦易轍是同樣成功的麼？我認為，賈平凹的改弦易轍本身首先就是值得充分肯定的，雖然《秦腔》藝術形式的成功是毫無疑問的，但是《高興》的藝術表現對象已經由鄉村而變成了都市，由沒落凋敝的鄉村中百無聊賴的農民群像轉而為生活在都市「精神孤島」中無所皈依的「農民工」個體，儘管農民和農民工僅一字之差，但是他們所代表的群體及群體性貌、意義特徵則發生了明顯的嬗變。如果說《秦腔》中的農民群像還因為城市文明的侵入所導致的鄉村衰落現狀在他們幾輩人心中留下深淺不一的印記的話，《高興》中的劉高興等人對於城市文明的嚮往和融入則顯得要相對單純明朗些，他們更多的是抱著一種積極的心態踏上城市旅程的。在他們的內心深處，城市不只是解決生存問題的淘金寶地，而且還應該是他們精神的寄寓所和心靈歸依的聖地。正是這種簡單的不能再簡單的想法驅使他們義無返顧地離開世代居住的鄉村，去尋求那一塊既神秘又充滿希望的土地——城市。因而，繼續沿用類乎於《秦腔》的藝術形式就很顯然非明智之舉了。從這個意義上說，賈平凹能夠以極大的勇氣放棄已經完成了十萬字的書稿而改弦易轍，去尋找更為恰切的藝術表現形式的行為本身，就是相當難能可貴的。

事實上，賈平凹的這種選擇乃是一種藝術上的智慧之舉。根據小說後記中的交待，賈平凹有著「嚴重的農民意識」，在「內心深處」一直「厭惡」「仇

恨」著自己已經在其中生活了幾十年的城市。正因為如此，所以賈平凹對於
現代城市的熟悉與瞭解程度肯定比不上他對於鄉村世界的如數家珍般的內在
與深入。也因此，如果賈平凹果真採用《秦腔》那樣的敘述方式來營構《高
興》這部表現農民打工生活的長篇小說的話，那麼他未必會獲得藝術上的成
功。這樣看來，作家選擇劉高興的敘事視角，以劉高興與五富、孟夷純等為
數不多的若干進城農民的故事為基本切入點，進而折射表現掙扎存活於都市
底層世界中的打工農民複雜精神狀態的這樣一種藝術設定也是從作家本身的
生活經驗、藝術表現的熟練程度出發的。可以想像，一個對城市抱有根深蒂
固的「厭惡」「仇恨」意識的作家卻偏偏要執拗地勾勒出整座城市的「清明上
河圖」，不是勉為其難了嗎？況且，即便達到了目的，其效果也必然會大打折
扣。令人欣慰的是，賈平凹在創作前期即已意識到了這個問題，毅然決然地
將自己已逾十萬字的書稿付之一炬，所有的東西都經過他的重新構思和安排，
才最終為自己，為讀者遞交了一份較為滿意的答卷。

　　賈平凹更多地採用了類似於流浪漢小說的單線結構，其視野始終集中在
劉高興與五富身上。整部小說幾乎都是圍繞二人從鄉村到城市打工謀生的命
運遭際展開的。青年農民劉高興和五富離開老家清風鎮，來到西安，以拾破
爛為生，劉高興在繁華的都市中艱難而快樂、自尊地生活著，追尋著自己的
夢。他的夢是什麼呢，就是要做一個真正的城裏人，在城裏「站穩腳跟」之
後，他還希望在城裏能找到一個老婆，後來他遇到了孟夷純，他愛孟夷純，
他甚至不相信她會是妓女，儘管孟承認了，他還是一如既往地愛著她，最終
孟夷純因吸毒進了看守所務農改造思想，五富也因酗酒過度而死。撇下劉高
興一個人，還是拾破爛，還是一樣的生活，一會兒看天，一會兒在地上尋摸，
只是五富死了，做了城市的鬼，孤魂野鬼。小說就此結束。比較而言，孫惠芬
的小說結構卻要龐雜紛繁得多。雖然同樣採用了第一人稱的敘述方式，同樣
是以小說的主人公之一吉寬的視角切入自己的表現對象，但孫惠芬所展示的
卻並不只是吉寬及戀人許妹娜進入城市之後的不幸遭遇。吉寬許妹娜之外，
林榕真兄妹，黑牡丹與水紅以及吉寬的大哥、二哥、三哥、四哥等人在城市
打工時的苦難遭際，也同樣在孫惠芬的筆下得到了相當充分的展示。小說中
的眾多人物以及生存狀態使小說呈現出一種網狀的敘事結構。所以，《吉寬的
馬車》在某種意義上乃可以被理解為多條結構線索交織而成的類似於交響樂
式的作品。鄉村馬車夫吉寬生活經歷的轉變可以看作是這部小說的情節主線，

吉寬既是小說的主人公，又是故事的敘述者，這種雙重身份使得文本的敘述視閾更為廣闊，與吉寬聯繫起來的裝修老闆、酒店小老闆、普通民工、妓女等等，這些由農村進入城市的各色人物都在他們各自不同的人生軌跡上追尋著自己的城市夢，上演了一幕幕令人震驚而又頗為沉重的悲喜劇。作者對他們心路歷程的客觀展示與懶漢吉寬的生活遭際經緯交織，共同構成了小說紛繁複雜、錯落有致的全景圖。從某種意義上來說，他們更像是從申吉寬這顆不斷生長的樹幹上旁伸出來的枝枝椏椏，而每一根枝椏上又可能冒出若干新的枝條，以至於最終將樹幹也遮蔽起來，我們幾乎辨不清主幹與枝條的區別，但我們的頭腦中卻清晰地記得它們搖曳的姿態。因為它們是有生命的，它們是活生生的人，它們在用自己的血和淚講話。

在我看來，孫惠芬之所以採用這樣的敘述方式或者結構模式還與她自身有著不可分割的聯繫。與賈平凹不同，作為一個執著於內心隱秘情感挖掘的女性作家，她更願意通過全方位的視角去審視人們靈魂深處撕裂和碰撞下所產生的行為表徵，而且這種苦痛感、焦灼感表現得愈加強烈，才愈能完成靈魂的自我反思和救贖。孫惠芬在談到自己的創作時，曾說：「《吉寬的馬車》的特別之處在於，我努力地表現他們從被壓倒的巨石底下往外掙扎時的堅韌和勇氣，表現他們從不放棄再一次站立的信念。」由此，我們可以看到，如果僅僅從吉寬一人的悲歡離合中去展現這種堅韌頑強的信念，就只能是「他」的信念，而非「他們」的信念，而這裡的「他」也就是吉寬，又是一個存在於「農民工」群體中的特殊個體形象，儘管在他的身上也存在著共性因素，他雖然是在極不情願的心態驅使下走入城市的，他心愛的人嫁給了城市中的一個小老闆，但是當他來到城市後，也希圖在城市中找尋到自己的價值和尊嚴，希望生活能變得好起來，最起碼能實現自己的愛情理想，可是現實卻是，連他這種出於本能的基本要求都被無情地拒絕了，甚至他自身都陷入了城市和鄉村的雙重困境中無法自拔。應該說，在他的身上，有眾多「農民工」奮鬥失敗，心靈受到沉重打擊後麻木迷茫的影子，但畢竟，吉寬作為個體性存在具有自身難以擺脫的侷限性，他不能承擔起小說意圖全面揭示「農民工」內心隱秘的重任，他只能是其中的某一個側面抑或一個兼任敘述者角色的引子，小說更多的更為深廣的內容需要通過其他人物形象乃至其人生歷程的描述作以分擔和補充。事實也證明，從對於打工農民進城後所遭受到的來自於肉體與精神兩方面的雙重侮辱和傷害的殘酷程度的揭示與表現情形來看，孫惠芬

揭示與表現的力度卻是絲毫也不遜色於賈平凹的。或者更準確地說，由於篇幅的更為巨大，由於所描寫的人物更為龐雜，孫惠芬在《吉寬的馬車》中對於打工農民受傷害的展示程度可能較之於賈平凹的《高興》還要更充分一些。

因此，如果說賈平凹的《高興》是一座小塔，一朵月季，那麼孫惠芬的《吉寬的馬車》則更像滿樹競放的銀花；如果說賈平凹的《高興》是以線索的單一明朗而顯豁於讀者面前，那麼《吉寬的馬車》所顯示出的則是一種多線索交織的繁複之美。

二、無處漂泊的靈魂

既然要表現進城打工農民尤其是如劉高興與五富這樣的拾荒人的生活，那麼，對於這些農民艱辛的苦難生活狀況的表現就肯定是題中應有之義。這一點，在《高興》文本中有著極充分的展示，五富的悲慘之死以及孟夷純的不幸遭遇乃是其中最為觸目驚心的兩個事件。由此即可以看出，雖然小說題為「高興」，但賈平凹並沒有對於充滿著苦難的生活進行絲毫的偽飾。雖然依然保持著自己一貫的悲天憫人的情懷，但賈平凹的《高興》中卻仍然如同《秦腔》一樣堅持著對於不公平社會現象的徹底而不妥協的文學批判精神。而這則正是我們充分肯定《高興》的一個根本原因所在。

但問題在於，我們應該如何看待評價劉高興這個人物形象。賀紹俊曾經以鄉村中走出的堂吉訶德來評價劉高興，這樣的看法應該說還是很有一些合理性的。劉高興與五富之間的關係真的可以讓我們聯想起塞萬提斯筆下的堂吉訶德與桑丘‧潘沙來。我不知道在小說構思的過程中，賈平凹是否聯想到過塞萬提斯，但從閱讀的感覺來看，劉高興身上的理想主義品格與五富身上的現實品性，以及五富對於劉高興的惟命是從，真的與《堂吉訶德》有著極明顯的相似性。很顯然，賈平凹在劉高興這一人物形象身上注入了很多的理想主義質素。評論界曾經有人從精神超越性的角度來肯定這個形象，認為作家寫出了底層民眾身上存在著的一種很陽光的精神品格，憑此而在當下普遍的只是一味展示苦難的底層文學中顯得很特別，有強烈的獨樹一幟之感[註1]。但我在閱讀這篇小說的過程中卻曾經對於劉高興這個形象產生過不小的疑惑。我們注意到，賈平凹在後記中曾經坦言在毀掉的初稿中充滿著自己對於城市的「厭惡」與「仇恨」，他的這種情結之所以能夠在《高興》中得到化

[註1] 雷達《評賈平凹〈高興〉》，載《文學報》2007 年 11 月 29 日。

解，在很大程度上乃是得力於劉高興這樣一個精神心態特別陽光的打工農民形象的塑造。雖然是一位掙扎於生存線上的拾荒人，但劉高興卻天然地嚮往城市：「我說不來我為什麼就對西安有那麼多的嚮往」，對城市有著天然的親近感，總覺得自己有一天能夠成為真正的西安人。除了每天不得不拾荒維持生計以外，劉高興還有著較為豐富的精神生活追求，他不僅要穿皮鞋，愛整潔，而且還要吹簫自娛，甚至還與孟夷純之間發生了浪漫的愛情。然而，雖然賈平凹憑藉著劉高興這一形象完成了自己與城市的和解，但在我的感覺中，劉高興的拾荒人身份與他的精神品格之間卻總是有著一種強烈的不和諧感。如果嚴格地把《高興》作為一部現實主義的小說來理解的話，那麼劉高興的性格特徵就會有明顯的不真實感。難道現實生活中真的會有如同劉高興這樣的拾荒人麼？即使這一形象如賈平凹的後記所言帶有個案意義上的真實性，那麼他在拾荒人中究竟會有多大的代表性呢？如果聯繫賈平凹一貫的小說創作風格來看，劉高興很顯然是明顯地打上了賈氏烙印的人物形象，這就是說，在劉高興身上，十分鮮明地顯示著賈平凹個人的藝術趣味，這樣一位拾荒人中的藝術家，完全可以被看作是賈平凹內在的精神品格與藝術趣味外化的產物。他與孟夷純之間的感情故事，明顯地體現著賈平凹與中國本土小說傳統之間的聯繫，帶有十分突出的才子佳人的意味。這樣一種人物形象的設計與構想，在這個意義上，很顯然只能被看作是賈平凹超脫於現實之外的一種文化想像的產物，其真實性同樣相當可疑。既然劉高興這一理想主義的人物形象的真實性值得懷疑，那麼是否就意味著賈平凹《高興》文本某種分裂性的存在呢？我現在所面臨的困難，就是如何把劉高興這一特別的人物形象與拾荒人悲慘的生存境況整合為一個藝術整體的問題。思慮再三，方才有豁然開朗之感，那就是，我為什麼不能從反諷的意義上來看待賈平凹對於劉高興的想像性描寫呢？如果這樣來理解的話，那麼《高興》這部作品的悲劇性就愈發濃烈了。在這一方面，特別值得注意的是，五富屍體被警察發現後，劉高興的一種突出感覺：「在這個時候我才知道我劉高興仍然是個農民，我懂得太少，我的能力有限。」在此處，那個總是沉浸於玄妙的虛幻精神世界中的劉高興終於落到了地面，終於清醒地意識到自己實際上「仍然是個農民」。卻原來，劉高興的精神境界愈是高遠純粹，夢醒之後無路可走的悲劇意味也就愈是濃烈沉重，二者之間存在的巨大反差，就使得《高興》事實上成為了一部具有絕大悲憫情懷與深刻批判意識的沉痛之作。

　　上文已經談到，孫惠芬雖然是一位女性作家，但是她在《吉寬的馬車》中對於農民工的生存困境以及他們在城市中的掙扎和無奈的描寫深刻尖銳程度不僅不遜色於賈平凹，甚至有過之而無不及。儲勁松將其稱之為「身與心的雙重苦旅」〔註2〕。的確，這些從歇馬山莊，從大興安嶺的大山深處（指林榕真兄妹）進入槐城打工的農民們，都遭受了來自於城市的無一例外的嚴重傷害。吉寬本來是鄉村裏的一個懶漢，過著雖然貧窮但卻游手好閒的舒服日子。但是由於他愛上了同村的姑娘許妹娜，而許妹娜則很快就要嫁給城市裏靠對縫發了一筆小財的小老闆李國平，為了達到追求許妹娜的目的，吉寬終於離開歇馬山莊，來到了他的兄長與鄉親們早就在這兒開始了打工生涯的槐城，也開始了自己的打工生活。雖然他與林榕真的裝修工作似乎一度顯得前景光明，但卻很快因為林榕真的失手殺人而蒙受巨大挫折。之後的吉寬雖然幾經掙扎，但最後的結果卻是除了成為一個並沒有多少錢的小老闆之外，只剩下了渾身累累的精神傷痕。他本來是奔著許妹娜而進城的，但誰知最後卻是心上人的永遠失去，他所一心癡愛著的後來開了髮廊的許妹娜，最終成為了一個精神麻木的玩大麻的癮君子。「說心裏話，要是沒有許妹娜在我心裏種下的這顆太陽，我也許永遠不會扔下馬車進城，永遠沒有機會承受這麼多艱難和委曲。進城，承受艱難和委曲，到底是壞事還是好事，走到這一步已經無法說清，……」這樣一種生活茫然感的形成，正說明了時間並不算很長的城市生活對於吉寬所形成的巨大傷害。

　　不只是吉寬，進入城市之後的其他農民們也都不同程度地承受著來自於城市生活的磨難。許妹娜不僅曾經無奈地接受丈夫李國平的折磨，而且在愛情的希望幻滅後開髮廊並成為玩大麻的癮君子；林榕真失手殺死了李華的區長丈夫，但曾經與他有過肌膚之親的寧靜與李華這兩位城市女人居然都不肯為他作證，所以他只好默默地吞下冤屈的苦果；雖然看起來似乎總是遊刃有餘地周旋於若干男性之間，雖然也曾經有過幾度風光，但黑牡丹為此而付出的代價，她吞到肚子裏的苦水恐怕只有她自己才最明白；大哥大嫂的下崗，二哥的慘死，三哥四哥的奴顏婢膝。可以說，正是因為目睹了如上羅列出的這種種農民進城之後的悲慘遭遇，所以作為敘述者的吉寬才會產生這樣的一種生活頓悟：「這時，我會突然發現，實際上，不管是我，還是林榕真，不管

〔註2〕儲勁松《「身與心的雙重苦旅——讀孫惠芬〈吉寬的馬車〉》，載《北京日報》
　　　　2007年7月2日。

是許妹娜，還是李國平，還有黑牡丹，程水紅，我們從來都不是人，只是一些衝進城市的困獸，一些爬到城市這棵樹上的昆蟲，我們被一種莫名其妙的光亮吸引，情願被困在城市這個森林裏，我們無家可歸，在沒有一寸屬於我們的地盤上游動。」吉寬的頓悟看來並沒有讓他產生離開城市的想法，反之，卻堅定了「困在城市這個森林裏」的想法，他的或者他們內心的痛苦與無奈又能對誰去訴說呢？

在這一點上，拾荒人中的藝術家劉高興才和懶漢申吉寬以及林榕真、許妹娜等進城打工的農民工群象形成了高度的一致性，無論他們自身具有怎樣的先天稟賦，無論他們的性格多麼頑強執著，無論他們經歷了多少戲劇性的人生轉折，到頭來，他們仍舊是生活在城市邊緣的一群「垃圾」，他們可以從對城市的拒斥而逐漸接納城市，但城市中冷漠的鋼筋水泥卻無法認同他們的存在，而他們自身又因為遠離鄉村，對鄉村產生了陌生感，不願意再回到鄉村或者即便像黑牡丹這樣具有濃重鄉情的人慾圖重新投入鄉村的懷抱時，也因為世事人非而不被鄉村所接納。他們注定是一群肉體雖在城市包圍中，心靈卻無處漂泊的流浪者。

三、理性思索的尷尬

與賈平凹《高興》只是注重於客觀地描述劉高興與五富們的生活軌跡不同，我們注意到，在《吉寬的馬車》中，孫惠芬總是會時不時地借助於敘述人的口吻跳出來對城市，對進城之後的打工農民的生活作一種理性的思考。這種思考在小說文本中俯拾皆是：當吉寬看到周圍的人都趨之若鶩地向城市湧入時，他卻對城市抱有一種天生的拒斥感，「我不喜歡城市這棵樹。……我不但沒看到那棵樹上有什麼好吃的葉子，反而覺得自己就是一片葉子被城市吃了。」；待到吉寬追隨心上人的足跡初入城市時，他感到，「城市的世界是闊大的，但它的闊大是有邊的，出了這個邊還有那個邊，是有邊的無邊；不像鄉村，是無邊的有邊，站在哪裏都能看到地平線的邊界。」看起來闊大的城市，在吉寬的心目中卻是有邊的無邊，也就是說無邊的城市是被一棟棟冰冷的建築物，一排排街道隔開來的，出了一幢建築，眼前還會出現另一幢建築，這些用鋼筋水泥堆砌而成的龐然大物非但沒有形成人們對城市的敬畏感，反而遮蔽了人們的視線，使人變得渺小和空虛。而鄉村呢，雖然疏疏落落地分布在大地的各個角落，但無論站在哪一個方位都能夠窺見大地的全貌，因為

鄉村是踏實的，是地平線的邊界，是人類的根……讓我們感到詫異的是，這些話怎麼聽起來也不像一個生於農村長於農村，喜歡過一種平靜懶惰生活的馬車夫嘴裏說出的，倒更像是一位智者的哲思，這位智者不是別人，正是作者自己，是作者借助吉寬的嘴來表達她對當下進城打工農民內心活動的透視。孫惠芬說：「我寫民工，是因為我的鄉下人身份。我其實就是一個民工，靈魂上經歷著一次又一次『進城』。」那麼，我們是不是可以這樣理解，小說中的「我」或者說名字叫「吉寬」的那個人其實就是作者自己的代表，吉寬的靈與肉都被賦予了作者的情感和意志，吉寬的進城也正是作者「靈魂上經歷著一次次『進城』」後的總結與闡釋。

　　然而，當我們隨高興的生活軌跡以及孫惠芬的理性思索而愈加深入地走入農民工群體的心靈世界時，我們卻陷入了尷尬和迷茫之中。「他愛這個城市，這個城市並不愛他。」這讓我想起了錢鍾書的「圍城」哲學，他曾經形容人的一生就像一座圍城，圍城外面的人想衝進去，而生活在城裏的人卻想逃離圍城。如今，進城打工的農民似乎也陷入了這樣的悖論之中，他們懷揣滿心的嚮往與期待湧入城市，可是當他們已經決定將自己的靈肉託付給城市時，卻悲哀地發現，他們仍然是一個農民，而且是背負了更為深重屈辱的農民。城市並不屬於他們，這使他們又本能的想重新回到故土，回到鄉村，然而一個被城市浸染過的農民還能夠適應鄉村的生活嗎？這樣，對他們的身份認同便出現了史無前例的危機。他們生活在猶疑、彷徨的邊緣，他們的歷史和未來又應該怎樣書寫？這是我們不得不面對的問題。

　　回到小說文本中來，《高興》和《吉寬的馬車》形諸於文本的理性思考不同，首先意味著兩位作家小說基本敘事策略的差異，但卻並不能夠被理解為賈平凹就缺乏對於所表現對象的深入理性思考，只不過是他把這種理性思考如鹽溶於水中一般地不露痕跡地隱藏到了人物與故事之中而已。而這種隱藏於人物故事當中的理性思考的力度似乎更為深刻和沉重。真正值得思考的問題在於，到底是誰在不斷地傷害著我們進城打工的農民兄弟？難道真的就是所謂的城市麼？那麼，城市又意味著什麼呢？城市天然地就是一個要拒斥外來者的具有邪惡品質的東西嗎？那麼，城市又是怎麼產生怎樣形成的呢？是什麼東西賦予了城市一種邪惡品質的呢？一個通常的解釋是，城市的出現乃是一種現代化進程的必然產物，而現代化則又是一種不可逆的社會發展演變過程。現代化的一個必然結果就是城市化，而要想完全地城市化，鄉村的最

後消失則又是一種不可逆的選擇。我不是社會學家，也不是經濟學家，我無法判斷這樣一種通常意義上的解釋具有多大的合理性。但我自己所目睹的周圍現實，以及近年來所謂「打工文學」現象的出現，卻都在證明著的確有越來越多的農民兄弟正奔走在由鄉村向城市遷徙的漫漫路途上。既然進入城市之後的農民所遭遇到的只能是肉體與精神的雙重傷害，那麼為什麼農民們還是要義無反顧地踏上去往城市的路途呢？這只能說明，如果繼續呆在鄉村的話，那麼農民們的處境只能是更加的糟糕不堪，即便城市不是農民們所想像的人間天堂，（其實它本就不是）起碼也應該能解決他們基本的生存問題或者亦會因為偶然的機緣發生什麼樣的令人可喜的變化。這似乎又陷入了另一種尷尬的悖論當中，中國農民始終在對別人（過去是地主，現在是國家政策或偶然機緣等）被動依附的怪圈中乞求生命的補償。他們的自我意識仍舊處於被壓抑被損害的狀態中。其實，關於當下中國鄉村世界凋敝衰頹的狀況，賈平凹在他的那部名為《秦腔》的傑作中，已經有了極為充分的描寫與展示。在某種意義上，我覺得，只有把《高興》《吉寬的馬車》這樣的作品與《秦腔》聯繫起來，我們才能夠真正地理解當下社會中的農民工進城現象。簡單來說，正是《秦腔》中所展現的農村令人震驚扼腕的破落景象以及如夏天義夏天智一代仍然執拗地堅持留在鄉村卻以極其悲壯的形式死去的結局喻示著傳統意義上的鄉村迅速走向解體和沒落的趨勢。而他們的子孫，譬如像高興、吉寬等人，要想改變現狀，就必然會尋求新的道路，在當下社會，恐怕就只有一條道路可供選擇，那就是進城打工，無論是如高興一樣心甘情願還是像吉寬一樣無可奈何的打工農民，他們並非沒有和命運相抗爭，但這種抗爭的結果卻和人們所想像的相去甚遠，乃至形成了巨大的反差。那麼，從這個意義上來講，《秦腔》《高興》《吉寬的馬車》就在事實中完成了當代中國農民命運的三部曲，它們各自站在不同的角度上為中國農民譜寫著一曲曲悲壯之歌。這看起來像是巧合，其實，蘊涵著某種必然的內驅力。

從現實的角度看，打工農民的確已經成為當下中國一個不容忽視的重要社會現象，作家們從文學的角度藝術地關注、思考並表現這樣的社會現象，乃是一種義不容辭的責任。賈平凹與孫惠芬無疑就是這樣的作家，這一點，當然應該得到充分的肯定。但如果具體到《高興》與《吉寬的馬車》這兩個小說文本，一個共同的問題恐怕正是，對於打工農民這樣一個重要的社會現象，作家所作出的理性深度思考還存在著明顯的缺陷與不足。這一點，恐怕在孫

惠芬的作品中表現更為明顯，雖然從敘述的表層來看，她的小說文本中總會不時地穿插一些理性的議論思考文字。然而，作為女性作家創作的長篇小說，《吉寬的馬車》較之於《高興》，還存在著別一種溫情的憂傷色彩，還殘存著一種格外鮮明的前現代鄉村田園理想。所謂前現代鄉村田園理想，具體到小說文本中，就是總是不斷地重複出現於小說不同段落中的，那首由吉寬自己編寫的歌兒：「林裏的鳥兒，／叫在夢中；／吉寬的馬車，／跑在雲空；／早起，在日頭的光芒裏喲，／看浩蕩河水；／晚歸，在月亮的影子裏喲，／聽原野來風。」這樣一種恬靜的抒情格調，與《吉寬的馬車》對於城市傷害打工農民的殘酷程度的展示，二者之間形成了極為鮮明的反差對照。在孫惠芬的內心世界中，其實還是存在著一種對於恬靜的鄉村田園生活的由衷嚮往的，小說對於現代城市罪惡的揭露與批判，很顯然正是建立於這樣一種價值觀之上的。這種對鄉村生活的情愫並非孫惠芬所獨有，它是許多人共有的一種脫離現實的虛幻的夢想，雖然這樣的一種價值觀在當下現實世界中的虛幻本質是顯而易見的，但小說的標題乃是由此而來，卻又是一個無可置疑的客觀事實。問題是，當城市化，工業化的車輪已然打破或行將撞碎恬靜古樸的鄉村樂園時，當億萬農民失去了支撐他們信念的鄉村意識時，仍然把心思寄託在一種虛無縹緲的世外桃源上，這本身就顯得有些牽強和不切實際，也不可避免地沖淡了小說的思想性。況且對於生活在當下的作家來講，再如沈從文等二十世紀三四十年代的作家們一樣一廂情願地固守本已不復存在的鄉村道德秩序，只能是一種毫無意義的倒退。也許在作家孫惠芬的心目中，原先寧靜的雞犬之聲相聞的鄉村才是她靈魂的歸宿，但面對當下這樣一種無可逆轉的事實，我們是不是能放下傳統文人的生命價值觀，敢於並善於去探詢這些已經進入城市和將要進入城市的農民怎樣開始一種適於他們自身的新的生活方式和生存意識呢？恐怕這是當下人們更應該關注的問題。

相比較而言，賈平凹的《高興》在這方面走得更遠一些，主人公劉高興來到城市後，儘管也受到了精神與肉體的雙重侮辱和損害，五富的慘死，孟夷純的不幸雖然也在他的心靈上投下了揮之不去的陰影，但他那種天生樂觀豁達的稟性，或者說是因為他在文學藝術方面的後天修養形成的獨特且富有詩意的人生信條，使他在迷茫中不至於迷失自我的方向感。他依舊在古都西安幹著拾破爛的營生，他依然在閒來無事時吹簫，從反諷的角度來看，他的怡然自得是對打工農民們生存現狀的更為深刻的控訴，可是，誰又能否認在

經歷了人情冷暖，艱辛枯澀的世事滄桑之後，他的道德體系，他的生存策略，他的靈魂世界不會得到新一輪的淨化和昇華呢？從某種意義上講，小說的結束也正是劉高興重新高興起來的一個新的起點。

在我看來，今後一個時期內以打工農民為表現對象的長篇小說創作，一個十分重要的努力方向，就應該是對這一表現對象作出更加深刻的理性思考。只有建立於這樣一種精闢透徹的理性思考基礎之上的打工農民題材小說，方才可能出現真正意義上的小說經典，這正如《秦腔》的出現，乃是建立於賈平凹對於中國鄉村問題進行長時間深入思考的基礎之上一樣。

總之，無論是賈平凹的《高興》，還是孫惠芬的《吉寬的馬車》都在試圖用某種獨特的眼光去尋覓潛藏在打工農民背後的生命思索，在 2007 年，這樣一個農民工問題已站在風口浪尖上，面臨何去何從的關鍵時期，他們以作家固有的責任感和人文關懷緯度來嚴肅的審視「農民工」現象，實屬不易。而且，在以後的相當長時期內，隨著更多的農民走入城市，「農民工」問題仍然會持續存在下去，農民作為這一現象的主體存在，他們的內心意識，他們的生存現狀以及所引發的對於人生普遍意義的觀照與思索，恐怕是當下許多作家應該高度關注的。因而，我們期待著能夠有更多如同《高興》《吉寬的馬車》這樣高質量的勇敢正視這一現象的小說作品的不斷湧現。

第三章 《帶燈》：那些被「囚禁」的生命存在

一、關於「50後」作家

在 2012 年的中國文壇，圍繞鄉村題材與所謂「50後」作家的創作，曾經發生了一場文學論爭。其中，批評家孟繁華的觀點頗為引人注目。為了盡可能地不至於曲解孟繁華的原意，本文必須以較大篇幅引用他的相關看法：「考察當下的文學創作，作家關注的對象或焦點，正在從鄉村逐漸向都市轉移。這個結構性的變化不僅僅是文學創作空間的挪移，也並非是作家對鄉村人口向城市轉移追蹤性的文學『報導』。這一趨向出現的主要原因，是中國的現代性——鄉村文明的潰敗和新文明的迅速崛起帶來的必然結果。這一變化，使百年來作為主流文學的鄉村書寫遭遇了不曾經歷的挑戰。或者說，百年來中國文學的主要成就表現在鄉土文學方面。即便到了 21 世紀，鄉土文學在文學整體結構中仍然處於主流地位。2011 年第八屆茅盾文學獎的獲獎作品基本是鄉土小說，足以說明這一點。但是，深入觀察文學的發展趨向，我們發現有一個巨大的文學潛流隆隆作響，已經浮出地表，這個潛流就是與都市相關的文學。當然，這一文學現象大規模湧現的時間還很短暫，它表現出的新的審美特徵和屬性還有待深入觀察。但是，這一現象的出現重要無比：它是對籠罩百年文壇的鄉村題材一次有聲有色的突圍，也是對當下中國社會生活發生巨變的有力表現和迴響。值得注意的是，這一文學現象的作者基本來自『60後』、『70後』的中、青年作家。而『50後』作家（這裡主要指那些長期以鄉

村生活為創作對象的作家）基本還固守過去鄉村文明的經驗。因此，對這一現象，我們可以判斷的是：鄉村文明的潰敗與『50後』作家的終結就這樣同時發生。」

那麼，導致「50後」作家終結的主要原因究竟何在呢？「『50後』是有特殊經歷的一代人，他們大多有上山下鄉或從軍經歷，或有鄉村出身的背景。他們從登上文壇到今天，特別是『30後』退出歷史前臺後，便獨步天下。他們的經歷和成就已經轉換為資本，這個功成名就的一代正傲慢地享用這一特權。他們不再是文學變革的推動力量，而是竭力地維護當下的文學秩序和觀念，對這個時代的精神困境和難題，不僅沒有表達的能力，甚至喪失了願望。而他們已經形成的文學觀念和隱形霸權統治了整個文壇。這也正是我們需要討論這一文學群體的真正原因。」

與此同時，孟繁華也認為：「鄉村文明的危機或崩潰，並不意味著鄉土文學的終結。對這一危機或崩潰的反映，同樣可以成就偉大的作品，就像封建社會大廈將傾卻成就了《紅樓夢》一樣。但是，這樣的期待當下的文學創作還沒有為我們兌現。鄉村文明的危機一方面來自新文明的擠壓，一方面也為湧向都市的新文明的膨脹和發展提供了多種可能和無限空間。鄉村文明講求秩序、平靜和詩意，是中國本土文化構建的文明；都市文化凸顯欲望、喧囂和時尚，是現代多種文明雜交的集散地或大賣場。新鄉土文學的建構與『50後』一代關係密切，但鄉村文明的崩潰和內在的全部複雜性，卻很少在這代作家得到揭示。這一現象表明，在處理當下中國面臨的最具現代性問題的時候，『50後』作家無論願望還是能力都是欠缺的。上述提到的作家恰好都是『60後』、『70後』作家。」〔註1〕

從以上的轉引中，我們即不難看出，孟繁華的主要看法，大約有這麼幾點。其一，伴隨著中國社會迅速的城市化進程，都市文明已經或者說正在取代百年來曾經長期作為主流存在的鄉村文明。與此相對應，一種以都市文明為主要表現對象的新的文學形態，也正在形成過程之中。這就是所謂「鄉村文明的潰敗」。其二，從一種文學代際的意義上說，所謂的「50後」作家，業已功成名就，不僅不再是文學發展過程中的變革力量，反而變成了阻礙變革的文學現實秩序的維護者。其三，也仍然還是從代際的意義上說，與越來越

〔註1〕孟繁華《鄉村文明的變異與「50後」的境遇》，載《文藝研究》2012年第6期。

趨向於保守的「50 後」作家相比較，未來文學發展的希望，恐怕只能夠寄託在更善於處理「當下中國面臨的最具現代性問題」的所謂「60 後」「70 後」作家身上。

孟繁華是我非常敬重的優秀批評家，我自己的文學批評寫作就曾經多方面受惠於他的啟迪。而且，就此篇文章的寫作初衷來說，我也特別理解孟繁華希望當下時代的中國文學能夠有所變革的強烈訴求。但是，對於他在這篇文章中的一些看法，我也還確實有著一些不同的理解。其一，當下時代的中國的確出現了一種發展迅猛的城市化進程，都市文明的異軍崛起，誠然是一種不爭的事實，但這是否就意味著鄉村文明的徹底衰敗呢？未來的中國果真就沒有了鄉村文明的容身之處麼？這些問題的答案恐怕都還是不確定的。退一步說，即使鄉村文明真的徹底衰敗了，那麼，文學世界中的鄉村文明恐怕也不會同樣衰敗。對於這一點，孟繁華自己也實際上有所強調「鄉村文明的危機或崩潰，並不意味著鄉土文學的終結」。但一方面強調都市文明對於鄉村文明的取替，另一方面卻又認為鄉土文學並沒有終結，前後文之間隱隱然存在著某種看似自我矛盾的狀況。同時，我們還應該注意到，在談到「50 後」作家的寫作取向的時候，孟繁華還曾經講過這樣一段話：「但是，文學創作不止是要表達『政治正確』，重要的是他們在多大程度上關注了當下的精神事物，他們的作品在怎樣的程度上與當下建立了聯繫。遺憾的是，他們幾乎無一例外地走向了歷史。當然，『一切歷史都是當代史』。但是，借用歷史來表達當代，它的有效性和針對性畢竟隔了一層。另一方面，講述歷史的背後，是否都隱含了他們沒有表達的『安全』考慮？表達當下、尤其是處理當下所有人都面臨的精神困境，才是真正的挑戰，因為它是『難』的。」〔註2〕姑且不論這批「50 後」作家的寫作是否已經無一例外地走向了歷史，單只是作者對於所謂歷史與現實題材價值的對比性談論，就是我們難以認同的。在這裡，一種無法否認的潛臺詞，恐怕就是認定書寫當下時代的作品較之於書寫歷史的作品具有更重要的價值。從其中，我們隱隱約約可以嗅出一點題材決定論的意味來。

其二，關鍵的問題是，我們到底應該如何評價看待「50 後」作家。從根本的意義上說，作家的寫作是一種個體性的創造性勞動，即以孟繁華在這裡

〔註2〕孟繁華《鄉村文明的變異與「50 後」的境遇》，載《文藝研究》2012 年第 6 期。

主要討論的那些「50 後」作家為例，他們之間的個體性差異也絕對要大於共同性的。很多時候，籠統地談論某一個代際的作家，是需要特別謹慎的一件事情。當然，我們也並不全然否認代際視角觀察的有效性，也承認從代際的角度出發，的確可以洞悉某些共同的特徵或者問題。但真正的問題在於，難道說這些「50 後」作家真的已經如孟繁華所言「對這個時代的精神困境和難題，不僅沒有表達的能力，甚至喪失了願望」了麼？難道說那些後來的「60後」「70 後」作家確實較之於「50 後」作家更善於處理「當下中國面臨的最具現代性問題」麼？別的且不說，單就孟繁華在文章中羅列出的那些作品，以及對於這些作品所進行的分析，真還不足以說明以上的問題。不僅如此，依照我個人一種真切的閱讀感受，假若要說「60 後」「70 後」作家那些作品的思想藝術成就已經超過了「50 後」作家，這一結論真還是無法成立的。首先，究竟什麼問題才算得上「當下中國面臨的最具現代性問題」，本就是一個人言言殊眾說紛紜的話題。其次，就我個人的閱讀體驗，則無論是賈平凹的《廢都》《秦腔》，張煒的《你在高原》，莫言的《蛙》，抑或還是劉醒龍的《天行者》，等等，這些「50 後」作家的作品，都強有力地切入並且思考表現這個時代所面臨著的精神困境和難題。更何況，當孟繁華對比性地談論著「50 後」與「60 後」「70 後」作家的時候，一種帶有時間神話色彩的「進化論」意味的存在，卻也是難以被否認的。

之所以要在一篇並非辯難文章的起始部分，以如此大的篇幅來討論究竟應該如何評價看待「50 後」作家的問題，原因在於，我們這裡的主要討論對象賈平凹，恰好是孟繁華所謂「50 後」作家中極具代表性的一位。需要特別注意的是，在孟繁華的這篇文章中，也還曾經有專門一段談及賈平凹：「賈平凹的創作幾乎貫穿新時期文學 30 年。他 1978 年發表《滿月兒》引起文壇注意，但真正為他帶來較高文學聲譽的，是 1983 年代他先後發表的描寫陝南農村生活變化的『商州系列』小說。其中代表性的作品是：《雞窩窪人家》《小月前本》《臘月・正月》《遠山野情》以及長篇小說《商州》《浮躁》等。這些作品的時代精神使賈平凹本來再傳統不過的題材走向了文學的最前沿。那時的鄉村改革還處在不確定性之中，沒有人知道它的結局，但是，政治正確與否不能決定文學的價值。遺憾的是，這兩位『50 後』的代表性作家離開了青年時代選擇的文學道路和立場。他們的創作道路，在某種意義上就是一部『衰

敗史』，他們此後的創作再沒有達到那個時代的高度。」〔註3〕應該指出的是，孟繁華這裡說到的另外一位「50 後」作家，就是莫言。這也就意味著，孟繁華試圖通過對於賈平凹與莫言前後期的一個比較，達到「終結」他們以及他們所歸屬於其中的這一代「50 後」作家的基本意圖。我實在搞不明白，作者文中的「衰敗史」究竟是什麼意思？細細追究這一段文字，所謂「衰敗」的意思大概是，莫言與賈平凹在 1980 年代的作品中，曾經有過批判精神，承載過時代精神，而這一切，到了他們後來的作品中，卻都已經喪失殆盡了。我不知道其他朋友會怎樣評價看待莫言、賈平凹他們前後期的小說創作，反正，對我自己來說，儘管我也承認他們早期小說創作的重要價值，但相比較而言，他們思想更尖銳藝術更成熟的一些作品，恐怕還是後期更多一些。無論是莫言的《生死疲勞》《豐乳肥臀》《蛙》，還是賈平凹的《廢都》《秦腔》《古爐》，都在很大程度上標誌著這兩位作家小說創作所能企及的思想藝術高度。無論如何，也不應該把這兩位作家的小說創作歷程，看作是一部令人失望的「衰敗史」。

二、社會問題與被「囚禁」的生命存在

　　以上對孟繁華相關看法的質疑，與我最近對於賈平凹長篇小說《帶燈》（人民文學出版社 2013 年 1 月版）的閱讀有著直接的聯繫。孟繁華曾經專門指出「50 後」作家更多地駐足於歷史題材，「對這個時代的精神困境和難題，不僅沒有表達的能力，甚至喪失了願望。」但我從《帶燈》中所得到的，卻恰恰是一種完全相反的感受。其實，也不僅僅是《帶燈》，賈平凹後期的作品中，除了《古爐》在書寫表現著「文革」，似乎屬於孟繁華所謂表現歷史的作品之外，其他的一些，諸如《廢都》《秦腔》《高老莊》《高興》等，又有哪一部不是直接觸及當下時代社會現實的作品呢？即使是《古爐》這樣一部以「文革」為書寫對象的長篇小說，其突出的意義和價值，在當下的思想文化語境中也絕對不能夠被低估。因此，我真的想不明白，面對著如同賈平凹這樣一種顯豁的寫作個案，孟繁華怎麼就能夠斷言「50 後」作家「幾乎無一例外地走向了歷史」呢？惟其如此，我之對於賈平凹的基本判斷，就與孟繁華截然不同。在我看來，賈平凹既沒有失去關注表現時代精神困境和難題的願望，更沒有

〔註3〕 孟繁華《鄉村文明的變異與「50 後」的境遇》，載《文藝研究》2012 年第 6 期。

失去表達的能力。又或者說，鄉村也罷，都市也罷，現實也罷，歷史也罷，關鍵的問題還在於能否直擊表現出人類存在的某種精神困境來。而賈平凹的《帶燈》，很顯然就是這樣一部直擊當下時代中國鄉村的社會現實，直擊「這個時代精神困境和難題」的長篇小說。

　　儘管說早在閱讀作品之前，就已經有了足夠的精神準備，但賈平凹在《帶燈》裏對於當下時代鄉村現實冷酷一面的尖銳揭示，對於筆下那些人物精神困境的有力表現，卻還是讓我倍感震驚。之所以能夠取得如此一種突出的藝術效果，與賈平凹對於鄉村世界的熟悉和思考程度有關：「不能說我對農村不熟悉，我認為已經太熟悉，即便在西安的街道看到兩旁的樹和一些小區門前的豎著的石頭，我一眼便認得哪棵樹是西安原生的哪棵樹是從農村移栽的，哪塊石頭是關中河道裏的哪塊石頭來自陝南的溝峪。可我通過寫《帶燈》進一步瞭解了中國農村，尤其深入了鄉鎮政府，知道著那裡的生存狀態和生存者的精神狀態。我的心情不好。可以說社會基層有太多的問題，就如書中的帶燈所說，它像陳年的蜘蛛網，動哪兒都落灰塵。這些問題不是各級組織不知道，都知道，都在努力解決，可有些解決了，有些無法解決，有些無法解決了就學貓刨土掩屎，或者見怪不怪，熟視無睹，自己把自己眼睛閉上了什麼都沒有發生吧，結果一邊解決著一邊又大量積壓，體制的問題，道德的問題，法制的問題，信仰的問題，政治生態問題和環境生態問題，一顆麻疹出來了去搔，逗得一片麻疹出來，搔破了全成了麻子。」〔註4〕從小說後記中的這段話，我們就不難看出，實際上，儘管賈平凹對於鄉村生活已經足夠熟悉瞭解，但長期以來，他卻一直緊密關注著鄉村生活所發生的最新變化，並且要力爭以如同《帶燈》這樣的作品把這些變化以及他自己對於這些變化的深度思考與認識傳達給讀者。

　　只要把賈平凹那些事涉鄉村的長篇小說羅列在一起，我們就可以看到「文革」結束之後，中國鄉村社會變遷被高度濃縮後的一部「簡史」。寫作於 1980 年代後期的《浮躁》，書寫的是改革開放包產到戶時期的鄉村生活。在經過了階級鬥爭與政治運動的長期折騰之後，鄉村世界終於步入了一個正常發展的快車道。雖然說也出現了各種複雜的矛盾衝突，但從總體上說，身處改革開放時代的農民還是揚眉吐氣精神昂揚的。但是，僅僅過了十多年的時間，到了 2005 年出版的《秦腔》之中，鄉村生活就已經發生了嚴重的惡化：

〔註4〕賈平凹《〈帶燈〉後記》，人民文學出版社 2013 年 1 月版。

「我的寫作充滿了矛盾和痛苦，我不知道該讚歌現實還是詛咒現實，是為棣花街的父老鄉親慶幸還是為他們悲哀。」〔註5〕賈平凹之所以會產生如此複雜的一種感受，正是緣於在現代化的強烈衝擊之下，曾經一度朝氣蓬勃的鄉村世界已經陷入了某種空前凋敝的慘酷狀態。一個有力的例證，就是村裏邊有人要下葬時，居然湊不齊抬棺材的青壯小夥。在很大程度上，惟其因為鄉村現實已經處於凋敝的慘酷狀態，所以，才會有大量的青壯年農民，被迫離開故土，進入城市，試圖以打工的方式尋找出路。這樣，自然也就有了賈平凹那部專門描寫打工農民苦難生活的《高興》的寫作。某種意義上，《秦腔》與《高興》具有著孿生的性質。所謂「孿生」，就意味著正因為有了《秦腔》中鄉村世界的凋敝，也才有了《高興》中的打工。但反過來，也正因為劉高興他們紛紛湧入城市打工，所以清風街才愈益凋敝衰敗了。接下來，就是這部《帶燈》了。雖然說劉高興們早已離開鄉村進入城市打工，雖然說清風街早已是一片凋敝，但無論如何，在一個很長的時期內，鄉村世界都不可能因以上種種緣由而消失。那麼，當下的鄉村現實中，最為關鍵緊迫的社會問題又是什麼呢？儘管說不同的人可能提供不同的答案，但如何採取有效的方法維持社會的穩定，也即做好我們平時所謂的「維穩」工作，恐怕卻是最關鍵緊迫的問題之一。而賈平凹的《帶燈》，則正是這樣一部以「維穩」工作為敘事聚焦點的密切關注鄉村現實的長篇小說。

為什麼要「維穩」？關鍵就在於基層鄉村實際上存在著太多的問題。問題多了，必然會影響穩定。於是，怎麼樣維持社會的穩定局面，自然也就成了各級政府最重要的一項工作，並且形成了「維穩」工作一票否決的基本規則。對於這一點，賈平凹在《帶燈》中有著直接的揭示：「以前鎮政府的主要工作是催糧催款和刮宮流產。後來，國家說，要減輕農民負擔，就把農業稅取消了。國家說，計劃生育要人性化，沒男孩的家庭可以生一個男孩了，也不再執行計生工作一票否決的規定。本以為鎮政府的工作從此該輕省了，甚至傳出職工要裁員，但不知怎麼，櫻鎮的問題反倒越來越多，誰好像都有冤枉，動不動就來尋政府，大院裏常常就出現帶個草帽的背個饃布袋的人，一問，說是要上訪」「根據形勢的發展，鎮政府的工作重點轉移到了尋找經濟新的增長點和維護社會穩定上。鎮政府於是成立了社會綜合治理辦公室。」既然「維穩」工作如此關鍵迫切，儼然已經成為當下政府工作的重中之重，那

〔註5〕賈平凹《〈秦腔〉後記》，作家出版社 2005 年 4 月版。

麼，把「維穩」作為《帶燈》的敘事聚焦點，並由此而深入展開對於當下鄉村現實的真切掃描，也就成為了賈平凹的一種必然選擇。具體來說，賈平凹這次把自己的關注點集中到了櫻鎮這樣一個鎮政府身上。眾所周知，在中國現行與鄉村有關的行政序列裏，鄉鎮政府屬於最基層的一種行政建制。儘管說也存在著村一級政權，但所有的村幹部，他們自身的身份依然是農民，並不屬於國家幹部。也正因此，最起碼從理論上說，我們所實行的是一種「村民自治」制度。之所以要搞村民選舉，就與這種「村民自治」制度有關。儘管從嚴格的意義上說，這種村民選舉其實存在很多問題。對於這一點，《帶燈》中，同樣有著相應的描寫再現。既然是「村民自治」，那麼，鄉鎮政府也就成了直接面對農民的最基層的一級政權。這樣，面對鄉村社會中發生的一切問題，首當其衝者，就是鄉鎮政府，是鄉鎮政府中的那些工作人員。賈平凹之所以要把自己的關注點集中到櫻鎮這樣一個鎮政府身上，其根本原因正在於此。

更進一步說，賈平凹的關注點，更在「維穩」工作，更在鎮政府下設的綜合治理辦公室。「維穩」工做到底有多麼重要？只要看一看竹子羅列出來的綜合治理辦公室面臨的工作任務，就可對此有一目了然的瞭解：「一、要紮實細緻地做好全鎮村寨的矛盾糾紛的排查和調處。二、要及時掌控重點群眾和重點人員。三、要下大氣力處置非正常上訪。四、要不斷強化應急防範措施。」在這樣的四項總體原則之下，竹子更是耐心細緻地羅列出了多達28項的「櫻鎮需要化解穩控的矛盾糾紛問題」。其中大多都是圍繞土地、林木所發生的糾紛問題，以及鄉村幹部的貪污腐敗問題。既然一個普普通通的鄉鎮，一年內的上訪案例就達到了這麼多，那麼，上訪問題在全國範圍內的普遍與重要，也就是可想而知的。細讀《帶燈》，就可以知道，賈平凹在小說中寫到了許多個上訪的個案。對於這些個案，我們當然不可能一一予以羅列分析，這裡只能對王隨風的上訪情況稍作展開。王隨風為什麼要一再上訪呢？卻原來，她在縣醫藥公司承包了三間房做生意，很是賺了一些錢。但後來醫藥公司職工下崗要求收回房子，而與王隨風簽訂的租房合同卻並未到期。在未徵得王隨風同意的情況下，醫藥公司不僅硬性單方面終止合同，而且還強行把她的東西扔到了外邊。「三年半前打官司，對方給予補償，她不同意，走了上訪路。縣上曾想結訴給她七萬元，她仍不行，要十二萬。事情就這麼拖下來。」照理說，既然雙方簽訂有合同，就應該嚴格按照合同辦事。從這一點看，醫藥公司顯然屬於理虧的一方。縣上曾經想以七萬元的賠償了結此事，而王隨風提

出的要求卻是賠償十二萬。儘管表面上看來，王隨風實在有點不識抬舉，很有一些獅子大張口的味道，但從根本上說，此事的主要責任卻在於醫藥公司的單方面撕毀合同。從法理的角度來說，無論王隨風提出怎樣過分的要求，違規者都只能接受。即使實在無法承受，也應該進行多方面的說服工作。但從小說中王隨風的實際遭遇看，情況顯然並非如此。在雙方談判無果，王隨風執意上訪的情況下，鎮政府實際上採取了一種非常野蠻的手段應對王隨風的上訪行為。「村長就對王隨風說：我可認不得你，只認你是敵人，走不走？王隨風說：不走！村長一腳踢在王隨風的手上，手背上蹭開一塊皮，手鬆了，幾個人就抬豬一樣，抓了胳膊腿出去。從過道裏抬到樓梯口，王隨風突然殺豬一樣地叫，整個樓上都是叫聲。」既然對調解處理結果不滿意，王隨風就有上訪申訴的權力。但她的上訪所遭遇到的卻是一種非人的對待。請一定注意以上所引話語中諸如「敵人」和「抬豬」這樣的語詞。明明是討要維護自身合法權益的農民，結果卻被當做「敵人」來看待，被像對付畜生一樣隨意處置。通過這樣的描寫，我們就可以略窺櫻鎮鎮政府的「維穩」工作之一斑。在這樣的描寫過程中，賈平凹一方面真切地揭出了當下鄉村社會存在著的嚴重問題，另一方面卻也生動展示著如同王隨風這樣普通鄉民的嚴酷生存狀態。

儘管王隨風的上訪遭遇已經足夠悲慘，但更應該引起我們高度關注的，卻是另一位被稱為上訪專業戶的王後生。雖然說從王後生的包攬上訪行為中，我們可以明顯看出這一人物身上存在著的某種國民劣根性來，但話又說回來，王後生之所以能夠處處插手上訪事件，關鍵原因還在於客觀上就存在著這麼多不公平的上訪事件。王後生在《帶燈》中的重要性，就在於由他而牽連出了一系列大事件。僅就這一點來說，這一人物的結構性意義也是不容忽略的。王後生的重要性，首先在於，由他而牽連到了大工廠。當下時代，就實質而言是一個經濟時代無疑。賈平凹的書寫，當然不能忽略這一方面。對於大工廠之進入櫻鎮的描寫，就在凸顯著經濟時代的特徵。但王後生卻起意要去告大工廠。為什麼呢？「他說，櫻鎮交通這麼不便，大工廠為什麼能選擇建在這裡？是這個大工廠生產著蓄電池。蓄電池生產是污染環境的，污染得特別厲害，排出的廢水到了地裏，地裏的莊稼不長，排到河裏，河裏的魚就全死。大工廠是在別的地方都不肯接納了才要落戶櫻鎮的。」借助於王後生要告大工廠，賈平凹實際上非常巧妙地寫出了兩個方面的複雜性。首先寫出了發展與環境保護之間的矛盾糾葛。一方面，櫻鎮要想改變貧窮落後的狀況，就必

須得設法發展經濟。要想發展經濟，如同大工廠的落戶建設，恐怕就是無法避免的一件事情。更何況，大工廠的建設與否，不僅直接關係著櫻鎮的經濟發展，而且也還直接影響著書記與鎮長他們的仕途升遷。但在另一方面，大工廠的建設，就意味著自然環境的被破壞。就此點而言，王後生關於大工廠所帶來危害的描述絕非危言聳聽。這樣的一種矛盾糾結，不僅僅是櫻鎮，而且在全國範圍內也有著極大的普遍性。其次，賈平凹還寫出了王後生人性構成的某種複雜性。一方面，正所謂無利不早起，作為一個專業上訪戶，嗅覺格外靈敏的王後生，非常清楚大工廠的建設對於書記鎮長仕途升遷的重要性。從個人利益的角度來說，只有緊緊抓住大工廠不放，王後生才可能求得上訪利益的最大化。但另一方面，我們卻也不能簡單斷言，王後生的上訪就僅僅只是著眼於自己的個人利益。作為生於斯長於斯的一位櫻鎮農民，從內心說，王後生當然不希望看到自己本來山清水秀的家鄉被嚴重污染。憑藉著如此一種私心與公願的糾結纏繞，賈平凹就活脫脫地寫出了王後生真實人性世界的某種複雜性。

之所以說王後生這一人物具有結構性意義，就是他的因大工廠事件而上訪，又勾扯出了櫻鎮的元家與薛家兩大家族之間的恩怨糾葛。大工廠在櫻鎮的落戶建設，不僅影響著櫻鎮的自然生態環境，而且也還牽連出了各種經濟利益糾葛。這方面，最值得注意的，就是元家和薛家的矛盾衝突。無論是元家，還是薛家，都清楚地意識到，大工廠的建設，不僅將從根本上改變櫻鎮的傳統生存格局，而且也是一個發展自身獲取巨大經濟利益的良機。於是，他們就採取先下手為強的方式率先搶佔優勢資源，以求謀取高額經濟回報。具體來說，元黑眼等五兄弟在準確預測到大工廠的建設肯定需要大量天然河沙之後，搶先跑馬佔地，把本來屬於公共資源的河灘硬性地據為己有，辦起了沙廠。而薛家的換布、拉布兄弟，則是要通過改造老街為農家樂的方式發財：「帶燈說：又要住回老街呀？換布說：把這些舊房新蓋了，可以辦農家樂呀。鎮上大工廠一建成，來人就多了，辦農家樂坐在家裏都掙錢哩。帶燈說：你行！櫻鎮上真是出了你們薛家和元家！換布說：我見不得提元家！帶燈說：一山難容二虎麼。元黑眼兄弟五個要辦沙廠，你換布拉布要改造老街，這腦瓜子怎麼就想得出來！換布說：元黑眼要辦沙廠？！這是真的？帶燈說：是真的。換布說：這狗日的！辦沙廠倒比農家樂錢來得快。」沒想到的是，換布的感覺居然十分靈驗，後來的事實證明，辦沙廠果然比改造老街辦農家樂要

來錢快得多。於是，換布、拉布兄弟的心態終於失去了平衡，通過縣委書記秘書的關係，強行地介入到了辦沙廠的行列之中，要硬生生地從元家嘴裏分一杯羹。眼看著到手的肥肉要被別人瓜分，元家五兄弟自然一萬個不樂意。但卻又畢竟胳膊擰不過大腿，只能眼睜睜地看著湺水流入外人田。就這樣，現實中的經濟利益糾葛，再加上固有的家族矛盾，這所有的一切，最後因為楊二貓的被打而釀成了一場慘不忍睹的械鬥悲劇。楊二貓之所以被元老三打，是因為他在挖沙時總是要越過邊界去占元家沙廠的便宜。而拉布要手執鋼管去打元老三，從表面上看是因為信奉打狗還要看主人面的原則，實際上也是要借這個機會出一口憋悶了許久的惡氣。元老三慘遭毒打，在櫻鎮霸道慣了的元家兄弟自然不會善罷甘休。他們與同樣不情願服軟的換布、拉布兄弟碰撞在一起，也就有了雙方的一場拼死械鬥。從小說結構的角度來說，這場械鬥的發生，不僅契合著「維穩」的總主題，而且也可以被看作是小說矛盾的一次總爆發，明顯地構成了整部《帶燈》的情節高潮。當然了，同樣不容忽視的是，在元家與薛家圍繞著沙廠發生的爭鬥過程背後，實際上卻也潛隱著他們與書記鎮長等櫻鎮當權者之間的某種權錢交易。說實在話，能夠通過一場械鬥，把經濟發展、生態保護、家族矛盾、權錢交易以及上訪「維穩」這眾多的因素同時凝結表現出來，所強烈凸顯出的，正是賈平凹一種超乎群倫的藝術構型表現能力。

　　論述至此，或許有讀者會形成賈平凹的《帶燈》不過是一部關切表現當下社會問題的問題小說的印象。但只要更加深入地體察分析一下，我們就不難斷定，賈平凹一方面誠然強烈地關注思考著社會問題，但在另一方面，他的這部《帶燈》卻又絕不僅僅只是一部透視表現社會問題的小說。在我看來，既關注社會問題卻又超越一般的社會問題層次，進而抵達一種生命存在的層次，才可以被看作是對於賈平凹這部《帶燈》的一種準確定位（在一篇關於《古爐》的文章中，我曾經做出過這樣一個論斷：「讀《古爐》，印象格外深刻者，除了作家對於『文革』以及潛藏人性的深入描寫之外，就是他對於具有相對恒久性的鄉村常態世界的敏銳發現與藝術書寫。對於鄉村世界，我的一種基本理解是，在時間之河的流淌過程中，有一些東西肯定要隨著所謂的時代變遷而發生變化，我把這些變化更多地看作是非常態層面的變化。比如，魯迅筆下民國年間的鄉村世界，與趙樹理筆下解放區或者共和國成立之後的鄉村世界相比較，肯定會發生不小的變化，這些變化就被我看作是一種非常

態層面的變化。相應地，在自己的小說創作過程中，著力於此種非常態層面描寫的，就可以說是一種非常態生活層面的書寫。然而，就在鄉村世界伴隨著時間的長河而屢有變化的同時，也應該有一些東西是千古以來凝固不變的，某種意義上，也正是這些凝固不變的東西在決定著鄉村之為鄉村，鄉村之絕不能夠等同於城市。這樣一些橫越千古而不輕易變遷的東西，相對於非常態層面的變遷，就顯然應該被看做是一種常態的層面。在自己的小說寫作過程中，更多地把注意力停留在常態的生活層面，力圖以小說的形式穿透屢有變遷的非常態層面，直接揭示鄉村世界中常態特質的，就可以說是一種對於常態世界的發現與書寫。如此看來，賈平凹的《古爐》更加值得注意的一個方面，很顯然就在於對鄉村世界常態世界的發現與書寫。」〔註6〕實際上，不止《古爐》的情形如此，這部《帶燈》也同樣可以做這樣一種理解。儘管說「維穩」這個問題在文本中有著突出的位置，但細細讀來，通觀全篇，栩栩如生地凸顯出鄉村世界的日常生存樣態，卻依然是賈平凹的根本追求所在）。賈平凹之所以要在小說後記中特別強調「可我通過寫《帶燈》進一步瞭解了中國農村，尤其深入了鄉鎮政府，知道著那裡的生存狀態和生存者的精神狀態」，其具體的落腳點，也顯然在此。歸根到底，超越問題小說的思路，把當下時代鄉村社會人們一種普遍的生存狀態描摹呈現出來，方才算得上是賈平凹的根本寫作意圖所在。說到生存狀態，那些曾經出現在《帶燈》當中的櫻鎮上訪者的群像就會以歷歷在目的形式逐一浮現在我們眼前。王後生、王隨風、朱招財、張正民、李志雲等等，都給讀者留下了難忘的印象。儘管說這些上訪者都各有各的理由，而且其中偶而會有如同王後生這樣貌似「無理取鬧」的專業上訪戶，但從總體上說，這些生存境況特別艱難的貧苦農人們，之所以要飽經屈辱地堅持上訪，根本原因在於他們確實有現實的冤屈，確實置身於不公平的境遇之中。現實生活中，極少有人會放著舒服日子不過，以無事生非的方式非得去體驗承受上訪之苦。無論是從日常情理的角度，還是從法理的角度來說，既然遭受了不公平的冤屈，那麼，向政府各級部門上訪申訴就是合情合理的事情。但沒想到的是，本來已經飽嘗生活屈辱的他們，居然會因為上訪而一再地遭受更大的屈辱。關於這一點，前面所引述的王隨風上訪時的悲慘遭遇，就是一個典型不過的例證。「我可認不得你，只認你是敵人」「村長一腳踢在王隨風的手上，手背上蹭開一塊皮」「幾個人就抬豬一樣」就

〔註6〕王春林《「偉大的中國小說」（上）》，載《小說評論》2011年第3期。

這樣，明明是遭受了冤屈的上訪者，結果卻被當做敵人、被當成豬一樣的畜生對待。閱讀這個段落，我們完全可以感受到賈平凹在進行書寫時那強壓下去的滿腔憤怒。

但是，與王隨風的遭遇相比較，更讓我們倍感慘不忍睹的，恐怕卻是《帶燈》中關於王後生遭受殘酷懲罰的多少帶有一點自然主義色彩的描寫。因為串聯了十三個人要去為大工廠的事情再度上訪，所以，王後生便被「請」到了鎮政府來接受拷問。王後生嘴很硬，堅持著不肯說出那十三個人的名字，於是便遭到了簡直就是非人的折磨。與王後生的遭遇相比較，前面王隨風的遭遇，就只能說是小巫見大巫了。請看這樣的一段描寫：「王後生進了會議室，會議室裏站著白仁寶，白仁寶是已端著一杯水，說：喝呀不？王後生說：喝呀。白仁寶卻一下子把水潑在王後生的臉上，說：喝你媽的Ｘ！王後生哎哎地叫，眼睛睜不開，說：你們不是請我來給鎮政府工作建言建策嗎？侯幹事吳幹事翟幹事已進來，二話不說，拳打腳踢，王後生還來不及叫喊就倒在地上，一隻鞋掉了，要去拾鞋，侯幹事把鞋拾了扇他的嘴，扇一下，說：建言啊！再扇一下，說：建策啊！王後生就喊馬鎮長，馬鎮長，馬，鎮長！他的喊聲隨著扇打而斷斷續續。」就這樣，為了能夠徹底征服王後生，讓他說出那十三個人的名字來，三位幹事亂哄哄你方唱罷我登場，簡直就是無所不用其極地採用了各種嚴酷的非人手段來折磨王後生。以至於王後生在萬般無奈之下居然說出了「鎮政府的會議室是渣滓洞麼」的話語來（行文至此，應該稍加補充的就是，小說中所寫到的鎮政府侯幹事吳幹事翟幹事三位，儘管在折磨王後生的時候可謂是使盡了百般殘忍的手段，顯得特別氣焰萬丈，但我們也必須看到他們身上另一面的存在。那就是，只要面對著書記或者鎮長，他們就會表現出一種令人厭憎的奴才相來。常言道，可憐人必有可憎之處，我要說，可憎者也自有可憐之處。非常明顯，只有把這三位鎮政府幹事的囂張氣焰與奴才相結合起來，方才算得上是對他們的一種完整理解）。是的，實際的情況也正是如此，只要是認真地讀過這一節「折磨」的讀者，我想，就都會認同王後生的這種說法。但是，請一定注意，渣滓洞是當年國民黨關押折磨共產黨人的地方，當王後生把鎮政府的會議室比作渣滓洞的時候，他實際上就已經把自己比做了被關押的囚犯。必須承認，王後生被逼無奈之下的這種說法，具有相當的合理性。細細地想一想，出現在賈平凹《帶燈》中的這些上訪者，某種意義上，不都可以被看作是處於被囚禁狀態的囚犯麼？本來是擁

有正當表達權利的公民，結果卻因為上訪而變成了被囚禁的囚犯。思之想之，端的是情何以堪啊！其實，又何止是那些如同王後生、王隨風這樣的上訪者呢？只要你再去關注一下那個本來因為在大礦區打工而患有嚴重的矽肺病，然而卻硬是死要面子不肯承認的毛林，看看那東岔溝村因為同樣的原因患上矽肺病的十三個農人以及他們那同樣可憐至極的妻子，你難道能夠說，他們就不是被囚禁的存在麼？假若我們的思路再稍稍打開一些，你就會認識到，某種意義上，如同帶燈、竹子這樣每天忙於處理上訪問題的鎮政府綜合治理辦公室的工作人員，也都可以被理解為被「囚禁」的存在。

在這裡，就應該提及賈平凹小說中極睿智的一個藝術處理了。帶燈與竹子這兩位綜治辦工作人員的主要工作職能，本來是如何想方設法地穩控各類上訪者。然而，到了最後，明明是帶燈和竹子兩位率先抵達元家與薛家的械鬥現場，而且還奮不顧身地拼命阻止械鬥的擴大，但縣委調查組最後做出的處理結果，卻硬是讓帶燈和竹子變成了替罪羊：「給予帶燈行政降兩級處分，並撤銷綜治辦主任職務。給予竹子行政降一級處分。」既然遭受了如此不公平的待遇，那麼，竹子的憤而上訴就是順理成章的事情：「她原本是反映著帶燈的病情的……回想也正是因處分之後帶燈才出現了這些病情，那麼一不做二不休，乾脆就將櫻鎮如何發生鬥毆事件，帶燈和她如何經歷現場，最後又如何形成處分，一五一十全寫了。」讓專門負責穩控上訪者的工作人員，最終變身為上訪者，賈平凹的如此一種藝術處理方式，充滿著反諷意味，帶有非常突出的黑色幽默色彩。在此處，作家不僅極富藝術智慧地表現出了一種存在的悖謬狀態，而且也還成功地寫出了某種生命深層的痛感。寫及此處，忽然想起了莎士比亞悲劇《哈姆雷特》第二幕第一場中一段影響極大的臺詞：「丹麥是一所牢獄……世界也是一所牢獄……裏面有許多監牢、囚房、地牢，丹麥是其中最壞的一間」「在這一種抑鬱的心境下，彷彿負載萬物的大地，在一座美好框架，只是一個不毛的荒岬，這個覆蓋眾生的蒼穹，這一頂壯麗的帳幕，這個金黃色的火球點綴著的莊嚴屋宇，只是一大堆污濁瘴氣的集合。」或者，我們也可以在如此一種意義上理解看待出現在賈平凹《帶燈》中的這些被「囚禁」的生命存在吧。某種意義上，賈平凹《帶燈》關於被「囚禁」的存在的真切藝術描寫，也能夠促使我們聯想到著名的自由主義思想家伯林，在談到帕斯捷爾納克的《日瓦戈醫生》時曾經講過的這樣一段話：「它的主題是普世性的，與大多數人的生活（人的出生、衰老和死亡）密切相關。與屠格

涅夫、托爾斯泰和契訶夫作品中的主人公一樣，該書的主人公處於社會的邊緣，與社會發展的趨勢和命運密切相聯，但又不與之同流合污，在面對各種毀滅社會、摧殘和消滅許許多多其他同類的殘暴事件時，仍然保持著人性、內在的良心和是非感。」〔註7〕

更深一步地思考賈平凹在《帶燈》中所真實呈現出的那一幕幕被「囚禁」的生命存在悲劇，我們就應該注意到小說中的這麼一個段落：「她問帶燈：咱不是法制社會嗎？帶燈說：真要是法制社會了哪還用得著個綜治辦？！竹子不明白帶燈的意思，帶燈倒給她講了以前不講法制的時候，老百姓過日子，村子裏就有廟，有祠堂，有仁義禮智信，再往後，又有著馬列主義毛澤東思想，還有階級鬥爭為綱的政治運動，老百姓是當不了家也做不了主，可倒也社會安寧。」帶燈的這段話，讓我們想起了余虹的一種真知灼見：「德國詩人里爾克曾慨歎一切存在者都處於無庇護狀態，人尤其如此，也正因為如此，人需要創建自己的保護以維護生存的安全。人的庇護從何而來呢？現世的社會和彼世的信仰，前者給人以生之依靠，後者給人以死之希望。所謂善（社會正義與神聖信仰）者非他，人的終極依靠是也。在人類的歷史上，人們以各種方式創建著這種善，也已各種方式摧毀著這種善。在中國歷史上，人們曾經創建了一個以家庭、家族、鄉里、民間社團、宗法國家和儒家道德為社會正義的此世之善，也創建了以各種民間信仰（迷信）和道釋之教為靈魂依託的彼世之善。儘管這種善並不那麼善，但好歹還是一種脆弱的依靠和庇護，可悲的是，近百年來連這種依靠與庇護也幾乎在革命與資本的折騰中消失殆盡了。」〔註8〕聯繫《帶燈》中那樣一種真切的社會生活圖景，端詳小說中那些飄蕩在櫻鎮的古老大地上毫無依傍的孤苦靈魂，細細地品味余虹的這段話語，我們當更能體會出內中所潛隱的深刻意蘊來。

三、人性深度與帶燈形象的塑造

能否刻畫塑造出若干具有深度人性內涵的人物形象來，是衡量評價一部長篇小說優秀與否的重要標準。賈平凹從事小說創作多年，早已積累了足稱豐富的塑造人物形象的藝術經驗，可謂是一個塑造人物形象的高手。這一點，同樣非常突出地體現在《帶燈》這部長篇小說之中。儘管說諸如王後生、竹

〔註7〕以賽亞‧伯林《蘇聯的心靈》，第15頁，譯林出版社2010年7月版。
〔註8〕余虹語，轉引自唐小兵《驚鴻一瞥識余虹》，載《隨筆》2012年第6期。

子、馬副鎮長、侯幹事、鎮長、書記、毛林等若干人物也都堪稱形象生動，但相比較而言，最值得引起我們高度關注的，恐怕還應該是作為小說主人公的帶燈這一形象。很顯然，小說的標題也正由此而來。應該說，在賈平凹的創作歷程中，《帶燈》並不是第一部以主人公名字命名的作品，此前也曾經有過幾部以人物形象直接命名的作品，比如中篇小說《黑氏》《天狗》，長篇小說《高興》。既然徑直以人物形象而命名，那就說明著人物形象本身在小說文本中的重要性。從小說藝術的角度看，這類小說的寫法肯定與其他小說的寫法有所差異。這一方面一個非常明顯的特點，就是這個小說的主人公會成為整部小說的敘事聚焦點。這樣，就邏輯層面而言，《帶燈》中就應該同時出現兩個敘事聚焦點。從故事情節看，是我們前面已經一再提及的「維穩」工作。從人物形象看，則是帶燈。儘管說一部長篇小說肯定允許同時存在若干個敘事聚焦點，但細細體察一下文本，我們卻發現，情況並非如此。因為帶燈的身份是櫻鎮鎮政府的綜治辦主任，主抓的就是「維穩」工作，所以小說中的兩個敘事聚焦點實際上呈現為一種合一狀態。

雖然賈平凹此前就曾經有過數部徑直以人物形象命名的小說作品，但細緻分析一下，我們卻不難發現，帶燈這一女性形象，確實是賈平凹筆下饒有新意的一個人物形象。根據敘述者的交代，帶燈是一位中專生，是某一個農校的畢業生。她之所以來到櫻鎮鎮政府工作，主要因為她丈夫就是櫻鎮人，在鎮小學工作。儘管沒有做過明確的交待，但帶燈畢業時居然還存在分配一說，就不難判斷出，她最早來到櫻鎮工作的時候，應該是在 1990 年代的末期。因為差不多從進入新世紀開始，不要說中專生，就是大學生、研究生，國家也都不再統一分配工作了。帶燈雖然只是一個普普通通的中專生，但卻在骨子裏擁有一種非同於流俗的出污泥而不染的精神氣質。大約也正因為如此，所以才多年不得提拔：「螢從那以後，沒事就在她的房間裏讀書。別人讓她喝酒她不去，別人打牌的時候喊她去支個腿兒，她也不去，大家說她還沒脫學生皮，後來又議論她是小資產階級情調，不該來鎮政府工作的，或許她來鎮政府工作是臨時的，過渡的，踏過跳板就要調到縣城去了。可她竟然沒有調走，還一直待在鎮政府。待在鎮政府過了一年又過了一年，螢讀了好多的書。」儘管只是簡簡單單的一種概括性介紹，但一個很有個性的青年女性形象，卻已經出現在讀者面前。好讀書、不喝酒、不打牌，而且又談不上什麼後臺，這幾個因素結合到一起，就注定了帶燈只能夠以普通幹事的身份「呆在鎮政府

過了一年又過了一年」，「差不多陪過了三任鎮黨委書記、兩任鎮長，已經是非常有著農村工作經驗的鎮政府幹部了。」實際上，也正是這個過程中，鄉鎮政府的工作重心逐漸地由以前的「催糧催款和刮宮流產」轉移到了「維穩」上面。把賈平凹在小說中的這種描寫與現實社會對照一下，就可以發現，所謂「催糧催款和刮宮流產」，正是上世紀末本世紀初鄉鎮政府的工作重心，而「維穩」則在近些年才開始取代前者成為了新的工作重心。因為帶燈當年曾經幫過新任鎮長的忙，當然也因為新任鎮長內心裏對於帶燈有某種欲求，所以，就力薦帶燈擔任了新成立的綜治辦主任。而綜治辦最重要的工作內容，就是「維穩」。就這樣，個性化十足的「不合時宜」的帶燈，擁有了一個體現自身價值的歷史舞臺。她出色的工作能力與豐厚深邃的人性內涵，也正是在完成「維穩」工作的過程中，才獲得了一種充分的展示機會。

從本質上說，帶燈是一位具有堅定務實品格的理想主義者。或者說，帶燈是一位好人形象。熟悉小說寫作規律的朋友都知道，某種意義上，塑造一個惡人，或者一個善惡參半的人物形象易，但要想塑造一個具有理想主義精神內涵的好人卻很難，尤其是還得讓讀者真正地信服接受。但，賈平凹在《帶燈》中卻相當完滿地做到了這一點。作為一位富有經驗的鄉鎮綜治辦工作人員，帶燈非常熟悉鄉村現實生活狀況，差不多在全鄉鎮的每一個村寨，都有自己十分要好的「老夥計」。有了這些「老夥計」的普遍存在，不僅使得帶燈能夠及時深入地瞭解鄉村世界的真實情況，更是為她以儘量化解矛盾穩控上訪者為基本目標的「維穩」工作提供了諸多便利條件。說實在話，在帶燈身上，幾乎很難看到當下時代鄉鎮幹部身上所普遍存在著的貪污腐化與工作懈怠狀況。在這一方面，帶燈（當然也包括竹子）與櫻鎮鎮政府的其他一些工作人員，可以說形成了極其鮮明的對照。由於上訪者大都身負冤屈，也由於他們大都有著一種上訪不成誓不罷休的執拗個性，所以，「維穩」工作難度極大。雖然工作難度大，雖然也並非最後的決策者，但帶燈她們在具體的工作過程中，卻一直堅持以一種溫和說理的方式苦口婆心地試圖化解種種社會矛盾。關於這一點，只要把帶燈她們對待上訪者的態度，與前面已經提及的非人性的簡單粗暴稍作對比，我們即可有一目了然的認識。面對著王隨風，當村長他們把王隨風當做「敵人」、當做「豬」對待的時候，「帶燈說：心慌得很，讓我歇歇。卻說：你跟著下去，給村長交待，才洗了胃，人還虛著，別強拉硬扯的，也別半路上再讓跑了。」與侯幹事他們以種種令人髮指的非人方

式折磨王後生形成突出對比的是，帶燈反覆叮嚀：「去了不打不罵，讓把衣服穿整齊，回來走背巷。」以至於侯幹事對此很是無法理解：「咱是請他赴宴呀？！」所有這一切，當然也包括帶燈她們主動幫助那些因為在大礦區打工而患上矽肺病的農民的行為，都充分地凸顯著帶燈身上一種難能可貴的人道主義悲憫情懷。同樣給讀者留下了深刻印象的，是到了小說情節的高潮處，面對著手持兇器大打出手的元家和薛家兄弟，當其他在場者都唯恐避閃不及的時候，不顧自己的身家性命，依然挺身而出阻止械鬥者，只有帶燈和竹子：「帶燈和竹子壓根沒想到又一場毆打來得這麼快，打得這麼惡，要去阻止，已不能近身，就大聲吶喊：不要打！誰也不要打！……帶燈跑到院門口，抱了個花盆就扔到了門檻上，想著使拉布和元老四打不成」「帶燈是急了，跳到了院子中間，再喊：姓元的姓薛的，你們還算是村幹部哩，你們敢這樣打？！我警告你們，我是政府，我就在這兒，誰要打就從我身上踏過去」「帶燈被甩到廚房臺階上，頭上破了一個窟窿，血唰地就流下來。」只要讀一讀這些驚心動魄的場景描寫，你就不難體會到帶燈她們的挺身而出阻止械鬥，究竟需要具有多大的勇氣和膽魄。在這個過程中，一種富有犧牲色彩的理想主義精神的支撐就完全是必要的。

小說中，賈平凹曾經以帶燈自己的口吻講過這麼一句話：「或許或許，我突然想，我的命運就是佛桌邊燃燒的紅蠟，火焰向上，淚流向下。」雖然不能用所謂一語成讖的成語來加以評價，但非常明顯，帶燈這句話確實在很大程度上可以被看作是她這樣一個堅韌的理想主義者悲劇命運的真切寫照。實際上，也正是在這個意義上，我們才可以理解賈平凹在小說後記中的如下一些話語：「所以，我才覺得帶燈可敬可親，她是高貴的，智慧的，環境的逼仄才使她想像無涯啊！我們可恨著那些貪官污吏，但又想，房子是磚瓦土坯所建，必有大梁和柱子，這些人天生為天下而生，為天下而想，自然不會去為自己的私欲而積財盜名好色和輕薄敷衍，這些人就是江山社稷的脊樑，就是民族的精英」「地藏菩薩說：地獄不空，誓不為佛。現在地藏菩薩依然還在做菩薩，我從廟裏請回來一尊，給它獻花供水焚香。以前從來沒有注意過土地神，印象裏鬍子那麼長個頭那麼小一股煙一冒就從地裏鑽出來，而現在覺得它是神，了不起的神，最親近的神，從文物市場上買回來一尊，不，也是請回來的，在它的香爐裏放了五色糧食。」〔註9〕很顯然，理想主義者帶燈，就是賈平凹這

_____

〔註9〕賈平凹《〈帶燈〉後記》，人民文學出版社 2013 年 1 月版。

裡所說的地藏菩薩，就是土地神。

說到帶燈，我們還必須注意她的命名問題。不能不承認，賈平凹在這一人物的命名問題上真的是做足了文章。帶燈的名字本來單名一個螢火蟲的「螢」字，她後來自己對這個名字不滿意，就把它改成了「帶燈」。「讀到一本古典詩詞，詩詞裏有了描寫螢火蟲的話：螢蟲生腐草。心裏就不舒服，另一本書上說人的名字是重要的，別人叫你的名字那是如在念咒，自己寫自己的名字那是如在畫符，怎麼就叫個螢，是個蟲子，還生於腐草？她便產生了改名的想法。但改個什麼名為好，又一時想不出來。」忽一日，工作之餘，帶燈看到螢火蟲在飛：「螢就站起來要到門前去，卻看見麥草垛旁的草叢裏飛過了一隻螢火蟲。不知怎麼，螢討厭了螢火蟲，也怨恨這個時候飛什麼呀飛！但螢火蟲還在飛，忽高忽低，青白色的光一點一點的在草叢裏，樹枝中明滅不已。螢忽然想：啊它這是夜行自帶了一盞小燈嗎？於是，第二天，她就宣布將螢改名為帶燈。」關鍵在於，這個改名的過程，賈平凹有著一種深刻的象徵內涵寄予其中。螢火蟲儘管很弱小，但它卻一直默默無聞地努力向這個充滿苦難的世界輸送著光明與溫暖。在這個意義上，小說中的帶燈，就特別類似於自然界的螢火蟲了。以此對應於小說文本，帶燈這一人物，不也正像螢火蟲一樣一直努力以自己的默默奉獻給那些苦難民眾帶去溫暖與安慰麼？！既然說到螢火蟲，那我們就應該注意到小說結尾處關於螢火蟲陣描寫的強烈隱喻性。「帶燈用雙手去捉一隻螢火蟲，捉到了似乎螢火蟲在掌心裏整個手都亮透了。再一展手放去，夜裏就有了一盞小小的燈忽高忽下地飛，飛過蘆葦，飛過蒲草，往高空去了，光亮越來越小，像一顆遙遠的微弱的星。竹子說：姐，姐！帶燈說：叫什麼姐！竹子順口要叫主任，又噎住了，改口說：哦，我叫螢火蟲哩！就在這時，那隻螢火蟲又飛來落在了帶燈的頭上，同時飛來的螢火蟲越來越多，全落在帶燈的頭上，肩上，衣服上。竹子看著，帶燈如佛一樣，全身都放了暈光。」必須承認，這是《帶燈》中最感人的一段文字。這一段文字極富感染力地以一種象徵隱喻的方式傳達出了帶燈那樣一種如佛一般自我犧牲而普度眾生的高遠精神境界。

要想更好地把握帶燈這一形象，我們還不能夠忽略她那飽滿豐富的精神情感世界。雖然說帶燈之所以要到櫻鎮鎮政府來工作，與自己的丈夫有直接關係，但從她的日常生活狀態來判斷，她和丈夫之間的感情關係其實存在著很大的問題。否則，就不可能長期分居，而且，丈夫僅有的一次露面，也是充

滿著吵架的聲音。那麼，帶燈那種精神力量的源泉，究竟從何而來呢？這就必得提到她寫給元天亮的那些短信了。元天亮是《帶燈》中一位雖然一直都沒有出場但卻位置特別重要的人物。元天亮是櫻鎮人，是元老海的本族侄子，就連元黑眼他們也都得叫他是叔。這個人既能夠寫書又能夠做官，可以說既是作家，又是政府官員。按照小說中的介紹，儘管元天亮未出場，但他卻憑藉自己的影響力給家鄉做過一些事情。但我們這裡之所以要特別提及元天亮，卻是因為他和帶燈之間的關係。其實，他們倆從來就沒有見過面，說是關係，也只是帶燈一種帶有自我幻想色彩的一廂情願。因為讀過不少元天亮的作品，而且也知道元天亮就是櫻鎮人，所以，帶燈一時衝動就給自己的崇拜者發了一條短信，沒想到居然還收到了元天亮的回覆。就這樣，不間斷地給元天亮發短信，就成為帶燈精神生活中非常重要的一項內容。以至於，帶燈發給元天亮的短信，儼然構成了《帶燈》中極其重要的一條結構線索。結構的問題我們稍後展開分析，這裡要強調的，是元天亮的存在對於帶燈精神情感生活的重要性。儘管說只是帶燈個人的一種情感意願，但毫無疑問地，這樣一種臆想出的情感聯繫，實際上構成了帶燈一個特別關鍵的精神支柱。很大程度上，這位看似柔弱的女性形象，之所以有足夠的勇氣面對現實中的生活苦難，端賴元天亮這位自始至終都未出場者在精神上所提供著的強力支撐。有了這樣一個潛隱性人物的存在，就使得帶燈的理想主義特質擁有了更充分的藝術說服力。

當然，說到帶燈的理想主義，我們還必須注意到這種理想主義與污濁現實之間的一種複雜關係。某種意義上，如此一種複雜關係，完全可以用蓮花與污泥的關係來作比。一方面，蓮花固然「出污泥而不染」，但另一方面，若果沒有污泥，那蓮花又究竟該從何而來呢？要想很好地理解這一點，小說中關於鎮政府的那條白毛狗的描寫，就可以說是極有象徵深意的。帶燈初到鎮政府工作時，那條狗還是一條雜毛狗。因為帶燈特別愛乾淨，所以就給狗洗澡：「螢已經和這條雜毛狗熟了，她一招手狗就過來，她要給狗洗澡。」沒想到的是，帶燈這一洗，還真是洗出了一個奇蹟，那條狗居然變成了一條白毛狗：「這條狗的雜毛竟然一天天白起來，後來完全是白毛狗。大家都喜歡了白毛狗。」不能忽略這條白毛狗與帶燈之間那樣一種如影隨形一般的象徵關係。小說中，只要帶燈出現處，相伴者差不多都少不了竹子和白毛狗。令人驚異的是，等到帶燈因為械鬥事件受到處分之後，這條狗的白毛居然也同時發生

了變化：「天開始涼了，人都穿得厚起來，鎮政府的白毛狗白再不白，長毛下生出了一層灰絨。」帶燈慘遭悲劇性命運的時候，連白毛狗也不再白了，真的是天人感應了。實際上，從象徵隱喻的角度說，寫狗也就是寫人，通過一條白毛狗的描寫，曲盡其妙地折射表現帶燈理想主義與污濁現實之間的複雜關係，所充分體現的，也仍然是賈平凹一種異乎於尋常的藝術表現功力。

四、結構、細節及其他

結構，對於小說創作有著重要的意義。凡是成功的長篇小說，都擁有一種合理的結構方式。作為一位創作經驗老到的小說家，賈平凹非常清楚恰當藝術結構的重要性。這一點，在《〈帶燈〉後記》中同樣有著突出的表現：「在終於開筆寫起《帶燈》，逢著了歐冠賽，當我一場又一場欣賞著巴塞羅那隊的足球，突然有一天想：哈，他們的踢法是不是和我《秦腔》《古爐》的寫法近似呢？啊，是近似。傳統的踢法裏，這得有後衛、中場、前鋒，講究的三條線如何保持距離，中場特別要腰硬，前鋒得邊路傳中，等等等等。巴塞羅那則是所有人都是防守者和進攻者，進攻時就不停地傳球倒腳，繁瑣、細密而眼花繚亂地華麗。一切都在耐煩著顯得毫不經意了，突然球就踢入網中。這樣的消解了傳統的陣型和戰術的踢法，不就是不倚重故事和情節的寫作嗎，那繁瑣細密的傳球倒腳不就是寫作中靠細節推進嗎？我是那樣的驚喜和興奮。和我一同看球的是一個搞批評的朋友，他總是不認可我《秦腔》《古爐》的寫法，我說，你瞧呀，瞧呀，他們又進球了！他們不是總能進球嗎？！」「《秦腔》《古爐》是那一種寫法，《帶燈》我卻不想再那樣寫了，《帶燈》是不適那種寫法，我也得變麼，不能在一棵樹上弔死。」〔註10〕首先必須強調，我是賈平凹《秦腔》《古爐》那樣一種依靠細節推進小說發展的寫作方式的激賞者。某種意義上，那樣一種寫作方式，帶有非常突出的先鋒意味，有相當重要的藝術革命價值。儘管有朋友認為賈平凹的那種寫作方式存在問題，最起碼明顯缺少可讀性。但不知道為什麼，我卻讀來感覺很是津津有味。很顯然，那兩部長篇小說的成功，與那樣一種寫作方式的採用有著特別緊密的內在關聯。之所以要引述賈平凹的這段言論，是因為他非常巧妙地把足球與小說聯繫在一起，用巴塞羅那隊的踢法來比擬《秦腔》《古爐》的寫法，不僅形象生動，而且極有說服力。但文學創作貴在創新，即使《秦腔》《古爐》的寫法再成功，

〔註10〕賈平凹《〈帶燈〉後記》，人民文學出版社 2013 年 1 月版。

賈平凹也不能夠繼續沿用那樣一種寫法了。更何況，與《秦腔》《古爐》以一個村落為敘事聚焦點不同，《帶燈》又是一種明顯以人物形象為敘事聚焦點的小說類型。這就要求賈平凹首先必須在小說結構上尋找一種新的方式，實現一種自我藝術突破。

在我看來，賈平凹《帶燈》小說結構上的突破，主要表現在以下三個方面。其一，以「維穩」工作為中心的櫻鎮現實生活的真實摹寫與帶燈寫給元天亮的那些短信，構成了兩條並行不悖的結構線索。兩條結構線索的具體扭結交叉點，就是帶燈這一小說的主人公。某種意義上，《帶燈》的這種結構方式，能夠讓我們聯想到《紅樓夢》的兩條結構線索。《紅樓夢》非常明顯地存在著兩條線索，一條是賈府的日常生活，另一條則是包括太虛幻境、還淚神話等在內的形而上的線索。有了這樣兩條結構線索的水乳交融，也才有了《紅樓夢》的藝術成功。具體來說，前者是接地氣的，而後者則意味著某種藝術境界的飛昇。然而，同樣是兩條結構線索，《帶燈》卻又與《紅樓夢》有所不同。櫻鎮現實生活這條線索，一方面固然是在描寫帶燈與竹子她們綜治辦的「維穩」工作，但更主要的，恐怕卻在於充分展示櫻鎮芸芸眾生在當下這個特定時代的眾生相，展示他們的苦難生存狀態。尤其在於，通過那些上訪者不幸遭遇的具體狀寫，強有力地揭示現實生活慘酷悽楚的一面。而帶燈寫給元天亮的短信這條線索，雖然也部分地承擔著敘事的功能，但更主要的，卻在以詩一般的優美語言，傳達表現著一種處於虛幻狀態下的情感的浪漫與美好。比如「聞著柏樹和藥草的氣味，沿那貼在山腰五里多直直的山道，風送來陽光，合起我能暈暈乎乎踩著思戀你的旋律往前走。我是來檢查旱情的，卻總想你回來了我要帶你到這裡走走，只要不怕牛虻，不怕蛇，肯把野花野草編成圈兒戴在頭上，如果你累了，我背你走。這條直路到大藥樹下分叉處就落下去溝腦窪地，兩邊的桔梗差不多長到我的腿彎。往年雨水好，桔梗就能長到我的肩頭，開花像張開的五指，淺紫的菱瓣顯得簡樸而大氣，那蒼桑的山蔓從根到梢掛滿小燈籠花，像是走了幾千里夜路到我眼前，一簇簇血參的老葉，花成小腳形，甜甜的味兒，有著矜持和神秘。」細細品味這段話語，我們就不難感受到帶燈短信的浪漫美好。根據賈平凹在後記中的交代，帶燈這一人物形象有著現實生活中的真實原型。既然如此，那帶燈的這些短信，就一定是在真實短信的基礎上加工而成的。需要注意的是，這些短信固然在某種程度上起著補充塑造帶燈形象的作用，但更主要的，恐怕卻在於要以此

而與另外一條表現現實生活慘酷的結構線索形成極其鮮明的對照。非常明顯，帶燈的短信越是浪漫美好，櫻鎮現實生活的苦難與慘酷意味就越是突出，賈平凹那樣一種意在凸顯「被『囚禁』的存在」的深刻思想主旨，也就越能得到充分的藝術體現。

其二，賈平凹的《帶燈》分別由「上部：荒野」、「中部：星空」與「下部：幽靈」三大部分組成。如此一種小說結構布局，非常容易讓我們聯想起中國古代關於「鳳頭、豬肚、豹尾」的文章章法來。具體來說，上部的作用，主要在於交代故事發生的地點，以及主要人物，為故事的進一步展開做好充分的鋪墊。諸如櫻鎮的基本狀況，鎮政府的工作狀態以及幾任書記鎮長的更迭，螢的來歷以及她為什麼要改名叫帶燈，綜治辦的成立與帶燈被任命為主任，竹子離開了計生辦來到了綜治辦，等等，這些讀者需要首先瞭解的小說故事要素，在這一部分，全部有了簡潔全面的交代。作為「豬肚」的中部，自然是整部小說最重要的主體部分。帶燈成了綜治辦主任，竹子進入綜治辦工作，她們倆很快就緊鑼密鼓地進入了「維穩」工作狀態。應該注意到，到了這個部分，故事不僅更加集中，而且小說整體的敘事節奏也明顯地加快了。《帶燈》之所以較之於《秦腔》《古爐》更容易進入一些，根本原因就在於前者屬於聚焦敘事類型，而後者則顯然屬於散點敘事類型。一旦採用散點敘事，因為敘述者要同時顧及諸多方面的小說因素，所以敘事速度與節奏就無論如何都快不了，只能夠呈現為一種舒緩的敘事狀態。就連讀者在閱讀的時候，都會明顯感覺到自己的閱讀速度怎麼也上不去。與散點敘事相比較，聚焦敘事所需顧及的小說因素就明顯要集中得多。一集中，敘事速度就很難舒緩下來，只能是越來越快。敘事速度與節奏一快，讀者在閱讀時自然就會感覺到小說的可讀性增加了許多。實際上，小說藝術的優劣，與可讀性的大小，並不存在一種正比例的直接對應關係。儘管說《帶燈》較之於《秦腔》《古爐》可讀性明顯增加了，但我們卻不能夠因此而對《秦腔》《古爐》的藝術性稍有貶低。沒想到的是，儘管帶燈與竹子的工作態度特別認真負責，非常兢兢業業，但她們的努力卻只能夠在一定程度上延緩現實矛盾，並不可能從根本上解決社會問題。於是，元家與薛家兩大豪門家族的矛盾，到最後終於大爆發，演變成了一場慘烈無比的械鬥大悲劇。到了下部，就到了故事的歸結收尾階段。這個部分，賈平凹有三個方面的藝術處理，值得引起我們的高度注意。一是寫帶燈與竹子成了鎮領導的替罪羊，竹子不服憤而上訴，由穩控上訪者變身

為上訪者。二是寫帶燈患病，不僅夜遊，而且居然與那個瘋子為伍。這一部分之所以要命名為「幽靈」，其根本原因或許在此。賈平凹筆端素有的鄉村神秘性一面，再度得到藝術表現。三是寫帶燈與竹子被當成替罪羊免職受處分之後，那些曾經在以前受惠於帶燈的「老夥計」們，聚集在一起，給她們做了一頓攬飯。何為攬飯：「攬飯是把各種各樣的米呀豆呀肉呀菜呀一鍋悶的，營養豐富，又味道可口。」這頓攬飯，所充分凸顯出的，是這些「老夥計」，當然也更是作家賈平凹的一種悲憫情懷。

其三，上中下三大部分之外，賈平凹《帶燈》結構上另外一個值得注意處，就是小章節的穿插使用。根據事件本身的狀況，這些章節長短不拘，有的很長，有的極短。然後，每一個章節都加上了提示主要內容的小標題。某種意義上，《帶燈》之所以能夠帶給讀者與《秦腔》《古爐》殊不相同的閱讀感受，與賈平凹對於這種小章節方式的運用，也有著密切的關係。這樣一來，同樣是作家所特別擅長的「生活流」敘事，但因為有了如同「航標燈」一樣的小章節的引領，整體的閱讀感覺就會清晰明朗許多。那麼，賈平凹的這種藝術構想從何而來呢？我所聯想到的，是中國本土小說傳統中的「章回體」。我們都知道，「章回體」絕對應該被看作是中國本土小說創作的一大藝術創造。很大程度上，賈平凹的小章節，就是從「章回體」演化而來的一種藝術結果。只不過與傳統中那樣一種總是顯得特別整齊劃一的「章回體」相比較，賈平凹《帶燈》中的小章節變得長短不拘，有了某種特別自然的伸縮度。這樣一來，也就使得整部小說擁有了一種難能可貴的藝術彈性。進入新世紀以來，中國小說創作領域出現了一種蔚為大觀的藝術本土化趨向。賈平凹，毫無疑問是其中最具代表性的作家之一。這部《帶燈》的出現，即使僅僅從小章節的創造性運用上，也依然可以被看作是賈平凹在中國本土小說傳統的創造性轉化方面的一種積極努力。

當然了，在小說結構的精心營造之外，賈平凹那些一貫的小說藝術優勢，也都在《帶燈》中得到了很好的傳承體現。比如，內涵豐富的精彩細節運用。「帶燈和竹子突然地進了毛林家，毛林迴避不及，就說：感冒了，衛生院來人給掛瓶藥。家裏還坐著換布，換布說：你呀你，一輩子拽不展，啥病就是啥病麼！毛林趕緊岔話，喊他媳婦給鎮政府同志燒滾水，他媳婦不在，又喊他女兒。女兒在豬圈裏給豬剁糠，一直沒進來。帶燈就問換布：來照顧妹夫了？換布說：你倒會說落好的話！帶燈說：你和拉布是咱鎮上的富戶了，能不照

顧你妹夫？毛林，你日子過不前去，你兩個哥每月能給你多少錢？毛林說：
都要過日子麼，嘿嘿。」只要細細地琢磨一下帶燈看望毛林這一細節，就不
難體會到其中的豐富內涵。其一，揭示了毛林那樣一種打腫臉充胖子、死要
面子活受罪的微妙心態。明明染上了矽肺病，卻怎麼都不肯承認。其二，寫
出了毛林家庭基本生存的艱難狀況，否則，女兒也不會「在豬圈裏給豬剁糠」。
其三，道出了人情冷暖世態炎涼，明明是嫡親的妹夫，明明自己是鎮上的富
戶，有能力伸出援助之手，但換布、拉布他們偏偏就是為富不仁，親情淡漠。
其四，表現了帶燈的一腔熱情與悲憫情懷。帶燈是一個鄉鎮幹部，本來應該
是毛林去找帶燈，但現在的情況是，毛林不去找帶燈，帶燈反而能夠主動來
找毛林，並且盡自己最大的努力來幫助他。這一方面，帶燈的表現，與換布、
拉布他們就形成了極其鮮明的對照。

　　精彩的細節運用之外，賈平凹那樣一種對於古樸渾厚的藝術風格的自覺
追求，也同樣給讀者留下了難忘的印象。「幾十年以來，我喜歡著明清以至三
十年代的文學語言，它清新，靈動，疏淡，幽默，有韻致。我模仿著，借鑒
著，後來似乎也有些像模像樣了。而到了這般年紀，心性變了，卻興趣了中
國兩漢時期那種史的文章的風格，它沒有那麼多的靈動和蘊藉，委婉和華麗，
但它沉而不糜，厚而簡約，用意直白，下筆肯定，以真準震撼，以尖銳敲擊。
何況我是陝西南部人，生我養我的地方屬秦頭楚尾，我的品種裏有柔的成分，
有秀的基因，而我長期以來愛好著明清的文字，不免有些輕的佻的油的滑的
一種玩的跡象出來，這令我真的警覺。我得有意地學學兩漢的風格了，使自
己向海風山骨靠近。」〔註11〕說實在話，如同賈平凹這樣的作家，能夠在六
十歲的時候對於自己的小說創作進行這樣一種深刻的自我反省，確實非常難
能可貴。而且，作家對於明清與兩漢文章不同風格的體味認識，也真正稱得
上是深刻獨到。有了這種藝術理性的自覺，當然就會突出地體現在他的小說
作品之中。好在賈平凹長期居住在千年古都西安，那是一個兩漢文化遺跡的
留存特別豐富的所在。我自己就去過碑林，也去過茂陵，親眼看到過那些簡
樸厚重的石雕，端的是撼人心魄。身在西安的賈平凹，一定可以得天獨厚地
時時感受體會兩漢的文化遺存，從中獲得創作時必要的藝術靈感。實際上，
賈平凹藝術興趣之由明清而轉至兩漢，並不是從寫作這部《帶燈》時才開始
的。根據我自己一種真切的閱讀體會，他的這種藝術轉換，早在寫作《秦腔》

〔註11〕賈平凹《〈帶燈〉後記》，人民文學出版社 2013 年 1 月版。

《古爐》的時候，就已經表現得十分明顯了。不知道其他人的感覺如何，我在讀《秦腔》《古爐》的時候，就已經感覺到了賈平凹思想藝術風格的一種明顯變化。只不過，只有在讀過這篇《〈帶燈〉後記》之後，我才真正地明白了賈平凹是在自覺地追慕兩漢風格，是在向著「海風山骨」靠近。現在，又有了一部旨在關注表現那些「被『囚禁』的生命存在」的《帶燈》。有了《帶燈》，賈平凹在兩漢藝術風格的追慕方面，就又生成了一個沉甸甸的堅實存在。

第四章 《老生》：探尋歷史真相的
追問與反思

一

　　無論如何，你都不能不承認，賈平凹的藝術創造力端的是十分驚人。這不，長篇小說《帶燈》2013 年初卻才由人民文學出版社推出後不足兩年的時間，他新的一部長篇小說《老生》（載《當代》2014 年第 5 期）就又已經和讀者見面了。按照賈平凹自己在後記中的說法，早在《帶燈》出版之前，《老生》的寫作其實就已經著手進行了。「三年前的春節，我回了一趟棣花鎮，除夕夜裏到祖墳上點燈。」恐怕連他自己也未曾料到的是，居然就是這一次的點燈祭祖行為，觸動了他一部新長篇小說最初的寫作動因：「從棣花鎮返回西安，我很長時間裏沉默寡言，常常把自己關在書房裏，整晌整晌什麼都不做，只是吃煙。在灰騰騰的煙霧裏，記憶我所知道的百多十年，時代風雲激蕩，社會幾經轉型，戰爭，動亂，災荒，革命，運動，改革，在為了活得溫飽，活得安生，活出人樣，我的爺爺做了什麼，我的父親做了什麼，故鄉人都做了什麼，我和我的兒孫又做了什麼，哪些是體面光榮，哪些是齷齪罪過？太多的變數呵，滄海桑田，沉浮無定，有許許多多的事一閉眼就能想起，有許許多多的事總不願去想，有許許多多的事常在講，有許許多多的事總不願去講。能想的能講的已差不多都寫在了我以往的書裏，而不願想不願講的，到我年齡花甲了，卻怎能不想不講啊？！」「這也就是我寫《老生》的初衷。」卻原來，賈平凹這些年來的小說寫作採取的多是一種交叉進行的方式。所謂交叉

進行，就是指在一部長篇小說尚未正式出版的時候，作家的藝術思維就已經迫不及待地延伸到了下一部長篇小說的醞釀構思之中。別的且不說，單就寫作速度和創作數量而言，賈平凹的表現誠然非同一般。進入新世紀以來，其他作品不算，光是長篇小說這一種文體，就先後有《懷念狼》《病相報告》《秦腔》《高興》《古爐》《帶燈》與《老生》七部問世。十四年時間，七部長篇小說，平均兩年一部。如此一種寫作速度，絕對稱得上驚人。連帶而來的，自然就是關於作品思想藝術水準的疑問。速度如此快，數量這麼多，會是水貨麼？賈平凹會不會粗製濫造呢？類似的疑問，其實一直伴隨著我對於賈平凹的跟蹤閱讀過程。以至於，每一次開始閱讀賈平凹的時候，內心裏都會提心弔膽地為他捏把汗：這一次，他的作品會讓我們滿意嗎？好在賈平凹讓我們失望的時候並不很多。雖然不能說他的每一部長篇小說都能夠抵達公眾所期望的思想藝術高度，但最起碼在我的理解中，作家新世紀以來相繼推出的七部長篇小說中，《秦腔》《古爐》《帶燈》以及新近的這一部《老生》，可以說都企及了相當的思想藝術高度。毫不誇張地說，這四部作品皆屬於能夠代表新世紀中國文學高度的標誌性作品。

賈平凹進入新世紀以來的長篇小說寫作，基本上是沿著現實與歷史這兩大脈絡的探尋與追問漸次展開的。逼視當下社會現實苦難的《秦腔》與《高興》，具有某種意義上的互文性關係。《秦腔》意在真切凸顯現代化衝擊下鄉村世界日益凋敝的社會景觀，唯其因為鄉村世界凋敝，因為現代化的衝擊，也才會有劉高興他們這樣的農民進城，也才會有《高興》的生成。從這個層面來看，《秦腔》與《高興》的確具有某種內在的因果邏輯關係，二者可以說是相輔相成的一體兩面。回到歷史的《古爐》，其諦視反思對象，乃是並不太遙遠的「文革」。正如同「奧斯維辛」之後必須寫詩一樣，慘烈無比的中國「文革」，也必須通過文學的方式做出必要的澄清與沉思。《古爐》的價值，一方面表現為鄉村「文革」場景的全景式呈示及其人性深層原因的追問，另一方面則表現為一個常態中國鄉村世界的藝術發現與形象書寫。以「維穩」這一社會問題為關切重心的《帶燈》，再一次從歷史深處回到矛盾重重的鄉村現實世界。儘管說小說的切入點是「維穩」這樣一個社會問題，但《帶燈》卻並非一般意義上的社會問題小說。在真切呈示圍繞「維穩」這一社會問題所生成的種種矛盾糾葛的同時，《帶燈》的價值更在於尖銳地揭示了當下時代國人一種普遍的被囚禁生存狀態。到了這部《老生》，賈平凹的寫作鐘擺再一次蕩回

到了歷史部分。但與只是以「文革」為表現對象的《古爐》有所不同，《老生》的關注視野顯然要闊大許多。在《老生》中，賈平凹第一次把百多年來中國現代的社會歷史演進納入到了自己的寫作視域之中。

這裡，一個不能忽略的問題就是，在進入新世紀以來的長篇小說寫作中，賈平凹已經差不多形成了自己所特有的處理敘事時間的一種模式。那就是，無論是面對現實，抑或還是反顧歷史，賈平凹都習慣於把敘事時間做高度的濃縮化處理：「《古爐》是按照自然時間的順序展開敘事的，整部小說一共六大部分，分別是『冬部』、『春部』、『夏部』、『秋部』、『冬部』、『春部』。需要說明的是，第一個『冬部』，是1965年的冬天，到了第二個『春部』，則已經是1967年的春天了。這就是說，小說的故事時間前後持續大約也不過只有一年半的時間。簡單回顧一下賈平凹的長篇小說，就不難發現，儘管說也會出現時間處理上的大跨度敘事，比如《病相報告》，但相比較而言，作家的藝術表現更加精彩奪目的，似乎卻是類似於《古爐》這樣的小跨度敘事。與《古爐》相類似的是《秦腔》，《秦腔》的敘事時間，前後大約也只有一年左右。《秦腔》與《古爐》毫無疑問是賈平凹截止目前最優秀的兩個小說文本，在這兩部長篇小說中，作家都把敘事時間控制得非常緊湊。這樣必然導致的一種敘事結果，就是文本的高密度。所謂『密實』，所謂『密不透風』，說明的都是這種狀況。賈平凹自己，則不無形象地把這種敘事狀態稱之為『密實的流年式的敘寫』。我總有一種強烈的感覺，賈平凹對於敘事時間的這種處理方式，非常類似於那些能夠很好地完成高難度動作的體操運動員。在一個相對狹小的故事空間內，賈平凹卻能夠如同那些體操運動員一樣自如地騰挪跳躍，縱橫捭闔地把複雜豐富的人生信息高度濃縮控制在了短暫的時間維度內。說實在話，在當下中國文壇，能夠如同賈平凹一樣具備如此一種藝術能力的作家，還真是並不多見。」〔註1〕很大程度上，如此一種極度濃縮的「高密度」敘事，其實可以被看作是賈平凹長篇小說的某種敘事特質。但是，到了《老生》，面對著長達百多十年的一部中國現代歷史，繼續採用這種作家自己頗有心得的敘事方式，顯然已經不再現實。到底採用一種什麼樣的敘事方式，才能夠更有效地進入自己的表現對象，自然構成了賈平凹所無法迴避的藝術挑戰。幸虧，也就是在這個時候，賈平凹遭遇了中國的古老典籍《山海經》。對於《山

〔註1〕 王春林《從「塊狀敘事」到「條狀敘事」——賈平凹長篇小說〈古爐〉敘事藝術論》，載《百家評論》2013年第5期。

海經》的持續閱讀和悉心揣摩，給《老生》的寫作帶來了極大的啟發。賈平凹在後記中坦承：「《山海經》是我近幾年喜歡讀的一本書，它寫盡著地理，一座山一座山地寫，一條水一條水地寫，寫各方山水裏的飛禽走獸樹木花草，卻寫出了整個中國。《山海經》裏那些山水還在，上古時候有那麼多的怪獸怪鳥怪魚怪樹，現在仍有著那麼多的飛禽走獸魚蟲花木讓我們驚奇。《山海經》裏有諸多的神話，那是神的年代，或許那都是真實發生過的事，而現在我們的故事，在後代來看又該稱之為人話嗎？」一個「神話」，一個「人話」，道出的卻是賈平凹閱讀《山海經》的所悟所得。具而言之，《山海經》之對於賈平凹，首先就影響到了《老生》的藝術結構設定：「《老生》是由四個故事組成的，故事全都是往事，其中加進了《山海經》的許多篇章，《山海經》是寫了所經歷過的山與水，《老生》的往事也都是我所見所聞所經歷的。《山海經》是一個山一條水地寫，《老生》是一個村一個時代地寫。《山海經》只寫山水，《老生》只寫人事。」由賈平凹自己的言論，再結合《老生》的文本實際，即不難看出，《山海經》所啟發於賈平凹的，首先就是一種小說的「方法論」。作為一部古老的地理之書，《山海經》以極其素樸的方式記錄了人類初民對於大自然的認知和理解。比如《南山經》：「……又東三百八十里曰猨翼之山。其中多怪獸，水多怪魚。多白玉，多蝮蟲，多怪蛇，不可以上。又東三百七十里曰杻陽之山。其陽多赤金。其陰多白金。有獸焉，其狀如馬而白首，其文如虎而赤尾，其音如謠，其名曰鹿蜀，佩之宜子孫。怪水出焉，而東流注於憲翼之水。其中多玄魚，其狀如龜而鳥首虺尾，其名曰旋龜，其音如判木，佩之不聾，可以為底……」作者就這樣，一座山一座山地漸次寫來。首先沿著方位寫出山名，然後將這座山的礦產、動植物等等一一羅列而出，言辭簡潔至極，直指事物本身，絕無任何旁逸斜出的附著與雕飾。這種寫作方式對於賈平凹的啟發，顯然就是，當自己面對著一部堪稱紛繁蕪雜的幾乎不知道該從什麼地方切入表達的中國現代歷史的時候，也完全可以如同《山海經》一樣，以切片分割的方式加以表現。這也就是賈平凹自己所謂「一個村一個時代」地寫。正因為採取了如此一種小說的「方法論」，所以《老生》也就成了一部沒有主人公的長篇小說。所謂沒有主人公的長篇小說，就是指小說中缺少一位貫穿文本始終的主人公形象。通常意義上，大凡一部長篇小說，都會有貫穿文本始終的主人公形象存在。具體到賈平凹自己，《秦腔》中的主人公可以說是夏天義、夏天智兄弟，《高興》中的主人公是劉高興，《古爐》中的主人公是

霸槽、蠶婆與狗尿苔，《帶燈》中的主人公，則顯然是帶燈，但到了這部《老生》之中，你卻無論如何都難以指出哪一位人物能夠被看作是小說的主人公。四個時代，四段人生故事，每一個時代活動著的都是不同的人群。雖然說作品中也的確有如同唱師和匡三司令這樣貫穿始終的人物存在，但毫無疑問，無論是唱師，抑或是匡三司令，都更多地屬於藝術形式層面上的功能性人物，都不能被看作是小說的主人公。這樣看來，《老生》自然就是一部沒有主人公的作品。如此一種文本的生成，顯然是《山海經》的影響所導致的結果。正如同《山海經》雖然寫了五千三百多處山，二百五十餘處水，你卻很難指認其中的哪座山或者哪條水處於作品的中心地位一樣，賈平凹的《老生》寫了中國現代歷史上的四個不同時代，每一個時代都寫了一群人，但我們卻無法指認其中的哪一位就是居於小說核心地帶的主人公。假若說「山」與「水」可以被看作是《山海經》的中心物象的話，那麼，《老生》的主人公就可以被理解斷定為是中國現代歷史。就我個人有限的閱讀視野，一部長篇小說，既沒有貫穿性的整一故事情節，也沒有貫穿性的主人公形象，在中國當代文學中，幾乎可以說是絕無僅有的。儘管我們一般並不把賈平凹看作是注重於小說形式實驗創新的先鋒作家，但由以上具有突出原創性色彩的藝術處理來看，賈平凹小說寫作一種鮮明先鋒性特質的具備，不管怎麼說都是難以被否認的。

　　需要特別注意的一點是，雖然說《山海經》中有山有水，計有《山經》五卷，《海經》八卷，但到了賈平凹的《老生》中，所穿插引用的《山海經》原文卻只是《山經》中的《南山經》《西山經》以及《北山經》的一部分。關鍵問題在於，賈平凹為什麼要捨《海經》而取《山經》？答案顯然與賈平凹對於中國的理解有關。唯其因為中國多山，所以很多年之前就有學者何博傳寫出過影響殊大的著作《山坳裏的中國》。同樣的道理，一些學者之所以會把中華文明稱之為黃色文明，而把發端於古希臘的西方文明稱之為藍色文明，也與中國的多山密切相關。我不知道賈平凹醞釀構思時是否受到過這些學者的影響，但殊途同歸的一點卻是，賈平凹之所以在他的《老生》中只取《山經》而捨《海經》，大約也是因為在他的理解中更多地把中國與高山聯繫在了一起。另外一點不容忽略的是，儘管四個時代故事的發生地都不相同，第一個故事的發生地主要是正陽鎮，第二個故事的發生地是老城村，第三個故事的發生地主要是過風樓公社（以棋盤村為核心），第四個故事的發生地則變成了當歸村，但以上四個故事發生地，從大的地理區劃來說，不僅都歸屬於更其龐大

的秦嶺山區，而且都依傍著一條名叫倒流的河。唯其因為賈平凹在潛意識中早已把中國與高山聯繫在了一起，所以也才會把秦嶺山區設定為總體意義上全部小說故事的發生地。

二

既然是一部旨在透視表現百多十年中國現代社會歷史演進過程的長篇歷史小說，作家持有什麼樣的一種歷史觀，就是至關重要的事情。儘管從小說的根本藝術要求來說，作家的歷史觀理應沉潛在故事情節的縱深處，而不應該以理性話語的方式直接道出，但在《老生》的後記中，我們卻還是多少能夠捕捉到賈平凹歷史觀的一點蛛絲馬蹟。「煙還是在吃，吃的煙霧騰騰，我不知道這本書寫得怎麼樣，哪些是該寫的哪些是不該寫的哪些是還沒有寫到，能記憶的東西都是刻骨銘心的，不敢輕易去觸動的，而一旦寫出來，是一番釋然，同時又是一番痛楚。丹麥的那個小女孩在夜裏擦火柴，光焰裏有麵包，衣服，爐火和爐火上的烤雞，我的《老生》在煙霧裏說著曾經的革命而從此告別革命。」能夠與賈平凹的歷史觀聯繫在一起的，顯然是這段話裏的「《老生》在煙霧裏說著曾經的革命而從此告別革命」。一部百多十年的中國現代歷史，最不容忽缺的關鍵詞之一，恐怕就是「革命」。究其根本，抓住了「革命」，也就意味著抓住了中國現代歷史的命門所在。然而，對於意欲一究中國現代歷史真相的賈平凹來說，僅僅抓住革命這一中國現代歷史的命門也還是不夠的，面對著長達百多十年之久的一部中國現代歷史，已然決定採用「切片分割」方式的賈平凹，尚需進一步解決究竟應該選取哪些關節點作為自己表現對象的問題。從作家最終的選擇結果來看，賈平凹在這一方面其實還是很費了一番躊躇的。因為寫過《古爐》，所以就避開了「文革」，因為寫過《秦腔》，自然會對當下時代鄉村世界的凋敝也有所閃躲規避。然而，避免題材的自我重複，固然是非常重要的一個原因，但更根本的原因恐怕卻在於，到底選取哪些關節點做深度挖掘，才能夠達到對於中國現代歷史進行深度剖析的寫作意圖。到最後，賈平凹所擇定的四個歷史關節點分別是革命發生的 1930 年代，土改運動的 1940 年代後期，大饑荒的 1950 年代後期以及可以被稱之為「後革命」的所謂市場經濟時代。事實上，也正是通過對這四個不同時代解剖麻雀式的藝術表現，賈平凹點面結合地達至了其對於中國現代革命進行深度追問與反思的寫作目標。

　　《老生》的第一個歷史關節點選在了可以被看作是革命起源的 1930 年代，主要講述當年秦嶺游擊隊的故事。某種意義上，秦嶺游擊隊的誕生過程，就可以被看做是革命在秦嶺地區的最初發生。那麼，秦嶺游擊隊又是怎麼誕生的呢？我們只要細緻梳理一下秦嶺游擊隊的幾個代表人物諸如老黑、雷布、匡三司令等人走上所謂革命道路的經過，自然也就能夠對此有一目了然的認識。首先是老黑。老黑參加革命前的身份是國民黨正陽鎮黨部書記王世貞手下保安隊的一個排長。按照民間的說法，這老黑的命相當硬，他的母親鵲便是因為生他而難產身亡：「老黑身子骨大，是先出來了腿，老黑的爹便幫著往出拽，血流了半個炕面，老黑是被拽出來了，他爹說：這娃黑的？！鵲卻翻了一下白眼就死了。」十五歲時，老黑和爹與熊遭遇，逃命途中他爹不慎失足，從崖上掉了下去不幸被撞死。老黑也就成了孤兒。虧得有了王世貞的好心收留，他才成了王世貞的手下：「爹再一死，老黑成了孤兒，王世貞幫著把人埋了，給老黑說：你小人可憐，跟我去吃糧吧。吃糧就是背槍，背槍當了兵的人又叫糧子，老黑就成了正陽鎮保安隊的糧子。」老黑命硬心更硬。一次，王世貞晚上與番禺坪的保長喝酒，村人趴在牆上看稀罕，沒想到卻被老黑當做貓一槍給打死了。儘管說王世貞對此深感內疚，但老黑的表現卻與王世貞形成了鮮明對照：「王世貞問老黑：你有過噩夢沒？老黑說：沒。王世貞說：你還是去墳上燒些紙吧，燒些紙了好，老黑是去了，沒有燒紙，尿了一泡，還在墳頭釘了根桃木橛。」僅此一端，王世貞之心存仁慈與老黑內心的狠毒決絕，就已經昭然若揭了。更能夠證明老黑狠毒決絕內心的，是他冒死為王世貞姨太太索取蟒蛇皮這一細節。明明知道獨木危險，但老黑卻還是涉險取回了蟒蛇皮。面對著老黑的這種行為，王世貞和姨太太的評價可謂截然不同：「老黑勇敢，王世貞回到鎮公所要擢升老黑當排長，姨太太不同意，說老黑這人可怕，自己的命都不惜了，還會顧及別人？王世貞說：他是為了我才這麼不惜命的。」於是，老黑就當了排長，背上了盒子槍。但此後的一系列事實，卻充分地說明著姨太太眼光的準確到位。一個是他的參加革命。老黑的參加革命，既非苦大仇深，也不是出自所謂的階級覺悟，而只是因為聽了表哥李得勝一番巧舌如簧的鼓動的結果。「老黑卻好奇省城裏的事，李得勝就說國家現在軍閥割據，四分五裂，一切都混亂著。老黑說：這我知道，誰有了槍誰就是王。李得勝又講省城裏的年輕人都上街遊行，反黑暗，要進步，軍警和學生經常發生流血衝突，好多人就去投奔延安。」雖然不能說李得勝的言

辭鼓動毫無作用，但真正促使老黑參加革命的根本動機，卻是其內心中一種強烈的出人頭地的欲望。在李得勝向他亮明了自己的共產黨身份之後，李得勝把槍扔給了老黑：「只說了一句：你不會去舉報吧？！老黑雙手拿槍，突然把李得勝的槍回給了李得勝，就坐下來，說：你不殺我，我舉報你幹啥？這下咱倆扯平了，都是背槍的！管他給誰背槍，還不都是出來混的？！李得勝說：要混就得混個名堂，你想不想自己拉杆子？老黑從來沒有想到過自己要拉杆子，眼睛睜得銅鈴大，說：拉杆子？！李得勝說：要幹了咱一起幹！」這裡，至關重要的一個因素，就是李得勝的那句「要混就得混個名堂」。正是這句話，極大程度地迎合了老黑內心中的自我期許，促使他義無反顧地走上了革命這條不歸路。尤其不容忽略的一點是，就在李得勝和老黑密謀參加革命的時候，屋外傳來了熱情招待他們的那位跛子老漢匆忙急促的腳步聲。李得勝誤以為跛子老漢要去告發他們，「一槍就把他打得滾了下來」。沒想到老漢的原意卻只不過是要去摘花椒葉而已。到了如此一種不堪地步，老黑乾脆來了個一不做二不休，在無辜老漢的頭上補了一槍，說：「該咱們拉杆子呀，他讓咱斷後路哩！」老黑的這一槍，更是打出了他內心世界的陰冷殘忍。假若說跛子老漢無辜，那麼，王世貞則絕對稱得上是老黑的恩人。但即使是如同王世貞這樣的恩人，革命後的老黑也毫不手軟：「老黑這才明白王世貞果然早懷疑了他，換給他的那把槍裏根本就沒裝子彈，而且還在梁上架了石灰，要讓石灰磣了他的眼好捉他。於是，老黑就一抖身子朝王世貞開了一槍。王世貞已經站起來了，又倒在椅子上，說：來人，來——。再從椅子上掉到地上，說出一個：人！沒氣了。」拿自己曾經的恩人王世貞祭刀之後，老黑就逐漸地變成了秦嶺游擊隊意志堅定的核心成員之一。

雷布參加革命的動機也談不上有什麼高尚。他的參加革命，與自家蟒蛇皮的被王世貞剝奪有直接關係。因為自己的父親被蟒蛇驚嚇成了植物人，雷布遂帶頭捕殺了那條大蟒蛇。大蟒蛇被捕殺後，蟒蛇皮自然就歸屬了雷布。雷布把蟒蛇皮看得特別重要，用他母親的話來說，就是：「那蟒蛇皮不給人的，我兒把它釘在那裡讓他爹魂附體哩。」沒想到的是，這蟒蛇皮卻被老黑給盯上了。為了討好王世貞的姨太太，老黑不僅主動提出應該用蟒蛇皮給姨太太蒙一把二胡，而且還不顧自家性命，踩著獨木從山澗對面取回了被雷布視作珍貴之物的蟒蛇皮。但誰知，明明是老黑的鬼點子，不明就裏的雷布卻把這筆賬稀裏糊塗地記到了王世貞的頭上。雷布之所以願意參加秦嶺游擊隊，其

根本動機正在於此：「老黑找到雷布，邀著一起鬧事，雷布不信老黑，說：要鬧事我就要殺王世貞！老黑說：殺呀！雷布說：你鞍前馬後的，殺他？！老黑說：刀子要殺誰我聽刀子的。雷布說：那你拿刀子扎我腿。把刀子遞給老黑。老黑拿了刀子，對刀子說：你渴了，想喝血啦？一刀子就扎在雷布的腿面上。兩人當下拜了兄弟。」雷布根本不知道，蟒蛇皮事件的始作俑者，實際上正是攛掇他參加革命一起鬧事的老黑。這樣看來，雷布復仇心理特別明顯的革命，其實帶有突出的誤打誤撞性質。

至於匡山司令，他的革命動機就更其猥瑣不堪了。又或者，從根本上說，匡山司令的參加革命乾脆就談不上什麼動機云云。「匡山自小就是嘴大，他能把拳頭一下子塞進去，秦嶺裏俗話說嘴大吃四方，匡山的爹卻總抱怨匡山把家吃窮了。」或許因為老爹抱怨太多的緣故，匡山打小就對父親心存怨恨不滿。這一點，突出地表現在他對於父親屍體的處理方式上：「爹一死，匡山卻稱，十多年了，從未順聽爹的話，這一次就聽爹的吧。匡山把爹用席捲了埋在倒流河邊。秋末河裏發大水，墳被沖得一乾二淨。」匡山的「不賢不孝」，通過這一細節即得到了格外有力的表現。自此之後，孤兒匡山就過上了半乞討半偷竊的流浪生活。德發店的一個討飯細節，最能見出匡山的無賴性格：「豆干端上來還沒放到桌上，從店外跑進了匡山，仰了頭說：梁上老鼠打架哩！眾人抬頭往屋樑上看，匡山便一把將豆干盤搶了去。掌櫃趕緊攔，匡山跑不及，卻在豆干上呸呸唾了兩口。」既然自己偷吃不成，那別人也甭想染指。這樣一位乞兒的參加革命，就是為了能夠填飽肚子解決吃飯問題。那次，偷了別人家的紅薯乾被主人追著攆的匡山，路遇剛剛參加革命的老黑：「這時候老黑就走過來，叭地朝空放了一槍，眾人嘩地散了，匡山還趴在那裡。老黑說：吃飽了沒？匡山說：吃不飽。老黑說：要吃飽，跟我走！老黑提了槍往驛街外走，匡山爬起來真的就跟著也往驛街外走。」這裡的一個關鍵問題是，年輕的匡山，本來可以憑藉出賣自身的力氣謀求生路，但他卻寧願四處偷竊乞討，也不願意靠自己的勤懇勞動過活。某種意義上，根本就不知革命為何物的匡山的最後投身革命，乃是逃避誠實勞動的必然結果。惟其如此，匡山參加革命後的表現也才會令人特別失望。「游擊隊幹的是革命，但匡山不曉得，只知道革命了就可以吃飽飯，有事沒事便往隊裏的伙房裏鑽，打問早晨的饃還剩下沒有，晌午又做啥飯呀。」一方面是只專注於吃喝，另一方面則是戰鬥過程中的畏縮不前：「受傷的給老黑反映匡山去了不動手，老黑就問匡山：

你咋回事？匡山說：我沒槍呀。老黑說：那刀呢，你沒拿刀？匡山說：我連雞都沒殺過。老黑扇了個耳光，罵：你只會吃！」

匡山在戰鬥中的消極懈怠且不必說，更其不容忽視的，卻是秦嶺游擊隊成立之後的一系列革命行為，不是打劫富戶，就是冤冤仇殺。「清風驛北四十里外的皇甫街，是個小盆地，產米產藕，富裕的人家多。游擊隊在清風驛出出進進了多次，燒了好多店鋪，也死了十幾個人，皇甫街的富戶都恐慌，就在街後的烏梢崖上開石窟。」雖然以革命競相標榜，但從秦嶺游擊隊一意打劫富戶的行徑來看，卻與土匪沒有什麼差別。既然富戶的利益被嚴重侵害，那麼，富戶們的尋求庇護也就理所應當。當時是民國期間，能夠為富戶提供庇護者，自然就是民國政府，是保安隊。一方要破壞社會秩序，謀求自身利益，另一方卻要維護社會秩序，再加上其中還有諸多私人恩怨的纏繞，游擊隊與保安隊之間你死我活的爭鬥拼殺自然也就勢在必然了。秦嶺游擊隊遭遇的一大劫難，就是皇甫街一戰的蒙受重大傷亡。游擊隊的傷亡慘重，固然與李得勝的疏忽大意有關，但根本原因卻是因為有富戶逃脫後的告密。皇甫街的這位財東之所以要不惜命地逃走去告密，正是因為游擊隊對他的利益有著強烈的侵犯。同樣的道理，王世貞的姨太太之所以會對游擊隊對老黑恨之入骨，也是因為老黑槍殺了其實有大恩於他的王世貞。正因為內心中惦記著王世貞，所以，得知老黑被抓的消息之後，她才會要求剜了老黑的心來祭奠王世貞。人死了還不解恨，還一定要剜心祭奠，自然是血腥至極的行為。然而，王世貞的姨太太與保安隊折磨游擊隊的手段固然血腥殘忍，但游擊隊回敬他們的方式也一樣充滿血腥意味。雷布他們在抓到王世貞的姨太太之後，雷布「拿刀在她臉上寫字，鼻樑上寫了個老字，鼻樑以下寫了個黑字，臉就皮開肉綻，血水長流，然後拉了另外三個人揚長而去。那三人不解，說：不殺她了？！雷布說：讓她去活吧！」這可真的是「以眼還眼，以牙還牙」了。在如此一種「以眼還眼，以牙還牙」的藝術描寫背後，所充分透露出的，正是作家賈平凹一種針對爭鬥雙方不提前預設任何價值立場的「齊物」態度。此外，說到賈平凹對於革命的洞見，這一部分終結處的一個細節，也同樣特別耐人尋味。共產黨的二十五軍開進秦嶺後，雷布與匡山的秦嶺游擊隊再度獲得生機。為了更徹底地控制這支根基扎在秦嶺的游擊隊，二十五軍首長派一位姓鄧的擔任了游擊隊的政委。「雷布與姓鄧的意見不和，時常爭吵。」到後來，在一次阻擊戰鬥中，雷布不幸中彈身亡。但雷布的死卻十分蹊蹺：「聽當地人

講，雷布犧牲在東山垭左邊溝裏的一棵白皮松下，他往前衝的時候中了彈，子彈從身後打的，當時倒下去就死了。匡山大哭了一場，只得再去了二十五軍。在二十五軍找到了姓鄧的，詢問雷布的死為什麼是從身後打中的，這子彈是誰打的？姓鄧的說，誰打的我怎麼說得清，戰場上子彈長眼睛嗎？」雷布之死的詭異可疑，所牽引出的，自然是我們對於革命的深長思考。

由以上分析可見，同樣是關於革命起源故事的敘述，賈平凹的《老生》與「十七年」間影響極大的那批「革命歷史小說」形成了極其鮮明的對照。革命歷史小說「是『在意識形態的規限內，講述既定的歷史題材，以達成既定的意識形態目的』，它主要講述『革命』的起源的故事，講述革命在經歷了曲折的過程之後，如何最終走向勝利。」〔註2〕更進一步說，「關於『革命歷史』題材寫作的文學史上的和現實政治上的意義，當時的批評家曾指出：對於這些鬥爭，『在反動統治時期的國民黨統治區域，幾乎是不可能被反映到文學作品中間來的。現在我們卻需要補足文學史上的這段空白，使我們人民能夠歷史地去認識革命過程和當前現實的聯繫，從那些可歌可泣的鬥爭感召中獲得對社會主義建設的更大信心和熱情』。以對歷史『本質』的規範化敘述，為新的社會的真理性作出證明，以具象的方式，推動對歷史的既定敘述的合法化，也為處於社會轉折期的民眾，提供生活準則和思想依據──是這些小說的主要目的。」〔註3〕只要讀一讀《紅旗譜》《青春之歌》等一些具有代表性的「革命歷史小說」，就不難感受到以上這些特質的顯豁存在。概括言之，這些小說中的革命者可以說都是苦大仇深，人格品德高尚，具有突出的反抗性格特徵。儘管說他們的走上革命道路未必都是理性自覺的結果，但在參加革命之後，思想覺悟就會迅速獲得提高，能夠以一種鮮明的階級意識積極介入到具有突出正義性的革命鬥爭之中。但所有的這一切，到了賈平凹的《老生》中，卻都發生了極其耐人尋味的變化。諸如老黑、匡山、雷布之類秦嶺游擊隊的核心成員，其人性深處不僅潛藏著惡的基因，而且生性無賴，他們參加革命的動機，或者為了滿足更高的私欲，或者為了達到借刀殺人公報私仇的目的。更進一步，從秦嶺游擊隊的革命過程來看，他們雖然打著革命的幌子，但究其實質，卻也無非不過是打劫富戶或者冤冤相報而已，其間充滿著極度背離人性的血腥和暴力。如果說當年的那些「革命歷史小說」的確是在以文學的方

〔註2〕洪子誠《中國當代文學史》，106、107頁，北京大學出版社1999年8月版。
〔註3〕洪子誠《中國當代文學史》，106、107頁，北京大學出版社1999年8月版。

式「為新的社會的真理性作出證明，以具象的方式，推動對歷史的既定敘述的合法化」的話，那麼，賈平凹的《老生》也就完全可以被看做是對於這些「革命歷史小說」的解構與顛覆之作。

三

《老生》的第二個歷史關節點，落腳到了進行大規模土地革命的 1940 年代後期，以老城村為核心描摹展示著當年那場極具震撼力的土改運動。在具體展開對這一部分的分析之前，我們首先需要討論一下《老生》的題材歸屬問題。從時間的層面上說，作品所講述的乃是既往百多十年來人生故事，理當被視作歷史小說。但從空間的層面上說，作品的故事發生地秦嶺山區皆屬於鄉村，因此也可以被看做是鄉村小說。曾經自詡為「我是農民」的賈平凹，雖然也寫過一些城市題材的作品，但從根本上說，他最得心應手的題材領域還應該是中國的鄉村世界。當年的趙樹理一度被視為描寫表現鄉村生活的「鐵筆聖手」，某種意義上，當下時代的賈平凹，也完全當得起如此一種稱呼。鄉村世界的生活主體乃是農民，在中國這樣一個農耕文明的國度裏，對於廣大農民來說，至關重要的一個問題，恐怕就是土地的歸屬問題。古往今來歷朝歷代，土地的問題，都能夠從根本上觸動民心。很多時候，正是土地問題決定著未來社會的基本發展走向。賈平凹之所以要擇定土改運動作為《老生》中的一個歷史關節點，根本原因恐怕也正在於此。這一部分的故事發生地老城村的命運變遷，說來令人十分感歎。它本來是嶺寧縣縣城的所在地，但因為縣長的頭被秦嶺游擊隊割走，省政府便把縣城移遷到了方鎮。「而不到幾年，這裡的店鋪撤離，居民外流，城牆也坍垮了一半，敗落成一個村子，這村子也就叫老城村。」縣城的漸次坍塌而變身為老城村的描寫充滿著象徵意味。它象徵著一種土地秩序的被徹底瓦解。所謂土改，建立在土地資源不平衡的前提之上。主其政者期望能夠通過這種方式重新分配土地資源，使土地資源的擁有能夠更加均衡，真正地實現所謂的「耕者有其田」。但願望的美好卻並不能保證行為的合理合法。這裡，有兩個問題不容輕易忽略。其一，我們首先要追問的是，究竟是什麼原因導致了土改之前土地資源的不平衡？以老城村為例，後來被打成地主的王財東與張高桂擁有的土地最多，馬生最少：「老城村最富的是王財東，最窮的是馬生，這是禿子頭上的虱，明擺著的事。」王財東與張高桂的富有，顯然是他們多年來勤懇儉樸長期苦心經營積累的結果。

這方面，最典型不過的是張高桂：「張高桂有五十畝地，都是每年一二畝每年
三四畝的慢慢買進的，就再沒有能力蓋新房，還住在那三間舊屋。」日常生
活中的張高桂，不僅是老城村的潑留希金，而且他的老父親當年就是為了修
地為了擴大土地面積被炮給炸死的。如此一個「地主」，其對於土地的感情自
然一往情深：「後來知道了地要分呀，他一日五次六次地往地裏去，尤其一到
了河灘的十八畝地，就坐在那裡哭。」馬生之所以沒地，與他的游手好閒好
吃懶做有直接關係。關於這一點，作品中的一個細節，可謂特別有說服力：
「白河牽著驢過來說：幫叔趕驢把麥捆馱回去，給你擀長麵吃！馬生腳大拇
指一翹一翹，盯著樹上的一顆紅軟蛋柿，說：叔哎，你搖搖樹，讓蛋柿掉到我
嘴裏。」一個只是躺著等蛋柿掉到嘴裏的人，你怎麼可以期望他勤懇勞動置
地呢。

其二，退一步說，即使要重新分配土地資源，也存在著一個採用什麼樣
的方式進行分配的問題。一種較為理想的方式，就是所謂的和平土改，即只
是剝奪土地資源擁有者過多的土地加以重新分配而並不觸犯他們的人格尊
嚴。但在 1940 年代後期的中國，現實的土改所採用的卻是一種嚴重觸犯「地
主」人性尊嚴的暴力土改方式。這一方面，張高桂與王財東兩位萬般無奈的
橫死結局，就是典型不過的明證。因為自己的土地乃是辛辛苦苦累積而來，
張高桂實在無法接受土改的現實。就在村裏的農會到他家搬運東西的時候，
氣不過的張高桂終於一命嗚呼了。關鍵的糾葛，正出現在下葬墓地的選擇上。
張高桂死後，他的老婆堅持要把他埋在那十八畝河灘地裏。但她的這種主張，
卻沒有得到村農會的批准認可。原因在於，農會早已決定把這塊河灘地分給
那些貧農了。一方要葬，另一方卻堅決不讓葬，二者因此而勢不兩立。明明
是屬於自己的土地，但在一夜之間就易主他人，張高桂的此種悲慘遭遇，就
真正稱得上是死無葬身之地了。但與張高桂相比較，人性尊嚴更嚴重被冒犯
的，卻是王財東。日常生活中的王財東，不僅勤勤懇懇，而且特別與人為善。
長工白土的爹死了，因為家窮沒能力辦喪事，出手幫助白土渡過難關的，正
是王財東：「王財東見白土人憨，還來幫著設靈堂，請唱師，張羅人抬棺入墳
後擺了十二桌待客的飯菜。」然則，王財東即使再大作善事，土改時也無法
逃脫被折磨的厄運。土地與財產的被無端剝奪之外，更慘烈的，是其人性的
被折損被戕害。明明是因為馬生自己用鏡子偷窺邢蚰轆的家庭私生活而致使
邢蚰轆家著了火，但他卻不僅偏偏要嫁禍於「地主」王財東，而且還變本加

厲地多次組織村裏人批鬥王財東他們。王財東腿傷嚴重，根本下不了地，只有用籮筐抬著才能夠到現場接受批鬥。王財東妻子玉鐲眼睜睜看著丈夫受折磨，心有不忍，向馬生求情。馬生卻乘便欺辱了玉鐲：「玉鐲捂懷，馬生又使勁拉扯她的褲帶，她的褲帶是用麻絲編的，馬生說：地主的媳婦繫這好的褲帶！猛地一拽，褲帶還是沒扯下來，卻把褲腰撕開了，就勢壓在地上，說：你要讓我進去，明日他就免了會。」更有甚者，王財東明明就躺在裏屋的炕上，馬生卻還是要欺辱玉鐲。這種當面的肆意凌辱，對王財東自然形成了極強烈的刺激：「王財東爬到炕沿要下來，又下不來，一下子跌到炕下的尿桶裏，頭朝下，在尿裏溺死了。」對於王財東與張高桂這樣的「地主」來說，土地財富的被剝奪還不算，到最後還得搭上自己的身家性命。如此一種重新分配土地資源的方式，不是暴力土改，又能是什麼呢？！

「一解放，這世上啥沒轉化呢？馬生是小雞成了大鵬，王財東是老虎成了病貓」。朝代的更迭，會對普通人的命運產生無法抗拒的影響。王財東、張高桂也罷，馬生、拴勞也罷，雖然從社會政治的角度看絕對屬於對立的雙方，但他們的人生軌跡均未能逾出時代的框限去。實際上，也正是在改朝換代的社會轉型過程中，這些人物的人性世界得到了足稱豐富的藝術表現。這一方面，最具代表性的，乃是能夠順應時代潮流的鄉村二流子馬生。馬生的無賴品性，在金圓券作廢的時候曾經得到過一次表現的機會。早一天，王財東掏給馬生一張金圓券，讓他去吃頓辣湯肥腸。沒想到，等馬生第二天興沖沖地拿著金圓券去鎮上趕集，要用這金圓券去買布的時候，卻意外地獲知了金圓券已經作廢的消息。一時氣急敗壞的馬生「回到村，直接去找王財東，說：你知道這金圓券作廢了，你給我？！王財東說：這我今中午才曉得呀！馬生把金圓券撕了個粉碎，擲到王財東的臉上，說：還給你，我不落你人情！」僅此一個細節，王財東的樂善好施與馬生的冷漠絕情恩將仇報，就形成了極其鮮明的對照。鄉村二流子馬生之所以能夠成為老城村的農會副主任，乃緣於一個偶然的機會：「白石要村民推選代表，村裏人召集不起來，白石就問夛看誰能當代表，白河說了幾個人，可這幾個人都是忙著要犁地呀，不肯去。馬生說：我沒地犁，我去。」真正意義上的農民都忙於農活不願意去，這就給成天混日子的馬生提供了登上歷史舞臺的機會。「鄉政府的會傳達了各村寨要成立農會，全面實行土地改革，來開會的人必然就是各村寨的農會領導。」儘管由於白石的干預，馬生沒有能夠成為老城村農會的主任，但卻成了副主任。

原因正如鄉長所說：「那就讓洪拴勞當主任，你說馬生是混混，搞土改還得有些混氣的人，讓他當副主任。」鄉長的話就充分表明，鄉村混混馬生到最後能夠成為農會的副主任，很大程度上乃是鄉政府需求的結果。一句話，當時的執政者希望利用馬生這樣的流氓無產者來推動土改的積極進行。老城村後來發生的一系列事實，也果然證明了這一點。

　　一方面，由於洪拴勞相對實誠，還算是一位有操守的農民，另一方面，更由於馬生從一開始就有意玩弄權術排斥洪拴勞以便大權獨攬，這馬生雖然名義上是副主任，實際上卻往往越俎代庖，在很多時候都行使著主任的權力。土改過程中，馬生一直在肆無忌憚地憑藉手中的公權力滿足著自己的私欲。強行佔有王財東的妻子玉鐲自不必說，馬生的殘忍，更集中地體現在對白菜的惡毒陷害上。白菜是姚家的媳婦，人雖然不漂亮，但卻長著兩個好奶。好色的馬生，因此而惦記上了白菜。發跡之前的被白菜冷落，馬生只能獨自承受。關鍵在於，馬生成了權傾一時的農會副主任之後，白菜的態度居然還是不冷不熱，沒把他當回事。懷恨在心的馬生，便要尋機報復。在發現了白菜與鐵佛寺的和尚與白菜有染的私情後，馬生就挑動白菜的丈夫前去闖寺捉姦。最後的結果，是那位和尚被白菜的丈夫與其他幾位男人活活打死。但馬生對於白菜的報復卻並未到此為止：「耙地時，馬生在，白菜的男人在，白菜也在。馬生耙到埋和尚的地方，埋得坑淺，鐵齒就把和尚的天靈蓋耙開了。馬生喊白菜：你來看這是啥？白菜一看，癱得坐在地上，自後人就傻了，不再說話，除了吃飯，嘴都張著，往外流哈喇子。」只是因為沒能得到白菜，就不惜使出如此惡毒的手段，一直到把白菜整傻方才罷休。馬生的陰冷毒辣，在對白菜的整治過程中表現得可謂淋漓盡致。同樣能夠強有力地說明馬生無良品行的，還有土改中他與洪拴勞之間的權力爭鬥。洪拴勞沒有參加鄉政府召集的會議但卻成了村農會的主任，身為副主任的馬生對此一直耿耿於懷憤憤不平。既然如此，二人在土改進行過程中彼此之間的拳打腳踢也就無法避免了。但正所謂君子往往鬥不過小人一樣，因為洪拴勞恪守著做人的某種底線，而馬生卻根本就談不上什麼操守，所以，他們之間的爭鬥最終以馬生的勝利告終，就是一種昭然若揭的結果。洪拴勞有一個養女叫翠翠，翠翠與拴勞媳婦她們母女之間的關係向來不夠和睦，常常發生衝突：「翠翠抓回來後被拴勞媳婦打了一頓，把頭髮都給剃了，樣子不男不女。有人對拴勞說：孩子大了，不能那樣待啊！拴勞說：唉。一臉愁苦。拴勞的媳婦這是村裏人都知道的，但媳婦

做事這麼過分而拴勞還不管，村裏人就不明白啥原因。」到後來東窗事發洪拴勞被捕，人們方才理解了他的難言苦衷：「邢轱轆就背了白河往農會院子裏去，還沒到，就見在巷口拴勞果然被綁著往村外去。馬生從他口兜裏掏印章。拴勞一拉走，馬生散佈的情況是翠翠在鄉政府告狀，說拴勞四年前強姦過她。而在鄉政府一審問，拴勞把啥都承認了，就沒有再回村，從鄉政府送到縣城坐了牢。」卻原來，洪拴勞有把柄一直握在媳婦的手中。洪拴勞一入獄，老城村的印把子自然就落入到了馬生的手裏，馬生終於名正言順地成了老城村農會的一把手。然而，與權力的更易相比較，更讓人倍加感慨的，卻是拴勞的媳婦改嫁給了馬生，最終成為了馬生的媳婦：「拴勞的媳婦我怎能不熟悉呢，但我怎麼也想不到馬生是娶了拴勞的媳婦。」媳婦的更易，事實上有著突出的象徵意味。這一事件的發生，充分說明老城村已然變成了鄉村混混馬生的一統天下。

四

　　一方面，是如同王財東、張高桂這樣土地上勤懇樸實的勞動者，不僅被剝奪了土地的擁有權，而且人性尊嚴也受到了極大的侵犯。另一方面，則是鄉村混混、流氓無產者馬生的如魚得水輕易上位。如此兩極分明的土改，其性質就只能是暴力與血腥的。能夠把暴力血腥的土改真實地呈示在廣大讀者面前，正可以被看作是賈平凹《老生》或一方面重要的思想藝術價值所在。但毋庸置疑的是，賈平凹對於歷史一種不妥協的批判意識，也突出地表現在他關於 1950 年代後期公社化階段大饑荒的藝術書寫之中。而這，自然也就構成了小說的第三個歷史關節點。這個階段的故事，主要發生在過風樓公社的棋盤村。說到公社化，就不能不進一步思考個人與集體之間的關係問題。反顧 1940 年代後期的土改運動，其要旨在於把隸屬於土地資源大量擁有者的土地盡可能平均分配給各農戶所有。儘管說土改的暴力與血腥性質不可否定，但從客觀的效果上說，通過當時的土改，的確使很多格外珍視土地的農民成為了土地的主人。然而，好景不長，農民得到了土地不久，中國大陸就開始了土地集體化的所謂農業合作化運動。出現於 1950 年代後期的公社化運動，乃是農業合作化運動的進一步順延。究其實質，合作化也罷，公社化也罷，都意味著社會政治制度的一大根本變革，即由已經傳沿很多很多年的私有制變身為貌似更為進步的公有制。到了公社化階段，土地、財產皆歸屬於集體

所有，任何私有的觀念和行為，都會令人不齒為人所憎惡唾棄。賈平凹的《老生》，在這一歷史關節點上，重點凸顯出的便是個人與集體之間殊為激烈異常的矛盾衝突。棋盤村的村長馮蟹，之所以能夠成為過風樓公社的先進，就與他在任上所採取的一系列整一化行為密切相關。「後來，棋盤村就有了規定，五十歲以上的男人可以剃光頭，五十歲以下的男人都理成他（指馮蟹）的髮型。」「他們緊接著實施著兩項措施，這也是受了馮蟹理髮的啟示而創新的，一是以縣上獎勵的資金給村民配一套衣服，也就是從縣水泥廠買來了現成的帆布勞動服，這些勞動服統一掛在保管室，每次下地幹活時發給大家。下地回來就收起。二是在地頭配午飯。村裏把幾十畝地生產的土豆沒有分，集中存放，中午了把土豆蒸一大筐送到地頭，吃了就不回去，接著幹下午的活。」讓本來就散漫慣了的農民統一髮型、服裝，並且一起在地頭吃午飯，這樣一種極富象徵性的藝術描寫背後，所充分凸顯出的，正是集體化時代對於個人意志的強制性統一。這一方面，相當典型的例證，就是棋盤村漂亮媳婦馬立春的淒苦遭遇。棋盤村要割「資本主義尾巴」，馮蟹無意中戳中了馬立春。馬立春於是就在劫難逃了。為了給病得要死的婆婆看病，馬立春曾經把布纏在腰間去賣過，這就成了她遭受劫難的緣起所在。在批鬥會上，由她的纏布出賣，村民們又陸續揭發了她曾經有過的在集市上賣雞蛋，用棉花換包穀等一些「投機倒把」的行為。好面子的馬立春頓覺羞憤交加，遂跑回家喝下了六六六藥水。雖然由於搶救及時，馬立春活了下來，但她「卻從此傻了，什麼活也幹不了，終日坐在村道裏瓜笑，只要誰說一句；馮蟹來啦！她抬起身就往家裏跑，把門關了，還要再往門扇後頂上槓子。」

　　馬立春的遭遇已經足夠淒慘，但較之於馬立春的遭遇更加淒慘，同時也能夠更充分地凸顯那個集體化時代反人性本質的，卻是先後被過風樓公社書記老皮給遞送到勞動改造場所黑龍口磚瓦窯接受嚴屬懲罰的張收成與苗天義。張收成的問題在於過於貪戀女色。說實在話，張收成因為男女作風錯誤而受到一些必要的懲罰，也屬情理中事，問題在於，當時所採取的懲罰手段確實太過於殘酷，幾有法西斯的嫌疑了：「張收成赤身裸體，那根東西上弔著一個秤錘，開始在土場子上轉圈，秤錘似乎很重，他轉圈的時候雙腿就叉著。」然而，弔秤錘還算小事，更嚴重的卻是在張收成忍不住奸驢之後，被弔起來慘遭竹片子毒打，「血把眼睛都糊了」。這次慘遭凌辱之後，張收成終於對自己採取了極端的自殘手段：「張收成還關在交代室，伙房送去了一碗紅薯麵飴

餎，他嘴腫得吃不進去，就打碎了碗，用瓷片割他那東西。」遭遇同樣慘烈的，是苗天義：「苗天義是老鷹嘴村的能人，上過中學，寫得一手好字。」「七年前村裏覆查成分，他家由中農上升成小土地出租，小土地出租比地主富農的成分要低，其實也影響不了他當村會計，但他就一直寫上訴。」未曾料想到的是，禍就從這上訴起。那次，在公社下院發現惡毒咒罵共產黨和社會主義的萬言書之後，「最後查來查去，苗天義就成了最大嫌疑犯，因為他有文化，能寫，知道的事情多，而且長期上訴得不到回覆有寫反革命萬言書的動機。但苗天義被抓後如何審問都不承認，弔在屋樑上灌辣子水，裝在麻袋裏用棍打，一條肋骨都打斷了還是喊冤枉。證據不確定，便不能逮捕，就送去窯場了。」但到了窯場後，苗天義仍然不伏罪，於是就繼續接受折磨：「那組長就想出了一個辦法，再不拷打，而把苗天義綁在一個柱子上，雙腿跪地，又脫了鞋在腳底上抹上鹽水，讓羊不住地舔腳心。果然苗天義就笑，笑得止不住，笑暈了過去。」通過對於張收成與苗天義不幸遭際的真切書寫，賈平凹的批判矛頭直指當時那種戕害著正常人性的不合理體制。

這一部分，令人哀歎不已，不能不灑一掬同情之淚的，是小「反革命」分子墓生的悲劇人生。墓生的爹是個鐵匠，因為給東嶺溝的幾戶人家打過刀，而這幾戶人家居然用這刀砍死了農會主任而獲罪，他們兩口子便被打成了反革命槍決了。墓生之所以叫墓生，乃是因為「他爹他娘被槍決時，他娘已經一頭窩在沙坑裏了卻生出了他。」這樣一種身世，就使得根本就不知革命或者反革命為何物的墓生，如同頭上鑄了「紅字」一般成為了一個小「反革命」。墓生之所以能夠留在老皮身邊，為老皮鞍前馬後地提供服務，緣於他天賦異稟的爬樹絕技。被訓練爬樹插旗的猴子死了，老皮忽然想起了墓生的存在，沒想到的是，「墓生爬樹竟然比猴子還快，這就是墓生最初被留下來的原因。」自此之後，墓生就常常扮演著兩面人的角色。一方面，他盡心盡責地承擔著老皮通訊員的功能，另一方面，卻也力所能及地利用位置的便利給鄉親們傳遞消息，幫他們解決一些生活的困難。但就是這樣一位生活中毫無尊嚴可言的墓生，他的死卻讓讀者唏噓不已。因為平時總是吃不飽，那天好不容易逮著機會吃了過多的餅乾，然後，墓生就去收旗：「到了山上，肚子就脹得像要撐破似的，忍著疼痛爬上了婆櫪樹，剛把紅旗收好，眼前突然都是星星，他說：流星雨啦？伸手去接，身子從樹上掉了下去。墓生是頭朝下腳朝上掉了下去，偏不偏頭就迎著樹下的一塊石頭，那石頭其實不大，卻立栽著，一下

子插進了他的腦頂。」可憐的墓生，就此一命嗚呼。但墓生的悲劇，卻更在於老皮和劉學仁們對他的無端懷疑：「劉學仁罵了一句：狗日的！他明白問題全出在墓生的身上，木橛子是墓生釘的，肯定是他搞破壞，逃跑了，所以今天的紅旗就沒有掛。」一直到找到墓生的屍體後，他們方才「認定墓生並沒有畏罪自殺，是從樹上失腳掉下來摔死的。」墓生乃是那個集體化時代很不起眼的一介草民，作為小「反革命」，他的無端被冤，在那個荒謬的時代，實乃司空見慣的尋常景觀。但也唯其一介草民，唯其司空見慣，並因為賈平凹筆調的客觀沉靜，所以，墓生的人生悲劇，讀來方才特別的催人淚下。

五

《老生》的最後一個歷史關節點，選在了名為市場經濟實則威權資本主義的當下這樣一個物質化時代。在這個「後革命」的物質化時代，政治對於人性的禁錮，已經不再居於核心的位置。取而代之的，反倒是所謂市場經濟條件下，物慾的橫流與泛濫。這一次，賈平凹把故事的發生地挪移到了秦嶺中一個以盛產藥材當歸而著名的當歸村。或許是作家一種頗有深意的設定，這當歸村的男人不僅普遍地患著一種大關節病，而且還都是永遠也長不大的侏儒：「當歸村裏的男人一代一代都是一米四五的個頭，鎮街上的人，叫他們是半截子。」這一部分的故事，是集中圍繞著一個名叫戲生的男人來進行的：「戲生也是當歸村人，但他是名人，他家三代都有名，別人欺負不了他。」戲生的爺爺擺擺是烈士，當年曾經是秦嶺游擊隊中的一員。他的父親烏龜，是皮影戲三義班裏一個手藝精湛的簽手。因為是簽手的緣故，烏龜遂與開花結下了一段孽緣，生下了私生女蕎蕎。也正是這位蕎蕎，不僅在烏龜去世後主動登門認親，而且最後還和同父異母的哥哥戲生結了婚。這一部分的主體故事，就發生在戲生與蕎蕎結婚之後。戲生之所以能夠在當下這個經濟時代一領風騷，和他有緣結識鄉鎮幹部老余大有關係。因為在挖當歸的過程中意外地挖到了一棵人形的特大秦參，並且頗有幾分慷慨地把這棵秦參珍品送給了老余，於是就獲得了老余的信任：「老余說：啊你豪氣，我不虧下苦人！就以扶貧款的名義給了戲生五萬元，只是讓戲生在一張收據上簽名按印。」這一細節的出現，顯然暗示著經濟與政治的一種結盟，這就充分說明，戲生後來在經濟領域的大展身手，實際上與老余的強力政治支撐有絕大關係。從根本上說，這才是中國特色的「政治經濟學」。只有看明白了這一點，方才稱得上

對當下時代的中國有了一定程度的理解。

　　事實上，戲生在當下時代出演的幾場經濟大戲，無論是把當歸村變成回龍灣鎮的農副產品生產基地，還是到雞冠山礦區看守礦石，無論是尋找老虎，抑或還是人工種植當歸，其幕後的強勁推手都是老余。其實，以上種種經濟行為，不管是從社會發展的角度來說，還是從個人福祉的角度來說，都無可厚非。關鍵問題在於，在這些經濟行為的運行過程中，人性中過於貪婪的一面嚴重發酵並最終沖決了社會倫理道德規範的堤壩。導致戲生他們最早在農副產品種植方面弄虛作假的，是老余和戲生的一次外出參觀取經，「取了經驗後，回來就去市裏購買各種農藥，增長素，色素，膨大劑，激素飼料。此後，各種蔬菜生長得十分快，形狀和顏色都好，一斤豆子做出的豆腐比以前多出三兩，豆芽又大又胖，分量勝過平常的三倍，尤其是那些飼料，餵了豬，豬肥得肚皮挨地，餵了雞，雞長出了四個翅膀。戲生專門經管化肥、農藥和飼料，他家成了採購、批發、經銷點。」把這麼多對人體有害的東西添加到各種蔬菜食品之中，當歸村人想不富裕都由不得他們了。伴隨著當歸村的富裕，村長戲生自然就成了名人。然後，就是在雞冠山礦區看守礦石期間戲生的監守自盜行為。由於一個人長期在外，遠離蕎蕎，身邊沒有女人，性饑渴的產生就是自然而然的事情。妻子遠水解不了近渴，替代者就只能是妓女了。正是在解決這個問題的過程中，戲生與司機達成了交易的默契：「戲生也心安了，就和司機達成默契，先每次多裝半噸，司機就帶個女的來，後又覺得吃虧，讓司機還要再給他分錢，多出的半噸礦石賣了錢雖不二一分作五，就給他三分之一。」看守礦石的差事泡湯後，戲生再度返回當歸村。這個時候，老余給他出的新點子，就是尋找老虎：「老余對戲生說：你給咱找老虎！戲生說：找老虎？這就是你說的馬吃的夜草？！老余說：找著老虎了，當歸村就劃在保護區內，那就不是有吃有喝的事，而是怎麼吃怎麼喝了。」但問題在於，秦嶺裏確實已經沒有了老虎，正所謂巧婦難為無米之炊，本來就沒有老虎，你就是打死戲生夫婦也不可能發現老虎的蹤跡。怎麼辦呢？老余的妙計還是欺詐：「老余說：尋找老虎又不是要把老虎捉住才能證明有老虎，誰要不認可，又拿什麼證據來說森林裏沒有老虎？戲生說：這照片是咋弄的？老余說：這你不要問，我就是說了，你也聽不懂。戲生說：那就是我拍的？老余說：是你拍的！我現在就要給你，蕎蕎你也記住，這照片是在什麼地點，什麼時候，又是如何拍的。三個人就嘰嘰咕咕到天亮。」老余煞費苦心的設計果然很是奏

效，其最直接的效應之一，就是給爆得大名的戲生帶來了新的財源：「不出來，來人就敲門，不喊戲生了，喊老虎：老虎老虎，不採訪了，咱就合個影吧，給五元錢合個影麼！戲生就開門出來合個影。有了一次掏錢合影，再來人，還要採訪就掏採訪費，要合影就掏合影費，費用由蕎蕎收。」同樣的欺詐行為，也表現在隨後人工養殖當歸的過程中。只不過，這次的撒謊欺詐，主要表現在了對於當歸藥效的過分誇大上：「過了五年，戲生的當歸生產營銷越做越大，縣城入口處鋼架子搭成了一個彩門，上邊寫著當歸之都，而廣場的當歸廣告牌重新製作，配上了戲生的坐像，他是坐著，當然看不出身高。當歸的藥用範圍又增加多項，寫著可以治這樣的病，可以治那樣的病。有人就用筆在邊上加了：可以當勞模。不久，又有人卻加了一條：那咋不治大骨節病？！」雖然說最後的敘事話語反諷意味極其強烈，但戲生的由當歸種植再度風光，卻是無可置疑的事實：「這是戲生一生最風光的日子，他坐著小車從這個村到那個寨，凡到一地，就有人歡迎，吃香的喝辣的，口口聲聲被叫做老總。」

總括以上種種經濟行為，一個共同的特點就是，當下時代的中國人為了獲致最大的經濟利益，已經到了對於倫理道德底線不管不顧的瘋狂地步，以至於就連要直接入口的食品和藥品，也都籠罩在了假冒偽劣的陰影之下。一個民族，一個國家，連食品與藥品的安全都無法得到保障，其極度沉淪的程度自然也就可想而知了。假若說革命時代，一個非常嚴重的問題，乃是人性正常欲望的被強行壓制的話，那麼，到了所羅門的瓶子被打開的「後革命」的所謂市場經濟時代，中國社會的鐘擺顯然就已經盪向了另外一個肆無忌憚極度縱慾的極端。如此一種人性惡的極度泛濫，又怎麼能夠不招致天譴呢？！於是，也就有了賈平凹關於那場瘟疫的描寫。毫無疑問，《老生》中的瘟疫描寫與戲生的尋找老虎，都有著客觀的事實依據，前者是「非典」，後者是「周老虎」事件，完全可以說是賈平凹對於新聞的一種化用。我們都知道，前一個階段，余華《第七天》對於新聞事件的化用，曾經引起激烈的爭議，其中負面評價居多。竊以為，問題不在於新聞能否入文學，而在於作家到底是在以一種什麼樣的方式化用新聞。相比較而言，賈平凹《老生》中的化用，就是成功的。尤其是關於瘟疫的那場描寫，其突出的象徵意義無論如何都不容輕易忽略。作家借助於瘟疫對於當歸村的毀滅性的襲擾（戲生即死於這場突如其來的瘟疫之中），所傳達出的其實是大自然對於極度貪欲的人性的一種嚴正警示。「當歸村成了瘟疫中秦嶺裏死亡人數最多的村寨……蕎蕎是當歸村瘟疫中

最健康、知道事情最多又最能說的人,她反覆講述著當歸村的故事,講累了,也講煩了,就跑到我的住處躲清靜。有一天,我問她:你再也不回當歸村了嗎?她說:還回去住什麼呢?成了空村,爛村,我要忘了它。」不能不承認,賈平凹的這種藝術處置方式的確相當高妙,如此一種藝術手段,多多少少能夠讓我們聯想到《紅樓夢》中最後的「白茫茫一片大地真乾淨」那樣一種藝術情境。

就這樣,賈平凹這部篇幅僅只有二十多萬字的《老生》,從革命起源的1930年代寫起,中經土地改革的1940年代後期與公社化的1950年代後期這兩個革命的開展過程,一直到「後革命」所謂市場經濟時代,一部風雲流宕波詭雲譎的百多十年中國現代歷史就此得以形象立體地呈示在了廣大讀者的面前。結合後記中的那句「我的《老生》在煙霧裏說著曾經的革命而從此告別革命」,同時更主要是從四個歷史關節點的生動細膩的藝術描寫出發,我們就不難斷定賈平凹所持有的是怎樣的一種歷史觀。很顯然,在賈平凹看來,出現在自己筆端的這部長達百多十年之久且幾經變遷的中國現代歷史,實際上有著一種極其邪惡的到處充斥著血腥暴力的反人性本質。歷史的這種本質,在作家所精心選擇的四個歷史關節點上都得到了可謂是透闢犀利的精彩藝術表現。通過這段歷史反人性本質的尖銳揭示,賈平凹所出示的,正是自己對於這段歷史一種堅定不移的深刻批判反思立場。但《老生》的一大寫作難度在於,究竟採取一種什麼樣的方式才能夠把作家所特別擇定的四個既有相當時間間隔同時也活動著不同人群的時代有機地縫合為一個藝術整體。這一方面,除了所有的故事都發生在大的秦嶺地區之外,匡山司令與無名唱師這兩位貫穿文本始終的人物的結構性功能,就無論如何都不容被忽視。

六

首先是匡山司令。匡山司令這一人物的由來,與故鄉「路」的啟示密切相關。在後記中,賈平凹寫到:「但故鄉給我的印象最深最難以思議的還是路,路那麼地多,很瘦很白,在亂山之中如繩如索,有時你覺得那是誰在撒下了網,有時又覺得有人在扯著繩頭,正牽拽了群山走過。路的啟示,《老生》中就有了那個匡山司令。」把匡山司令與故鄉那「正牽拽了群山走過」的路聯繫在一起,所充分凸顯出的正是這一人物身上特別重要的結構性功能。小說的第一個歷史關節點,是寫當年秦嶺游擊隊的故事。但問題在於,曾經活躍

於秦嶺游擊隊中的老黑、李得勝、雷布他們都早早地戰死了，其中唯一的碩果僅存者，便是當時只是游擊隊普通一員的匡山。匡山不僅活著，而且還很長壽，於是，他就成為了一個歷史的親歷與見證者。也正因此，雖然並非小說的主人公，但在文本的四個部分中，所不時晃動著的一個貫穿性人物，也正是匡山司令。第一個部分自不必說，第二個部分中，匡山司令並沒有直接出場，他的存在，是通過徐副縣長而表現出來的：「他告訴我，這被單是匡山送他的，匡山從縣兵役局調往軍分區的前一個月，匡山邀他去家喝酒，因為喝得多了，晚上他們睡在一個房間，匡山就蓋著這條被單。」既然當年有過出生入死的革命經歷，那麼，革命勝利後的提升，就是順理成章的事情。到了第三個部分，匡山司令同樣沒有直接出場，但到了這個時候，匡山又有了進一步的提升，已經變成了匡山司令：「匡山司令便說：那個唱師現在幹什麼？他是瞭解歷史的，把他找出來讓他組織編寫啊！這我就脫離了文工團，一時身價倍增，成了編寫組的組長。」到了最後的第四個部分，匡山司令終於再度粉墨登場，只不過這時候的他已經是耄耋之年，已經是坐在輪椅上的離休老幹部。一起拜見匡山司令的，是戲生、老余以及那位在中間牽線的省政協副主席。會見時，最意味深長的一個細節，就是戲生的突然被打。因為自己的爺爺擺擺當年也曾經是秦嶺游擊隊的隊員，因為自己來自於秦嶺這一革命老區，當然也因為自己唱得一手好民歌，好不容易見到匡山司令之後，戲生便按捺不住地要為匡山司令表演一番。表演過程中的一個重要環節是邊唱邊用剪刀剪紙花花，沒想到，問題就出在這個環節上：「他唱了第一段，再唱第二段第三段，就從口袋裏掏了紅紙，一邊往匡山司令近前去，一邊又掏出了剪刀。但就在這時候，匡山司令身邊的警衛一下子衝過來對著戲生的胸口踢了一腳，跨嚓一聲，戲生被撞倒對面的牆上，又彈回來摔在了地上。」這一細節，顯然是誤會的結果。但也正是借助於這一腳，賈平凹寫出了身居高位的匡山司令與普通民眾之間遙遠的距離和巨大的隔膜，寫出了此種社會體制最難以克化的根本痼疾。與這一細節緊密相關的，是小說開頭部分關於匡山司令家族一段極具反諷色彩的介紹：「匡山是從縣兵役局長到軍分區參謀長到省軍區政委再到大軍區司令，真正的西北王。匡山的大堂弟是先當的市長又到鄰省當的副省長。大堂弟的秘書也在山陰縣當了縣長。匡山的二堂弟當的是省司法廳長，媳婦是省婦聯主任。匡山的外甥是市公安局長，其妻俫是三臺縣武裝部長。匡山的老表是省民政廳長，其秘書是嶺寧縣交通局長，其妻哥

是省政府副秘書長。匡山的三個秘書一個是市政協主席，一個是省農業廳長，一個是林業廳長。匡山大女兒當過市婦聯主席，又當過市人大副主任。大兒子先當過山陰縣工會主席，又到市裏當副市長，現在是省政協副主席。小兒子是市外貿局長，後是省電力公司董事長，其妻是對外文化促進會會長。小女兒是省教育廳副廳長，女婿是某某部隊的師長。匡山的大外孫在北京是一家大公司的經理，二外孫是南方某市市長。這個家族共出過十二位廳局級以上的幹部，尤其秦嶺裏十個縣，先後有八位在縣的五套班子裏任過職，而一百四十三個鄉鎮裏有七十六個鄉鎮的領導也都與匡家有關係。」請原諒我囉囉嗦嗦地抄寫了這一段介紹匡山家族的文字，因為不如此就不能夠見出究竟怎樣才算得上是「一人得道，雞犬昇天」。只因為出了一個匡山，一個家族的命運就此被改變，就可以有這樣的一種飛黃騰達。把這段文字與最後一部分中戲生的無端被打細節聯繫在一起，賈平凹於不動聲色中寫出的，還真就是中國社會的一種根本真相。

　　但較之於匡山司令更為重要的一個人物，卻是唱師，儘管說唱師也同樣不是小說的主人公。在民間，唱師的主要職責就是在人死了之後為了超度亡靈而唱陰歌：「關於唱師的傳說，玄乎得可以不信，但是，唱師是神職，一輩子在陰界陽界往來，和死人活人打交道，不要說他講的要善待你見到的有酒窩的人，因為此人託生時寧願跳進冰湖火海裏受盡煎熬，而不喝迷魂湯，堅持要來世上尋找過去的緣分，不要說他講的人死了其實是過了一道橋去了另一個家園，因為人是黃土和水做的，這另一個家園就在黃土和水的深處，家人會通過上墳、祭祀連同夢境仍可以保持聯繫。單就說塵世，他能講秦嶺裏的驛站馬道，響馬土匪，也懂得各處婚嫁喪葬衣食住行以及方言土語，各種飛禽走獸樹木花草的形狀、習性、聲音和顏色，甚至能詳細說出秦嶺裏最大人物匡山的家族史」。這就真正稱得上是民間社會中上知天文下知地理的一切皆知的傳奇式人物了。作為《老生》中另外一位貫穿文本始終的結構性人物形象，唱師事實上承擔著極其重要的敘述者角色。說到這一點，一個不容忽視的細節，就是在小說的第三部分，匡山司令曾經親自指定讓唱師承擔歷史編寫的重任。之所以如此，是因為在歷史的編寫上出現了眾說紛紜的亂象：「那一年的秦嶺地委，那時還叫作地委，如今改為市委了，要編寫秦嶺革命鬥爭史，組織了秦嶺游擊隊的後人撰寫回憶錄。但李得勝的侄子，老黑的堂弟，以及三海和雷布的親戚族人都是只寫他們各自前輩的英雄事蹟而不提和

少提別人，或許張冠李戴，將別人幹的事變成了他們前輩幹的事，甚至篇幅極少地提及了匡山司令。匡山司令閱讀了初稿非常生氣，將編寫組的負責人叫來大發雷霆，竟然當場摔了桌子上的煙灰缸，要求徐副縣長帶人重新寫。」不巧的是，徐副縣長那一年恰好腦溢血發作，所以，匡山司令就想到了唱師。這裡，涉及到的其實是一個特別重要的歷史到底應該來由誰來撰寫的問題。由此，我們也就可以進一步聯想到前面曾經提及過的包括《紅旗譜》《青春之歌》等在內的那批「革命歷史小說」。自覺為革命歷史張目的那批「革命歷史小說」特別切合主流意識形態的要求，所持有的乃是一種與歷史教科書高度一致的主流史觀。相比較而言，賈平凹這部旨在重新思考革命歷史的《老生》之所以能夠形成對於「革命歷史小說」的消解與顛覆，與作家對於唱師這樣一位民間撰史者形象的特別設定，存在著格外緊密的內在關聯。我們注意到，關於唱師，賈平凹在後記中曾經有過專門的談論：「匡山司令是高壽的，他的晚年榮華富貴，但比匡山司令活得更長更久的而是那個唱師。我在秦嶺裏見過數百棵古木，其中有笆籃粗的桂樹和四人才能合抱的銀杏，我也見過山民在翻修房子時堆在院中的塵土上竟然也長著許多樹苗。生命有時極其偉大，有時也極其卑賤。唱師像幽靈一樣飄蕩在秦嶺，百多十年裏，世事『解衣磅礴』，他獨自『燕處超然』。最後也是死了。沒有人不死去的，沒有時代不死去的，『眼看著起高樓，眼看著樓坍了』，唱師原來唱的是陰歌，歌聲也把他帶了歸陰。」賈平凹之強調唱師比匡山司令「活得更長更久」，並不單單是壽命長短的問題，而是意味著究竟誰才真正擁有對於歷史的闡釋權。假若說匡山司令代表著主流的官方史學，那麼，唱師所代表著的就很顯然是反主流的民間史學。也正因此，所以，儘管匡山司令曾經特意安排唱師擔任秦嶺革命鬥爭史編寫組的組長，但到最後唱師還是因故去職了。導致唱師去職的直接原因，是他一定要堅持為淒慘死去的小「反革命」墓生唱陰歌。「我回到了縣上，才兩天，我就不是秦嶺游擊隊革命史採編組長了，甚至也不能再回到縣文工團去工作。這一切都是老皮向上邊反映了我的結果。其實，這對我並沒有什麼，我本來就不是一個做國家工作人員的料。」或許正因為賈平凹特別設定了唱師這樣一位小說敘述者的緣故，我們注意到，曾經有人由此出發而把這部《老生》看作是所謂「民間寫史」的長篇小說。倘若只是從文本的表層來說，這樣的說法自然有相當的道理。關鍵在於，我們無論如何都不能夠忽視唱師背後更重要的作家賈平凹的存在。假若沒有賈平凹的藝術創造，那麼，

唱師形象的出現就是不可能的。而這，也就意味著，所謂的「民間寫史」，從根本上說，乃是一種知識分子的獨立思想品格強力支撐的結果。在這個意義上，與其說《老生》是在「民間寫史」，反倒不如說它是一部更多地體現著現代知識分子獨立史觀的長篇小說更有道理一些。

一種顛覆性的歷史觀的充分凸顯之外，賈平凹筆端的唱師形象，其另一種功能，就是表達一種普遍意義上的悲憫情懷。唱師的主要功能，就是以唱陰歌的方式來撫慰亡靈。唱師的壽命很是長久，在其長久的生命歷程中，無論隸屬於何種社會階層，也無論持有什麼樣的政治立場，只要是亡靈，他都會一視同仁地給他們唱陰歌。「我們互問了一些情況，雷布要求我為三海李得勝老黑唱一回陰歌，說他們死得那樣慘，屍體不全，沒有入土，現在仍是孤魂野鬼，難道就不能讓他們再託生嗎？我說憑你這份義氣，我就應該唱」。「後來，老城村的白土到鄉政府找到我，請我能去給王財東唱一場陰歌，我已經答應了，徐副縣長不讓我去……」「在上院裏有個簡短的儀式後，鑼鼓響起，大家一起從山上往山下走，我又一次從鼓手裏拿過了鼓自己敲，一邊敲一邊下臺階，突然想唱，想給我唱，更想給墓生唱，就開口唱了起來。」「我愣了一下，我唱了一百多年的陰歌了，但從來沒有過為一個村子唱陰歌，何況唱陰歌都是亡人入殮到下葬時唱的，當歸村那麼多人已經死了很久了。」李得勝老黑他們是秦嶺游擊隊成員，王財東是被革命的地主，墓生是小「反革命」，而當歸村的戲生他們，又曾經是經濟時代的領風騷者，但唱師卻都給他們真誠地唱著陰歌。究其根本，借助於唱師的唱陰歌，賈平凹意欲傳達出的，正是一種難能可貴的悲憫情懷無疑。

不容忽略的是，賈平凹《老生》的命名，也與無名唱師這一形象存在一定關係。這一點，作家自己在後記中，也曾經有過明確的說明：「至於此書之所以起名《老生》，或是指一個人的一生活得太長了，或是僅僅借用了戲曲中的一個角色，或是讚美，或是詛咒。老而不死則為賊，這是說時光討厭著某個人長久地佔據在這個世上，另一方面，老生常談，這又說的是人越老了就不要去妄言誑語吧。書中的每一個故事裏，人物中總有一個名字裏有『老』字，總有一個名字裏有『生』字，它就在提醒著，人過的日子，必是一日遇佛一日遇魔，風刮很累，花開花也疼，我們既然是這些年代的人，我們也就是這些年代的品種，說那些歲月是如何的風風雨雨，道路泥濘，更說的是在風風雨雨的泥濘路上，人是走著，走過來了。」聯繫小說文本，賈平凹所謂「一

個人的一生活得太長了」中的「一個人」，當指那位比匡山司令活得「更長更久」的無名唱師無疑。但需要注意的是，在這篇後記中，關於小說命名的由來，賈平凹給出了兩種莫衷一是的說法。究竟是其中的哪一種，作家到最後也沒有做出明確的說明。但賈平凹的說法是賈平凹的說法，至於我自己，反倒是更願意在「老生常談」的意義上來理解這兩個字。只不過我這裡的意思卻並非通常意義上「老生常談」的釋義所能涵蓋。我想，賈平凹的「老生常談」，其實意在強調，自己所欲探究表現的這百多十年中國現代歷史，並不是一個新話題，而是早已經被很多作家都書寫過的一個可謂是「老生常談」的題材領域，而賈平凹自己，卻偏偏就是要「明知山有虎，偏向虎山行」，偏偏就是要「為賦新詞」翻出新意，要在這個看似老舊的題材領域寫出自己一種對於歷史的獨到認識與感悟。也正是在這個意義上，這個「老生」，就既可以具象化為小說中那位滔滔不絕地敘說著百多十年歷史的無名唱師，更可以被理解為賈平凹自己。已經有數十年小說寫作經歷並已取得累累碩果的賈平凹，一直在以不竭的藝術創造力從事著自己情有獨鍾的小說創作，這樣的一位作家，不是「老生」又還能是什麼？！賈平凹曾經在後記中特別強調：「看山是山看水是水，看山不是山看水不是水，看山還是山看水還是水，年齡會告訴這其中的道理，經歷會告訴這其中的道理，年齡和經歷是生命的包漿啊。」正是作家這裡所強調的「年齡和經歷」，使賈平凹成了一位寫小說的「老生」。唯其是「老生」，才可能勘破那些曾經遮蔽歷史的重重迷霧，洞見歷史的本質，方才可能返璞歸真地抵達一種「看山還是山看水還是水」的人生與藝術境界。

七

談論完了匡山司令與無名唱師，我們的關注點，就需要再一次回到《山海經》。一個必須進一步思考的問題就是，賈平凹到底為什麼一定要在《老生》這一長篇小說文本中，在主體故事的敘事間隙，穿插《山海經》的若干本文以及那一對師生之間關於《山海經》很多問題的問答呢？難道說，《山海經》的存在對於《老生》只是具有「方法論」的啟示嗎？答案自然是否定的。除了「方法論」的啟示之外，《山海經》這一部分的存在價值，更重要的，恐怕還是「世界觀」層面上的作用。大凡優秀的小說作品，在精細準確地描摹呈現一個形而下的生活世界的同時，也須得傳達出若干與普遍人生密切相關的形而上的哲學意蘊。假若說賈平凹所特別擇定的那四個歷史關節點的故事屬於

形而下的生活世界的話，那麼，《山海經》以及師生圍繞《山海經》發生的問答對話（自然也包括唱師那些陰歌唱詞中的一些內容），所傳達出的，就顯然是一種形而上的人生哲學思考。比如，在第一個師生問答中，就涉及到了中國人思維方式的初始成形問題：「問：怎麼有了九尾四耳、其目在背的狖狚就『佩之不畏』；佩了鹿蜀就『宜子孫』，類自為牝牡，吃了就『不妒』？」「答：或許是佩了狖狚後『不畏』，發現狖狚是九尾四耳，其目在背，遂之總結出耳朵能聽到四面聲音而眼能看到八方的就不會迷惑不產生畏懼。或許是佩之了鹿蜀後生育力強，子孫旺盛，發現鹿蜀是生活在『陽多赤金，陰多白玉』的山上，遂之總結出有陰有陽了，陰陽相濟了，能生育繁殖人口興旺的。或許是食了類的肉『不妒』，發現類是自為牝牡，遂之總結了妒由性生，而雌雄和諧人則安寧。我們的上古人就是在生存的過程中觀察著自然，認識著自然，適應著自然，逐步形成了中國人的思維，延續下來，也就是我們至今的處世觀念。」卻原來，之所以說《山海經》是中華文化的源頭之一，乃因為我們今天的處世觀念都與這部古老的典籍有關。既如此，那些活躍於《老生》中的人們，也就自不例外了。再比如：「問：哦，那我能……會神嗎？」「答：神是要敬畏的，敬畏了它就在你的頭頂，在你的身上，聚精會神。你知道『精氣神』這個詞嗎，沒有精，氣就冒了，沒有了精和氣，神也就散去了。」如果把這段問答對話，與緊接著的「嶺寧城就是冒了一股子氣，神散去，才成了那麼個爛村子」，與土改這一歷史關節點上王財東、張高桂、玉鐲們的不幸遭際聯繫在一起，那其中形而上的意蘊，同樣也就昭然若揭了。很大程度上，無論是作為《老生》的「世界觀」還是「方法論」，賈平凹對於《山海經》的適度穿插，甚至於整部《老生》的書寫，都能夠讓我們聯想到當年的那位「良史」太史公司馬遷來。

在結束這篇篇幅冗長的文字之前，還必須提及的一點，就是《老生》別具一種藝術智慧的開頭與結尾。關於小說開頭的重要性，曾經有論者寫到：「開頭之重要於此可見一斑也。尤其在《紅樓夢》這樣優秀的作品中，開頭不僅是全篇的有機組成部分，而且能起到確定基調並營造籠罩性氛圍的作用。至少，如以色列作家奧茲用戲謔的方式所說：『幾乎每一個故事的開頭都是一根骨頭，用這根骨頭逗引女人的狗，而那條狗又使你接近那個女人。』」「假如《紅樓夢》沒有第一回，假如曹雪芹沒有如此這般告訴我們進入故事的路徑，假如所有優秀文學作品都不是由作者選擇了自己最為屬意的開始方式，

或許，我們也就無須尋找任何解釋作品的規定性起點。」〔註4〕所幸的是，《老生》的開頭，也因其別具意味而特別耐人咀嚼，也為全篇奠定了恰切的基調。「秦嶺裏有一條倒流的河。」「每年臘月二十三，小年一過，山裏人的風俗要回歲，就是順著這條河走。於是，走呀走，路在岸邊的石頭窩裏和荊棘叢裏，由東往西著走，以至有人便走得迷糊，恍惚裏越走越年輕，甚或身體也小起來，一直要走進娘的陰道，到子宮裏去了？」所謂「天下河水向東流」，由於中國所特有的地形走勢，絕大部分河流都會由西向東流。假若說由西向東流是正流，那麼，由東向西流，自然就是賈平凹所謂的倒流了。秦嶺裏那條倒流河的由來，顯然在此。但需要注意的是，子在川上曰：「逝者如斯夫，不捨晝夜。」這就意味著，自打孔子以來的中國文化傳統中，往往會把時間比作流淌不已的河水。作為一種旨在對百多十年以來的中國現代歷史進行真切追問與反思的長篇小說，之所以採用這種開頭方式，正是為了恰如其分地傳達出一種時間追溯的意味。「這一夜，棒槌峰端的石洞裏出了水，水很大，一直流到了倒流河。」所謂棒槌峰，所謂石洞，所謂流水，皆屬於與人類生殖繁衍密切相關的自然意象。到了小說的結尾處，不僅遙相呼應地再度提及倒流河，而且還把倒流河與這些人類的生殖繁衍意象緊密聯繫在一起，當然也就顯得格外意味深長了。難道說，我們真的能夠沿著這條倒流河返歸到《山海經》的時代嗎？

〔註4〕張輝《假如〈紅樓夢〉沒有第一回》，載《讀書》雜誌 2014 年第 9 期。

第五章 《極花》：鄉村書寫與藝術的反轉

　　正如不同的個體便會有不同的生存狀態一樣，不同的作家也會有不同的寫作狀態。有的作家文思泉湧，下筆千言，寫作速度驚人，有的作家運思過程相對嚴謹，雖不至於字斟句酌，但寫作速度卻相對緩慢。說實在話，文學創作，比拼到最後，關鍵還是要看作品的思想藝術品質，要考量其中的思想藝術含金量究竟幾何。從根本上說，一部文學作品思想藝術品質的高低，與作家寫作速度的快慢無關。寫作速度快，並不意味著就是粗製濫造，寫作速度慢，也不一定就會產生精品。歸根到底，無論速度快慢，只要最後能夠有精品生成的寫作，就是值得肯定的一種有效文學寫作。賈平凹毫無疑問屬於那種寫作速度驚人且又能長期保持較高思想藝術水準的一類作家。單只就進入新世紀以來的十五六年時間裏，賈平凹就已經先後完成長篇小說《懷念狼》《病相報告》《秦腔》《高興》《古爐》《帶燈》《老生》以及我們這裡將主要展開討論的《極花》（載《人民文學》雜誌 2016 年第 1 期），共計有八部之多。平均下來，差不多可以說兩年便會完成一部長篇小說。如此一種寫作速度，絕對稱得上是驚人。寫作速度驚人倒也罷了，關鍵還在於較高思想藝術品質的保持。雖然不能說部部皆是精品，但在我看來，最起碼其中的《秦腔》《古爐》《帶燈》《老生》這幾部，卻都可以被看作是新世紀中國文壇具有思想藝術標高意味的作品。放眼中國文壇，能夠如同賈平凹這樣長期保持此種驚人寫作狀態的，絕對不可以作第二人想。這樣，我們自然也就有充足的理由斷言賈平凹的小說寫作是一種有效的文學寫作。

需要注意的一點是，愈是到了晚近時期，賈平凹的寫作視野便似乎愈是如同有節奏地搖擺著的鐘擺一樣要不斷遊走於歷史與現實之間。《古爐》回顧表現著「文革」那個特定歷史時期的鄉村景觀，《帶燈》則圍繞「維穩」問題諦視呈示著國人的現實生存困境。《老生》透視表現著百多年來中國現代的社會歷史演進過程，《極花》則又回到了現實，把關注視野聚焦到了令人關切的拐賣婦女這一日益嚴重的社會問題上。尤其不容忽視的是，賈平凹的這一次寫作，竟然是又一次有生活原型存在的寫作。《高興》有原型，《帶燈》有原型，《極花》也有原型。這原型源自於賈平凹的老鄉給他講述過的一個真實事件：「他說的人，就是他的女兒，初中輟學後從老家來西安和收撿破爛的父母僅生活了一年，便被人拐賣了。他們整整三年都在尋找，好不容易經公安人員解救回來，半年後女兒卻又去了被拐賣的那個地方。」〔註1〕必須承認，老鄉女兒的故事在當下時代絕不是一種個案性的存在，具有類似被拐賣不幸遭遇的底層女性的確大有人在。但這個曾經極度震驚過賈平凹的故事，卻居然擱置了長達十年之久的時間都不曾動筆。之所以會如此這般躊躇猶豫，關鍵原因在於，賈平凹實在不願意浪費這個好素材，不願意把它簡單地處理成一個純粹的拐賣故事：「我實在是不想把它寫成一個純粹的拐賣婦女兒童的故事。這個年代中國發生的案件太多太多，別的案件可能比拐賣更離奇和兇殘，比如上訪，比如家暴，比如恐怖襲擊、黑惡勢力。」〔註2〕道理說來也非常簡單，這素材本身即蘊含有太多傳奇性因素，而賈平凹則無論如何都不想把自己的作品處理成帶有強烈傳奇色彩的情節性小說。情節固然是小說文體中不可或缺的一個關鍵性因素，但賈平凹的小說卻一貫並不以所謂情節的曲折與緊張激烈見長。究其質，賈平凹本就屬於中國現當代文學史上沈從文與汪曾祺一脈的作家。而這一脈的作家，用賈平凹自己的話來說，乃是一種接近於「水」的文學：「從中國文學的歷史上看，歷來有兩種流派，或者說有兩種作家的作品，我不願意把它們分為什麼主義，我作個比喻，把它們分為陽與陰，也就是火與水。火是奔放的、熱烈的，它燃燒起來，火焰炙發、色彩奪目；而水是內斂的、柔軟的，它流動起來，細波密紋、從容不迫，越流得深沉，越顯得平靜。火給我們激情，水給我們幽思；火容易引人走近，為之興奮，但一旦親近水了，水更有誘惑，魅力久遠。火與水的兩種形態的文學，構成了整個

〔註1〕賈平凹《〈極花〉後記》，載《人民文學》2016年第1期。
〔註2〕賈平凹《〈極花〉後記》，載《人民文學》2016年第1期。

中國文學史，它們分別都產生過偉大作品。」「從研究和閱讀的角度看，當社會處於革命期，火一類的作品易於接受和歡迎，而社會革命期後，水一類的作品則得以長遠流傳。中華民族是陰柔的民族，它的文化使中國人思維象形化，講究虛白空間化，使中國人的性格趨於含蓄、內斂、忍耐。所以說，水一類的作品更適宜體現中國的特色，僅從水一類文學作家總是文體家這一點就可以證明，而歷來也公認這一類作品的文學性要高一些。」〔註3〕雖然賈平凹使用的是一種打比方的說法，但毫無疑問的一點是，僅就小說這一文體而言，大凡「水」一脈的作家，其作品大多都會遠離故事情節的曲折與緊張，都以故事的淡淡悠長而為基本特色。沈從文如此，孫犁如此，汪曾祺如此，賈平凹當然也不能不如此。證之於《極花》，賈平凹之所以遲遲不肯動筆寫來，其根本原因就是要尋找恰當的文體形式以竭力規避素材本身的傳奇性。

　　對於傳奇性的規避之外，致使賈平凹遲遲不肯動筆的另一個原因，是他並不想把作品處理成一部社會問題小說。無論如何，拐賣婦女兒童都是極嚴重的社會問題。倘若從社會學的角度去切入，自然也會有很多深刻的道理可以被講出。但這一方面的使命，卻似乎更應該歸屬於那些旨在進行社會理性透視的「非虛構」作家們。賈平凹的小說寫作，一方面固然是對於社會問題的關注，有著不容剝離的社會學內涵，但在另一方面，作家更根本的努力方向卻是要盡可能地超拔到存在與人性的層面。即如這部《極花》，賈平凹借助於拐賣婦女的故事，所欲真正寫出的，其實就是他對於鄉村生態一種長期的思考與認識：「我關注的是城市在怎樣地肥大了而農村在怎樣地凋敝著，我老鄉的女兒被拐賣到的小地方到底怎樣，那裡坍塌了什麼，流失了什麼，還活著的一群人是懦弱還是強狠，是可憐還是可恨，是如富士山一樣常年駐雪的冰冷，還是它仍是一座活的火山。」〔註4〕從賈平凹自己在後記中的這種說法，我們即不難真切地感受到，作家追求的其實是所謂的象外之意，完全可以說是言在此而意在彼。而這，顯然也就意味著賈平凹很好地完成了一種藝術的反轉。所謂藝術的反轉，落腳到這部《極花》中，其第一種意涵，就是把一個拐賣婦女的素材極巧妙地反轉為當下時代鄉村世界的寫真。其中，既有城市化進程中鄉村日益衰敗凋敝的圖景，也有自過去而一致傳延至今的所謂鄉村常態世界。

〔註3〕賈平凹《讓世界讀懂當代中國》，載《人民日報》2014年9月1日。
〔註4〕賈平凹《〈極花〉後記》，載《人民文學》2016年第1期。

說到對於當下時代鄉村世界的寫真，首先需要強調得一點是，小說採用了一種第一人稱的敘述方式，敘述者「我」同時也是小說的女主人公，也即那位不幸被拐賣到「什麼省什麼縣什麼鎮的圪梁村」的胡蝶。相對於敘述者胡蝶來說，這個圪梁村，可謂是一個既陌生而又熟悉的所在。所謂陌生，意在強調她不是圪梁村人。所謂熟悉，則是說儘管她不是圪梁村人，但卻畢竟出生於鄉村，是從鄉村而被迫進入城市的討生活者，雖然她所出生的鄉村與圪梁村不是同一座鄉村，但既然都是鄉村，那肯定就會有諸多相同之處。既然存在著諸多相同之處，那胡蝶對於圪梁村的熟悉，也就自在情理之中了。賈平凹在《極花》中正是借助於這樣一位熟悉的陌生人的眼光，完成了當下時代或一種鄉村世界真實生存景觀的描摹與書寫。說到鄉村世界，也有著生存景觀截然不同的兩種鄉村世界。關於這一點，賈平凹在小說後記中說得非常明白：「我們是在一些農村看到了集中蓋起來的漂亮的屋舍，掛著有村委會的牌子，有黨員活動室的牌子，也有醫療所和農科研究站，但那全是離城鎮近的、自然生態好的、在高速路邊的地方。而偏遠的各方面條件都落後的區域，那些沒能力也沒技術和資金的男人仍剩在村子裏，他們依賴著土地能解決溫飽，卻無法娶妻生子。我是到過一些這樣的村子，村子裏幾乎全是光棍，有一個跛子，他給村裏架電線時從崖上掉下來跌斷了腿，他說，我家在我手裏要絕種了，我們村在我們這一輩就消亡了。我竟無言以對。」[註5] 換言之，當下時代存在著兩種對比極其鮮明的鄉村世界，一種是帶有突出官方色彩的所謂「新農村」，另一種則是面對著現代化或者說城市化的強勁衝擊已經變得凋零不堪的衰敗景觀。賈平凹借助於胡蝶熟悉而又陌生的眼光所看出的圪梁村，只可能是後一種更具本質意味的凋敝鄉村現實。

首先是生存條件的極度貧瘠。這一點，最突出不過地表現在飲食方面。且看兔子過滿月時的酒宴菜單：「開始喝酒吃飯了，黑亮爹做了三桌菜，當然是涼調土豆絲、熱炒土豆片、豆腐燉土豆塊、土豆糍粑、土豆粉條，雖然也有紅條子肉呀、燜雞湯呀、燒腸子呀，裏邊也還是有土豆。但大家都歡喜地說：行，行，有三個柱子菜！如果再捨得，有四個柱子菜就好了。」開有雜貨店的黑亮家，應該算是圪梁村裏的富足人家，好不容易有了一個能夠傳宗接代的兔子，自然會盡可能豐盛地辦一場酒席。但即使如此，擺出來的酒宴卻依然是一桌因地制宜的土豆菜。三個葷菜（柱子菜）的出現，就已經讓村人大呼

〔註5〕賈平凹《〈極花〉後記》，載《人民文學》2016年第1期。

滿足了。黑亮家尚且如此，圪梁村其他人家的日常生活境況，自然也就可想而知了。為了千方百計地留住被拐賣來的胡蝶，黑亮家也曾經在飲食上大做文章：「黑亮仍是十天八天去鎮上縣上進貨，回來給我買一兜白蒸饃，有一次竟還買了個豬肘子，我以為是要做一頓紅燒肉或包餃子呀，黑亮爹卻是把肉煮了切碎，做了臊子，裝進一個瓷罐裏，讓黑亮把瓷罐放到我的窯裏，叮嚀吃蕎麵飴餎或是吃燉土豆粉條了，挖一勺放在碗裏。」唯其因為吃食金貴，好吃食少，所以黑亮家才會把留住胡蝶的主意打在好吃食上。實際上，也正因為圪梁村的食物經常處於匱乏狀態，所以每當有人過生日時村裏人才會送糧食：「十八的早晨，村裏人卻還是陸陸續續來拜壽了，他們沒有拿壽糕，而是你提一斗蕎麥，他捐一袋子苞玌，或是一罐小米和一升豆子，多多少少全都是糧食，嚷嚷著給老老爺補糧呀！這我從來沒見過也沒聽說過，苦焦的地方可能就是以生日的名義讓大家周濟吧。」尤其帶有苦澀意味的是，明明只有那麼一點不多的糧食，但在村長嘴裏卻充滿誇張色彩地變成了要「給老老爺補三萬石糧」。正所謂「民以食為天」，當一個村莊的人們連起碼的日常飲食都成為問題的時候，這個地方生存條件的極度貧瘠也就毋庸置疑了。

雖然地處偏遠，生存條件極度貧瘠，但天高皇帝遠的圪梁村卻也一樣接受著時代商品經濟風氣的習染和影響。比如，極花的發現與大規模採集，即是如此。極花是產於圪梁村一代的一種類似於青海冬蟲夏草的一種蟲子：「長得和青蟲一個模樣，但是褐色，有十六隻毛毛腿，他們叫毛拉。毛拉一到冬天就鑽進土裏休眠了，開春後，別的休眠的蟲子蛻皮為蛹，破蛹成蛾，毛拉卻身上長了草，草抽出莖四五指高，繡一個蕾苞。形狀像小兒的拳頭，先是紫顏色，開放後成了藍色，他們叫拳芽花。」當青海那邊的冬蟲夏草價格瘋漲的時候，圪梁村一代的人們忽然意識到他們這裡的毛拉也即拳芽花其實也是一種蟲草。於是，在由老老爺把這種蟲草重新命名為「極花」之後，也就開始了一個瘋狂的採挖過程。「那是瘋狂了近十年的挖極花熱，這地方幾乎所有人都在挖，地裏的莊稼沒心思種了。」本來就極為稀少的極花，又哪裏經得起如此瘋狂的挖採，很快地，這「極花」就被採挖殆盡了。等到賈平凹《極花》中胡蝶被拐賣到圪梁村的時候，挖極花的活動已經差不多宣告終結了，「生活又恢復了以前的狀態」。極花之外，小說中的另一樣重要物事就是血蔥。圪梁村一帶的血蔥，雖然比別的蔥個頭小，但卻因顏色發紅而被命名為血蔥，有著效果極明顯的壯陽功能。這就引起了立春媳婦訾米的強烈興趣，她馬上

竭力鼓動立春與臘八兄弟倆去東岔溝種血蔥：「為什麼不再種血蔥呢，張老撐做了個大廣告，得抓住商機啊！」就這樣，立春和臘八兄弟倆就到東岔溝種起了血蔥，而且還竟然把那一塊地方稱之為血蔥生產基地。通過極花的採挖與血蔥的種植這兩個細節的描寫，賈平凹一方面不動聲色地渲染出了某種時代氣息，另一方面卻也犀利有力地揭示並鞭撻了人性本身的一種貪婪欲望。到後來，因地動而走山，圪梁村倒不要緊，種植血蔥的東岔溝卻被硬生生地橫移了十里。山體橫移不要緊，不湊巧的是，那一天晚上立春和臘八兄弟倆恰好就待在東岔溝裏。這樣一來，他們的慘遭厄運也就不可避免了。立春和臘八兄弟倆的不幸遭際，一方面固然再一次說明著所謂的「天地不仁，以萬物為芻狗」，另一方面卻也帶有鮮明不過的天譴意味。天譴者，何也？以我愚見，正是被所謂消費意識形態所激發出的人性本身過分的貪婪欲望。更進一步說，自打 1990 年代以來便一時勃興的商品經濟，其實應該被歸屬到現代性的大範疇之中。這樣看來，賈平凹對於商品經濟的態度，其實事關作家對鄉村世界與現代性之間關係的理解與判斷。揆諸於新世紀以來賈平凹以鄉村世界為表現對象的那些小說文本，比如《秦腔》《古爐》《帶燈》等作品，我們即不難發現，對於嚴重困擾著鄉村世界的現代性，更多地持有文化保守主義立場的賈平凹，採取的其實是一種隱隱約約的拒斥態度。《極花》中立春和臘八兄弟倆的慘遭天譴這樣一種藝術處理方式，從根本上說，與賈平凹一貫的反現代性的立場緊密相關。在作家的意識深處，鄉村世界本來是一個自足自洽的完滿社會狀態。此種完滿社會狀態的被破壞，全都是所謂的現代性惹得禍。以我愚見，正是從如此一種價值立場出發，賈平凹才會設定出天譴的情節來。作家的這種價值立場，到底應該被判定為「狹隘」「保守」，抑或是「深遠」「睿智」，恐怕就是見仁見智的一種狀況了。

然而，雖然也有諸如採挖極花與種植血蔥這樣的商品經濟行為，但所有的這一切努力，卻並不足以從根本上改變圪梁村的貧瘠狀態。如此一種貧瘠狀態，也就決定了一般不會有女性主動嫁到這個地方來。沒有女性願意嫁，那村子裏的光棍就只能是越來越多。這一點，在村長的一段話語中即可以得到有力的證實：「村長說，銀來你沒良心，你在誰手裏娶了媳婦？村裏原先多少光棍，這幾年就娶了六個媳婦，黑亮也快有孩子了。這不是變化？銀來說：哪個媳婦不是掏錢買來的？村長說：是買來的，你沒錢你給我買？錢是哪兒來的，你咋來的錢？你狗日的不知感恩！」此外，胡蝶與訾米之間的一番對

話，也可以證明這一點：「我問村裏有幾個媳婦是買來的，她扳了指頭數：三朵的媳婦是買來的，馬角的媳婦是買來的，安吉的媳婦是買來的，祥子的媳婦是買來的，還有三愣的兒媳婦，八斤的兒媳婦……」當然了，說到婦女的被拐賣，最典型不過的，就是身兼敘述者功能的女主人公胡蝶。正所謂「窺一斑而知全豹」，某種意義上說，小說所重點展示出的胡蝶的遭遇，也完全可以被看作是此類被拐賣者的共同遭遇。關於胡蝶這一人物形象，暫且按下不表，稍後會展開專門的論析。我們在這裡試圖追問的一個問題，就是到底應該如何理解如同圪梁村這樣其實相當普遍的買媳婦行為。依照常理，拐賣婦女的行為不僅極大地破壞著社會的和諧穩定，而且也還嚴重地損害者被拐賣者的身心健康，無論如何都應該予以全盤否定。但一個關鍵的問題在於，拐賣行為的普遍化，與買方市場的龐大之間關係密切。假若說沒有下家接手，那這些人販子自然也就會喪失作案的動機與熱情。很大程度上，正是無數個圪梁村的存在，方才構成了拐賣婦女的龐大買方市場。這樣，到底應該如何看待圪梁村的買媳婦行為，也就成了一個不容迴避的重要問題。對於這一點，賈平凹其實有著非常深入通透的思考：「拐賣是殘暴的，必須打擊，但在打擊拐賣的一次一次行動中，重判著那些罪惡的人販，表彰著那些英雄的公安，可還有誰理會城市奪取了農村的財富，奪去了農村的勞力，奪去了農村的女人？誰理會窩在農村的那些男人在殘山剩水中的瓜蔓上，成了一層開著的不結瓜的荒花？或許，他們就是中國最後的農村，或許，他們就是最後的光棍。」〔註6〕這裡所牽涉到的，實際上就是類似於圪梁村這樣貧瘠地區的男性是否擁有與城市或者富裕地區的男性同等的性權利的問題。對此，賈平凹不僅有真切的感慨，而且也有更其尖銳的詰問：「城市裏多少多少的性都成了藝術，農村的男人卻只是光棍。記得當年時興的知青文學，有那麼多的文字控訴著把知青投進了農村，讓他們受苦受難。我是回鄉知青，我想，去到了農村就那麼不應該嗎？那農村人，包括我自己，受苦受難便是天經地義？」〔註7〕在此處，賈平凹格外犀利地揭示出了中國城鄉之間嚴重的發展不平衡狀況。而且，這樣的不對等的確稱得上是其來已久，自打 1949 年共和國成立並實行嚴格的城鄉之間區別甚大的戶籍制度以來，城鄉之間的不對等就已經是一個無法被否認的客觀事實。賈平凹所舉出的知青下鄉，自然是恰當的例證。而其

〔註6〕賈平凹《〈極花〉後記》，載《人民文學》2016 年第 1 期。
〔註7〕賈平凹《〈極花〉後記》，載《人民文學》2016 年第 1 期。

實，早在知青之前，諸如把右派分子發配到鄉村勞動改造這樣的一些事實，也在充分證明著城鄉之間的不對等，否則，當政者根本就沒有必要煞費苦心地把右派和知青都配送到鄉村去。也因此，賈平凹的《極花》，看似在關注表現拐賣婦女的社會問題，其實是要藉此而寫出當下時代鄉村世界的物質貧瘠與精神痛苦來，是要以這種特別的書寫方式來為類似於圪梁村這樣的鄉村世界鳴不平。

曾記得大約半年前，筆者在北京評選第九屆茅盾文學獎期間，曾經與友人在一起深入探討面對著越來越咄咄逼人的現代化大潮，日益貧瘠衰敗的鄉村世界究竟應該向何處去的問題。一個帶有共識性的結論就是，現代化或曰城市化的最終結果就是要徹底地消滅鄉村。換言之，當下時代鄉村世界的日益衰敗凋敝，是社會發展演進合乎邏輯的一個必然結果。情願也罷，不情願也罷，如此一種結果都不會以任何個人的意志為轉移。問題在於，面對著如此一種不可逆的社會發展大勢，作家到底應該採取怎樣的一種價值立場來展開自己的小說敘事。其他作家不在我們的討論範圍之內，就賈平凹而言，他所採取的其實是一種極其鮮明的站在農民一邊的鄉村本位價值立場。若非從此種精神價值立場出發，賈平凹就不可能敏銳地體察到當下時代中國農民一種切膚的內在精神痛苦。而賈平凹，之所以會近乎本能地站在農民一邊，則與他一種自覺的農民身份意識的具備存在著不容剝離的內在緊密關聯。這一方面的一個標誌性事件，就是已經進入城市多年的他，竟然把自己的自傳徑直命名為「我是農民」。在其中，賈平凹不無真切地寫到：「當我已經不是農民，在西安這座城市裏成為中產階級已二十多年，我的農民性並未徹底退去，心裏明明白白地感到厭惡，但行為處事中沉渣不自覺泛起。」〔註8〕所謂「沉渣不自覺泛起」云云，其意顯然在指賈平凹個人潛意識深處的某種農民的價值本位觀念。若非如此，賈平凹也就不可能以小說的形式為圪梁村的那些被迫買媳婦的光棍們鳴不平。從社會學的意義上說，不久的未來時代裏鄉村世界就很可能會遭逢覆滅的命運，正如賈平凹自己所說，「或許，他們就是中國最後的農村，或許，他們就是最後的光棍。」但即使果真如此，我們也不能夠以任何理由剝奪他們被小說藝術關注表現的權利。從這個角度來看，賈平凹能夠堅執其一貫的鄉村本位立場，能夠在《極花》中實現一種藝術的反轉，如實呈現當下時代鄉村世界的衰敗凋敝景觀，其意義和價值絕對不容低估。

〔註8〕賈平凹《我是農民》，第25頁，中國社會出版社2013年版。

　　鄉村世界的衰敗凋敝之外，賈平凹在《極花》中也還有著對於鄉村常態世界一面的真切呈示。所謂「鄉村常態世界」，是筆者在關於賈平凹長篇小說《古爐》的一篇批評文章中率先提出的一個觀點。在那篇文章中，我首先對於鄉村世界描寫展示過程中的現象層與本質層進行了明確的區別：「對於鄉村世界，我的一種基本理解是，在時間之河的流淌過程中，一些東西肯定要隨著所謂的時代變遷而發生變化，我把這些變化更多地看作是現象層面的變化。比如，魯迅筆下的民國年間的鄉村世界，與趙樹理筆下解放區或者共和國成立之後的鄉村世界相比較，肯定會發生不小的變化，這些變化就被我看作是一種現象層面的變化。相應地，在自己的小說創作過程中，著力於此種現象層面描寫的，就可以說是一種現象化的書寫。然而，就在鄉村世界伴隨著時間的長河而屢有變化的同時，也應該有一些東西是千古以來凝固不變的，某種意義上，也正是這些凝固不變的東西在決定著鄉村之為鄉村，鄉村之絕不能夠等同於城市。這樣一些橫越千古而不輕易變遷的東西，相對於現象層面的變遷，就應該隸屬於一種本質的層面。在自己的小說寫作過程中，更多地把注意力停留在本質化的層面上，力圖以小說的形式穿透屢有變遷的現象層面，直接揭示鄉村世界中本質層面的，就可以說是一種本質化書寫。」〔註9〕這種本質化書寫所具體針對的那些長期以來凝固不變的東西，就是我所一力強調的鄉村常態世界。在此前提下，我進一步的推論就是：「如果僅僅把《古爐》看作是一部透視表現『文革』的長篇小說，還是委屈了這部小說，委屈了賈平凹。這就正如同曹雪芹的《紅樓夢》，雖然成功地書寫了賈寶玉與林黛玉之間的愛情悲劇，生動地描寫了賈寶玉、林黛玉與薛寶釵之間堪稱複雜的感情糾葛，但我們卻並不能把《紅樓夢》簡單地看做一部愛情小說一樣。在我看來，與其把賈平凹的《古爐》看作是一部『文革』敘事小說，反倒不如把它理解為一部對於中國鄉村的常態世界有所發現與書寫的長篇小說。」〔註10〕同樣的道理，儘管賈平凹《極花》中的核心故事是胡蝶的被拐賣，但也不能僅僅把《極花》看作是一部事關拐賣的社會問題小說，其中對鄉村常態世界的呈示與表現也一樣不容忽視。

　　具而言之，《極花》對鄉村常態世界的呈示主要落腳在老老爺與麻子嬸這兩個人物現象身上。從人物功能的角度來看，老老爺這一形象非常類似於《古

〔註9〕王春林《「偉大的中國小說」（上）》，載《小說評論》2011 年第 3 期。
〔註10〕王春林《「偉大的中國小說」（上）》，載《小說評論》2011 年第 3 期。

爐》中那位四處給村人「說病」的善人郭伯軒。就對於鄉村倫理的積極建構與維護而言，善人郭伯軒也罷，老老爺也罷，都可以被看作是鄉村意識形態的「立法者」，或者乾脆就被看作是鄉村的哲學家。他們兩人之間的區別，大約就在於《古爐》中善人郭伯軒言語方式的處理上顯得有點過於生硬，沒有做到充分意義上的生活化。或許正是因為善人郭伯軒的這一特點曾經遭人詬病的緣故，所以，到了這一部《極花》中，在老老爺這一同質化人物現象的藝術處理上，賈平凹的表現就已經自然了許多。出現在敘述者胡蝶眼中的老老爺，很是帶有一點奇人異相的味道：「這是一個枯瘦如柴的老頭，動作遲緩，面無表情，其實他就是有表情也看不出來，半個臉全被一窩白鬍子掩了，我甚至懷疑他長沒長嘴。」按照黑亮的說法，這位老老爺不是某一個人的老老爺，而是圪梁村全村人的老老爺：「他是村裏班輩最高的人，年輕時曾是民辦教師，轉不了正，就回村務農了，他肚子裏的知識多，脾性也好，以前每年立春日都是他開第一犁，村裏耍獅子，都是他彩筆點睛，極花也是他首先發現和起的名，現在年紀大了，村裏人就叫他老老爺。」無論是開第一犁，還是彩筆點睛，這些都說明著老老爺在圪梁村地位的特別與重要。這地位甚至連村長在他面前都要退讓三分。這方面不容忽視的一個細節就是，老老爺過生日的時候，村長居然會率領村人去給他拜壽。村長無疑是圪梁村世俗權力的最高代表，他對於老老爺的禮敬，其實意味著他對於鄉村文化傳統的一種敬畏。老老爺雖然不是神，但在圪梁村卻總是如同神一樣地被尊崇敬仰著。從他嘴裏吐出的，往往是富含哲思意味的話語。比如，他說人只不過是地呼出的一口氣：「人一死也就是地把氣又收回去了，從哪兒出來的從哪兒回去。」更進一步的闡述是：「在外地出生的埋咱這兒是本來咱這兒的氣飄去了外地，咱這兒的人能埋在外地了是外地的氣飄到咱這兒，最後還得回外地去麼。」再比如，瞎子在那裡仰頭看天時，「老老爺說：他敬天哩，你甭催。拴牢說：沒見他燒香麼。老老爺說：沒燒香，看看天也是敬麼。拴牢就冷笑道：他看天？他能看見天？老老爺說：天可是看他麼。」無論如何都不能被忽略的一點是，老老爺的哲思式話語，每每會與自然、土地，與農業社會長期的生存經驗緊密相關。無論斷言人是地吐出的一口氣，抑或還是談論瞎子望天，這一特點均表現得非常明顯。

　　大約也正因為老老爺在圪梁村地位的特殊，同時也緣於老老爺經常會以自己的智慧照亮包括胡蝶在內的許多圪梁村人的人生，所以，胡蝶才會產生

一種奇特的感覺：「我抬頭看著他，他瘦骨嶙峋地坐在那裡，雙目緊閉，和那土崖是一個顏色，就是土崖生出來的一坨。這麼個偏遠齷齪的村子裏，有這麼一個奇怪的人，我覺得他是那麼渾拙又精明，普通又神秘，而我在他面前都成了個玻璃人。」之所以會生出玻璃人的感覺，是因為胡蝶覺得自己在閱盡人生的老老爺眼中毫無任何秘密可言，已經被完全看透了。事實上，每到關鍵時刻，能夠以睿智的話語給胡蝶以人生啟悟者，往往是這位看似高深莫測的老老爺。這方面，典型不過的一個例證，就是胡蝶發現自己懷孕時與老老爺之間的一段對話。「我說：村裏人好像都敬著你。老老爺說：是敬哩，敬神也敬鬼麼。我不明白他話的意思，他卻說：你有病了？我說：是有病了，這裡沒衛生站，也沒個藥。老老爺說：你才是藥哩，你是黑亮家的藥。他的話我又聽不懂了。」如是一番對話之後，老老爺隨之斷定胡蝶已經懷孕，然後，「我急了，說：老老爺老老爺，這你得救我！我不能懷孕，我怎麼都不能懷孕，老老爺！」而老老爺卻特別冷靜：「老老爺說：這孩子或許也是你的藥。」這一段對話裏，胡蝶曾經先後出現過三次「聽不懂」，雖然沒有明確寫出，但實際上胡蝶對老老爺最後的那句話也「聽不懂」。作為局中人的胡蝶聽不懂，但我們聯繫小說的上下文，卻能夠看得明白老老爺意欲曲折表達的「禪意」。首先是，「敬神也敬鬼」。在中國人的觀念裏，一般來說，神是助人為樂的，所以被人敬仰，而鬼，則是要危害人間的，為了避免遭到鬼的禍害，人也不得不敬鬼三分。老老爺之所以說村裏人對自己是「敬神也敬鬼」，乃是因為他知道村人對他的態度實際上是既有敬也有怕。其次是，「你是黑亮家的藥」。因地處偏僻而貧瘠，黑亮家儘管是圪梁村少有的富足人家，但卻一樣娶不下媳婦，只能被迫去買被拐賣來的胡蝶為妻。對於黑亮家的三個男人來說，胡蝶的存在簡直就如神一般重要。究其根本，有了胡蝶這味「藥」，方才能夠治得了黑亮家的「病」。所以老老爺才會有如此一說。第三是，「這孩子或許也是你的藥」。對於一心想著要逃離圪梁村的胡蝶來說，孩子無疑是一個很大的拖累，所以她才會一再強調自己無論如何都不能懷孕。然而，飽經世事的老老爺的視野卻比胡蝶要開闊許多，儘管胡蝶剛剛懷孕，但老老爺卻已經預感到這個尚且沒有出世的孩子將會在胡蝶未來的生活中發揮十分重要的作用，將會安妥她的身與心。正因為如此，老老爺才會認定「這孩子或許也是你的藥」。胡蝶是黑亮家的藥，而這孩子卻又是胡蝶自己的藥，老老爺這看似繞口令一般的「禪語」中，其實蘊含著過人的人生智慧。毫無疑問，這老老爺或者說諸

如老老爺此類的人物，絕對稱得上是中國鄉土的精靈。此類精靈式人物的生成，乃是依靠了深厚的鄉土文化長時間的浸泡與薰染。很大程度上，中國的鄉土文化之所以能夠從亙古而一直傳延至今，正是依賴於此類精靈式人物的強力支撐。就此而言，老老爺們就無論如何都應該被看作是中國廣大鄉村世界的定海神針。問題在於，面對著現代化的強勁衝擊，鄉村世界的衰微與潰敗或者說最後的消亡，恐怕也都是無可逃脫的命定之事。伴隨著鄉村世界的不復存在，老老爺們自然也就失去了根本的立足之地。就此而言，賈平凹在《極花》中所真切書寫著的，事實上又是一曲深沉哀婉的鄉土文化輓歌。

　　鄉土精靈老老爺，是圪梁村的定海神針，而那位看似神神叨叨甚至於多少有點陰氣森森的麻子嬸，則是鄉村世界神巫化特點的充分體現者。在鄉村世界，一方面由於現代科學文明的匱乏，另一方面則因為缺乏宗教信仰，所以，人們便逐漸形成了對於所謂鬼神的信奉與敬畏。在鄉村的日常生活中，人們難免會遭遇一些既有的知識所無法加以解釋的神秘現象。既然無從解釋，那就只能夠把它歸之於是某種由鬼神所主導的超自然力量作祟的結果。久而久之，一個人神鬼共生共存且三者之間的界限混沌不明的鄉村世界，也就自然生成了。長期生活在這樣的一個世界裏，鬼神觀念必然深刻影響到人們的基本思維與行為方式。質言之，我們這裡所談及的神巫化現象，就完全可以被看作是鬼神觀念發生作用的一種直接結果。說到鄉村世界的神巫化特點，就不由得會讓我們聯想到當年那位曾經被譽為書寫表現鄉村生活的「鐵筆聖手」的作家趙樹理，聯想到他的小說名作《小二黑結婚》。《小二黑結婚》中，塑造最為豐滿生動的兩位人物現象，分別是二諸葛和三仙姑。多少帶有一點巧合意味的是，在故事的發生地劉家峧，這兩位居然都被稱之為神仙。雖然一真一假，但他們兩位神仙稱號的由來，卻是因為他們或者堅信黃道吉日，或者「跳大神」給村人治病。儘管由於受到時代觀念制約影響的緣故，趙樹理較為簡單地把二諸葛和三仙姑的行為都指斥為所謂的封建迷信而加以否定，但現在看起來，趙樹理的相關描寫其實應該從神巫化的角度去加以理解闡釋。雖然並非本意，但趙樹理的小說本身卻在客觀上證明著鄉村世界的神巫化特點。到了賈平凹的《極花》中，最具神巫化特點的人物現象，很顯然就是麻子嬸。生命中曾經先後經歷過三個男人的麻子嬸，是在一次意外事件之後通神的：「麻子嬸是夏夜裏拿了席在窯前納涼，睡著了，覺得有個怪物壓在她身上，怎麼喊都喊不出聲，後來她就懷孕了，生下個孩子是一個頭兩個身

子。這孩子當然丟進尿桶溺死了，麻子嬸從此害怕了生育，每月一次去拜老槐樹。在拜老槐樹時認識了一個老婆婆，老婆婆有剪紙的能耐，她也就學會了剪紙。她剪紙上了癮，整天剪了花花給村裏各戶送，自己家裏的活再不上心。」就這樣，一番奇遇之後的麻子嬸，就成了圪梁村「通神」的人。這一點，自有村長的一番話為證：「村長說：我遵法還是尊神呀？就是尊神，麻子嬸能代表了神？她最多也是個樹精附了體。」雖然說村長的話語中帶有對麻子嬸不屑的意味，但他所謂的「樹精附了體」一說，卻也從一個側面證明著麻子嬸身份的非同一般。

　　小說中麻子嬸「通神」後的神巫化行為，集中體現在為胡蝶「招魂」一事上。胡蝶一番掙扎反抗不成，被黑亮強行佔有後，一段時間裏顯得神情倦怠憔悴，打不起精神。這時候，麻子嬸就派上用場了。面對著黑亮爹用懸掛的葫蘆招來的麻子嬸，胡蝶本能地排斥：「我說我頭痛，擰身進窯就睡在炕上了。」然而，遭到冷遇的麻子嬸卻毫不氣餒，她說：「你頭痛那是鬼捏的了，我給你剪些花花，鬼就不上身了！她也進了窯，盤腿就坐在炕沿上。」那一天，坐在胡蝶旁邊的麻子嬸，竟然一口氣剪出了一炕小紅人。用麻子嬸的說法就是：「有了小紅人，就給你把魂招回來。」剪下一大堆小紅人後，麻子嬸和胡蝶一起把這些小紅人全部用漿糊貼在了窯壁上。然後，這看似尋常的小紅人便發生作用了：「貼完了那些小紅人，不知怎麼，我連打了三個噴嚏，就困得要命，眼皮子像塗了膠，一會兒黏住了，一會兒又黏住了，後來就趴在炕上睡著了。」對於此種不無神異的情形，麻子嬸給出的解釋是：「黑亮爹在問：人靜靜著啦？麻子嬸說：睡了，小紅人一貼就睡著了。她還要乏的，渾身抽了筋地乏，這幾天得把飯菜管好，甭捨不得。」多少帶有一點靈異色彩的是，經過了麻子嬸的一番做法之後，胡蝶不僅果然覺得渾身稀癱，而且也日漸馴順起來。接下來，就是麻子嬸在地動後的多日昏迷。多日昏迷後的突然醒來，本身就帶有明顯的神秘色彩，這樣的一種經歷，就使得麻子嬸越發變得神靈附體了：「村裏人都覺得麻子嬸昏迷醒來後不是人了，成什麼妖什麼精了，而且還傳說著她的紙花花有靈魂，於是誰家裏過紅白喜事或誰頭痛腦熱擔驚受怕，都去請她的紙花花，倒是老老爺那裡冷清了許多。」

　　麻子嬸之外，胡蝶自己的靈魂出竅行為，也可以被看作是《極花》中神巫化描寫的一個重要方面。胡蝶的靈魂出竅，發生在她被拐賣到圪梁村之後的一次出逃行為失敗之後：「我的魂，跳出了身子，就站在了方桌上，或站在

了窰壁架板上的煤油燈上，看可憐的胡蝶換上了黑家的衣服。」「我以前並不知道魂是什麼，更不知道魂和身體能合二為一也能一分為二。那一夜，我的天靈蓋一股麻酥酥的，似乎有了一個窟窿，往外冒氣，以為在他們的毆打中我的頭被打破了，將要死了，可我後來發現我就站在方桌上，而胡蝶還在炕上。我竟然成了兩個，我是胡蝶嗎，我又不是胡蝶，我那時真是驚住了。直看著黑亮又從方桌上端了水給胡蝶喝，我又跳到了那個裝花的鏡框上，看到了燈光照著黑亮和三朵娘，影子就像鬼一樣在窰裏忽大忽小，恍惚不定。」在我看來，賈平凹所專門設定的胡蝶靈魂出竅的細節，其實有著一箭雙雕的藝術效果。其一，當然是強有力地確證著鄉村世界的神巫化現實。這一點毋庸贅言。其二，則是解決了一個敘事學上的難題。小說所採用的是第一人稱的敘述方式，敘述者「我」正是主人公胡蝶。第一人稱的敘述方式，是一種限制性非常明顯的敘述方式，敘述者只能夠敘述自己目力所及的人與事。一旦逾越這一範圍，就屬於違背敘事成規的越界敘事，也即一種無效的小說敘事。在《極花》中，最起碼有兩處打鬥的場面需要作家發揮特別的敘事智慧。一個就是胡蝶試圖逃走被抓回的這一次，再一個就是，因為胡蝶誓死不從黑亮，村人們便七手八腳幫著黑亮硬性佔有了胡蝶。這兩次打鬥場面中，胡蝶不僅都是介入者，而且也都是受害者。身為受害者，胡蝶當然不可能對整個打鬥場面作全方位的敘述。這時候，就迫切需要有第三者的眼光出現來順利完成小說敘事。胡蝶的靈魂出竅行為，正好最大程度地滿足了這種敘事要求。借助於靈魂出竅，胡蝶便可以一分為二，一個胡蝶被慘酷折磨，另一個胡蝶則能夠置身事外作冷眼旁觀。這樣一來，《極花》中的敘事難題，自然也就迎刃而解了。

如果說對於當下時代鄉村世界的寫真構成了《極花》中「藝術的反轉」的第一層意涵，那麼，其第二層意涵，顯然就落腳到了女主人公胡蝶這一人物形象的塑造上。依據作家在後記中的交代，胡蝶這一人物形象是有真實原型的，作為原型的賈平凹老鄉那個被拐賣的女兒，被解救後不久又重新返回到了那個被拐賣的村莊。按照常理，一個被拐賣者，不僅應該對拐賣者充滿仇恨，而且也應該對購買者滿懷怨恨。但在《極花》中，最後的結果卻是胡蝶重返了圪梁村。這裡，賈平凹所面臨的一個敘事難題，就是如何使胡蝶的這一心理轉換過程成為可能。又或者，胡蝶的心理轉換過程，很容易就能夠讓我們聯想到心理學上著名的斯德哥爾摩綜合症。所謂斯德哥爾摩綜合症，出

自發生在斯德哥爾摩的一個真實案件，是指在犯罪行為實施的過程中，被害者對於犯罪者產生了某種依賴的情感，受控於此種情感的受害者甚至會反過來幫助犯罪者。對於這一點，賈平凹自己也做出過相應的說明：「但是，小說是個什麼東西呀，它的生成既在我的掌控中，又常常不受我的掌控，原定的《極花》是胡蝶只是要控訴，卻怎麼寫著寫著，肚子裏的孩子一天復一天長著，日子疊起來，那孩子卻成了兔子，胡蝶一天復一天地受苦，也就成了又一個麻子嬸，成了又一個訾米姐。小說的生長如同匠人在廟裏用泥巴捏神像，捏成了匠人就得跪下拜，那泥巴成了神。」〔註11〕胡蝶由對圪梁村的怨恨控訴而到後來的理解認同這一過程，也完全可以被看作是斯德哥爾摩綜合症的一種具體體現。賈平凹的自述，一方面在說明著胡蝶的心理變化過程，另一方面卻也再一次應證著小說寫作不可控特質的存在。小說寫作的過程固然可以被作家所操控，然而一旦作品本身擁有了自身的生命力之後，也就形成了自身的藝術邏輯。到了這個地步，即使身為小說文本的創造者，作家也只能是無條件地順應於此種藝術邏輯。賈平凹之所以會感歎「小說的生長如同匠人在廟裏用泥巴捏神像，捏成了匠人就得跪下拜，那泥巴成了神」，其根本原因顯然正在於此。

那麼，受害者胡蝶到底為什麼會重新返回到圪梁村呢？細細辨來，導致此種結果的原因主要有三。其一，是被解救後城市對於胡蝶的莫名戕害。由於有報紙電視對解救事件的大規模報導，胡蝶的故事在她所在的城市不脛而走流播極廣。胡蝶被迫接受採訪：「但他們卻要問我是怎麼被拐賣的，拐賣到的是一個如何貧窮落後野蠻的地方，問我的那個男人是個老光棍嗎，殘疾人嗎，面目醜陋可憎不講衛生嗎？問我生了個什麼樣的孩子，為什麼叫兔子，是有兔唇嗎？我反感著他們的提問，我覺得他們在扒我的衣服，把我扒個精光而讓我羞辱。我說我不記得了，我頭暈，我真的天旋地轉，看他們都是雙影，後來幾乎就暈倒在了椅子上。」在被採訪時飽受羞辱不說，可怕處還在於她的故事在傳播過程中的以訛傳訛被扭曲變形：「聽說她被拐賣到幾千里外的荒原上，給一個傻子生了個孩子？」被別人羞辱也還罷了，關鍵是自己的親人也會對自己生出某種莫名的歧視。這歧視表現在弟弟，便是：「弟弟說，真丟人！你丟人了也讓我丟人！」表現在母親，便是千方百計要把胡蝶嫁到外地去：「老伯給娘說，他要給我介紹個人，是三樓東頭那租戶的老家侄子，

─────────────

〔註11〕賈平凹《〈極花〉後記》，載《人民文學》2016 年第 1 期。

那侄子一直沒結婚，啥都好，就是一條腿小時候被汽車撞傷過，走路有些跛，如果這事能成，就讓我去河南。娘是應允了，在說：嫁得遠遠著好，就沒人知道那事了。」卻原來，被拐賣的胡蝶本來是無辜的受害者，沒想到，經過了如此一番折騰之後，反倒如同那位被打上紅色 A 字的海絲特一樣，身上被打上了特別的恥辱烙印。這一看似無形的恥辱烙印的存在，是致使胡蝶重返圪梁村的一個重要原因。

其二，是她的兒子兔子的揪心牽扯。這就讓我們聯想到了此前老老爺曾經對胡蝶講過的那句話：「這孩子或許也是你的藥」。料想不到的是，老老爺的這一句讖語，居然應驗到了胡蝶身處極度困境的這個時候。當一再被羞辱的胡蝶幾近走投無路的時候，是她的親生骨肉兔子向她發出了強有力的召喚：「我就想我的兔子，兔子哭起來誰哄呢，他是要睡在我的懷裏、嚙了我的奶頭才能瞇睡的，黑亮能讓他睡嗎？……想著兔子在哭了，我也哭。我吸著鼻子哭，哽咽著哭，放開了嗓子號啕大哭。娘來勸我：胡蝶，不哭了胡蝶，不管怎樣，咱這一家又回全了，你有娘了，娘也有你了。我可著嗓子給娘說：我有娘了，可兔子卻沒了娘，你有孩子了，我孩子卻沒了！」

當然，更關鍵的，恐怕還是第三點原因，那就是在圪梁村長達數年的生活過程中，曾經一度堅決拒斥圪梁村的胡蝶，已經對於圪梁村產生了情感和精神的認同感。作為被拐賣者，胡蝶一開始是堅決拒斥圪梁村的。她之所以每一天都會在窯壁上刻道兒計算天數，之所以不管不顧地想著要逃離圪梁村，就是此種拒斥心理的突出表現。但她的這種拒斥心理在孩子呱呱墜地之後，卻開始逐漸改變了：「養著娃，剪著紙，我竟然好久都沒有在窯壁上刻道了。」「說過了，自己也吃驚，扒出來的糞肯定是臭的，我怎麼就沒聞到臭呢，或許是白皮松上烏鴉天天拉屎，已經習慣了臭味就不覺得驢糞的氣味了。」不再刻道，不覺其臭，這些微妙的變化，就說明胡蝶開始認同圪梁村，認同黑亮家了。唯其如此，她的內心才會產生某種糾結：「這可能就是命運嗎？咱們活該是這裡的人嗎？為什麼就不能來這裡呢？娘不是從村裏到城市了嗎，既然能從村到城，也就能來這裡麼，是吧兔子。」「兔子，我問你，娘怎麼不能和你爹在一起？兔子，你聽見娘的話嗎？娘是不是心太大了，才這麼多痛苦？娘是個啥人呢，到了城裏娘不也是窮嗎？誰把娘當人了？娘現在在圪梁村裏，娘只知道這在中國，娘現在是黑家的媳婦。」然後，就是關於胡蝶學會了「伺弄雞」「做攪團」「做蕎麥餄餎」等一系列具有突出融入性質的描寫。等到胡

蝶學會了這一切之後，她對於圪梁村的認同感，自然也就順理成章了。說到
胡蝶的認同圪梁村，一個具有突出象徵性的描寫，就是老老爺啟發她的「找
星」過程。老老爺說：「那你就在沒有明星的夜空處看，盯住一處看，如果看
到了就是你的星。」於是，胡蝶的看星找星，便成了一種經常性的行為。一直
到兔子快要出生前，胡蝶才在白皮松的樹股子中間忽然看到了星：「可就在我
看著的時候，透過兩個樹股子的中間，突然間我看到了星。白皮松上空可是
從沒有過星呀，今天偏就有了星……」而且還不止一顆：「一顆大的，一顆小
的，相距很近，小的似乎就在大的後邊，如果不仔細分辨，以為是一顆的。」
這一大一小忽然被發現的星，在一種象徵的層面上，顯然象徵著胡蝶和兔子
本就應該是歸屬於圪梁村這塊地方的人。借助於此種不無微妙的象徵式書寫，
賈平凹所真切揭示出的，實際上正是胡蝶的精神世界深處對於圪梁村的認同
感。至此，賈平凹《極花》中的藝術反轉也就徹底宣告完成。在胡蝶的認同感
背後，所真正起支撐作用的，毫無疑問還是賈平凹自己一種「我是農民」的
堅定文化身份意識。

　　然而，一個不容忽視的問題是，《極花》中胡蝶的被解救，其實是女主人
公自己恍惚中的一個夢境。關於這一點，文本中有明確的暗示。解救行為發
生之前，胡蝶在炕上打著瞌睡：「我是閉上了眼的，一閉上眼我就又看見了那
個洞，這一次洞沒有旋轉，也不是小青蛙的脖子那樣不停地閃動，好像我在
往洞裏進，洞壁便快速地往後去，感覺到這樣進去就穿越了整個下午，或者
是通往晚上的一條捷道。真的就是一條截道，我走到洞的盡頭後，一出洞，
村口就出現了。」等到被解救後的胡蝶對城市與親人徹底失望之後，坐上了
返回圪梁村的火車。然後的一段描寫是：「這一憋，把我憋得爬了起來，在睜
開眼的瞬間，還覺得火車在呼地散去，又在那個洞裏，洞也像風中的雲扯開
了就也沒了。我一時糊塗，不知在哪裏，等一會兒完全清醒，我是在窯裏的
炕上，剛才好像是做夢，又好像不是夢，便一下子緊緊抱住了兔子。」這就與
小說的故事原型形成了明顯的區別。作為故事原型的老鄉的女兒，是明確地
重新返回到了被拐賣的地方，但到了《極花》中，從解救到最後的重新返回，
卻都變成了一種夢境。為什麼會是這種情況？更進一步地，作家的如此一種
處理方式，又傳達出了賈平凹自己怎樣的精神價值立場？又其實，借助於胡
蝶的這一夢境，以及夢醒後娘和其他解救者並沒有在圪梁村現身的描寫，賈
平凹給出的，事實上是一種具有突出開放性的小說結尾方式。如此一種開放

性的結尾方式，傳達出的就是胡蝶的一種矛盾心理。一方面，胡蝶當然是厭憎購買者，厭憎拐賣者，厭憎拐賣行為的。另一方面，在被拐賣與被解救的過程中，本就出身於鄉村世界的胡蝶卻又漸漸生成了一種對於圪梁村的認同感。但請注意，如此一種矛盾心理，實際上卻更是屬於作家賈平凹的。對於拐賣婦女兒童這樣一種犯罪行為，賈平凹自然是深惡痛絕的，絕對是一種零容忍的態度。然而，一旦進一步觸及到如此一種拐賣行為得以生成的深層社會原因，尤其是觸及到現代性對於本來自足完滿的鄉村世界的嚴重襲擾和衝擊，賈平凹的農民文化本位意識，自然也就會強烈地凸顯出來，會本能地為鄉村辯護。究其根本，正是因為作家如此一種不無尖銳的自我矛盾心理作祟的緣故，賈平凹方才為《極花》設定了這樣一個開放性的結尾方式。然而，如果從藝術的角度來衡量，這樣一種結尾方式的採用，卻又顯示出了某種鮮明不過的現代意味。極端一些，也可以說賈平凹的這種小說結尾方式，帶有非常突出的一種先鋒實驗色彩。

在結束本文之前，一個無論如何都繞不過去的問題，就是賈平凹為什麼要把自己的小說命名為「極花」？為什麼不是血蔥？為什麼不是胡蝶？或者其他的命名方式？這一點，恐怕就得聯繫「極花」的特點來展開思索。按照小說中的介紹，如同冬蟲夏草一樣，這「極花」同樣既是一種蟲子，也是一種草。而且冬天是蟲，春天是草。更關鍵的一點是，這「極花」的數量還非常稀少，並不像血蔥那樣普遍，只用了不到十年的時間，這稀罕對象就已經很難挖到了。作家之所以要採取這種命名方式，肯定有象徵的意味在其中。象徵什麼呢？當然應該是一種少見的高貴品格。這品格，或許正體現在女主人公胡蝶身上。胡蝶一方面是一個被侮辱被損害者，另一方面卻又有著一種悲天憫人的精神情懷。既悲憫黑亮一家，也悲憫圪梁村。她之所以會在夢境中最終認同並返回到圪梁村，其實正是這種悲憫情懷充分發生作用的直接結果。就此而言，這作為小說名稱的「極花」，就顯然可以被看作是胡蝶悲憫情懷的一種象徵性表達。又其實，這種悲憫情懷，既是屬於胡蝶的，也更是屬於作家賈平凹的。

「我開始寫了，其實不是我在寫，是我讓那個可憐的叫著胡蝶的被拐賣來的女子在嘮叨。她是個初中畢業生，似乎有點文化，還有點小資意味。愛用一些成語，好像什麼都知道，又好像什麼都不知道，就那麼在嘮叨。」「我原以為這是要有四十萬字的篇幅才能完成的，卻十五萬字就結束了。興許是

這個故事本身並不複雜，興許是我的年紀大了，不願她說個不休，該用減法
而不用加法。十五萬字著好呀，試圖著把一切過程都隱去，試圖著逃出以往
的敘述習慣，它成了我最短的一個長篇，竟也讓我體驗了另一種經驗和豐收
的喜悅。」〔註12〕每一個人物有每一個人物的命運，每一部長篇小說有每一
部長篇小說的寫作方式，每一個作家也有著每一個作家的藝術使命。經過賈
平凹的一番積極努力，最終呈現在廣大讀者面前的，就是一部充分凸顯作家
悲憫情懷的如同中國傳統水墨畫一樣的長篇小說。不知道其他的讀者能夠從
其中讀出什麼，反正我在其中讀出的，乃是通過藝術的反轉手法而完成的關
於當下時代鄉村世界的一種寫真。

〔註12〕賈平凹《〈極花〉後記》，載《人民文學》2016 年第 1 期。

第六章 《山本》：歷史漩渦中的苦難與悲憫

一

　　最早知道賈平凹要創作一部大部頭的歷史長篇小說，是在 2016 年的 3 月初。那一次，我到武漢參加「全國中文類核心期刊（文學類）主編論壇暨《芳草》改版十週年座談會」，遇到了批評家韓春燕，從她那裡我最早知道了這個消息。但其實，根據賈平凹自己在後記中的說法，他最早萌生創作念頭的時間，乃是更早一些時候的 2015 年：「《山本》是在 2015 年開始了構思，那是極其糾結的一年，面對著龐雜混亂的素材，我不知道怎樣處理。首先是它的內容，和我在課本裏學的，在影視上見的，是那樣不同，這裡就有了太多的疑惑和忌諱。再就是，這些素材如何進入小說，歷史又怎樣成為文學？我想我那時就像一頭獅子在追捕兔子，兔子鑽進偌大的荊棘藤蔓裏，獅子沒了辦法，又不忍離開，就趴在那裡，氣喘吁吁，鼻臉上盡落些蒼蠅。」這裡，在交代小說的最初構想源起於 2015 年這個時間端點的同時，賈平凹實際上更主要地乃是在以一種特別形象生動的語言強調著這一題材的書寫難度。然而，在具體討論這一題材的書寫難度之前，我們所首先關注的，乃是這部作品在醞釀構思過程中所發生的方向遷轉。據賈平凹自己說，他最早的創作構想，其實是試圖要完成一部以故鄉秦嶺為書寫對象的散文著作：「曾經企圖能把秦嶺走一遍，既便寫不了類似的《山海經》，也可以整理出一本秦嶺的草木記，一本秦嶺的動物記吧。在數年裏，陸續去過起脈的崑崙山，相傳那裡是諸神在

地上的都府，我得首先要祭拜的；去過秦嶺始崛的鳥鼠同穴山，這山名特別有意思；去過太白山；去過華山；去過從太白山到華山之間的七十二道峪；自然也多次去過商洛境內的天竺山和商山。已經是不少的地方了，卻只為秦嶺的九牛一毛，我深深體會到一隻鳥飛進樹林子是什麼狀態，一棵草長在溝壑裏是什麼狀況。關於整理秦嶺的草木記、動物記，終因能力和體力未能完成，沒料到在這其間收集到秦嶺二三十年代的許許多多傳奇。去種麥子，麥子沒結穗，割回來了一大堆麥草，這使我改變了初衷，從此倒感興趣了那個年代的傳說，於是對那方面的資料，涉及到的人和事，以及發生地，像筷子一樣啥都要嘗，像塵一樣到處亂鑽，太有些飢餓感了，做夢都是一條吃桑葉的蠶。」應該說，在創作過程中由於這樣或者那樣的原因而改變寫作初衷，進而使得創作發生根本的方向性遷移，並不只是發生在賈平凹一個人身上。但這樣的一種情形發生在賈平凹身上，恐怕就多少顯得有點令人遺憾了。之所以這麼說，乃因為賈平凹是一位典型不過的同時兼擅小說與散文這兩種文體的兩棲作家。一方面，他固然是當下時代中國最重要的小說家之一，但在另一方面，他也的確寫得一手好散文。甚至於，在一些不無文體或審美偏執的讀者那裡，至今都認為賈平凹寫得最為得心應手的文體，並非小說，而是散文。到了我們這裡，雖然不至於持如此一種偏執的文體或審美立場，但卻也不能不承認，賈平凹的未能如其所願地以散文的體式寫作完成秦嶺的草木記與動物記，無論如何都是一件憾事。試想，以賈平凹的那樣一種生花妙筆，以他那樣一種悠然自如的心態，再加上不無細緻深入的實地田野調查工夫，完成之後的秦嶺草木記與動物記，又該是怎樣炫目的錦繡文章呢。

但是，且慢。一方面，賈平凹確實在醞釀構思的過程中發生了方向性的遷移，但在另一方面，他其實並沒有徹底放棄為故鄉秦嶺撰寫一部草木記與動物記的寫作志向。只不過，這種寫作努力是以變相的方式潛隱體現在了這部後來被作家自己更名為《山本》的歷史長篇小說之中。是的，正如你已經意識到的，我這裡的具體所指，就是那位在《山本》中佔有相當重要性的平川縣麻縣長。麻縣長是一位很有一些抱負的文人縣長，他在民國年間來到地處秦嶺深處的平川縣任職，原本很有一些想要造福一方的雄心壯志。然而，一方面因為自己沒有強勁後臺，另一方面，更因為身處上世紀二三十年代那樣的亂世，偏又先後遭逢了如同史三海、阮天保以及本書男主人公井宗秀這樣一些手握兵權的強勢人物側旁掣肘的緣故，麻縣長空有一腔抱負但卻根本

就無從實現：「麻縣長是個文人出身，老家在平原，初到雙水縣任上原本一心要造福一方，但幾年下來，政局混亂，社會弊病叢生，再加上自己不能長袖善舞，時時處處舉步維艱，便心灰意冷，興趣著秦嶺上的植物、動物，甚至有了一個野心，在秦嶺裏為官數載，雖建不了赫然政績，那就寫一部秦嶺的植物志、動物志，留給後世。」也因此，滿腹不平之氣的麻縣長，才會與井宗秀發生這樣一番暗藏機鋒的對話：「麻縣長說：我記錄記錄。井宗秀說：記錄草木？麻縣長說：既然來秦嶺任職一場，總得給秦嶺做些事麼。井宗秀說：縣長滿腹詩書，來秦嶺實在也是委屈了你。麻縣長說：倒不是委屈，是我無能為天地立心，為生民立命，為往聖繼絕學，為萬世開太平麼，但我愛秦嶺。」「麻縣長說：秦嶺可是北阻風沙而成高荒，釀三水而積兩原，調勢氣而立三都。無秦嶺則無黃土高原、關中平原、江漢平原、漢江、涇渭二河及長安、成都、漢口不存。秦嶺其功齊天，改變半個中國的生態格局哩。我不能為秦嶺添一土一石，就所到一地記錄些草木，或許將來了可以寫一本書。」明明是因為包括自己在內的一眾強梁的掣肘而使得麻縣長的一腔抱負最終付諸東流，但井宗秀卻偏偏不無反諷地要恭維滿腹詩書的麻縣長來秦嶺任職是受了極大的委屈。而麻縣長，則不僅借機一吐怨氣，而且還進一步表明了自己既然難以在政治上有所作為，所以只能夠退而求其次地以手中之筆而對秦嶺具有地域特色的草木有所記述的志向。但也正是巧妙地借助於麻縣長之口，敘述者不無精當地對秦嶺在中國地理意義上的重要性，進行了恰切到位的評價。只有理解了這一點，我們也才能夠進一步理解作家為什麼要在小說「題記」中給予秦嶺如此之高的一種評價：「一道龍脈，橫亙在那裡，提攜了黃河長江，統領著北方南方。這就是秦嶺，中國最偉大的山。」「山本的故事，正是我的一本秦嶺之志。」在我的記憶中，為一部長篇小說寫「題記」，在賈平凹，還是第一次。他對這部長篇小說的重視程度，由此即可見一斑。借助於這個「題記」，以及麻縣長在對話中對秦嶺重要性的強調，賈平凹給出的，事實上就是自己為什麼要創作這樣一部發生在秦嶺深處歷史故事的長篇小說的根本理由。

　　儘管作家在醞釀構思的過程中已然發生了創作方向的遷移與轉換，但他曾經預先設定的試圖為秦嶺撰寫草木記和動物記的初衷，實際上也還是得到了相當程度的實現。這一點，就集中體現在麻縣長這一人物形象身上。正如同前邊已經提及到的，既然造福一方的抱負無法實現，那滿腹詩書的麻縣長，

也就只好把自己的志向轉換為對秦嶺各種草木與禽獸的考察與記述。等到小說結尾處，面對著戰火遍地滿目瘡痍的渦鎮，極度失望的麻縣長跳渦潭自殺之前，留給蚯蚓的，竟然是兩部珍貴的手稿：「蚯蚓不明白麻縣長怎麼就到河裏去……他原本要喊叫王喜儒，告訴麻縣長死在渦潭裏了，腳底下卻覺得有東西，軟軟的，看時卻是用線納起來的兩個紙本。上面密密麻麻全寫了字。蚯蚓認不得字，但他想著這應該是麻縣長的……」蚯蚓不認識字，賬房卻認得字。賬房「拿過來看，一個紙本封皮上寫著《秦嶺志草木部》，一個紙本封皮上寫著《秦嶺志禽獸部》」，然後，「賬房說：叫你拾了，這活該要留世的。」「蚯蚓說：那這有用嗎？賬房說：說有用就有用，說沒用就沒用，你家有地窯沒，有地窯了趕快跑回去，你藏在窯裏，把它也藏在窯裏。」到最後，為了萬無一失，機巧精明的蚯蚓是用身上的褂子把紙本包了，把它們高高地藏在了老鴰窩裏。就這樣，現實生活中賈平凹自己沒有完成的秦嶺的草木記和動物記，到了小說《山本》裏，卻頗有幾分巧妙地假借麻縣長之手而得以完成了。

也正因為如此，我們才會在《山本》中注意到，在時不時地描寫麻縣長四處搜尋秦嶺各種奇花異草的標本並瞭解各種飛禽走獸的生存樣態與習性的同時，也往往會出現這樣的一些筆涉秦嶺的草木和禽獸的描寫文字。比如，「釋放時，麻縣長是站在窗前，窗前下有十幾盆他栽種的花草，有地黃，有葦芰，有白前，白芷，澤蘭，烏頭，青葙子，蒼術，還有一盆萊菔子。他喜歡萊菔子，春來抽高苔，夏初結籽角，更有那根像似蘿蔔，無論生吃或燉炒，都能消食除脹，化痰開鬱。」再比如，「麻縣長說：那我這個平原上來的人告訴你，這叫牽牛，一年生的蔓草，葉有三尖，互生。浸晨開花，受日光面萎，結實為球形，有蒂裏之，黑色的為黑醜，白色的為白醜，二醜都有毒，可以入藥。」這是關於植物的。比如：「地上險惡還罷了，還有許多怪獸奇鳥，有一種熊，長著狗的身子人的腳，還有一種野豬牙特別長，伸在口外如象一樣。但熊和野豬從來沒有傷過人，野豬吃蛇啖虺的時候，人就在旁邊看著，而熊冬季裏在山洞裏蜇著，人知道熊膽值錢，甚至知道熊的膽力春天在首，夏天在腰，秋天在左足，冬天在右足，也不去獵殺。」再比如，「醒來了常常是在後半夜，便聽到銀杏樹上有鳥的動靜，因為總有鳥在那裡，他差不多可以分辨出是烏鴉還是練鵲，還是百香、伏翼、鶴鶉、鷺鷥，就再也睡不著，聽它們碎著嘴嘰喳或呢喃。這一夜醒來的更遲些，知道樹上是兩隻山鷓，一隻在發

出滴溜聲，尾音上揚，一隻在發出哈撲聲，尾音下墜，聽著聽著，好像是在說著井宗秀和阮天保的名字。」這是關於動物的。閱讀《山本》，你的確時不時地就會與這些文字相遇。毫無疑問，這些文字，既是屬於麻縣長的，更是屬於賈平凹的。所有的這些文字，加上同樣不時地穿插在文本之中的那些與秦嶺的地理、文化習俗沿革的文字結合在一起，再加上作為小說主體故事存在的那些發生在秦嶺山區上世紀二三十年代的人與事，《山本》首先給讀者留下的印象，恐怕就是一部「秦嶺的百科全書」。在小說的創作過程中，賈平凹之所以曾經一度將作品命名為「秦嶺」或者「秦嶺志」，其中一個不容忽視的主要原因，恐怕正在於此。

二

然而，必須注意到，創作方向發生遷移後，賈平凹《山本》的根本題旨卻很顯然並不在此。或者說，賈平凹事關秦嶺的那樣一種「百科全書」式的書寫，僅只是在為作家更大規模也更為深入的一種歷史書寫做必要的動植物、地理以及文化等方面的鋪墊而已。這樣一來，我們的話題自然也就又返回到了那個曾經一度令賈平凹糾結不已的如何才能夠將一堆看似「龐雜混亂」的歷史素材轉換為有機的小說作品的難題。正如賈平凹自己已經明確意識到的，問題的關鍵在於，「它的內容，和我在課本裏學的，在影視上見的，是那樣不同，這裡就有了太多的疑惑和忌諱。」實際上，只要我們把《山本》所主要書寫的內容納入到賈平凹的小說創作譜系裏，你就不難發現，這部歷史長篇小說其實與作家此前那部時間跨度極大的長篇小說《老生》之間存在著某種內在關聯。《老生》一共講述了發生在四個不同的歷史關節點的故事。其中第一個歷史關節點，就是上世紀二三十年代秦嶺游擊隊的故事。具體來說，這個歷史關節點所主要講述的，是以老黑、雷布、匡三司令以及李得勝等人如何通過組織成立秦嶺游擊隊的方式走上所謂革命道路的故事。換言之，也即是革命的起源故事。到了這部《山本》中，同樣也在講述著當年秦嶺游擊隊的故事。只不過，第一，秦嶺游擊隊代表性人物的命名方式被轉換，由當年的老黑、雷布、匡三司令、李德勝而變成了《山本》裏的蔡一風、李得旺、井宗丞他們，當然，也還有後來加入其中的阮天保。第二，更重要的一點是，如果說在《老生》中，秦嶺游擊隊的故事只是發生在第一個歷史關節點，那麼，到了這部《山本》中，秦嶺游擊隊的故事就變成了活躍於上世紀二三十年代歷

史舞臺上的眾多武裝力量之中的一種。這裡，一個特別重要的問題，恐怕就是所謂敘事聚焦點根本上的一種轉換與遷移。事實上，賈平凹在後記中所一再感歎著的「它的內容，和我在課本裏學的，在影視上見的，是那樣不同」，只要聯繫一下中國當代文學史，我們就可以知道作家所具體指稱的，乃是在「十七年」期間曾經一度蔚為大觀的所謂「革命歷史小說」。「革命歷史小說」「是『在意識形態的規限內，講述既定的歷史題材，以達成既定的意識形態目的』，它主要講述『革命』的起源的故事，講述革命在經歷了曲折的過程之後，如何最終走向勝利。」〔註1〕更進一步說，「關於『革命歷史』題材寫作的文學史上的和現實政治上的意義，當時的批評家曾指出：對於這些鬥爭，『在反動統治時期的國民黨統治區域，幾乎是不可能被反映到文學作品中間來的。現在我們卻需要補足文學史上的這段空白，使我們人民能夠歷史地去認識革命過程和當前現實的聯繫，從那些可歌可泣的鬥爭感召中獲得對社會主義建設的更大信心和熱情』。以對歷史『本質』的規範化敘述，為新的社會的真理性作出證明，以具象的方式，推動對歷史的既定敘述的合法化，也為處於社會轉折期的民眾，提供生活準則和思想依據——是這些小說的主要目的。」〔註2〕質言之，賈平凹所謂「在課本裏學的，在影視上見的」，其具體所指也就是以《紅旗譜》《紅岩》《青春之歌》等一批作品為代表的「革命歷史小說」。賈平凹之所以要特別強調自己所看到的內容，與這批「革命歷史小說」存在著很多不同，就在於他所具體觀察思考著的上世紀二三十年代這個階段的歷史，實際上也正是尋常所謂「革命歷史小說」所表現的那段歷史。認真追究起來，這裡的一個關鍵問題，就是因為這批「革命歷史小說」的寫作者，在創作過程中自覺地接受了來自於主流政治意識形態的規訓與控制。而賈平凹，正因為他在創作《山本》這部歷史長篇小說時所竭力追求的一點，乃是對於某種先驗的政治意識形態立場的掙脫，所以他才會感到某種空前的困惑與迷茫。

但賈平凹畢竟是賈平凹，只有在意識到寫作難題存在的前提下，想方設法破局的人，方才稱得上真正的大勇者。唯其因為如此，賈平凹才會在後記

〔註1〕洪子誠《中國當代文學史》，第106頁、107頁，北京大學出版社1999年8月版。

〔註2〕洪子誠《中國當代文學史》，第106頁、107頁，北京大學出版社1999年8月版。

中接著寫道：「我還是試著先寫吧，意識形態有意識形態的規範和要求，寫作有寫作的責任和智慧，至於寫得好寫得不好，是建了一座廟，還是蓋個農家院，那是下一步的事，雞有了蛋就要下，不下那也憋得慌麼。初草完成到 2016 年底，修改已是 2017 年。」具體來說，賈平凹的藝術智慧，就突出地表現在敘事聚焦點的選擇上。如果說那些「革命歷史小說」的聚焦點都落腳到了類似於秦嶺游擊隊所謂革命力量的一邊，那麼，賈平凹《山本》的聚焦點卻落腳到了以井宗秀為代表的似乎更帶有民國正統性的地方利益守護者的一邊。這樣一來，整部長篇小說的思想藝術格局也就自然而然地發生了根本性的變化。正如同小說的敘事話語中所描述的，故事發生的那個時代，是一個「有槍便是草頭王」的戰亂頻仍的動盪年代。從大的角度來說，「先是蔣介石和閻錫山是結拜兄弟，蔣又和馮玉祥是結拜兄弟，他們各都聯合打張作霖，打吳佩孚。蔣介石勢力大了，這天下就是蔣的，可馮玉祥、閻錫山又合起來打蔣介石。」正所謂一時梟雄並起，亂哄哄你方唱罷我登場者是也。具體到《山本》所集中表現著的秦嶺地區，既有秦嶺游擊隊，也有一會兒屬蔣，一會兒又屬馮的國軍 69 旅（後改編整合為 6 軍），有井宗秀隸屬於 69 旅（後為 6 軍）的渦鎮預備團（後為預備旅），還有保安隊，以及身為土匪的逛山與刀客，以及如同五雷那樣可以說還不成其為氣候的小股亂匪，端的是「城頭變幻大王旗」者是也。實際上，大就是小，小也是大。真正的明眼人，既可以在大中看出小來，也可以從小中看出大來。從某種意義上說，小說是細節的藝術，作為優秀的小說家，賈平凹只能以小見大，見微知著地在「小」上做大文章，通過井宗秀、阮天保、井宗丞這樣一些那個時候活躍於秦嶺地區的歷史人物故事，把當時那樣一種大的歷史境況，以小說藝術的方式細緻深入地表現出來。這其中，賈平凹一個了不得的創舉，就是沒有如同既往的「革命歷史小說」那樣把聚焦點落在革命者身上，而是以一種類似於莊子式的「齊物」姿態把它與其他各種社會武裝力量平等地並置在一起。正是憑藉著如此一種藝術處置方式，賈平凹方才比較有效地擺脫了來自於政治意識形態的困擾與影響。這樣一來，一種直接的藝術效果，就是「革命歷史小說」中革命者一貫主體性地位的被剝奪。

　　然而，必須注意到的一點是，雖然革命者的主體地位已然被剝奪，但這卻並不就意味著這一種力量在歷史過程中的缺失。事實上，從藝術結構上說，整部《山本》共由兩條時有交叉的故事線索編織而成。其中，不僅作為通篇

的聚焦點，而且也作為小說主線存在的，乃是井宗秀與陸菊人他們這一條渦鎮的故事。與這一條主線相比較，相對次要但卻不可或缺的另外一條線索，就是有出身於渦鎮的井宗丞介入其中的秦嶺游擊隊亦即革命者的故事。在關於賈平凹《老生》的一篇批評文章中，筆者曾經寫到：「諸如老黑、匡山、雷布之類秦嶺游擊隊的核心成員，其人性深處不僅潛藏著惡的基因，而且生性無賴，他們參加革命的動機，或者為了滿足更高的私欲，或者為了達到借刀殺人公報私仇的目的。更進一步，從秦嶺游擊隊的革命過程來看，他們雖然打著革命的幌子，但究其實質，卻也無非不過是打劫富戶或者冤冤相報而已，其間充滿著極度背離人性的血腥和暴力。如果說當年的那些『革命歷史小說』的確是在以文學的方式『為新的社會的真理性作出證明，以具象的方式，推動對歷史的既定敘述的合法化』的話，那麼，賈平凹的《老生》也就完全可以被看做是對於這些『革命歷史小說』的解構與顛覆之作。」〔註3〕如果說賈平凹在《老生》中的第一個歷史關節點上已然對所謂的中國現代革命進行著相當深入的批判性反思，那麼，到了這部《山本》之中，賈平凹很顯然就在《老生》的基礎之上繼續推進著他對於所謂「革命」的理解與思考。具體來說，作家這種進一步的深入反思，乃集中不過地體現在井宗秀的兄長井宗丞這一人物形象身上。首先，井宗丞最早參加革命的行為本身，就帶有非常明顯的反人性的特點。小說開頭不久，就濃墨重彩地寫到了井宗秀父親井掌櫃不幸死亡的情形。身處亂世，為了應付有可能發生的特殊情況，秉持著一方有難，八方支持的基本原則，井掌櫃他們共計聯絡了百多戶人家集資，搞了一個帶有互助性質的互濟會。互濟會第一批共集資一千多塊大洋，全部由身為會長的井掌櫃保管。但不知道為什麼卻不慎走漏了風聲，結果井掌櫃在去收購煙葉時被綁架，慘遭勒索。雖然從表面上看井掌櫃是不慎墜入糞窖子溺亡，但實際上他的死亡卻與慘遭無端勒索之後的精神恍惚緊密相關。事後，人們才從消息靈通的阮天保那裡瞭解到，卻原來，井掌櫃的被綁架，與自己在縣城讀書的兒子井宗丞存在著脫不開的干係：「阮天保就說共產黨早都滲透進來了，縣城西關的杜鵬舉便是共產黨派來平川縣秘密發展勢力的，第一個發展的就是井宗丞。為了籌措活動經費，井宗丞出主意讓人綁票他爹，保安隊圍捕時，他們正商量用綁票來的錢要去省城買槍呀，當場打死了五人，逃走了七人，後來搜山，又打死了三人，活捉了三人，其中就有杜鵬舉，但漏網了井

〔註3〕 王春林《探尋歷史真相的追問與反思》，載《當代作家評論》2015年第1期。

宗丞。」「綁票井掌櫃的竟然是井掌櫃的兒子井宗丞，鎮上的人先都不肯相信，接著就感歎，沒世事了，這沒世事了。」人都說虎毒不食子，父子感情，乃是人倫親情中最重要的一個部分。所謂革命，一旦不惜對父子倫理親情進行破壞，那麼，如此一種革命的合理性，恐怕就顯得可疑了。

然而，以大義滅親的方式而積極投身於革命之中的井宗丞，卻無論如何都不可能預料到，這革命竟然會有一天不無弔詭地反過來革到自己的頭上。這個時候的井宗丞，由於在歷次戰鬥中的勇敢表現，已然升職為紅十五軍團的一個團長。這一年，井宗丞率領他的部下，來到秦嶺東南處的山陰縣馬王鎮，準備與駐紮在這裡的紅十五軍團會合。沒想到，尚未抵達馬王鎮，就有人迎上來，要求井宗丞單人獨騎先去崇村報到參加會議。就在井宗丞剛剛抵達崇村的時候，敘述者以不小的篇幅描寫了一種叫做水晶蘭的花：「這簇水晶蘭可能是下午才長出來，莖稈是白的，葉子更是半透明的白色鱗片，如一層薄若蟬翼的紗包裹著，蕾包低垂。他剛一走近，就有二三隻蜂落在蕾包上，蕾包竟然昂起了頭，花便開了，是玫瑰一樣的紅。蜂在上面爬動，柔軟細滑的花瓣開始往下掉，不是紛紛脫落，而是掉下來一瓣了，再掉下來一瓣，顯得從容優雅。井宗丞伸手去趕那蜂，廟前有三個小兵喊了聲：井團長來了！跑下來，說：你不要掐！井宗丞當然知道這花是不能掐的，一掐，沾在手上的露珠一樣的水很快變黑。但蜂仍在花上蠕動，花瓣就全脫落了，眼看著水晶蘭的整個莖稈變成了一根灰黑的柴棍。井宗丞說：這兒還有嬌氣的水晶蘭？小兵說：我們叫它是冥花。」這裡看似斜逸橫出的一段文字，細細想來，最起碼有三種作用。其一，毫無疑問屬於麻縣長一直在努力的秦嶺植物志的一個有機組成部分。其二，正所謂「文武之道，一張一弛」，眼看著被蒙在鼓裡的井宗丞步步驚心地走向自己的悲劇終端，敘述者忽然跳身而出不無細緻地描述介紹生來品性嬌貴的水晶蘭，很明顯是在調節過於緊張的敘事節奏。其三，所謂「冥花」者，自然就是地獄之花的意思。就此而言，敘述者對水晶蘭的這一番精描細繪，其實有著無可否認的象徵與暗示意味。明顯暗示著井宗丞即將踏上不歸之途。果然，井宗丞一踏入山神廟，就被早已潛伏在這裡的阮天保他們擒獲了。阮天保給出的，是軍團長宋斌下達的秘密命令：「阮天保團長，鑒於井宗丞犯有嚴重的右傾主義罪行，命令你在他一到崇村，立即逮捕。」雖然井宗丞拼命掙扎，但怎奈自己已然是一隻被縛之虎，終有百般能耐卻也回天無力了。按照阮天保給出的說法，並不只是井宗丞一人被抓捕，同樣被

關起來的，還有比井宗丞級別官位更高的紅十五軍團政委蔡一風：「宗丞，有些話我不願意給你說，你逼著我說，蔡一風在馬王鎮也被關起來了。」對此，井宗丞自然大惑不解：「啊蔡政委也被關了？！這是要幹啥，這是要幹啥？蔡政委和我鬧了這麼多年革命，沒有秦嶺游擊隊哪裏會有紅十五軍團，倒把我抓了連蔡政委也抓了！」對此，阮天保給出的更進一步接近事實真相的解釋是：「這是軍團長說的，我再給你說吧，在留仙坪整頓的時候，是繼續留在秦嶺西北還是往東南建立新的根據地，兩種意見不統一，宋斌和蔡一風的矛盾公開，蔡一風認為去東南太冒險，弄的不好會葬送紅十五軍團，宋斌指責蔡一風表面上是膽小謹慎，實質是西北一帶是他的老窩，他可以繼續為所欲為。宋斌他是軍團長，他還代表著省委和秦嶺專委的意見啊！」到這裡，井宗丞意外被捕事件背後的全部真相，就已經被全部揭露出來了。卻原來，井宗丞在某種意義上變成了蔡一風的犧牲品或者說替罪羊。梟雄一世的井宗丞根本預想不到，到最後，自己竟然會莫名其妙地冤死在阮天保的警衛邢瞎子之手：「邢瞎子說：崇字是一座山壓你宗啊！你先下，手抓牢，腳蹬實了再慢慢鬆手。井宗丞便先下去，說：山壓宗？頭正好就在了邢瞎子的身下，邢瞎子把槍頭頂著井宗丞的頭扣了扳機，井宗丞一聲沒吭就掉下去了。」不能不強調的一點是，一方面，井宗丞的被抓捕，當然是軍團長宋斌的旨意，但在另一方面，我們卻必須注意到，井宗丞之死，卻是阮天保借機公報私仇的結果。這一點，從他叮囑邢瞎子「明天軍團長來了，讓他也看看井宗丞逃脫現場」的話語中，即已明顯露出端倪。究其實，宋斌只是要抓捕並關押井宗丞，真正一心一意要借機致他於死地的，是阮天保。聯繫實際的歷史狀況，細細推想中國的現代革命，除了革命本身的合理性一面之外，從負面的角度來看，一方面，革命的起源，就帶有不容忽視的反人性本質，這一點，早在《老生》中就已經引起過賈平凹的高度關注。另一方面，在革命的過程中，也同樣存在著很多嚴重問題。其中，無論如何都必須注意的一點，就是在其背後很明顯隱藏著個人私欲與權欲的所謂宗派鬥爭。宋斌與蔡一風之爭，表面上看是部隊下一步的行動方向問題，但實際上，卻簡直就是一種你死我活的權力與山頭之爭。類似的故事，在我們的一部現代革命史上不知道上演過多少幕。井宗丞真正的悲劇質點在於，不幸捲入其中並成為了這種毫無真理性可言的宗派鬥爭的犧牲品。能夠將這一點不無犀利地揭示出來，正說明賈平凹《山本》對革命的反思較之於《老生》又深刻地向前推進了一步。

三

然而，正如同秦嶺游擊隊這一條線索，僅僅是《山本》中的一條次要結構線索一樣，對於現代革命的批判性反思，也僅僅只是賈平凹《山本》豐富思想意涵的一個側面。與現代革命的批判性反思相比較，這部規模篇幅相對巨大的長篇小說的根本意旨，乃是要在更為闊大的歷史視野裏觀察表現蒼生的生命苦難並寄託作家真切的悲憫情懷。作家之所以沒有將敘事的聚焦點集中在秦嶺游擊隊身上，而是集中在了渦鎮，集中在了井宗秀和陸菊人他們兩位身上，其根本意圖顯然在此。正如同前面已經明確提及過的，賈平凹《山本》所主要關注的上世紀二三十年代的秦嶺地區，正是一個「亂哄哄你方唱罷我登場」「有槍便是草頭王」乃至於「城頭」接二連三地「變幻大王旗」的混亂時代。用敘述者的話來說，就是：「那年月，連續乾旱著即是凶歲，地裏的五穀都不好好長，卻出了許多豪傑強人。這些人凡一坐大，有了幾萬十幾萬的武裝，便割據一方，他們今日聯合，明日分裂，旗號不斷變換，整年都在廝殺。成了氣候的就是軍閥，沒成氣候的還仍做土匪，土匪也朝思暮想著能風起雲湧，便有了出沒在秦嶺東一帶的逛山和出沒在秦嶺西一帶的刀客。」在那樣一個混亂的時代，包括國共兩黨以及逛山和刀客在內的地方各種土匪勢力，都紛紛在渦鎮這個為作家賈平凹所虛構而出的歷史舞臺上登場亮相。其中尤以井宗秀的預備團（後升格為預備旅），井宗丞置身於其中的秦嶺游擊隊，以及阮天保曾經在其中呆了很長一段時間的保安隊這三支武裝力量最為引人注目。從這樣一個角度來看，賈平凹的這部《山本》，其實很容易就可以讓我們聯想到羅貫中的那部古典名著《三國演義》。或許與這部長篇小說主要描寫戰爭有關，作品的很多藝術設計，都與《三國演義》存在著不同程度的契合之處。剛剛已經提及的能夠讓我們聯想到魏蜀吳三國鼎立的三支武裝力量的對峙與碰撞且不說，預備團（預備旅）領導層中的井宗秀、周一山與杜魯成他們三位，很自然便可以讓我們聯想到劉關張「桃園三結義」，雖然說其中的周一山，其實更帶有諸葛亮足智多謀的特點。除此之外，井宗秀他們把麻縣長硬生生地從平川縣城挾持到渦鎮，顯然也就是所謂曹操的「挾天子以令諸侯」，而楊鍾帶著井宗秀專門前往煤窯那裡延請周一山的故事情節，其中三請諸葛亮的意味也是特別顯豁的。當然，我們之所以要把《山本》與《三國演義》進行各方面的比較，最重要的，恐怕還是借助於如此一種比較而對賈平凹所持基本歷史觀的發現。我們注意到，在後記中，賈平凹曾經寫過這樣

一段頗有幾分禪意的話語:「過去了的歷史,有的如紙被漿糊死死貼在牆上,無法扒下,扒下就連牆皮一塊全碎了,有的如古墓前的石碑,上邊爬滿了蟲子和苔蘚,搞不清哪是碑子上的文字還是蟲子和苔蘚。這一切還留給了我們什麼,是中國人的強悍還是懦弱,是善良還是兇殘,是智慧還是奸詐?無論那時曾是多麼認真和肅然,虔誠和莊嚴,卻都是佛經上所說的,有了罣礙,有了恐怖,有了顛倒夢想。秦嶺的山川河壑大起大落,以我的能力來寫那個年代只著眼於林中一花,河中一沙,何況大的戰爭從來只有記載沒有故事,小的爭鬥卻往往細節豐富,人物生動,趣味橫生。讀到了李爾納的話:一個認識上帝的人,看上帝在那木頭裏,而非十字架上。《山本》裏雖然到處是槍聲和死人,但它並不是寫戰爭的書,只是我觀注一個木頭一塊石頭,我就進入這木頭和石頭中去了。」明明是一部書寫戰爭的長篇小說,但賈平凹卻為什麼要刻意強調這並不是一部「寫戰爭的書」呢?說「上帝不在十字架上」,而是「在那木頭裏」,那麼,到了《山本》裏,這個「木頭」又究竟在哪裏呢?又或者說,為作家自己所一再強調的那山之「本」,究竟在什麼地方呢?事實上,正如同《三國演義》展現在廣大讀者面前的,乃是若干政治集團彼此之間打打殺殺的歷史圖景一樣,賈平凹《山本》所呈現給廣大讀者的,也是上世紀二三十年代一部打打殺殺的歷史景觀。關鍵的問題在於,如此一番你死我活的彼此爭鬥的結果,所造成的結果卻必然是所謂的赤地千里生靈塗炭,是把廣大普通民眾置於所謂萬劫不復的苦難境地。

說到這裡,也就必須對賈平凹筆下的渦鎮這一主要的故事發生地作一番解說了。「渦鎮之所以叫渦鎮,是黑河從西北下來,白河從東北下來,兩河在鎮子南頭外交匯了,那段褐色的岩岸下就有了一個渦潭。渦潭平常看上去平平靜靜,水波不興,一半的黑河水濁著,一半的白河水清著,但如果丟個東西下去,渦潭就動起來,先還是像太極圖中的雙魚狀,接著如磨盤在推動,旋轉得越來越急,呼呼地響,能把什麼都吸進去翻騰攪拌似的。據說潭底下有個洞,洞穿山過川,在這裡倒一背簍麥糠了,麥糠從一百二十里外得銀花溪裏便漂出來。」唯其因為黑河與白河這兩條河水交匯並形成了一個旋轉性極強的渦潭,所以,這個坐落在秦嶺深處的鎮子,就被叫做了渦鎮。但千萬請注意,賈平凹《山本》中對於渦鎮這一主要故事發生地的設定,其實帶有突出的象徵隱喻意味。某種意義上說,作品所集中描寫著的那些諸如預備團(預備旅)、秦嶺游擊隊以及保安隊這些武裝力量,也都如同那一條條黑河或

者白河一樣，從四面八方匯聚到渦鎮這個特定的歷史舞臺上，上演著某種程度上其實亘古未變的一齣齣歷史與人性大戲。在這一過程中，一方面充分地暴露出了那些梟雄人物人性的善惡，另一方面卻也格外真切地表現出了底層民眾所必然遭逢的苦難命運。唯其如此，我們方才要在本文的標題中特別強調歷史漩渦中的苦難。這裡的歷史漩渦云云，正是從渦鎮這一地名演繹而出的直接結果。具體來說，作家關於歷史漩渦中的苦難這一思想命題的思考與表達，乃主要通過主人公井宗秀這一人物形象而表現出來。

小說開頭處，井宗秀的父親井掌櫃因為被兒子井宗丞策劃綁票身亡的時候，井宗秀尚且還是一位初通人事的青年。家中突遭如此之大的一場變故，井宗秀雖然內心不無慌亂，但卻依然在有板有眼地處置著父親突然棄世後的一應家事。既包括想方設法安頓早已六神無主的母親，也包括如何在地藏菩薩廟也即130廟裏依照習俗暫且浮丘了自己父親的棺木。井宗秀的最初起家，應該說與鄰居開壽材鋪的楊掌櫃家的童養媳陸菊人存在著很大的關係。卻原來，這位陸菊人出嫁時從娘家陪來的三分胭脂地，竟然是一塊格外難能可貴的風水寶地。按照那兩個趕龍脈的人的說法，這是塊好地方，如果以這塊地方做穴，將來是能夠出官人的。沒想到的是，陸菊人專門跟老父親索要下的這塊風水寶地，卻被不知內情的公公楊掌櫃，慷慨地送給了井宗秀，好讓井宗秀把一直浮丘著的父親早日埋葬。也許一切都是命中注定，等到陸菊人因為坐月子而半個月後才知道真相的時候，一切早已成為定局，井掌櫃早已被井宗秀安埋在了那塊風水寶地裏。或許與明顯帶有神秘色彩的所謂風水寶地一說有關，更或許與賈平凹其實乃是要借助這樣一種帶有神秘色彩的情節設置為井宗秀提供一位強有力的助手有關，反正在井宗秀，他後來之所以能夠起事發跡並且最終成為盤踞在渦鎮的一方霸主，與女主人公陸菊人之間存在著無法剝離的緊密關聯。這裡，需要稍加展開一說的，就是井宗秀與陸菊人之間的很難簡單釐清的複雜關係。之所以要特別強調這一點，乃因為在我所看到的作家出版社關於單行本《山本》的宣傳材料中，曾經把他們倆之間的感情定位為發生在戰爭時期的「絕美愛情故事」。在我看來，雖然不能說井宗秀和陸菊人之間就不存在絲毫的愛情因素，但就總體而言，與其說他們倆之間的感情是一種「絕美的愛情」，莫如說他們倆是惺惺相惜彼此相知的精神知己更準確些。唯其因為他們是精神知己，所以你才會發現，在井宗秀異軍崛起地最終發展成為渦鎮一方霸主的過程中，陸菊人作為最主要的輔助者，曾

經發揮過至關重要的促進作用。比如，就在井宗秀因為意外地擁有了岳掌櫃家的資財而一度洋洋自得，並且準備給父親遷墳的時候，是陸菊人及時出面阻止了他：「她悄聲把她當年見到跑龍脈人的事說了，再說了她是如何向娘家要了這三分胭脂粉地，又說了當得知楊家把地讓給了井家做墳地時她又是怎麼哀哭過……陸菊人說：那穴地是不是就靈驗，這我不敢把話說滿，可誰又能說它就不靈驗呢……既然你有這個命，我才一直盯著你這幾年的變化，倒擔心你只和那五雷混在一起圖個發財，那就把天地都辜負了。」應該說，此前的井宗秀已經差不多被一種小富即安的心態所控制，正是因為有了陸菊人這一番不計個人與家庭私利的肺腑之言的激勵，井宗秀方才徹底堅定了自己一定要在渦鎮成就一番大事業的決心。具體來說，已經成為渦鎮鄉紳的井宗秀，之所以會拿定主意串通麻縣長，最終與保安隊以裡應外合的方式端掉盤踞在渦鎮的土匪五雷，並在此基礎上成立初衷只是企圖保一方平安的隸屬於國軍 69 旅的預備團，與陸菊人的這一番激勵，很顯然存在著直接的內在關聯。事實上，也正因為他們是難能可貴的精神知己，所以陸菊人才不僅會千方百計地要把自己相中的劉老庚家女兒花生說給喪妻的井宗秀做媳婦，而且還總是要在各方面照顧好井宗秀，至於井宗秀，也正是因為對陸菊人有著毫無保留的信任，所以他才會把預備團（預備旅）的茶行委託給陸菊人這樣一位喪夫的寡婦去主管經營。

　　弔詭之處在於，雖然井宗秀成立預備團（預備旅）的良好初衷的確是要試圖保渦鎮的一方平安，因為在此之前，渦鎮的居民們確實早已不堪忍受如同五雷此類土匪的騷擾，鎮上那些有點錢的富戶們，之所以都要跑到虎山的崖壁上挖掘洞窯，正是為了能夠及時地躲避匪患，但即使是井宗秀自己，恐怕也都無法預料到，隨著時間的推移，由自己主其事的預備團（預備旅）到最後竟然會徹底蛻變為嚴重的擾民者。這一點，集中通過井宗秀一意孤行地非得要在渦鎮建造戲樓這一細節而表現出來。明擺著剛剛經過百般努力才好不容易建起了鐘樓，但井宗秀卻忽然又心血來潮地要建戲樓。要建戲樓，首先面臨的困難就是資金的嚴重短缺問題：「錢不夠卻一定要建，商議來商議去。最後達成了一個可行的方案，那就是，既然要改造街巷，何不全鎮各家各戶都得出錢呢，出錢的數額以拆遷重建的房屋間數為計，每一間五個大洋，這就是一筆很大的收入，再加上預備旅的積蓄，茶行的擠兌，還有擴大徵納，基本上就沒有了問題。那麼，建戲樓的事不宜宣傳，宣傳出去可能有人不理

解，必須以改造街巷的名義，在改造街巷的過程中建戲樓。」設身處地地想一想，在那個兵荒馬亂的戰爭年代，渦鎮的普通民眾本就在刀尖上討日子，本就熬煎著朝不保夕的苦難歲月，家裏根本就不會有多少積蓄。在這種情況下，井宗秀剛剛修完鐘樓，馬上就又要以改造街巷的名義修建戲樓，而且還要求鎮上的每家每戶都必須參與集資。如此一種橫徵暴斂，自然也就變成了相當嚴重的擾民行為，其遭到普通民眾的堅決抵制與反對，是可想而知的結果。唯其如此，西背街的趙屠戶，才寧願被關禁閉也堅決不交。對此，陸菊人給出的評價是：「趙屠戶要知道交錢還要修戲樓，那他就不是鬧事，還真敢拿刀子殺人呀！」事實上，也正是因為陸菊人已經明確意識到井宗秀借改造街巷之機修建戲樓此舉的嚴重擾民性質，所以，她才會專門找出當年的那個老銅鏡讓花生帶給已經處於剛愎自用狀態的井宗秀：「陸菊人說：人和人交往，相互都是鏡子，你回去就原原本本把我的話全轉給他，他和他的預備旅說的是保護鎮人的，其實是鎮人在養活著他和他的預備旅哩。」很多時候，人走著走著就會走到自己的反面。井宗秀和他的預備團（預備旅）在渦鎮所走過的，實際上也是這麼一個過程。一旦井宗秀走到了自己初衷的反面，他人生的悲劇性也就必然是注定的了。一個不容忽視的問題是，井宗秀並不只是單個的個體，而是曾經稱霸一方的亂世梟雄。既然是亂世梟雄，那他的所作所為就必然會影響到治下的人群。這樣一來，你就可以發現，在井宗秀雄起之前，包括他本人在內的渦鎮普通民眾因為各種武裝力量的不斷騷擾而難以安居樂業。正因為如此，包括他自己在內的普通民眾，都對由他主導的預備團（預備旅）的出現滿懷希望，希望他的稱霸一方能夠給渦鎮帶來相對安穩的生活。沒想到的是好景不長，預備團（預備旅）的成立，雖然也曾經一度給渦鎮帶來過相對安穩的生活，小說中段渦鎮繁榮市景的形成，就可以被看作是這一方面的明證所在，但很快的，伴隨著井宗秀逐漸坐大後權欲的極度膨脹，普通民眾生活的安穩與否，已經不再能夠進入他的思考與關注視野。依循此種邏輯，如同修建戲樓這樣一種擾民行為的出現，也就自是順理成章的結果。張養浩曾有言云：「興，百姓苦；亡，百姓苦。」賈平凹在《山本》中所描寫的渦鎮在井宗秀雄起前後普通民眾的生存狀況，完全可以被看作是張養浩此言的一種形象注腳。筆者此文標題中所謂「歷史漩渦中的苦難」，其具體所指稱的，實際上也正是這種情況。

在描寫表現歷史漩渦中普通民眾苦難生活的同時，賈平凹對於井宗秀這

一具有相當人性深度的亂世梟雄形象的刻畫與塑造，也特別引人注目。一方面，或許與 1980 年代一度出現過的小說創作「去人物化」極端美學觀念的潛在影響有關，當下時代的一些作家或多或少存在著輕視人物形象塑造的問題。另一方面，很可能與作家藝術表現能力的有所欠缺有關，即使是那些看重人物形象塑造的小說作品，其中的很多人物形象也都帶有性格凝固化的特點，從頭至尾我們很難感覺到其性格的發展變化。相比較而言，《山本》的一個難能可貴處，就在於作家以格外鮮活靈動的筆觸，寫出了井宗秀這樣一位性格處於發展變化狀態中的亂世梟雄形象。首先要特別說明的一點是，這位井宗秀，其實是賈平凹所特別鍾愛的一個人物形象。之所以這麼說，主要因為作家曾經借助於敘述者之口，數次交代說井宗秀「從來不說一句硬話，可從來沒做過一件軟事」。據我所知，這是賈平凹特別喜歡的一句話。他能夠把這句話用在井宗秀身上，便可以見出他對於這一人物形象潛意識中的某種鍾愛。依照作家的描述，初始登場時的井宗秀，「長得白淨，言語不多，卻心思細密，小學讀完後就跟著王畫師學畫，手藝出色了，好多活計都是王畫師歇著讓這個徒弟幹的。」那個時候的井宗秀，就已經表現出了精明能幹，心思縝密，特別有眼色的性格特點。王畫師一共帶了三個徒弟，但其中卻只有井宗秀最後取得了他的不傳之秘，就是因為井宗秀的機靈與善於觀察。明明知道師傅在關鍵處刻意迴避徒弟，但井宗秀卻不僅以「偷窺」的方式竊得王畫師不傳之秘，而且還硬是迫使師傅將全部技藝都傳授給了自己。又其實，他的基本性格特徵，早在麻縣長要求他說出三種動物，同時再給三種動物下三個形容詞的時候，就已經被作家巧妙地揭示出來了。當時，井宗秀給出的三種動物分別是「龍、狐、鱉」。過了很久之後，麻縣長給出的解釋是：「第一個動物的形容詞是表示你自己對自己的評價，第二個動物的形容詞是表示外人如何看待你，自我評價和外人的看法常常是不准的，第三個動物的形容詞才表示了你的根本。你那天說的第一個動物是龍，形容龍是神秘的升騰的能大能小的，第二個動物是狐，形容狐媚，聰明，皮毛好看，第三個動物是鱉（龜），形容能忍耐，靜寂，大智若愚。大致是這樣吧？我那時就覺得你不是平地臥的，怎麼能屈伏在縣政府裏跑差？果然你就有了今天！」具體來說，龍不僅指井宗秀「能屈能伸」，而且還寓指他最終登上高位，飛黃騰達。狐，指的主要是他過人的精明能幹。鱉（龜），指的是他的大智若愚與善於隱忍。事實上，井宗秀之所以能夠最終成為稱霸一方的亂世梟雄，與他這三個方面的性格特徵

存在著難以剝離的內在關聯。

然而，井宗秀儘管初出場時只是一位心地相對單純，擁有小富即安心態的渦鎮青年，如果不是有精神知己陸菊人給他講述那三分胭脂地的奧秘並時時加以鞭策鼓勵，他根本就不會生成最終成為一方霸主的遠大抱負，但要想在那個空前動盪的年代成為真正的亂世梟雄，如果內心中沒有幾分狠毒也絕對成不了事。這一點，其實早在井宗秀暗中察覺到妻子和匪首五雷的姦情，並不動聲色地巧妙設計，最後製造出妻子墜井而亡的假象的時候，或者更早一些，在他巧妙設計，挑撥五雷殺死岳掌櫃，進而把岳掌櫃的家產據為己有的時候，就已經初露端倪了。但請注意，或許與他尚且在雄起的過程中有關，我們發現，最起碼，一直到井宗秀主動出兵攻擊阮天保之前，他對於陸菊人的規勸和意見，都還是能夠接受的。具體來說，他們倆之間最早的分歧，出現在陸菊人因為井宗秀起意要殺阮氏十七位族人發出諫言的時候。「井宗秀說：事情已到這一步了，殺了他們，就一了百了。陸菊人說：這怎麼能了？殺一個人，這人父母兒女、兄弟相好、親戚朋友一大群就都結了死仇呀！井宗秀說：好了，這事咱不說了，到墳上替我也給楊伯磕幾個頭。騎上了馬，往街上去了。」對於陸菊人來說，自打和井宗秀成為精神知己後，這還是井宗秀第一次沒有聽完她講話就拂袖而去。這一細節的出現，乃表明伴隨著地位的提高以及權欲的極度膨脹，越來越自我中心的井宗秀，已經剛愎自用到連陸菊人的話都不願意聽的地步了。此後，無論是以掛鞭子的方式隨意徵召鎮人尤其是青年女性去為自己服務，還是執意要剝掉叛徒三貓的人皮去蒙鼓，抑或還是暗中神不知鬼不覺地處死前去與紅十五軍團聯絡的孫舉來，當然肯定也包括最後為了修建戲樓那不管不顧的橫徵暴斂，所有的這一切，都充分說明這個時候的井宗秀，已經不再僅僅是剛愎自用，而且乾脆就蛻變成了一個喪心病狂的獨斷專行者。就這樣，雖然內心裏特別鍾愛井宗秀這一人物形象，但賈平凹卻最終還是把他塑造成了一位為滿足私欲不惜殘害蒼生的亂世梟雄。能夠做到這一點，作家其實還是需要相當勇氣的。更進一步說，在井宗秀這一亂世梟雄身上，實際上凝結著賈平凹很多年來對於在一種極權文化的深厚土壤中，一位原本是要造福一方的理想主義者，是如何一步一步地走向了自己的反面，怎樣一步一步地漸次墮落為無端生事擾民的獨夫民賊的全部過程的深入觀察與思考。究其根本，井宗秀這一亂世梟雄形象的突出警世作用，恐怕主要就表現在這個地方。

四

「興，百姓苦；亡，百姓苦。」既然無論興亡百姓皆苦，既然苦難在某種意義上可以被視為與生俱來的生命本質之一種，既然渦鎮的普通民眾無論如何都難以擺脫苦難命運，那麼，他們又該以怎樣一種方式來應對必然的生命苦難呢？陸菊人、陳先生、寬展師傅他們這幾位人物形象，以及作家曾經濃墨重彩地描述過很多次的地藏王菩薩廟也即 130 廟，還有安仁堂這兩個具體處所，也就在這個時候才能夠派上用場。首先，是陳先生和他的那座安仁堂。陳先生一出場，就天然地攜帶著哲理，給讀者以非常特別的感覺。他明明是個什麼都看不見的瞎子，卻要求楊掌櫃一定要按時點燈：「楊掌櫃說：你眼睛看不見，還要點燈？陳先生說：天暗了就得點燈，與看得見看不見無關。」在《山本》中，作為醫生的陳先生，一方面固然是在為渦鎮的人們療治著身體上的各種疾患，另一方面卻更是在以其特別的智慧啟發著芸芸眾生該如何去應對各種人生迷茫，開悟各種人生哲理：「陳先生給人看病，嘴總是不停地說，這會在說：這鎮上誰不是可憐人？到這世上一輩子挖抓著吃喝外，就是結婚生子，造幾間房子，給父母送終，然後自己就死了，除此之外活著有啥意思，有幾個人追究過和理會過？算起來，拐彎抹角的都是親戚套了親戚的，誰的小名叫啥，誰的爺的小名又叫啥，全知道，逢年過節也走動，紅白事了也去幫忙，可誰在人堆裏舒坦過？不是你給我栽一叢刺，就是我給你挖一坑。每個人好像都覺得自己重要，其實誰把你放在了秤上，你走過來就是風吹過一片樹葉，你死了如蘿蔔地裏拔了一顆蘿蔔，別的蘿蔔又很快擠實了。一堆沙子掏在一起還是個沙堆，能見得風嗎，能見得水嗎？」毫無疑問，陳先生所談論著的這些，馬上就能夠讓我們聯想到《紅樓夢》裏那兩位時隱時現的「一僧一道」。其世外高人的感覺，是顯而易見的一種事實。唯其如此，當陳先生勸阻她不要總往安仁堂跑的時候，陸菊人才會特別強調：「那不行呀，這些年我都依賴慣了，就是不看病，聽聽你的話也好，不來這心裏總不踏實麼。」其他人且不說，最起碼在陸菊人，只要遇上人生難題，就會跑到安仁堂的陳先生這裡來請教：「陸菊人從此真的連門都少出了，只是陪著公公去陳先生那兒看病抓藥，或者和花生去 130 廟裏燒香禮佛。她是越來越覺得離不開了陳先生和寬展師傅。陳先生老是嚴肅著，不苟言笑，那麼高的醫術給人解除病痛，她更愛聽著他的說話……她就覺得陳先生是專門說給她的。」說到陳先生，一個饒有趣味的現象就是，賈平凹竟然把他設定為一位目不視物的瞎子。正

所謂的「目迷五色」，或者「五色令人目盲」，在把陳先生設定為目盲者形象的過程中，賈平凹很明顯受到過老莊道家思想的深刻影響。我們不妨設想一下，一眾的明眼人在那裡你死我活地胡亂折騰來折騰去，惟有陳先生這位目不視物的醫者以局外人的姿態不僅冷「眼」旁觀著，而且也還時不時地以其別具智慧的話語化解著人生種種難解的苦厄。其他的不說，單只是賈平凹的如此一種設定本身，所透露出的就是作家那非同尋常的藝術智慧。

其次，是寬展師傅和她的地藏王菩薩廟也即130廟。或許是為了與陳先生的目盲相對應，寬展師傅在《山本》中居然被賈平凹設定為不會說話的啞巴。請看寬展師太的初始出場：「寬展師傅是個尼姑，又是啞巴，總是微笑著，在手裏揉搓一串野桃核，當楊鍾和陸菊人在娘的牌位前上香祭酒，三磕六拜時，卻從懷裏掏出個竹管來吹奏，頃刻間像是風過密林，空靈恬靜，一種恍如隔世的憂鬱籠罩在心上，彌漫在屋院。」《山本》中，與寬展師傅這一人物形象緊密相關的，有兩種事象，一是地藏王菩薩廟，二是尺八。「地藏王菩薩廟也就一個大殿幾間廂房，因廟裏有一棵古柏和三塊巨石，鎮上人習慣叫130廟。」在佛教的譜系中，地藏王菩薩本就是一位「我不入地獄，誰入地獄」的具有自我犧牲精神的「地獄不空，誓不成佛」的菩薩，他種種言行的主旨，皆在於普度眾生，度盡人間的一切苦厄。正所謂「眾生度盡，方證菩提。地獄未空，成佛無期」者是也。賈平凹之所以要在渦鎮安放這麼一座地藏王菩薩廟，其用意顯然是要藉此而超度渦鎮的苦難。所謂尺八，是一種竹製的傳統樂器，以管長一尺八寸而得名。在《山本》中，啞巴寬展師傅以尺八那簡直就是蒼涼如水一般的吹奏而給讀者留下了深刻的印象。唯其如此，敘述者才會從陸菊人的角度這樣寫道：「而去了130廟，當寬展師傅坐在那裡誦經，樣子是那樣專注和莊重，她和花生也就坐在旁邊，穩穩實實，安安靜靜，寬展師傅的嘴唇在動著，卻沒有聲音，但她似乎也聽懂了許多，誦經完了，寬展師傅就一直微笑著，給她們磨搓著那桃胡做成的手串，給她們沏茶，然後吹起尺八，花生竟喜歡上了尺八，寬展師傅也就教花生，也讓她學，但花生已經能吹響尺八了，斷斷續續還吹奏一首曲子，她吹不響，而且指頭太硬，總按不住那些孔眼。」也因此，如果說陳先生和他的安仁堂給苦難中的渦鎮也提供了一種更多帶有佛道色彩的哲學維度的話，那麼，寬展師傅和她的地藏王菩薩廟以及尺八，為深陷苦難境地中的渦鎮普通民眾所提供的，就是一種特別重要的帶有突出救贖意味的宗教維度。大約也正因為在這個多情而苦難的世界上，

迫切需要有如同陳先生和寬展師傅這樣的人物可以安妥人們受難的心靈，賈平凹才會在後記中做如此一種特別的強調：「作為歷史的後人，我承認我的身上有著歷史的榮光也有著歷史的齷齪，這如同我的孩子的毛病都是我做父親的毛病，我對於他人他事的認可或失望，也都是對自己的認可和失望。《山本》裏沒有包裝，也沒有面具，一隻手錶的背面故意暴露著那些轉動的齒輪，我寫的不管是非功過，只是我知道，我骨子裏的膽怯、慌張、恐懼、無奈和一顆脆弱的心。我需要書中那個銅鏡，需要那個瞎了眼的郎中陳先生，需要那個廟裏的地藏菩薩。」

好了，第三，到現在，我們終於有機會可以來專門談論一下《山本》中最重要的一位女性形象陸菊人了。無論如何我們都必須承認，在這部長篇小說中，陸菊人這一女性形象其實承擔著很多項功能。小說一開頭，就是從陸菊人寫起的：「陸菊人怎麼能想到啊，十三年前，就是她帶來的那三分胭脂地，竟然使渦鎮的世事全變了。」毫無疑問，這是一個帶有明顯預敘功能的開頭。很大程度上，正是因為井宗秀後來在一個偶然的機緣，把自己的父親井掌櫃安葬在了三分胭脂地這塊風水寶地裏，也才有了他後來作為亂世梟雄的一生，也才有了《山本》全部故事情節的最終生成。到小說的結尾處，眼看他樓塌了，眼看著登場的大多數人物差不多都以非正常死亡的方式離開了這個多災多難的世界，陸菊人卻依然是極少數的幸存者之一：「陸菊人說：這是有多少炮彈啊，全都要打到渦鎮，渦鎮成一堆塵土了？陳先生說：一堆塵土也就是秦嶺上的一堆塵麼。陸菊人看著陳先生，陳先生的身後，屋院之後，城牆之後，遠處的山峰巒迭嶂，以盡著黛青。」依照女媧搏土造人的傳說，人乃是從土中來。依照賈平凹在《山本》結尾處的描寫，在渦鎮被炸毀成一堆塵土的同時，那些曾經日日夜夜生存於此地的渦鎮人也絕大部分都化成了塵土。從這個角度來說，又可以說，人最終都要變為塵土，要到土中去。從土中來，到土中去，就此而言，人生其實也不過是完成了一個不無悲涼且不無荒誕色彩的循環而已。這樣看來，由陸菊人偕同陳先生為《山本》作結，一種悲劇性蒼涼意味的生成，就是無可置疑的一種文本事實。一部長篇小說，從陸菊人始，以陸菊人終，這一人物形象對於文本完整性所具重要結構性功能，就是一種顯而易見的事情。

與此同時，《山本》中的陸菊人，還是一位毀譽交半的女性形象。從一般人的世俗眼光來看，她是一位多少帶有一點妨「主」色彩的命硬的女性。先

是到了楊鍾該圓房的時候，婆婆竟然害病死了。待到正式舉行過儀式，成家生下唯一的兒子剩剩沒幾年的時間裏，丈夫楊鍾和公公楊掌櫃又先後不幸死於非命。即使是與她相依為命的兒子剩剩，也由於玩耍著騎馬時不慎從馬背摔下來沒有得到正確的醫治而成為了一個永久的跛子。正因為如此，在很多渦鎮人眼裏，陸菊人就被看作是一位不僅剋夫剋子，而且還剋死了公公婆婆的命相特別硬的女性。但如果轉換一個角度來看，陸菊人卻又是一位生活能力超群，很是成就了一番事業的「女強人」形象。首先，是她在楊家的那樣一種頂樑柱地位。一方面是楊鍾的成天浪蕩在外不著家，另一方面是楊掌櫃的年老力衰，如果沒有陸菊人的存在，我們很難想像楊家的壽材鋪能夠勉力支撐下來。其次，是她在接受井宗秀的委託成為茶行主管者之後，在大刀闊斧地改造舊的經營方式的前提下，井井有條地建立了一整套行之有效的管理機制，最終使得茶行獲得了前所未有的經濟效益。第三，更重要的一點，恐怕還是她以一種類似於地母那樣一種特別寬厚的胸懷，最終輔助井宗秀在渦鎮成就了一番霸業。這一方面，無論是她最初利用所謂胭脂地而對井宗秀的激勵與鞭策，抑或還是在井宗秀雄起過程中適時給出的關懷與諫言，都給讀者留下了深刻的印象。唯其因為她對井宗秀有著太多的瞭解與關切，所以，在她驟然得到井宗秀死訊的時候，才會是這樣的一種心境與表現：「陸菊人站在井宗秀屍體前看了很久，眼淚流下來，但沒有哭出聲，然後用手在抹井宗秀的眼皮，喃喃道：事情就這樣了宗秀，你合上眼吧，你們男人我不懂，或許是我也害了你。現在都結束了，你合上眼安安然然去吧，那邊有宗丞，有來祥，有楊鍾，你們當年是一塊耍大的，你們又在一塊了。但井宗秀的眼睛還是睜得滾圓。」

事實上，也正是由陸菊人對於井宗秀最後的安妥，才進一步牽扯出了她在《山本》中最重要的一種身份功能，那就是如同陳先生和寬展師傅一樣，陸菊人是一種人道主義悲憫情懷的承擔與體現者。這一方面，除了敘述者已經明確交代過的陸菊人有事沒事總愛去安仁堂和130廟這樣的細節外，還有一個暗示性特別明顯的細節不容忽視。那還是在井宗秀尚未成為預備團團長的時候：「井宗秀和陸菊人對視了一下就全愣住了。陸菊人趕緊拉了剩剩，說：你咋是見啥都要哩！井宗秀繫好圍巾，看著陸菊人，說：剛才我看著你身上有一圈光暈，像廟裏地藏菩薩的背光。」毫無疑問，在人物的對話中刻意把陸菊人與地藏菩薩聯繫在一起，所強烈暗示的，就是陸菊人與地藏菩薩之間

在普度眾生的悲憫情懷具備方面的一種共同性特徵。在這個意義上，陸菊人其實可以被看作是現世生活在渦鎮的一位活菩薩。我們注意到，在作品中，作家曾經專門寫到這樣一個對話場景：「陸菊人又說：我還有個想法，不知對不對？這幾年鎮上死的人多，死了的就都給立個牌位，錢還是我掏。寬展師傅微笑點著頭，讓陸菊人提供名字。陸菊人就掰指頭：唐景，唐建，李中水，王布，韓先增，冉雙全，劉保子，龔裕軒，王魁，鞏鳳翔……，一共二十五人。」當陸菊人進一步提出還要給另外的那些無名死者超度的時候，「寬展師傅想了想，就在一個牌位上寫了：近三年來在渦鎮死去的眾亡靈。寫完了，牌位整齊地安放在了往生條案上，寬展師傅就在地藏菩薩像前磕頭焚香。」很顯然，之所以是陸菊人，而不是其他的人物形象，出面在 130 廟與寬展師傅一起安妥渦鎮的這些亡魂，正是為了充分地凸顯她那樣一種難能可貴的人道主義悲憫情懷。

五

論述至此，我們不妨轉換一個角度，從虛實結合的方面來考察一下《山本》。我們都知道，賈平凹是一位在小說創作過程中特別注重虛實結合或者說虛實有機轉換的作家，這一點在《山本》中的藝術處理可以說非常得當。一方面，渦鎮普通民眾柴米油鹽醬醋茶的日常生活情景，以及井宗秀的預備團（預備旅）、井宗丞和他所隸屬的秦嶺游擊隊以及阮天保曾經長期居於其中的保安隊三種武裝力量之間的合縱連橫彼此爭鬥，所有的這些，構成了小說中異常紮實的形而下層面，此之所謂「實」的層面者是也。另一方面，陸菊人和她的三分胭脂地，陳先生和他的安仁堂，寬展師傅和她的地藏王菩薩廟以及尺八，古墓裏挖出的那枚銅鏡，那隻隨同陸菊人陪嫁過來的貓，再加上類似於渦鎮這一地名突出的象徵意義，所有的這些，所構成的，也就是小說中的形而上哲思與宗教層面。也即所謂「虛」的層面。虛與實，二者之間，融合到了差不多稱得上是水乳交融的地步。很大程度上，賈平凹的如此一種藝術處置，可以讓我們聯想到曹雪芹的《紅樓夢》，《紅樓夢》中的榮寧二府的日常生活，顯然是形而下的寫實層面，而包括「太虛幻境」、頑石不得補天、神瑛侍者與絳珠仙草等在內的一些部分，則毫無疑問屬於形而上的哲思與宗教層面。說實在話，當下時代的長篇小說中，能夠如同賈平凹這樣把虛實關係處理到水乳交融相得益彰程度的，還是非常罕見。

就這樣，《山本》首先是一部事關秦嶺的「百科全書」，其次卻也有著對於現代革命的深度反思，第三，它在對渦鎮上世紀二三十年代充滿煙火氣的世俗日常生活進行鮮活表現的維度上，卻也分別依託於陳先生和寬展師傅而有著哲學與宗教兩種維度的建立。更進一步地對《山本》做總體的歸結，它既是一部遍布死亡場景的死亡之書，也是一部與打打殺殺的歷史緊密相關的苦難之書，但同時卻也更是一部充滿超度意味，別具一種人道主義精神的悲憫之書。不僅有著堪稱精妙的雙線藝術結構的編織，而且還有著眾多人物形象成功的刻畫與塑造。再加上，對於虛實關係極其巧妙的藝術處理。在擁有了以上諸多思想藝術因素的同時具備之後，《山本》（在這裡，我們不妨進一步思考一下，賈平凹為什麼要把自己的這部長篇小說命名為「山本」。在後記中，賈平凹曾經專門談論過小說的命名問題：「這本書是寫秦嶺的，原定名就叫《秦嶺》，後因嫌與曾經的《秦腔》混淆，變成《秦嶺志》，再後來又改了，一是覺得還是兩個字的名字適合於我，二是起名以張口音最好，而志字一念出來牙齒就咬緊了，於是就有了《山本》。山本，山之本來，寫山的一本書，哈，本字出口。上下嘴唇一碰就張開了，如同嬰兒才會說話就叫爸爸媽媽一樣，（即便爺爺奶奶，舅呀姨呀的，血緣關係稍遠些，都是撮口音。）這是生命的聲啊。」結合整部小說文本，細細揣摩賈平凹的這段話，我們就基本上可以斷定，所謂「山本」，也就是試圖最大可能地寫出歷史和人性的複雜真相來）之成為一部別有藝術含蘊的厚重異常的歷史長篇小說文本，自然也就是毫無疑義的一種客觀事實。

對了，還有一點不能不提及的是，賈平凹在《山本》中那樣一種非常出色的繪景能力，作家雖然只是不經意間很簡單的三言兩語，卻以一種形象無比的筆觸把種種大自然的景象傳神地表達了出來。比如，「天上正上方，黑雲正從虎山後像是往外扔黑布片子，把天都扔滿了。」這是在寫天上的黑雲漫布。再比如，「沒想到第二天一早，剛上到原，忽然起了大風，從來沒見過有那麼大的風，人必須伏地，不抱住個大石頭或抓住樹，就像落葉一樣飄空，而有的村民在放羊，羊全在地上滾，滾著滾著便沒了蹤影。」這是在寫風之大。舉凡《山本》，類似於這樣絕妙的寫景文字，其實還很多。對於這一點，明眼人不可不察。

第七章　《暫坐》：人生就是一個「暫坐」的過程

　　賈平凹，毫無疑問是中國文壇一棵碩果累累的常青樹。能夠在相當長的時間內，保持差不多兩年一部長篇小說的創作節奏，而且這些長篇小說還都在所謂的水平線之上，都在業內引起過不同程度的深度反響，其實是非常不容易的一件事情。這不，那部旨在關注沉思一段沉重歷史的《山本》餘熱未消，他的創作視野很快又返歸到當下時代同樣沉重的社會現實，一部主要以城市女性為表現對象的長篇小說《暫坐》（載《當代》2020 年第 3 期）已然橫空出世。小說之所以被命名為「暫坐」，主要原因在於其中不僅寫到了一個名叫暫坐的茶莊，而且這個茶莊還成為了人物與故事的主要聚居地。暫坐，何以為暫坐？單從字面的角度來看，暫坐，大約也就是暫且來坐坐的意思。在日益繁忙緊張的都市生活中，停下急匆匆的腳步，暫且到這個茶莊休憩一下，大約可以被理解為是「暫坐」的本義。然而，這樣的一種理解，肯定只是最粗淺的一個層面。一般意義上，我們在客觀的現實生活中並不可能看到尋常人等會以如此一種特別的方式來為一座茶莊命名。又或者說，我們恐怕也只有在賈平凹的小說作品中，才能夠發現如同「暫坐」這樣其實潛隱著某種深邃意味的茶莊命名方式。某種意義上，也正因為「暫坐」的命名方式出現在長篇小說《暫坐》之中，才會促使我們去深思，賈平凹到底為什麼要把這座茶莊命名為「暫坐」？雖然並沒有從賈平凹那裡去得到過證實，但我私意以為，他的「暫坐」命名或許與古人的詩句存在某種關係。實際上，只要是對中國古典文學有所瞭解的朋友就都知道，「暫坐」這樣的一種表達方式在古代詩文

中屢屢出現，意思就是暫時停下來。「坐」是虛指，「暫坐」在詩文敘事中往往
會起到調節節奏的作用。比如清代方式濟的《遠行曲》中有句云：「出門口無
言，寸心煎百慮。請取囊中琴，暫坐理弦柱。」寫作者離開故鄉，孤苦無告，
遂以琴解憂。我們都知道，賈平凹是一位對中國古典文學有著通透瞭解的中
國當代作家之一。唯其因為如此，我自己才會猜測，賈平凹「暫坐」的命名來
歷，或許與此有關。倘若結合整部《暫坐》的故事情節，尤其是結合人類個體
非常短暫的人生過程來理解，那麼，所謂的「暫坐」其實也很明顯地包含著
在更為浩大的宇宙時空面前，生命過程短暫的人類個體，充其量也不過是一
個腳步匆匆的人生過客而已。從這個意義上說，賈平凹《暫坐》思想藝術境
界可以說直通陳子昂的《登幽州臺歌》。「前不見古人，後不見來者。念天地
之悠悠，獨愴然而涕下！」正如同在浩大的宇宙時空面前倍感自身的渺小，
陳子昂因而發出「獨愴然而涕下」的感歎一樣，賈平凹其實借助於《暫坐》中
那一群城市上層女性的故事所傳達出的，其實也正是人生太過短暫，整個過
程差不多也就相當於到這個被命名為「暫坐」的茶莊坐著喝了一會兒茶的模
樣。假若說《暫坐》一定有著什麼樣的微言大義，很大程度上恐怕也就突出
不過地體現在這一點上。質言之，人生終歸不過是一個「暫坐」的過程而已。

　　我們注意到，處於《暫坐》中心位置的，主要是以暫坐茶莊的女老闆海
若為核心所形成的一個城市上層女性的圈子。關於這一點，敘述者曾經借助
於視點人物，那位來自於遙遠的聖彼得堡的俄羅斯姑娘伊娃的口吻而有所揭
示：「伊娃說：你那十個姊妹我只見過三四個，這次我可要全認識哩。」必須
承認，這是一種多少會引起一些歧義的話語表達。一種理解是，這裡的十個
姊妹是包括海若在內的，加一起一共十位。另一種理解是，十個姊妹並不包
括海若，加起來也就成了十一位。根據文本中的描寫，海若周邊的這些女性
分別是：陸以可、馮迎、夏自花、司一楠、徐棲、嚴念初、希立水、虞本溫、
應麗後、向其語。如此這般羅列下來，連同海若自己在內，一共十一位。由此
可見，她們姊妹一共是十一位的理解是正確的。但請注意，在文本中，我們
卻也同時發現了類似於這樣的一種敘述表達。比如：「便也端了酒杯，接著陸
以可的話，說：咱姊妹麼，我覺得叫十釵不好，這是套用金陵十二釵，本來就
俗了，何況那十二釵還都命不好。應該叫十佳人。」再比如：「羿光說：向其
語認為稱作佳人也俗，也確實落了俗套，我建議，既然你們每人都是佩戴了
一塊玉，不如就叫西京十塊玉。」從這樣的一種表達來說，海若她們姊妹加

起來恐怕應該是十位才對。那麼，作家的創作本意到底是十位，還是十一位
呢？一種可能的情況是，賈平凹或許一時疏忽，竟然把十位誤列成了十一位。
細細想來，以上這些女性形象中，從重要的程度來說，如同向其語或者虞本
溫，都是可以忽略不計的。去掉其中的某一位，並不影響整部《暫坐》的思想
藝術格局。

　　應該注意到，在前面我們所引述的敘事話語中，羿光曾經不止一次地把
海若周邊的這十多位上層女性比附為《紅樓夢》中的「金陵十二釵」。賈平凹
或許是要借助這種方式巧妙暗示《暫坐》藝術構思上與《紅樓夢》的某種淵
源關係。事實上，只要是關注賈平凹小說創作的朋友，就都知道，他不僅一
貫擅長於女性形象的刻畫塑造，而且有不少作品乾脆就是以女性形象為核心
主人公的。典型如中篇小說《黑氏》，長篇小說《帶燈》《極花》。只不過這一
次到了《暫坐》中，取而代之的，是以海若為中心的一個城市上層女性形象
群體。但問題在於，一部以一個城市上層女性形象群體為主要關注對象的長
篇小說，就必須被看作是一部女性小說嗎？就我個人的閱讀體會來說，答案
恐怕只能是否定的。正如同《紅樓夢》雖然也以很大的一部分筆觸書寫表現
著「金陵十二釵」的生活，但我們卻並不能因此而把《紅樓夢》看作一部女性
小說一樣，我們也不應該僅僅因為賈平凹在《暫坐》中集中關注一個城市上
層女性群體而把這部作品簡單而粗暴地指稱為女性小說。在我看來，海若她
們這個女性群體固然是《暫坐》的主要關注對象，但隱身於其後的，卻是當
下時代整個中國的社會現實狀態。賈平凹以一種象徵隱喻的方式所真切關注
思考的，其實是後者。從這個角度來說，海若她們這個女性群體，乃可以被
看作是一種直接通向當下時代中國社會現實的症候式存在。就此而言，一個
不容迴避的結論就是，與其說《暫坐》是一部女性小說，莫如乾脆就把它理
解為一部擁有深邃批判意指的社會小說。

　　最近一個時期，在和賈平凹次數不多的閒聊過程中，他曾經不止一次地
提及過韓邦慶那部以上海灘的妓女為主要表現對象的長篇小說《海上花列
傳》。此種情形告訴我們，《海上花列傳》已然進入到了賈平凹的關注視野之
中。尤其是在先後兩次認真地閱讀過《暫坐》之後，由於兩部作品的關注對
象都是城市裏的女性群體，我便不由自主地把兩部作品聯繫在了一起。眾所
周知，《海上花列傳》是清末的一部長篇小說傑作。因為它主要運用吳語寫成，
所以便一向被視為中國的第一部方言小說。儘管說小說的具體切入點是清末

中國上海十里洋場中的妓院生活，但要想寫好這幫風塵女子的生活，就勢必要廣泛地涉略到當時的官場、商界及與之相鏈接的其他社會層面，這樣一來，《海上花列傳》自然也就因其對社會各個層面的表現而變成了一部具有突出批判性色彩的社會小說。倘若要尋找《海上花列傳》與《暫坐》之間的淵源關係，我想，首先就體現在這一點上。與此同時，我們也應該注意到，韓邦慶自己，曾經在小說的序言部分，就作品的藝術手段，做出過這樣的專門說明：「全書筆法自謂從《儒林外史》脫化出來，惟穿插藏閃之法，則為從來說部所未有。一波未平，一波又起，或竟接連起十餘波，忽東忽西，忽南忽北，隨手敘來並無一事完，全部並無一絲掛漏；閱之覺其背面無文字處尚有許多文字，雖未明明敘出，而可以意會得之。此穿插之法也。劈空而來，使閱者茫然不解其如何緣故，急欲觀後文，而後文又捨而敘他事矣；及他事敘畢，再敘明其緣故，而其緣故仍未盡明，直至全體盡露，乃知前文所敘並無半個閒字。此藏閃之法也。」〔註1〕雖然也沒有從賈平凹那裡得到確證，但韓邦慶所謂的「穿插」與「藏閃」之法，卻恐怕還是在某種程度上影響到了賈平凹《暫坐》的創作。尤其不容忽視的一點是，到了《暫坐》之中，「穿插」與「藏閃」二法更多地呈現為一種難分彼此、相互融合的膠著狀態。這一點，首先突出地表現在章節的特別設定與命名上。從第一章「伊娃‧西京城」起始，到第三十五章「伊娃‧西京城」為止，每一個章節名稱的構成差不多都是一種類似於首尾兩個章節的「人名」加「地名」方式。「人名」，主要意味著這一部分集中講述的就是這個人物的故事，而「地名」，則明確地告訴了讀者這一章故事的主要發生地。依此類推，第二章「海若‧茶莊」所集中講述的就是海若的故事，故事的發生地則是被作為小說標題的那個暫坐茶莊。第三章「陸以可‧西瀏里」所集中講述的，則是發生在西瀏里的陸以可的故事。就這樣，某一章集中講述某一個人物的故事，三十五章相互勾連，延續下來，自然也就是如韓邦慶所謂「一波未平，一波又起」的彼此「穿插」。但請注意，整部作品中先後登場的多達二十位左右的人物的故事，作家卻並沒有一次性地全部講述完畢，而是分別以斷斷續續的方式分數次講完。如此一種情形，借助於韓邦慶的說法，恐怕也就是所謂的「藏閃」之法了。

所謂的「穿插」與「藏閃」之外，賈平凹《暫坐》自然也有著自身的藝術特點。首先，是來自於遙遠的聖彼得堡的俄羅斯姑娘伊娃這樣一位與小說的

〔註1〕韓邦慶《海上花列傳》序言，人民文學出版社 2020 年 1 月版。

開頭和結尾兩個部分均緊密相關的視點性人物的特別設定。小說的故事，發生在公元 2016 年。這一年霧霾天特別嚴重的初春時節，曾經在西京城裏留學過五年時間的伊娃，又一次回到了為自己所魂牽夢繞的西京城：「伊娃確實和街道上的人沒有區別。在西京留學的五年裏，自以為已經是西京人了，能叫得出所有街巷的名字……更習慣了這裡的風物和習俗，以及人的性格、氣質、衣著、飲食，就連學到的中文普通話中都夾雜著濃重的西京方言。」具體來說，她之所以要返回到西京城，與她回到俄羅斯後的不幸遭際緊密相關：「當學業完成回到聖彼得堡的五年裏，母親去世，與那個男朋友又分了手，從此多少個夜晚，她都是夢裏走在了只有這個城市才有的井字形的街巷裏，在城牆頭上放風箏。聽見了晨鐘暮鼓……是的，西京是伊娃的第二故鄉了，回聖彼得堡是回，回西京也是回，來來往往都是回家。」這裡，雖然同樣是「回」，但此「回」卻很顯然非彼「回」。西京留學結束後返回故鄉，自然毫無疑問是「回」。但在聖彼得堡呆了五年時間的「回」西京，卻僅只因為她曾經有過在西京留學的經歷，因此這個「回」也就多少帶有了一點勉強的滋味。細加參詳敘述者所給出的致使伊娃返回西京的理由，雖然並沒有明確點出，但其中一種情感或者說精神療傷意味的存在，卻是顯而易見的事情。無論是母親的去世，還是和男朋友的分道揚鑣，都會給伊娃的情感與精神世界造成相應的傷害。之所以不是在回國之後不久，而是在經歷了這一切的五年之後才選擇重返西京城，與伊娃內心深處渴盼獲得某種情感或者精神慰藉的潛在願望密不可分。孰料，實際的情況卻是事與願違。伊娃重新回到西京城後不過短短的半個月也即十四五天的時間，她在強烈感受西京城霧霾天極端惡劣氣候的同時，更是親眼目睹了海若她們那一眾城市上層女性不期然間遭遇的種種人生慘劇。事實上，也正是因為有了以上這些經歷，尤其是海若被市紀委帶走後一直都如泥牛入海沒有消息的情況下，失望至極的伊娃方才決定離開西京城返回俄羅斯。當辛起建議不如到什麼地方去散散心的時候，「伊娃說：到什麼地方去？我就是為了散心才來的西京，也該回去了吧。」辛起便要求伊娃一定要把自己也帶走：「伊娃就真的買了她和辛起去聖彼得堡的機票。這事伊娃沒給任何人說。過了四天，海若還是沒回來，羿光和陸以可也沒回來，伊娃和辛起就搭起出租車去了機場。」一路上，伊娃內心裏滿滿地都是感慨：「伊娃說：活佛還沒有來，海姐還沒有回來，羿老師也不在，我就這樣離開這個城了？辛起無言以對。伊娃說：唉，西京也不是我的西京，我是該離開

了。」「我只說來這裡了有新收穫，沒想丟失了許多倒要回去了。」原本一門心思想著能夠在西京城療傷，沒想到得到的卻是更大的情感與精神傷害。從表面上或者從物質的層面上來看，伊娃的確如辛起所說，沒有丟失什麼看得見摸得著的東西。但內心世界早已被物慾佔領的底層女性辛起，根本就不可能理解，在親眼目睹了海若她們眾姊妹的人生慘劇之後，伊娃原本就已經受傷的情感與精神世界，更是變得傷痕累累了。她之所以在重返西京城不過半個月的時間就決定回到聖彼得堡去，其根本原因正在於此。但需要我們注意的是，到了小說結尾的時候，賈平凹又如同在《極花》的結尾處一樣，「玩」了一個小小的藝術「花招」。請看小說的最後一個自然段：「在抽搐中，伊娃醒來，屋子裏空空蕩蕩，窗外有煙囪在冒煙，煙升到高空中成了雲。正飛過一架飛機。」毫無疑問，這樣的一個自然段，正構成了對伊娃和辛起一起搭伴乘飛機返回聖彼得堡這一事實的顛覆與消解。這樣一來，關於伊娃她們倆到底是否已經啟程飛往了聖彼得堡，到底是一種實存，抑或還僅僅只是伊娃的一個夢境，賈平凹所最終給出的，就是或此或彼的一種帶有明顯開放性的描述。又或者，無論伊娃到底最後啟程返俄與否，伊娃對於西京城，對於自己所親眼目睹的一段人生的強烈失望，卻是顯而易見的一種事實。一種從伊娃開始的小說敘事，最終又歸結於伊娃，所首先構成的，就是一個首尾照應的既有開放性又有閉鎖性的敘事鏈環。在一個已然是全球化的時代，把一位俄羅斯姑娘設定為視點性人物，借助於一個現代外國人的眼睛來打量一座擁有古老悠久歷史的西京城的當下形態，描摹表現圍繞在海若周圍的一眾城市上層女性的人生故事，正是賈平凹藝術智慧的一種體現。

其次，是一種若隱若現如同草蛇灰線一般的藝術結構的設定。一方面，是賈平凹自己在小說後記中已經明確指出的夏自花那條線索：「她們有太多的故事，但故事並不就是《暫坐》的文本，在《暫坐》裏，以一個生病住院直至離世的夏自花為線索，鋪設了十多個女子的關係，她們各自的關係，和他人的關係，相互間的關係，與社會的關係，在關係的脈絡裏尋找著自己的身份和位置。」〔註2〕夏自花的生病住院直至離世，固然是小說中非常重要的一條結構線索，那位自始至終都沒有正式出場的馮迎，實際上構成了另一條帶有某種懸念色彩的結構線索。作品中，馮迎其實是和夏自花一起被敘述者在第二章「海若‧茶莊」中最早提及的。因為是一個重要的節點，所以在這裡姑且

〔註2〕賈平凹《〈暫坐〉後記》，載《當代》2020 年第 3 期。

要多引一點原作的文字：「章懷說：不喝了，馮迎託我來捎個話，碰著你就給你說了吧。海若說：哦？章懷說：昨天在朱雀路上碰著了馮迎，她好像很急，要我捎話到茶莊，說是有個叫羿光的欠著她十五萬元，她又借過叫夏什麼花的二十萬元。海若說：夏自花？章懷說：對，是夏自花。馮迎說讓羿光直接給夏自花十五萬，剩下的五萬她讓她妹妹再給應麗後。海若卻一下子變了臉，說：你昨天見到了馮迎？章懷說：昨天上午呀。海若說：這怎麼可能？馮迎十天前隨市書畫代表團去了菲律賓，不會這麼快就回來。就是回來了，她不來茶莊卻讓你捎話？！你見的是不是馮迎？」面對海若的質疑，章懷卻不僅信誓旦旦地強調自己見到的就是馮迎，而且還特別描述了馮迎的肖像特點以及她身上穿著的衣裝情況。更重要的一點是，此後從羿光那裡得到的相關信息，卻又確證了章懷所傳達的賬務情況的確所言不虛。這樣，一個難以得到合理解釋的情況就是，既然馮迎已經參加書畫代表團出國，那她就無論如何都不可能突然出現在西京城，更不可能把賬務這樣的私密問題隨便委託給八竿子打不著的嚴念初表弟章懷。更進一步說，隨著故事情節的發展演化，一直到小說即將結束的第三十二章「馮迎·拾雲堂」中，我們方才不無驚訝地瞭解到，卻原來，早在半個月前，也即伊娃剛剛重返西京城，《暫坐》故事剛剛開始發生的時候，馮迎就已經因為馬來西亞的飛機失事而不幸身亡了。也因此，正所謂人死債不死，小說開篇不久章懷捎話這一細節，其實意味著馮迎的亡魂依然惦記著一定要想方設法了結自己生前的賬務糾葛。單從時間的節點上來說，她對章懷的顯靈之時，恐怕也正是自己因飛機失事而身亡的剎那之間。怎奈此身已然是灰飛煙滅，所以只能不無匆忙地顯靈給章懷，委託他傳達相關信息。應該注意到，雖然她一直都沒有正式出場，但在故事情節的發展演進過程中，海若眾姊妹的對話與交往，卻又總是時不時地就要涉及到馮迎這個人物。我們之所以把她看作是夏自花之外的另一個草蛇灰線式的結構性人物，根本原因就在於此。

　　除了結構性功能之外，馮迎這個根本就沒有正式出場的人物，也更是牽涉到了一個賈平凹的世界觀或者說生命觀的問題。小說中，與這一命題緊密相關的另外一個人物，就是陸以可。在第三章「陸以可·西漭里」中，當伊娃不解地詢問陸以可這樣一位城市上層女性為什麼會居住在西漭里這樣一個棚戶區的時候，陸以可給出的，竟然是與再生人父親有關的特別答案。好多年前，陸以可突然在西漭里這個地方發現了一個與記憶中的父親形象酷似的修

鞋匠。問題是,「她的父親已經去世三十多年啊,但他就是她的父親,難道世上有和年輕時的父親長得一模一樣的人,或者是再生人,是父親的又一世也三十多歲了?!」等到陸以可因病耽擱三天後再去西滸里找修鞋匠的時候,他卻已經消失不見了。由此,「她越發相信那是父親來昭示她什麼的,於是就留在了這個城市,買下了這個街區的房子。」無獨有偶的是,到了小說快要結束的第三十章「海若‧筒子樓」這個部分,當陸以可見到夏磊生父也即那個姓曾的男人的時候,又一次不期然地發現了他與父親的相似:「陸以可卻說:你瞧他走路的肩頭一斜一斜的,就是我父親的樣兒麼!這是咋回事呀,怎麼這個城裏總有我父親的影子?!接著就喃喃起來:是讓我繼續留下來嗎,爹呀,爹。」儘管說陸以可的堅持留在西京城,與她的先後兩次遭逢再生人父親緊密相關,但我們的興趣卻很顯然並不在這個方面。如果把陸以可的「再生人父親」現象,與馮迎的「亡魂不散」現象聯繫起來,或者更進一步地與賈平凹其他作品經常出現的類似現象聯繫起來加以考察,一個無法迴避的問題,就是我們到底應該怎樣理解和看待如此一種神秘現象。這一方面,我們首先必須警惕的誤解,就是因為此種現象無法用現代科學加以闡釋而簡單地將之歸入到所謂前現代的「迷信」而加以否定。這裡的一個關鍵原因是,一直到現在為止,自然界與人類社會中的很多現象都無法用所謂的科學理念與方法得到合理有效的解釋。從這個意義層面上來說,所謂的現代科學,其實也不過是理解看待世界與生命的若干種方式中的一種。如果我們不能夠輕易地把馬爾克斯《百年孤獨》中諸如「蕾梅黛絲乘飛毯上天」、「多次死而復生的吉普賽人梅爾加德斯」、「喜歡吃泥土的麗貝卡」以及「神父喝了可可茶後便可以浮在空中」這樣一些故事情節因其神秘難解而加以否定,那麼,也就同樣不能否定賈平凹筆下諸如「再生人父親」與「亡魂不散」這樣一些帶有鮮明本土化色彩的神秘現象。作為一名經歷過現代性洗禮的當代作家,賈平凹當然不會輕易地否定現代科學那些理念和方法,但與此同時,他卻並不排斥那些無法用現代科學涵納的各種神秘現象。很大程度上,正是那種建立在現代科學基礎上的現代思想,再加上對各種神秘現象的理解與敬畏,構成了賈平凹個性化特色非常鮮明的世界觀與生命觀。尤其不容忽視的一點是,既往的我們,往往會在一種城鄉二元對立的前提下,簡單而粗暴地把類似於賈平凹筆下的這些神秘現象歸之於前現代的鄉村世界。現在看起來,這樣的一種理解和判斷,是極端錯誤的。事實上,正如同賈平凹在《暫坐》(實際上,《廢

都》的情形也同樣如此）所形象描述的那樣，類似的神秘現象，也一樣地存在於西京城這樣現代化的大城市之中。無論我們所置身於其中的這個社會現代化程度有多麼高，它也不能從根本上拒絕自然界與人類社會各種神秘現象的存在。唯其因為如此，我們才不僅不能把差不多已經構成了賈平凹一種標誌性存在的神秘現象觀照看作是某種觀念落後或者腐朽的表現，反倒應該將其視為作家某種無論是深度還是廣度均有所拓展，更其開闊通透的，對世界和生命的理解和敬畏。

實際上，借助於俄羅斯姑娘伊娃的域外視點，通過夏自花和馮迎這兩條草蛇灰線式的結構線索，賈平凹所集中透視表現的，乃是包括海若等一干現代城市上層女性在內的當下時代中國人的艱難生存處境與普遍精神困境。依照常理，既然是所謂的城市上層女性，那就意味著她們已經擺脫了一般老百姓柴米油鹽的日常生存煩惱。這一點，單從海若給留學澳大利亞的兒子海童匯錢這一細節，就已經表現得非常突出。當向其語詢問海若每個月給海童匯多少錢的時候，海若給出的回答是一萬八千三百元。儘管向其語馬上就感歎說太少，然而，按照李克強總理前不久在記者招待會上公開披露的情況，中國尚有六億普通百姓的年收入在一千元以下。兩相比較，端的是天壤之別。但千萬請注意，總體的收入之高，卻並不就意味著她們遠離了艱難的生存處境。正所謂窮人有窮人的艱難，富人也有富人的苦惱。那位同時兼具結構性功能的夏自花的情形，即是如此。小說開篇不久，夏自花就因為罹患白血病而一病不起。夏自花自己罹患重病且不說，關鍵是她還有一個風濕病嚴重的年邁老娘，和一個年僅二三歲的兒子夏磊。頂樑柱夏自花一病倒，老娘和兒子的生計，自然也就成了問題。這樣，也就有了海若眾姊妹對夏自花的各種幫助。一直到夏自花不幸去世後，她真實的生存狀況方才被掀開冰山一角。卻原來，身為模特的她，是在一次樓盤開工典禮上，與曾姓男人偶遇並開始相好的。曾姓男人雖然一心想和夏自花結婚，卻怎奈家裏的老婆就是離不了婚。兩個人只好被迫維持這種不正常的生活方式，一直到夏磊出生，到夏自花不幸罹患白血病，再到她撒手人寰。儘管作家並沒有展開詳細描寫，但僅從夏自花的被迫依賴曾姓男人（雖然其中也無疑會摻雜有情感的因素）這一點，而且還把這種情形維持數年，所隱隱約約透露出的，既是她生存處境的一種艱難，也可以被看作是其精神困境的具體呈現。

這一方面，需要特別提出加以關注的，是應麗後與嚴念初她們兩位，當

然也包括海若自己。原本是好姊妹的應麗後與嚴念初，她們之間的恩怨糾葛，源於嚴念初介紹應麗後投資給王院長的胡姓朋友。原本說定應麗後貸給胡姓朋友一千萬元，利息每個月是五十萬。因貪圖高利息，應麗後一時不慎，便把錢貸給了這位胡姓朋友。沒想到的是，好景不長，只是過了幾個月，這位胡姓朋友就因為資金鏈斷裂而跑路了。這樣一來，應麗後的一疙瘩氣就堵在了胸口：「原本把錢貸出去要賺個高利息的，甚至籌劃著拿利息就可以再去買一間門面房子，而如今不但沒了利息，本金也得四年才能收回，這是多窩囊的事！」事實上，嚴念初之所以心心念念地不惜損害閨蜜的利益也要幫王院長的忙，也只是為了能夠通過討好王院長，好從他那裡拿到醫療機械的項目。胡姓朋友可以跑路，王院長卻跑不了路。事發之後，應麗後只好被迫和王院長、嚴念初一起簽訂了一個新的還款合約。合約規定，由身為貸款擔保人的王院長，承擔償還應麗後本金的責任。一共四個年頭，第一年還一百萬，第二年二百萬，第三年三百萬，第四年四百萬，加起來正好在四年的時間裏把一千萬還完。儘管已經簽訂了新的合約，但身為債權人的應麗後心裏卻一直在打鼓，懷疑王院長是否可以真正履行合約：「王院長的朋友跑了路，王院長真的肯在四年裏還清本金嗎，能還得了嗎？上一份合約簽得好好的，王院長和他的朋友拍了腔子，海誓山盟，結果出了不測，那麼，現在簽的合約會不會將來也出意外呢？心裏又慌起來。」攜帶著這樣一種忐忑不安的心態出現在其實早已閱人無數的海若面前，自然紙裏包不住火，很快就漏了餡。一直到這個時候，海若方才敏感地發現，嚴念初在簽訂新合約的過程中，玩了個金蟬脫殼之計，只是把自己寫成了「連帶擔保人」。面對著嚴念初的花招，應麗後一時火冒三丈：「不是她，我認識王院長是誰，認識胡老闆是誰？我是信得過她才同意借貸的，她竟然這時候要脫身？！」人世間很多糟糕狀況的生成，都是內心裏的貪欲作祟的緣故。如果應麗後沒有貪欲，就不會有高利貸的事情發生，如果嚴念初沒有貪欲，也就不會有試圖從借貸事件中脫身的事情發生。一切都是貪欲惹的禍，正是可怕的貪欲，最終造成了應麗後與嚴念初姊妹之間的情感生分。問題在於，嚴念初還不僅僅只是貌似無意間「坑害」了應麗後，應麗後的借貸事件之外，嚴念初也還曾經惡意欺騙過自己的丈夫闞教授。在大學裏講授物理學的闞教授，是一位收藏有很多和田籽玉的玉癡。他這一方面的收藏，估價差不多有上億元。他在五十五歲上的時候，和嚴念初（也即傳說中那個和他相差了很多歲的時尚漂亮女子）結了婚，而且還育

有一個女兒。沒想到，就在女兒只有一歲半的時候，兩個人卻離了婚，孩子被判留給了闞教授。嚴念初依照法律的規定從闞教授那裡分走了多少財產且不說，要害處在於，一直等到他們倆分手後，闞教授才借助於親子鑒定的方式，確證女兒和自己其實不存在血緣關係。嚴念初，在詐騙丈夫財產的同時，也欺騙了他的情感，並嚴重傷害了他的精神世界，說起來真的很是有一點十惡不赦的感覺。從嚴念初的所作所為來判斷，致使她如此這般欺詐丈夫的根本原因，恐怕也是其內心深處深潛著的強烈貪欲。正所謂人心不足蛇吞象，作為一位早已擺脫了生存困擾的城市上層，嚴念初之所以還是要如此這般地執念於貪欲的滿足，所充分說明的，正是難以遏制的欲望對其人性的嚴重扭曲和畸化。也因此，如果說應麗後生存處境的艱難在於無端地被欺詐掉千萬資財的話，那麼，嚴念初的陷身於欲望深淵而不拔，卻也同樣可以被看作是一種精神困境的喻示。

相比較而言，《暫坐》中最具人性深度的人物形象之一，就是那位在眾姊妹中處於眾星捧月地位的暫坐茶莊的女老闆海若。小說開始不久，敘述者就借助於伊娃送給她的「連提了四套」的俄羅斯套娃禮物，巧妙地指明了海若所兼具的數種身份：「伊娃說：這就是你麼，妻子，母親，茶老闆，居士，眾姊妹的大姐大。」儘管海若出場時已經是一個單身女性，但兒子海童的存在，卻說明她曾經的婚姻狀態。曾經是「妻子」，現在仍然是「母親」。「茶老闆」點明的，是她的社會職業。「居士」，則意味著她的精神信仰狀況，這一點以後還會被進一步展開討論。至於「眾姊妹的大姐大」，所特別強調的，則是她在眾姊妹中事實上的領袖地位。細細想來，小說中海若自身的若干性格特徵，也基本上切合於她的以上數種身份。首先，是她的精明強幹。一個城市單身女性，既能夠把兒子送到國外留學，還可以把這座暫坐茶莊經營到在西京城很是有些影響的地步，所必須依賴的，正是她非同尋常的創業與工作能力。與此同時，作為眾姊妹中大姐大式的人物，她在日常生活中也總是顯出一副古道熱腸、勇於擔當的模樣，頗有幾分定海神針一般的女俠風範。只要是那個上層女性群體中的任何一位，碰到什麼難題，海若總是會挺身而出，有所承擔。比如，夏自花病倒後，自覺出面組織眾姊妹輪流值班照護她的，就是海若。再比如，應麗後與嚴念初的經濟糾葛發生後，應麗後的本能反應就是去往暫坐茶莊找海若大姐：「一個小時後，海若送應麗後回去，分手時應麗後還說：海姐，那你一定找嚴念初呀，我急得很。海若說：我比你還急！這不光

是一千萬的事，咱姊妹總不能從此少了一個人啊。」由海若的這種說法可知，在她的內心深處，的確把維護這個上層群體的存在放到了很重要的一個位置。

但請注意，除了以上這些帶有明顯正向度的方面，海若之所以能走到今天，不僅變成茶莊老闆，而且還成為了一個城市上層群體的精神領袖，卻也還有與現實政治緊密相關的負向度因素的存在。說到這一點，海若與伊娃的一個對話就很是有些耐人尋味：「海若說：經濟不好的城市飯館多，混得艱難的男人關心政治麼。伊娃說：男人？女人就不關心政治？！海若怔了一下，說：在中國啥能沒政治？」海若之所以會「怔了一下」，肯定是因為伊娃的問話觸動了她自己經營茶莊過程中與社會政治發生的那些根本就不可能避得開的緊密關聯。唯其如此，她才會緊接著發出一聲「在中國啥能沒政治？」的由衷感歎。實際上，儘管賈平凹在小說中沒有對海若的發跡過程展開詳盡的描寫，但從文本中的若干蛛絲馬蹟來判斷，海若的茶莊事業肯定與現實政治有著難以剝離的瓜葛。我們注意到，在第六章「虞本溫・火鍋店」這一章節，海若她們一眾姊妹和羿光一起歡聚的時候，羿光曾經悄悄地詢問過海若：「羿光把海若拉去一邊，悄聲說：你沒請市委秘書長呀？海若說：虞本溫請客，他和她們都不熟，我沒有請，鞏老闆也沒有請。」看似一筆帶過，但此處其實卻蘊藏有某種深意。果不如然，到了第十五章「伊娃・拾雲堂」中，因為市委書記突然出事，海若和她的心腹小唐之間便有了這樣一番對話：「小唐說：我是聽顧客講的，還說問問你，證實一下哩。海若說：嗯。小唐說：不會涉及齊老闆吧？海若說：我給齊老闆打電話，沒有打通，不會牽涉到他的。這次招商大會是市政府辦的。交給小唐一張卡。小唐說：還是給寧秘書長？海若說：他一直照顧咱的。」毫無疑問，海若之所以要暗中打點秘書長，肯定是因為從秘書長那裡得了大好處的緣故。沒想到，僅只是到了第二十五章「海若・麻將室」的時候，小唐就已經被市紀委帶走調查了。驟聞此一消息，一貫談笑風生的大姐大海若頓時六神無主：「渾身的肉就跳起來。確實是肉跳，跳得似乎要一塊一塊往下掉。」儘管羿光一番打聽的結果是，「應該沒事的，小唐把事情說清楚了就會很快回來的」，但事與願違的是，到了第三十三章「海若・停車場」這一部分，還沒有等到小唐被放回來，海若自己也被市紀委悄無聲息地帶走了：「對方說：是你的事！海若說：我的事？！對方說：來了你就知道了！海若不吭聲了。對方說：喂！喂？！海若說：我聽著的。對方說：你明白為什麼沒有去茶莊直接找你而給你打電話的意思嗎？海若說：那我必須去

了？對方說：一個小時後我希望在西苑飯店樓下見到你！」就這樣，一直到小說結束，到伊娃準備要重返聖彼得堡的時候，曾經一度呼風喚雨的海若，都沒有能夠回到茶莊：「海若沒有回來，也沒任何消息。就像是風吹走了柳絮，泥牛入了海。」那麼，海若的問題到底有多大？海若到底什麼時候才能夠回來？從現代小說藝術的角度來說，賈平凹都不需要進一步作出明確的交代。僅只是海若被市紀委帶走本身這一事實，連同此前與秘書長有關的那些蛛絲馬蹟，再加上我們所置身於其中的中國社會現實，一種權力與資本交易或合謀的結論，其實就已經呼之欲出了。在這個過程中，海若自身的責任肯定是無法逃避的。我們對海若做出如此一種評價的原因，與此前一個耐人尋味的細節緊密相關。當那位做煤炭生意的馬老闆要買羿光三幅書法作品的時候：「海若的卡上很快打進來了二十七萬，但她並沒有去羿光那兒，和小唐上了樓，要從櫃子裏取羿光曾贈送給她的那些書法作品。」既然海若都可以用如此一種瞞天過海、李代桃僵的方式對待好友羿光，那其他一些出格的事情就一定也可以做得出來。

那麼，我們到底應該怎樣去理解和評價海若她們這些城市上層女性呢？要想回答這個問題，小說中有兩個細節不容忽視。一個是小唐被帶走之後，陸以可和海若的對話：「陸以可說：你是說，咱出了問題還是咱生活的環境出了問題？海若說：我問你哩你倒問我。」儘管小說本身沒有提供明確的答案，但一種較為理想的答案是，生存者與生存環境兩方面恐怕都已經出了問題。另一個細節是，羿光曾經面對著伊娃這樣來評價海若她們眾姊妹：「你不覺得她們眾姊妹就是個蜂團嗎？伊娃說：蜂都是身上有毒，能蜇人呀。羿光說：是的，這就是我在一篇文章裏也寫過了，凡是小動物，要生存，它們就都有獨門絕技，比如刺蝟有刺。螃蟹有殼，節蟲能變色，壁虎能續尾。蜂當然和蛇、蟹、蜘蛛、蜈蚣一樣都有毒，但蜂卻釀蜜，蜂的釀蜜就是一種排毒，排自身的毒。」就這樣，在把海若她們比做蜂團的前提下，羿光一方面強調蜂是有毒的，另一方面卻又強調蜂的釀蜜其實就是在自我排毒。在這裡，賈平凹很顯然是在借助於羿光的口吻，以一種象徵的方式理解並討論著海若她們人性構成的複雜狀況。細細體味，我們便不難感受到作家那樣一種簡直就是難以名狀的慈悲情懷。

關鍵的問題是，即使是羿光這樣一位滿腦袋都被光環纏繞著的著名作家，在《暫坐》中也似乎「在劫難逃」。正如同海若在與伊娃的對話中所強調的那

樣，在中國，沒有什麼人什麼事能夠和政治完全脫離干係。海若這樣的商界人士不行，羿光這樣的著名作家也同樣不行。事實上，只要是熟悉賈平凹的朋友，就都可以一眼看出羿光和賈平凹之間的相似度來。儘管說賈平凹很多小說作品中都會出現帶有一定自傳性色彩的人物，但如同羿光這樣相似度幾可亂真的自傳性形象，截至目前，除了《廢都》中的莊之蝶之外，羿光恐怕是第二個。雖然名滿天下的羿光不僅發表過很多有影響的作品，而且他的書法作品在市場上擁有天價般的行情，但身為政府某處處長的許少林卻對他頗有微詞：「許少林說：我更是看不上他的人。市上領導好像重視他，他以為自己真了不起了，其實需要他時他就是金箔，不需要時他就是玻璃。」許少林的話雖然看上去有點刺耳的尖刻，但仔細琢磨一下，在進入當代之後的中國，實際的情形還的確如此。在其中，我們所強烈感受到的，其實是一種極富機巧的反諷和自嘲。更進一步說，羿光的如此一種真實生存處境及其精神困境，在第二十一章「伊娃·拾雲堂」部分，通過他和伊娃的故事而被表現得特別淋漓盡致。因為對俄羅斯美女伊娃充滿了強烈的興（性）趣，所以便想方設法地討好獻媚於她。不僅要給她過生日，好在一起飲酒作樂，而且還主動提出要給她畫一張像。但就在羿光和伊娃在一起興致正濃的時候，卻不期然地接到了一個來自於領導的電話。很大程度上，正是這個突如其來的電話，徹底打亂了他們的好興致。且讓我們來看電話內容的片斷：「我和他是熟的，也僅僅是給他彙報過工作的熟，他也是以示關心作作秀麼。當然要劃清界限。」「哎呀，約好了醫生去看病的，能不能不參加呢？嗯，嗯，那好吧。我聽你的，那就參加。還必須有一個表態發言？這該說什麼呢？好吧，好吧。」雖然只是斷斷續續，但明眼人卻可以看出其中的端倪。即使是如同伊娃這樣的俄羅斯姑娘，也馬上就發現了羿光接電話前後的判若兩人：「伊娃倒覺得羿光變了個人似的，聲音一驚一乍，表情也極其豐富，她忍不住要說你是在表演嗎，但看羿光的臉色，卻沒有敢開口。」即使頗有些城府的羿光努力地想要平靜如常，但被破壞了的心境終究還是一時難以平復。這樣也才有了伊娃更進一步的發現：「他明顯不在狀態了。畫得很慢，觀察上好大一會兒才畫上一筆，又還是畫壞了，就把紙撕了重來。如此連撕了三張紙，伊娃說：還想著剛才電話的事？我還替代不了那個電話嗎？！」你別說，此後的事實充分證明，伊娃還真替代或者抵消不了那個電話。這一點，突出不過地表現在那場性事上：「但是，該要做的事都要做，如何地迫不及待，如何地渾身大汗，偏就做

不成。羿光就不停地嘟囔：這從來沒這樣呀！沒這樣呀？！還要做，還是做不成。」如此這般一番苦苦的掙扎，到最後，「伊娃突然抱住他的頭，她看到了他一臉的水，不知道那是汗水那是津液那是眼淚。」又或者說，那既是汗水也是津液更是眼淚。究其根本，賈平凹在這裡哪裏是要描寫展示羿光與伊娃之間的性事呢。借助於如此一場失敗的性事，作家所欲真正象徵隱喻的，其實是身為著名作家，或者說身為附皮之毛的中國當代知識分子面對強勢權力時一種內在精神世界的衰敗、頹傷以及虛無。

這樣一來，自然也就涉及到了賈平凹在《暫坐》中對象徵手法的熟練運用。如果說羿光與伊娃之間那場失敗的性事已經帶有突出的象徵色彩的話，那麼，更具有象徵色彩的，恐怕就是小說中反覆進行的關於霧霾的描寫。小說開篇處，伊娃剛剛抵達西京城，霧霾就已經出現了：「天剛剛亮，似乎還有半片殘月寡白著，擁擠的人群便全在霧霾的街道上混亂不堪，場面詭異而恐怖。」到後來，這霧霾便日益嚴重了，以至於連陸以可都發出了這樣的感慨：「陸以可說：唉，我初到西京時，那時多好的，現在是天變得霧霾越來越重，人也變壞了。」但即使如此，霧霾的情況還是越來越嚴重：「霧霾依然不退……霧霾真的是人為污染所致，還是地球有問題了，如一顆蘋果要腐敗了，就會散發一種氣體來？」一直到小說結尾處，到伊娃準備再度離開西京城的時候，霧霾還是那麼變本加厲的嚴重：「那個傍晚，空氣越發地惡劣，霧霾彌漫在四周，沒有前幾日見到的這兒成堆那兒成片，而幾乎成了糊狀，在浸泡了這個城，淹沒了這個城。煩躁，憋悶，昏沉，無處逃遁，只有受，只有挨，慌亂在裏邊，恐懼在裏邊，掙扎在裏邊。」一方面，這固然是在以一種寫實的手法真實再現當下時代中國霧霾嚴重的情況，但我們如果把相關的描寫，與三條大的風通道最後只建成了一條如此一種境況聯繫起來，那麼，賈平凹在《暫坐》中的霧霾描寫，就極很可能是在象徵隱喻著某種不那麼理想的社會境況。我們之所以在本文的開頭處就特別強調《暫坐》乃是一部有著突出批判品格的社會小說，根本原因正在於此。

其實也還不只是霧霾，同樣具有一定象徵色彩的，也還有那位千呼萬喚不出來的所謂「活佛」。小說開始不久的第二章「海若·茶莊」部分，就寫到吳老闆已經聯繫了一個西藏的活佛到西京城來。但一直到小說的故事情節全部結束的時候，這位帶有突出神秘色彩的活佛都沒有能夠來到西京城。作家的如此一種藝術設計，很容易就可以讓我們聯想到貝克特傑出的荒誕劇《等

待戈多》。不管怎麼說，活佛當然有著無可否認的象徵意味。關鍵的問題是，他所象徵的，到底是什麼呢？如果說他的即將到來象徵著某種人性救贖的希望的話，他卻一直到最後都沒有來。如此一種情形，是否可以乾脆就被看作是某種徹底的絕望呢？或許，不同的讀者對此可以得出不同的結論也未可知。

　　無論如何，這個以海若為大姐大的城市上層女性群體中，夏自花和馮迎不幸去世了，應麗後和嚴念初也反目了，海若被市紀委帶走也不知下落了，羿光與陸以可跑到了馬來西亞，連同伊娃，也準備攜同辛起重返聖彼得堡了。與此同時，一方面，是霧霾的越來越嚴重，另一方面，卻是活佛的遲遲不肯到來。所有的這一切積聚在一起，便是一種苦難而可憐的人間，便是一種短暫如閃電的帶有突出「暫坐」色彩的悲劇人生。

參考文獻

1. 以賽亞・伯林：《蘇聯的心靈》，北京：譯林出版社，2010 年版。

2. 儲勁松：《「身與心的雙重苦旅——讀孫惠芬〈吉寬的馬車〉》，載《北京日報》2007 年 7 月 2 日。

3. 陳歆耕：《什麼是「偉大的中國小說」》，載《中華讀書報》2011 年 9 月 29 日。

4. 郭洪雷：《給賈平凹先生的「大禮包」》，載《文學報》2011 年 12 月 29 日「新批評」專欄。

5. 洪子誠：《中國當代文學史》，北京：北京大學出版社，1999 年版。

6. 哈金：《偉大的中國小說》，載《天涯》2005 年第 2 期。

7. 韓東：《偉大在「偉大」之外》，載《文學報》2005 年 9 月 1 日第 3 版。

8. 黃平：《無字的墓碑：鄉土敘事的「形式」與「歷史」》，載《南方文壇》2011 年第 1 期。

9. 黃平：《破碎如瓷：〈古爐〉與「文革」，或文學與歷史》，載《東吳學術》2012 年第 1 期。

10. 韓邦慶：《海上花列傳》，北京：人民文學出版社，2020 年版。

11. 賈平凹：《秦腔》，北京：作家出版社，2005 年版。

12. 賈平凹：《賈平凹文集——我是農民・老西安・西路上》，西安：陝西人民出版社，2008 年版。

13. 賈平凹：《古爐》，北京：人民文學出版社，2011 年版。

14. 賈平凹：《我是農民》，北京：中國社會出版社，2013 年版。

15. 賈平凹：《帶燈》，北京：人民文學出版社，2013 年版。

16. 賈平凹：《訪談》，北京：生活・讀書・新知三聯書店，2015 年版。

17. 賈平凹：《〈廢都〉後記》，載《十月》1993 年第 4 期。

18. 賈平凹：《賈平凹談〈高興〉：劉高興的靈魂更近城市》，載《北京晚報》2007 年 11 月 19 日。

19. 賈平凹：《讓世界讀懂當代中國》，載《人民日報》2014 年 9 月 1 日。

20. 賈平凹：《〈極花〉後記》，載《人民文學》2016 年第 1 期。

21. 賈平凹：《〈暫坐〉後記》，載《當代》2020 年第 3 期。

22. 蔣勳：《蔣勳說紅樓夢》第一輯，上海：上海三聯書店，2010 年版。

23. 蔣勳：《蔣勳說紅樓夢》第二輯，上海：上海三聯書店，2010 年版。

24. 李靜：《捕風記》，杭州：浙江大學出版社，2011 年版。

25. 劉霞、張宗奎：《中西文化差異種種》，載《山東教育》2002 年第 Z2 期。

26. 李建軍：《〈秦腔〉：一部粗俗的失敗之作》，載《中國青年報》2005 年 5 月 18 日 B₂ 版。

27. 雷達：《評賈平凹〈高興〉》，載《文學報》2007 年 11 月 29 日。

28. 李遇春：《作為歷史修辭的「文革」敘事》，載《小說評論》2011 年第 3 期。

29. 李星：《〈古爐〉中的「造反派」》，載《名作欣賞》2012 年第 2 期。

30. 李彥姝：《賈平凹謙辭裏的退與進》，載《小說評論》2020 年第 4 期。

31. 孟繁華：《鄉村文明的變異與「50 後」的境遇》，載《文藝研究》2012 年第 6 期。

32. 牛學智：《「偉大」和「偉大的中國小說」的背面》，載《文學報》2005 年 9 月 15 日第 3 版。

33. 沈杏培、姜榆：《符號的藝術和藝術的符號》，載《藝術廣角》2005 年第 2 期。

34. 邵燕君：《精英寫作的悖論和特權——讀賈平凹長篇新作〈古爐〉》，載《文學報》2011 年 6 月 2 日「新批評」。

35. 孫郁：《從「未莊」到「古爐村」》，載《讀書》2011 年 6 期。

36. 唐小兵：《驚鴻一瞥識余虹》，載《隨筆》2012 年第 6 期。

37. 王又平：《新時期文學轉型中的小說創作潮流》，武漢：華中師範大學出版社，2001 年版。

38. 王蒙：《〈紅樓夢〉的研究方法》，見《王蒙文存》第 18 卷，北京：人民文學出版社，2003 年版。

39. 王先霈、王又平主編：《文學理論批評術語匯釋》，北京：高等教育出版社，2006 年版。

40. 王學泰：《游民文化與中國社會》（上），北京：同心出版社，2007 年版。

41. 王國維：《人間詞話》，上海：上海世紀出版社、上海古籍出版社，2008 年版。

42. 吳亮：《偉大小說與文學儒夫》，載《文學報》2005 年 9 月 1 日第 3 版。

43. 王德威：《暴力敘事與抒情風格——賈平凹的〈古爐〉及其他》，載《南方文壇》2011 年第 4 期。

44. 王春林：《鄉村世界的凋敝與傳統文化的輓歌——評賈平凹長篇小說〈秦腔〉》，載《海南師範大學學報》2006 年第 3 期。

45. 王春林：《「一部偉大的中國小說」》，載《小說評論》2011 年第 3、4 期。此文原名《日常敘事中的悲憫情懷》，發表時編輯部改為現名。

46. 王春林：《從「塊狀敘事」到「條狀敘事」——賈平凹長篇小說〈古爐〉敘事藝術論》，載《百家評論》2013 年第 5 期。

47. 王春林：《探尋歷史真相的追問與反思》，載《當代作家評論》2015 年第 1 期。

48. 許子東：《重讀「文革」》，北京：人民文學出版社，2011 年版。

49. 小可：《當代鄉土小說的創新之作》，載《文藝報》2005 年 5 月 17 日第 1 版。

50. 楊義：《中國敘事學》，北京：人民出版社，1997 年版。

51. 宇文所安：《中國文學思想讀本》，北京：生活·讀書·新知三聯書店，2019 年版。

52. 鄭波光：《20 世紀中國小說敘事之流變》，載《廈門大學學報》2003 年第 4 期。

53. 周新順：《貼近現場的底層關懷——孫惠芬長篇小說〈吉寬的馬車〉》，載《文藝報》2007 年 7 月 19 日。

54. 趙長天：《我所感的閱讀的難度》，載《文匯報》2011 年 4 月 16 日。

55. 張輝：《假如〈紅樓夢〉沒有第一回》，載《讀書》雜誌 2014 年第 9 期。